最
「镁」时代

记辽宁中镁集团

冯伟
付常浩——著

春风文艺出版社
·沈阳·

图书在版编目（CIP）数据

最"镁"时代：记辽宁中镁集团/冯伟，付常浩著．

沈阳：春风文艺出版社，2025.1.--ISBN 978－7

－5313－6800－7

Ⅰ．I25

中国国家版本馆CIP数据核字第2024MS3334号

春风文艺出版社出版发行

沈阳市和平区十一纬路25号　邮编：110003

辽宁新华印务有限公司印刷

责任编辑：平青立		**责任校对：**陈　杰	
封面设计：留白文化·郝强		**幅面尺寸：**170mm × 240mm	
字　　数：353千字		**印　　张：**23	
版　　次：2025年1月第1版		**印　　次：**2025年1月第1次	
书　　号：ISBN 978-7-5313-6800-7			
定　　价：90.00元			

辽宁中镁集团董事长付常浩

辽宁中镁集团原始四大股东
前排左起：付常浩、付常辉，后排左起：付常武、付艳华

前　言

付常浩

1988年—2024年，是我经营企业的36年。12年为一纪，整整3个轮回。其间正逢我国改革开放的重要历史阶段，也是我们辽宁中镁集团从创建、发展到壮大的重要时期。

36年的时光转瞬即逝，如白驹过隙。这36年间，经过了规则尚不健全的躁动年代；经过了释放精灵的年代；经过了谱写和奏响民族品牌乐章的年代；经过了沉舟侧畔千帆过，百舸争流的年代；经过了在暴风雨中转折的年代；经过了大国梦想成真的年代。在这36年间，我们从初始的一个拔玻璃丝的小厂，发展到一个只能烧镁砂的小厂，再发展到能研制、生产各种耐火产品的集团公司，从本地走向了全国，又从中国走向了世界。

36年间，国家在腾飞，我们集团整体和个人的方方面面也都有了质的变化和飞跃。这种变化和飞跃是中镁人通过呕心沥血的拼搏换来的，不是三言两语可以表达的。这里有苦有甜，有辛酸有泪水，有迷茫有彷徨，但我们还是坚持下来了。这种坚持得力于那些在我孤独无助的时候来帮助我的人，在我困难的时候面带笑容来支持我的人，在我疲惫的时候拉着我的手一起走的人……

我总是忘不了创业初期，那些在出差途中吃廉价盒饭的人，那些在火车内的地板上屈身而卧的人，那些在桥洞里啃着冰凉菜包子的人，那些受过个别客户白眼和刁难的人，那些住过两块钱小旅馆的人……他们的辛苦，他们的付出，只有我和他们自己知道。

我至今还保存着过去办企业时留下的许多资料：照片、录像、视频和一些文字材料，这也算是我的一种喜好吧。虽然这些东西只是岁月片段，已经过往，局外人看不出子丑寅卯，但那清晰的图像、准确的时间和地点、真实的人物和事件，都能勾起我对往事的深切怀念，只有我自己清楚那一幅幅画面的来龙去脉。我喜欢看这些东西，喜欢回忆那过往的一桩桩一件件一幕幕，它们是那么的亲切，是那么的感人，又是那么的充满希望。这里有创业时的破旧厂房，有外地客户实地考察的迎来送往，有家人逢年过节的欢歌笑语。从中可以看到过去人们的生存状况和精神风貌，可以看到我们企业行走的足迹……是历史的脚印，是往昔的见证，更是弥足珍贵的纪念，于是就有了写一部"创业史"的冲动。

我也总是忘不了自己少年时以能吃饱肚子为梦想，青年时以能走出农村为梦想，中年时以找到一个理想的工作为梦想……只是家乡的羊肠小道太狭窄，太泥泞，也太坎坷，多么想有一天它能被踩成康庄大道来。

36年过去了，家乡的羊肠小道宽阔了、平坦了，家乡富有了，也繁华了，一条富裕之路终于展现在眼前了。当我再回首往事的时候，当我再踏上这片热土的时候，我的心情是复杂的，一种莫名的孤独感油然而生。我仿佛是一只鸟，落到了一个不知道能否弯下去的枝丫上，整个身躯是不敢歇下来的，只有继续衔泥固巢，丰满自己的羽翼，继续翱翔。

36年如履薄冰，36年商海沉浮，36年风雨兼程。这36年锻炼了我的意志，增强了我的胆识，丰盈了我的人生。

我衷心感谢改革开放，感谢国家政策，感谢家乡政府的各级领导和相关部门多年来对我们集团的大力支持，感谢这块物华天宝、人杰地灵的沃土，更感谢那些曾给予我关照并长期合作的客户，感谢你们一步步地与我前行。

俯仰无愧天地，褒贬自有春秋。

是为前言。

甲辰龙年正月

我不会选择做一个普通的人。如果我能够做到的话，我有权成为一位不寻常的人。我寻找机会，但我不寻求安稳。我不希望在国家的照顾下，成为一名有保障的国民，那将被人瞧不起，而使我感到痛苦不堪。我要做有意义的冒险，我要梦想，我要创造，我要失败，我也要成功……我的天性是挺胸直立，骄傲而无所畏惧。我勇敢地面对这个世界。我可以自豪地说，我已经做到了。

——企业家宣言

目　录

地 利 篇

开 篇

这是从远古随风飘来的一脉枝叶，

这是躲避战乱和荒年的一个宗族。

这是具有超强生存能力的一个姓氏。

他们声势浩大，

他们风尘仆仆，

他们忍饥挨饿，

他们不畏艰辛，

他们步履蹒跚地向大东北走来。

他们经过守、自、文、德，

他们经过广、国、金、悦，

他们经过廷、恩、常、永、厚，

他们经过忠、孝、振、兴、权……

他们经过生生不息的延续和传承，

随着闯关东的浩荡人流，

从身无分文到白手起家，

直至如今的丰衣足食、花团锦簇、名扬四海的集团公司。

他们可以自豪地告慰祖先，我们无愧于你们。

那是1988年，龙年。这一年的中国无论是城市还是乡村都在悄悄地发生一些变化，人民的生活水平也渐渐有了提升。

在北京、上海和南方一些大都市的街面上可以看到自谋职业者开办的一片片个体小店：卖衣服的、卖书的、掌鞋的、修锁的、剪头的、卖冰棒的、修自行车的、崩爆米花的、开小吃部的，等等，大都市里已经是商铺林立、市场活跃了。大街上每天都是人头攒动，车来车往。女人们可以大胆地穿着色彩鲜艳的衣裙在街上走，给穿行的人流增添了一道道亮丽的色彩；男人们也比平常多了，他们尽量将自己收拾得干净一些，体面一些，精神一些，行走在大街小巷上，目光有些焦急，还带着些许的羞涩和贪婪，在寻找着适合自己的职业。这些从效益不好的濒临倒闭的国企或地方企业里走出来的人，不再像从前在工厂时那么循规蹈矩地按时上下班了。他们脱掉了被视为铁饭碗的工作服，进了个体小店或私企的大门，按照老板的意图打工谋求生路。他们由原来的缺少攀比、缺少竞争和按月领工资，到后来的自谋职业，找出路，寻营生，在他乡异地叫买叫卖，往返不停。在设有路灯和信号灯的马路上，自行车、摩托车、推车、马车、牛车、驴车、公交车一并穿行，南来北往。人们在"红灯停，绿灯行"的交通法规中渐渐地适应着新的生活。

此时的城里人怎么也不会想到，早在1980年冬春之交，在远离城市的农村，农民们从所依靠的生产队中走出来的情景。那可能是中国许多农民必须经历的一次茫然的，没有目标的，不知道算不算灾难，更不知何去何从的同"家"的诀别。在不同的地区，不同的季节，或者是白天，或者是傍晚，村民们被召集到生产队，男男女女，老老少少，将这个他们从中华人民共和国成立后就依赖的、看作家一样的队部围得水泄不通。他们看着场院当中按照户数分摆好的，一堆儿一堆儿的，少得可怜的，价值基本相当的粮食、牲畜、锹、镐、锄头、驴套包子等，除了老鼠不能分之外，集体的所有家当都摆在那儿，大家心情是复杂的。他们穿着并不是很暖的棉袄棉裤，戴着狗皮帽子，抱着双臂，紧缩着腰身，站在寒风中，流着鼻涕。在这个曾经给他们带来幸福、快乐的生产队队部，他们无私地拿出了家中的锅碗瓢盆，不留一口锅，不留一套碗筷，不留一粒米，来到这个社会主义大家庭里吃大食堂，每个人都有一种共产主义即将到来的亢奋劲儿。那时，大家缺什么或少什么，都可以到这个"家"来要。不能不想起当初欢欣鼓舞、高高兴兴加入这个曾寄予无限希望的生产队，将被分得支离破碎的心情是极其复杂而悲凉的。特别是那些从旧社会走过来的老一辈人，他们对这个社会的发展前景开始有所怀疑，对自己以后的生活有所担忧。

付常浩就是这段历史的亲历者和见证人。

若干年以后，付常浩在睡梦中还能梦见当年那种离开生产队后回到家的情景：冬日里，天地之间，那五间茅草房的房顶上发黄了的蒿草在寒风中瑟瑟发抖；屋子内是冷的，炕是凉的，人心是寒的；他忘不了父亲坐在冰冷的炕上，抽着那种极其廉价、既辣嘴又刺舌的烟的样子；忘不了母亲用发凉、僵硬，患有类风湿病的双手为孩子们缝补破旧衣服的样子；更忘不了一家人道尽途穷的窘境。

全家十几口人静静地望着摆在屋地上的从生产队中分到的一把扫帚、几段拴牛的绳子、一个木锨、一柄犁杖，还有少许的粮种（后来还分了两块不在一起的不足三亩的山坡地）。回想着吃了不到一年大食堂的情景，既有些留恋，又感到失落。当他们把目光移到父亲脸上的时候，看到了从父亲口中吐出的旱烟的烟雾，丝丝缕缕，盘盘旋旋，随着房间的凉气在屋中上升着，扩散着，像是一股出了窍的灵魂在寻找着一种希望。

这种场景普遍出现在当时乡村中的每一个家庭，大同小异。那种依靠集体、躺在集体怀抱混饭吃的情形已经成了历史和后来茶余饭后的谈资。当时的那种落差和绝望，激发了他们背水一战、杀出一条活路的决心。他们在山穷水尽中寻找着柳暗花明。他们知道，在那时只有依靠自己才能生存下来。

中国的许多改革都是从农村开始的。那些曾经的政策，激发了几亿农民的斗志和干劲儿。激发了不靠天，不靠地，更不靠神仙皇帝的集体力量。他们在无奈、被迫、反思中很快地清醒了，摒弃了那种"干活拉大帮，吃饭稀面汤"的不现实的劳动生活方式。

　　一晃，实行土地承包到户已经七八年了。原来的生产队宣告解体后，农民们开始土地自主耕种。被依赖多少年的生产队已经空空如也。村民们再也不可能每天晚上在自家吃完晚饭后，晃荡着、吊儿郎当地到生产队队部来抽烟、聊天儿。生产队已经成为历史。他们的生产队队长再不用敲钟或在大喇叭里扯着沙哑的嗓子喊上工了或开会了。

　　这里所说的既不是大都市，也不是大城市，而是一个小县城——辽宁省营口县，即今大石桥市。它以哈大路为中线，西边盛产大米、河鱼、河蟹，东边富产玉米、大豆、高粱并有丰富的矿产资源。丰富的物产滋养着生活在这里的人。当时这里虽然没有大城市那么喧闹、繁华，却也悄悄地流传着"摆个小摊儿，胜过县官儿；喇叭一响，不做省长"的北方民谚。

　　…………

天
时
篇

第一章

1. 出身

付常浩，1950年2月20日，农历庚寅年正月初四生人，属虎。生逢中华人民共和国成立4个月后的第一个春节，也是中国人民享受新中国福祉的第一年。在当时的中国，付常浩勉强算是出生在一个贫困的小知识分子家庭。

付常浩的父亲付怀恩，中华人民共和国成立前在营口县（今大石桥市）的一家商铺做账房先生。新中国成立后，政府分给了他一些农田。当时有了土地的人是何等高兴，付怀恩便毅然决然地丢掉在城里的账房工作，携家带眷，从县城返乡务农，就是现在的大石桥市鞭杆村（原营口县百寨公社）。付常浩的母亲叫张玉芳，是个纯朴、善良、贤惠、受人尊敬，且能干的农村妇女。她一共生养了8个儿女：长子付常贵、次子付常明、三子付常辉、四子付常浩、幼子付常武，长女付艳华、次女付艳芝、幺女付艳多。这一天，当接生婆告诉刚刚从分娩的痛苦中解脱出来的张玉芳，说生的是个男婴的时候，母亲张玉芳便有气无力地叹息了一声。这已经是她生的第四个男孩儿了，本意是想要个女孩儿的，但没能如愿。

付常浩的父亲付怀恩从城里回来的时候还年轻，由于做过账房先生，

父亲付怀恩

在乡下属于识文断字的文化人，绰号"老饱学"。回村后不久，因为表现积极，热爱党，热爱新中国，为人坦诚，便得到了大队的重用，做了大队会计（后加入中国共产党）。付怀恩为人谦和，老实厚道，一身正气，无论家里生活怎么困难，从不拿生产队里的一草一木。

付怀恩做会计也算是继承了他的父亲付廷相的衣钵。付常浩的爷爷付廷相也曾经是个账房先生，但不是普通的账房先生。他头脑灵活、谙于世事，在很多情况下还能给东家出谋划策，算是半个管家。东家对他十分赏识，待他不薄，把他当家人看待。当年有个省城的大资本家看好了付廷相，想让他跳槽到奉天（今沈阳）谋职，并给他更高的薪酬和职位。付廷相为了报答老东家的恩情，婉言谢绝。付廷相的知恩图报，不为重金所惑，使老东家极为感动，自然也赢得了人们的好评。后来他成了老东家的真正管家。

付廷相不仅聪明能干，在清朝末期还是个读书极好的人，曾经考过乡试头名。付常浩的奶奶徐氏是本地曹官村的一个大户人家的女儿，曾在奉天读过书，不仅知书达理，而且举止优雅、大方。这个聪颖、漂亮的女人为付家生下了唯一的儿子付怀恩，就是付常浩的父亲。遗憾的是爷爷付廷相在24岁那年，因商铺失火，为了抢救商铺的物资遇难身亡，英年早逝。当时，付常浩的奶奶徐氏才26岁，她的儿子付怀恩，也就是付常浩的父亲刚刚4岁。

从族谱看，付家是人丁兴旺的。他们的排辈顺序是：守、自、文、德、广、国、金、悦、廷、恩、常、永、厚、忠、孝、振、兴、权……

付常浩属于"常"字辈的人。

1950年，付常浩出生的时候，中华人民共和国才成立不久，整个中国正处于一穷二白、百废待兴的状态。付常浩出生在这个年代，自然属于新中国的人，既是幸运的，也是幸福的。由于中华人民共和国刚刚成立，中国人从精神上是解放出来了，在经济上仍然处于贫困之中。付家又居住在乡下，当时的条件是可想而知的。

　　付常浩出生时家中8口人（后来发展到12口人），包括祖母和瘫痪的外祖母，4个孩子付常贵、付常明、付常辉、付常浩都是男孩儿。大哥和二哥差4岁，二哥和三哥差3岁，三哥和四哥差3岁（后来又有了五弟付常武，和四哥付常浩差2岁，五弟和大妹差4岁，大妹和二妹差1岁，二妹和三妹差2岁）。12口人，包括祖母和外祖母，住在一明两暗（北方乡下的房子一个堂屋门，两个房门）的五间茅草房里，日子过得很紧巴。特别是在1959年—1961年国民经济困难时期，这个家只有付常浩的父亲付怀恩一个人在大队挣工分养家糊口，过的是真正低标准"瓜菜代"的日子。

　　当时，付常浩和大哥付常贵差10岁，都还没有长大成人，家庭的一切

付家老宅

生活开销除了靠父亲付怀恩在大队做会计领取的微薄薪水以外，再就是靠那仅有的几亩薄田了，很难有别的收入。他们的日子过得并不是很好。

据二哥付常明说，当时家里的孩子多，付常浩又排行老四，小的时候从来没穿过新的衣服。母亲亲手缝的新衣服大多是给3个哥哥先穿，轮到老四付常浩穿时已经破得不成样子了。他5岁之前没穿过背心，夏天光膀子，冬天就空心穿个棉袄。当时穿的是大褂，里面穿没穿裤头只有他自己知道。那补了一块又一块的大褂，像老和尚的百衲衣松松垮垮地套在了他那瘦弱且矮小的身上。有人调侃说他是打锣的……

付常浩回忆道，那时候人也傻，我从来就没有要穿一件新衣服的想法。母亲让我穿啥就穿啥，让我啥时候换洗我就啥时候换洗，什么大小、新旧、干净埋汰，根本就没有那种概念。有的时候一件衣服穿在身上一个月都不洗不换（根本就没有可换的衣物）。孩子太多，家务活太多，种地做饭，里里外外，还有两个老太太也在家中，都需要母亲无怨无悔地伺候，她根本就忙不过来。母亲是为付家付出最多的人。付常浩很伤感地说，可如今却连一张照片都没留下，这是让我特别遗憾的事情。每当我想起因积劳成疾而去世的母亲，脑子里总是她当时忙碌的身影，而面貌却越来越模糊……

付常浩童年

日子就这样一天天熬过来了。转眼到了1957年，付常浩7岁。

1957年的中国，正是三大改造完成后的第一年。我国的"一五"计划即将完成，全国正处在兴奋中，认为我们只用很短的时间就可以追上西方国家，于是有了"大跃进"运动。但我国当时刚刚进入社会主义，经验少，科技不发达，不遵循客观规律的盲目发展，再加上自然灾害，从1959年开始国家便进入了三年经济困难时期。

1958年，付常浩在他们老家百寨公

社鞭杆村开始念小学，而且学习成绩优异。他聪明睿智，反应敏捷，灵动性极强，应该说是得到了家族血脉的良好遗传。小时候的付常浩，不算是很活泼，有些少言寡语，不善言谈，不喜欢和同龄或比他小的孩子一起玩耍，总是找一些比他大的孩子在一起嬉闹。他有个一家子二叔付久恩，比他大两岁，住的是近邻，付常浩喜欢跟这个二叔在一起玩。他们在一起干农活，春种秋收，拾马粪，捡柴火；闲暇时还拉二胡，吹笛子，《社会主义好》《洪湖水浪打浪》《学习雷锋好榜样》《我们走在大路上》《沿着社会主义大道奔前方》等一些励志的歌曲，雄赳赳气昂昂的，是他们经常练的曲子，就算是付常浩孩童时期的一点点乐趣了。付常浩说，那时他很喜欢学乐器，一有空就跟那个二叔学。可他总是饿，吹笛子都没劲儿，吹一吹就头晕眼花了。

付常浩学习功课十分认真，而且成绩一直很好。特别是数学，从小学到中学总是名列前茅。教过他的老师说，他们付家不仅付常浩学习好，其他兄妹几个学习都不错。特别是对数学，付常浩有着天生超群的记忆力和迷恋劲儿。

1964年，付常浩小学毕业后，考上了营口县第七初级中学（地点在辽宁省营口县博洛铺公社）。那时由于乡下人大多对孩子念书学习不重视，导致很多孩子辍学，在家务农。真正能把学业完成下来的极少。和付常浩小学同班的四十几个学生只有6个人考上了中学。念中学后，每个学生自己从家里拿粮食交给学校，学校统一买菜，统一做饭做菜，然后一起吃，菜是五分钱一碗。付常浩说，那个时候真是吃不饱哇，我们住宿生总是盼着星期天休息，能回家吃顿饱饭。

付怀恩对孩子们的学习一贯重视。他说，别看咱家孩子多，别看咱家困难，就是砸锅卖铁也得供孩子念书。在父亲的影响、支持和教育下，付家的8个孩子全都念过书。这在当时的乡下，在极为困难的经济条件下是为数不多的。像付常浩这样能考上中学，还能继续念下去的更是屈指可数。每次考试，付常浩不仅榜上有名，而且名列前茅。付常浩清楚地记得，在他刚上中学的时候，听了一个烈士宋光事迹的报告（报告人是宋光烈士的战友冯殿太，时任宋光家所在村子的村支书），自己写过一篇作文《烈士的遗志》，还被作为范文在全年级各班朗读过呢。

当时的营口县七中，离付常浩家有7.5公里之遥，不可能走读，他只好住校学习。由于家里生活拮据，在住校学习期间，付常浩是吃不饱的。实在饿得受不了，只能是用水充饥，从不向家多要一分钱。由于他用功好学，所学的每一门课程成绩一直优异，多次得到老师的表扬和学校的奖励。身边的同学对他也是赞赏有加。

一晃，过了一年半，正逢付常浩专心苦读的时候，轰轰烈烈的"文化大革命"开始了，付常浩中学毕业的梦想也随之破灭。

付常浩中学没毕业回家务农。当时心情是很沮丧的，他想这辈子是完了。原打算念完中学念大学，将来考理工科搞建筑，当个建筑工程师，可这一切转眼间成了泡影。

付常浩在家务农一年后，由于小学缺教师（当时的小学还维持上课），也由于付常浩在学校的学习成绩优异，被村小学聘为民办教师，一干就是5年。

付常浩在村小学任教期间，并没有放弃学业，除了教书以外，仍然在不断地自学，还时常为家里做些农活。年轻的付常浩在不耽误工作的基础上，经常参加生产队的劳动。付常浩干农活也是个好把式，别人扛玉米秸一次扛一捆，他却一次扛两捆、三捆，从不偷奸耍滑，更不甘心落后。

付常浩爱好广泛。绘画、书法、二胡、笛子样样在行。虽不算太精通，但在当时乡下那个小地方也算是多才多艺了。他大妹付艳华说，在绘画方面，他的几个哥哥都比较有天赋，特别是他的五哥付常武画得更胜一筹。

孩提时代的付常浩没有什么值得炫耀的记忆。付常浩说，我这一生最刻骨铭心就是挖老鼠洞；最遗憾的是在母亲临终时没能给她买上一条鱼吃。他说，小时候记得最清楚的是肚子总是瘪的，见什么都想啃一口。那时的乡下没有谁家能吃饱的，我却发现有一个可以找到粮食的地方，虽说不是很多，但那个时候一粒米也是好的。秋天了，我喜欢独自一人拿着铁锹到大地里找老鼠洞，挖开弯曲的、细细的、深深的老鼠洞，可以在里面找到老鼠留着过冬的粮食。找老鼠洞都是自己去，连从小和我最好的邻居二叔付久恩都不带，怕别人跟我抢。我和二叔付久恩还经常去生产队的马厩，到马槽子里翻找马料中的豆饼或遗失在里面的豆子、苞米粒儿什么的，回家在炉子上烤着吃，谁都不给。那是我儿时唯一的体己之食。

2. 大学与婚姻

20世纪70年代，可以说是不平凡的年代。1972年开始招收工农兵大学生。

那是夏日的中午，天气燥热，付常浩正在庄稼地里干农活，猛然听到大队广播喇叭说大学重新开始招生的消息。付常浩听了，即刻精神起来，这是一件振奋人心的大好事。他高兴地冲天大喊道：我要考大学！那一年他23岁。

由于地区的差别和需求不同，当时推荐选拔的招生对象和条件也不同，辽宁省的招生对象是工人、农民、知青和回乡知识青年。并要求录取学生时，将优先保证重点院校、医学院校、师范院校和农业院校，学生毕业后由国家统一分配，但原则上哪儿来哪儿去。

大学开始重新招生的信息瞬间传遍全国的每一个角落，一些有志青年跃跃欲试。只是当时每个省份、每个地区的情况不同。为了保证每个省份和地区的有志青年都有上大学读书的机会，也搞了一些名额分配，不同的地区有不同的办法。辽宁实行的是群众推荐、组织考核，选送优秀学苗上大学。获取资格后再参加考试。

由于政审严格，又重视现实表现，在当时的情况下，在乡下能坚持下来学习的人又很少，有资格上大学的人也就不是很多。付常浩家境清白，无历史问题，本人在村里和学校的表现突出，口碑极佳，得到了村民和学校领导的认同。鞭杆大队一共推荐了两个年轻人，一个是本村的同乡青年付常浩，另一个是女知青龚孝贤。

1973年，付常浩大学时期的留影（于大连劳动公园）

付常浩得知自己可以被推荐上大学了，自然是高兴的。他说，当时每天都很兴奋，无论是在家，还是在学校，还是在地里干活，浑身都是劲儿，甚至走在路上，都要哼哼着小曲儿，兴致勃勃的，血管里的血像是沸腾的。

"机会是给有准备的人。"这些年的书他没白教，也没放弃以前学过的东西。又经过两个月的复习，付常浩信心满满，披挂上阵，迎接考试。结果，在政审通过之后，在入学考试的时候，那个女知青没能考上，付常浩考上了，而且分数很高。

原本按照分数，按照所报志愿，付常浩应该考入大连理工大学。结果事与愿违，在院校分档的时候，见他的履历上写着当过教师，就给他分到了辽宁师范学院物理系。虽说不是很理想，但他也没有办法。拿到录取通知书的那天傍晚，他坐在自家对面的小山坡上，望着燃烧的夕阳，激动得泪流满面……

当时的重点院校虽说开学了，但有的学校并没有转入正轨。这批学员属于"工农兵学员"，他们是带着"上大学，管大学，用毛泽东思想改造大学"的重任来学校读书的。他们的身份不同、素质不同、经历不同，对当时社会的认知也不同，身上有着社会上的不同气象和味道。特别是个别老师还是背着"资产阶级知识分子"的枷锁给学生上课的……

大学毕业后，付常浩理所当然地被分到本地当老师。

大学毕业后的付常浩也到了该成家的年龄。工作不久，在学校结识了一个叫张玉琴的老师。两个人是一个村子的，同在一个学校教书，有共同的爱好和志向，便一见钟情。经过相处，结为连理。多年来两个人休戚与共，伉俪情深。

婚后的付常浩并没有满足现状，特别是在工作上，他觉得教师的工作缺少激情，在一个农村的小学当老师没有更大的发展空间。更是因为当时社会对教育还不够重视，尤其在乡下，农民们在宁可工作也不读书的"读书无用论"的论调下，对读书学文化还缺少认识，老师的地位并不是很高。教师这个职业，每天除了上课，就是用红色的笔给学生批改作业，在家庭和学校间出出进进，在学生和老师间行走，辅导学生上课、考试、判卷子、家访、找学生谈话，等等。他不想看到在教室内学生不认真学习而趴在桌子上打盹儿，更不想等自己老了的时候，戴着一副老花镜，天天待在家里……

在读书期间，付常浩就有很多梦想；想走出这个小小的乡村，走向外面的世界；想尝尝众多的美食；想听听不同于我们母语的语言；更想体会一下其他文化，了解中国人所谓的"道"，雅典人所谓的"理"，印度教徒所谓的"智"，佛教徒所谓的"法"和基督教徒所谓的"灵"……可毕业后，当他从梦想中醒来的时候，发现自己还是得生活在实实在在的现实中，教书育人。许多年后，在接受采访的时候，他说，年轻真好，可以一天一个梦想，也可以一天十个梦，但就是实现不了……

为了提升自己，等待更好的机会到来，付常浩仍然坚持学习。那时他非常喜欢听大队喇叭里播的中央新闻，喜欢看《人民日报》《解放军报》《红旗》杂志、《辽宁日报》等。当时的报刊并不是很多，每个大队，每个学校才一份《人民日报》或《辽宁日报》。付常浩逢报必看，了解国家大事，想抓住机会离开学校，找个更有发展空间的工作大干一场。

3. 走出鞭杆沟

期待的日子实在漫长。直到1978年，付常浩才走出鞭杆沟。

在付常浩计划离开学校的时候，先是遭到了家里人的反对。在父母的眼里，一个农民能在学校做个老师已经很不错了，风吹不着，雨淋不着，虽说收入不高，也算是旱涝保收，不想让儿子另辟蹊径，另择高枝。可付常浩的骨子里并不安分，去意已定，一意孤行，不顾家人的一再劝阻，毅然决然地离开了学校。

离开学校的前一天，他和父亲付怀恩来到了坐落在鞭杆村的付家坟茔地。付常浩先是给逝去的祖先们摆好了供果，倒了祭酒，燃了三炷香，又给祖先们磕了三个头，然后站起身对父亲说："爸，还是让我走吧，我不想过这种不紧不慢的日子。"付怀恩知道儿子说这句话的意思，儿子是想说服自己，并做一种保证。付怀恩见儿子去意已决，并没有说什么。他一贯是这样，儿女想干什么很少去阻拦，即便心里不同意，嘴上也不说。他的习惯表现是默默地抽烟、思考、盯着你看。他虽说只是个大队会计，却是谙知世道艰难，同时也相信人的一生都是自己一步步走出来的。他看了眼儿子付常浩，目光是深邃而复杂的。

1979年—1985年这段时期，在我们国家可以说是"骚动时期"，是"新的转机和闪闪的星斗"的出现时期，也是"我的时代在背后，突然敲响大鼓"（北岛：《岗位》，1979年）时期。人们谁都不会忘记，1980年，在故宫的中国游人不看国宝，不看大殿，而是久久地围观外国游客；谁都不会忘记，1983年3月，皮尔·卡丹走在北京的大街上的情景……这一切都是当时中国人议论的焦点。

这一时期的付常浩也跟着议论这些新闻，阅读一些发表的新诗……这一时期也可以说是他既平凡又比较无忧无虑的7年。

在村里当教师每天面对的就是那十几个老师和不足百人的学生，清清静静，平平淡淡。相比之下，采购站的工作是很繁杂的，他既负责废旧物资的回收，又负责农副产品的收购，每天都忙得不亦乐乎。他似乎乐在其中，并没有感到工作的繁杂和劳累，从来没有对工作挑挑拣拣和有怨言。付常浩说，那一段日子，应该是我工作最开心的一段时光。我什么活都干，不计辛苦，不讲报酬，任劳任怨的。搞过宣传，写过板报，办过小报，刻过钢板，也干过印刷，还时常替领导去县里开会……凡是领导不愿意干的活他都干。直到1980年，随着生产队的解散，采购站失去了采购的对象，也没有存在的必要了，付常浩才恍然大悟，想起自己还是个临时工，将面临失业。

那一段时间，付常浩有些茫然，不知前途所在，回到家也不说自己的情况。他是个只跟家里人分享快乐，从不把忧愁分担给家人的人。

正在付常浩不知何去何从，进退两难的时候，采购站改组了，在领导的推荐下，他去了食品公司的食品站。办公地点没变，还是在那个院子。工作内容变了，再也不收那些小抹布、碎头发和废铜烂铁了，而是以经营食品为主。单位性质不同，食品站属于国有，采购站属于地方所有。他又干了不到两年，形势再次变化，计划经济正式转为商品经济，小地方的商业受到了严重的冲击，食品公司同样难以维持，基本处于瘫痪状态。食品公司的人不仅没有工作可干，也没有了给他们发薪水的人。付常浩又一次陷入危机。由于生活所迫，他不得不和公司的几个人做些小营生，开豆腐坊，做豆腐和豆腐脑儿往外卖……可以说他走到了人生的最低谷。

付常浩不会做豆腐，也不会做豆腐脑儿。当时他是副站长，和他在一起做豆腐的还有一个站长和一个女主管会计。站长会做豆腐和豆腐脑儿，会计除了管账还要打下手，叫卖的活只有付常浩去做。做豆腐和豆腐脑儿是很辛苦的，每天起得都非常早。付常浩也得贪黑起早地跟着跑："卖豆腐喽，豆腐……卖豆腐脑儿喽，豆腐脑儿……"正当他每天推着小车，上面装着几盘豆腐和一桶豆腐脑儿，扯着并不怎么响亮的且有些沙哑的嗓子叫卖豆腐和豆腐脑儿的时候，又一次机会降临。单位再次改组，他被安排到商业公司做人秘工作。

在商业公司工作，使他的接触面更广了，知道的事情也更多了。由于他善学、好学，由于他灵活的头脑和悟性，加上工作扎实，勤奋肯干，赢得了单位领导和同事的好评。工作不久便入了党，成了干部，然后被一级一级地提拔重用，由办事员被提拔为人事股长，又从人事股长被提拔为主任。1983年7月1日，由于他工作表现突出，业绩显著，多次被评为"先进个人""先进工作者""优秀共产党员"，也因为工作需要，他被提拔任命为营口县南楼商业公司机关党支部书记……几年间，付常浩成熟了，不仅见多识广，还洞察了政治因素影响下的经济环境。这时的他37岁。

4. 玻璃纤维厂

> 风太大了，风，
>
> 在我身后，
>
> 一片灰砂，
>
> 染黄了雪白的云层。
>
> 我播下了心，
>
> 它会萌芽吗?
>
> 会，完全可能。
>
> ——顾城：《我耕耘》，1982年

1982年之前，国家的经济管控有所松动，公社、村镇、个人可以做些小生意或是小买卖。个别胆子大的还建了厂，办了企业。特别是大石桥一带守着矿山，也就有了"靠山吃山"的人。

大石桥市属于辽宁省辖县级市，由营口市代管，位于辽宁省中南部，辽河下游左岸，面积1612.11平方千米，有哈大公路（202国道）贯穿而过。它的西部是驰名的鱼米之乡，东部有着丰富的矿产资源，蕴藏着无尽的宝藏：金、滑石、硼石、钾长石、菱镁石等28种，尤其是菱镁石储量为世界之最。中华人民共和国成立前，日本人通过"满铁"曾在这里掠夺过大量的矿产资源。1948年12月，中华人民共和国成立前夕，第一个恢复建设的大型钢铁联合企业和最早建成的钢铁生产基地——鞍钢，被誉为"新中国钢铁工业的摇篮"。随着炼钢业的发展，耐火材料的用量也不断增加，而且发展速度很快。据2023年4月中国耐火材料行业协会统计，中国的耐火材料产量约占全球耐火材料总产量的65%左右，辽宁的耐火材料产量比重已达 21.02%。大石桥全市菱镁资源总探明储量 20.1 亿吨，占辽宁总储量的 75.2%。保有储量 19.4 亿吨，占辽宁的 77.5%。其镁制品及深加工产业占比国内市场 60%。在这个物华天宝、人杰地灵的地方，1982 年之后，一些心眼活的人，急着赚钱的人就先行了一步。当然，在全国，当时不仅仅是对矿产品开始进行开发和生产，其他行业也在崛起。

1982 年之前的一段时间，全国发展流于无序化。吴晓波在《激荡三十年》中有这么一段话："'八大王事件'是 1982 年全国经济整肃运动的冰山一角。1982 年 1 月 11 日和 4 月 13 日，国务院两次下发严厉文件，'对严重破坏经济的犯罪，不管是什么人，不管他属于哪个单位，不论他的职务高低，都要铁面无私，执法如山，不允许有丝毫例外，更不允许任何人袒护、说情、包庇。如有违反，一律要追究责任'。这一年的年底，全国立案各种经济犯罪 16.4 万件，结案 8.6 万件，判刑 3 万人，追缴款项 3.2 亿元。"

在这种形势下，那些先行一步的人，是没有好果子吃的，被视为"投机倒把"，受到打击。

直到 1984 年，民间的说法是："我们都下海吧。"

1984 年《中共中央关于经济体制改革的决定》第一次明确提出，社会主义经济"是在公有制基础上的有计划的商品经济"，突破了把计划经济同商品经济对立起来的传统观念。中央确立了"公有制基础上有计划的商品经济"的经济制度。其实质是由计划经济向市场经济转变，所以当时经济改革的核心是市场化，改革最多是放开价格。

直到 1988 年，举国市场开放，价格开放，商品价格上涨，工资上涨。当时的乡村已经允许发展副业好几年了，在辽宁的一些乡村，以乡政府和大队名义已经办起了工厂、作坊等一些大大小小的企业，个体的也有，但不是很多。当时，政府鼓励国有企业和地方企业支持乡镇企业的发展，或是投资，或是给予物资和技术等方面的帮助。原本比较平静的乡镇和个别人便开始跃跃欲试。付常浩就是其中的一员，在政府鼓励支持乡镇企业之前，他已经先行一步了。

早在 1971 年，付常浩的大哥付常贵就在百寨信用社工作，当副主任。

到了1986年，国家开始支持民营企业和乡镇企业的发展，政策放宽，贷款方便。

此前，付常浩曾经找过大哥，说想做点什么。大哥付常贵也同意，答应给予支持，只是始终没有落实。原因有二：一是，当时的付常浩对在食品站和商业公司的工作有些满足，计划经济的时候，体制内的日子还是比较舒服好过的，不想下海自己做买卖；二是，对当时形势摸不准，社会上由原来的打击"投机倒把"，一下子转为风风火火地随便干，自己既没有心理准备，也没有资金储备，更缺少对时局的把握和认识。那一阵子，社会上有些胆子大的人不管那么多，摇身一变，突然转身赚钱，也成了一种风尚。后来一些先富起来的人，大多是这种人。恰恰在机关工作的端着政府饭碗的人倒是显得木讷、沉默或不知所措。

付常浩在食品站开始虽说没有领导头衔，只是个收购员、营业员什么的，可比在村里当老师活络多了，不仅见了世面，有了关系，还有一些小小的权力和人脉。由于他认真和负责的工作态度以及为人的谦和，给领导留下了极好的印象，也为以后的事业打下了基础。

付常浩回忆道，当时他负责所管辖的各个村的农副产品和畜牧产品的收购，每天走村串户，应接不暇，迎来送往的关系也不少，工作倒也安逸。有了各个方面的关系，还可以私自做些小营生，晚上回到家里和家人做马笼头、马鞍垫、缝纸袋子什么的，然后拿到供销社去换钱，也就有了一些的额外收入。渐渐地，日子也就比当老师滋润不少。那一阶段，社会上有一种说法，谁家能有一万块钱就属于"万元户"，是很让人羡慕的。付常浩当时有三四万块钱积蓄，已经觉得很有钱了。

那一阵子，付家在村里是让人羡慕和另眼看待的。付家的5个儿子中，大哥付常贵在信用社是副主任；二哥付常明在部队当兵，是个军医，营级干部（转业后在鞍山做医生）；三哥付常辉在营口市锅底山铁矿当工人；只有五弟一个人在家务农。对于一个农村家庭来说，付家的日子是其乐融融、蒸蒸日上的，怎么能不让人眼热？对于生活在乡下的人来讲，付家人就算是出息了，有能耐了，已经很了不起了。

由于有了小小的积蓄，生活也宽绰了一些。付常浩在1986年，投资12800元，在乡政府所在地买了一处53平方米的大石桥辽镁公司的家属楼，把在乡下居住的老婆、孩子接到了南楼镇来住，算是脱离了农村。两年后，又投资20000块钱，通过大哥的关系，和别人合伙买了块地号，在工农村建了个140平方米的二层小楼，更是让人羡慕不已。

只是随着时间的推移、形势的发展，付常浩从营业员变成了领导，对自己的要求也就更加严格起来。从前为了生计，他倒弄的一些小买卖也就不能再干了，主要是顾忌自己的脸面，怕影响不好。"人无外财不富，马无夜草不肥"，他一下子从一个有些小油水儿的营业员，变成了每天看报、喝茶、开会、接电话，每月只开一点点薪水的小领导。再加上买房子、盖楼，两个女儿付宇和付丽渐渐长大，家中的日常花销增加，经济上明显捉襟见肘。付常浩深感不干些什么不行了。

1988年1月26日，星期二，腊八节的这一天，落了一场大雪，是这一年入冬以来最大的雪。一大早，付常浩深一脚浅一脚地推着自行车从家里出来，到信用社找大哥付常贵。说明了自己的来意，想干些什么。大哥说，看形势是得做些什么了。以后做生意是大趋势。咱们付家人口多，下一辈的孩子也不少，也都渐渐地长大了，只依靠那么一点点土地和在外打工，维持温饱都难，想真正过上好日子是不可能的。眼下国家鼓励个体经营，咱应该干，得给下一辈打好基础……

在付家，大哥付常贵是有家族情怀的。他在管理好自己小家的基础上，依然没有忘记身下的4个弟弟和3个妹妹，考虑他们眼前的生活和以后的日子。想给他们找工作，找活干，脱离当时在乡下生活的处境。付常浩也深知兄长的"前人种树，后人乘凉"的一片苦心。

若干年后，付常浩说，人是有惰性的，安逸不是件好事，人要有压力，要有紧迫感和急迫感，人都是被逼出来的。就像弹簧，没有压力它就弹不起来。有压力才有动力，有磨炼才能成长，想要成蝶的蛹就要破茧，想要重生的凤凰就要涅槃。

付常浩开始"破茧"。

付家五兄弟合影，前排左起：付常武、付常浩、付常明，后排左起：付常辉、付常贵

经过一段时间的考察、调研，看当时周边的环境，于1988年3月22日，付常浩和大哥付常贵合伙注册了"营口县南楼玻璃纤维厂"，搞玻璃抽丝。属于独立的集体企业，注册资金25000块钱，可以生产、经营、加工并销售玻璃丝、石棉瓦和编织袋。付家的第一个家族工厂就算诞生了。当时，付常浩是没钱可投的，由大哥付常贵出资，由五弟付常武负责生产，大嫂罗桂坤（付常贵妻子）负责洗玻璃，张宪洪负责换锅……付常浩负责对外采购、销售。厂址在大石桥南楼的商业公司院内，厂房是商业公司无偿提供的一间不足150平方米的房子，加上院内（商业公司的院子）一共还不到1500平方米。

"玻璃丝"是一个通俗叫法，它的学名是"玻璃纤维"，就是把碎玻璃洗干净，经过电解融化加工成丝（这种东西的深加工产品是玻璃棉），然后跟含镁量较低的镁石粉（苦土）混合做成石棉瓦。那个年代水泥不是很多，而且很贵，石棉瓦可以用来替代水泥瓦。当时在大石桥的周边，有很多人

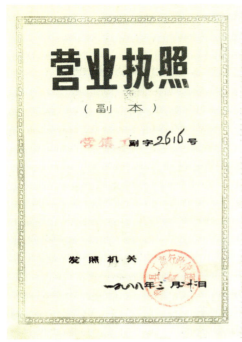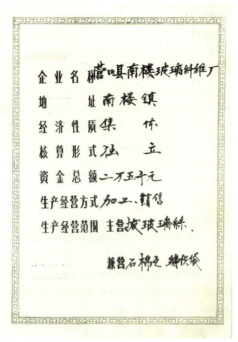

营口县南楼玻璃纤维厂营业执照副本

做苦土粉，做石棉瓦，风行一时，不仅投资少，见效快，而且加工简单，用途还算广泛。可付常浩却不想做苦土，原因是生产苦土的厂家比较多（乡、村很多企业都是做苦土的）。经过他的调研，本地缺少加工玻璃纤维的，他便抓住冷门，搞玻璃抽丝。当然也是因为投资少，见效快。付常浩的大哥付常贵只投资了5000元（不含注册资金），买了5台抽丝设备，雇了14个人，两班倒进行玻璃丝加工。员工们挣的是计件工资，每个月能赚100多块钱。比当时付常浩在单位开的工资还多好几十块。

据当时负责生产和后勤的五弟付常武说，他们买的5台设备是旧的，经过反复的安装、调试才能进行加工生产，一天一夜能抽丝1吨左右，一个月30多吨，然后由四哥付常浩负责往外推销。

这是付常浩第一次推销自己家生产的玻璃丝，他有些找不到东南西北，无头苍蝇般乱走乱窜。他回忆说，20世纪80年代末的乡镇企业（包括个体）已经很有规模了，虽没有形成太大的气候，也形成了风气，人们开始知道赚钱了。可开始他并不熟悉哪些厂家需要玻璃丝，就骑着一辆破旧的白山牌自行车到处跑，联系客户，销售玻璃丝。

圣水寺、铧子峪、青山怀等地是大石桥周边做石棉瓦比较多的地方。付常浩每天都穿着二哥给的旧军大衣，戴着旧棉军帽，骑着除了铃不响，什么地方都响的破自行车穿行在山谷之间、乡村之中。自行车链子断了自己修，车胎扎了自己补，每天都是早出晚归，风风火火，造得极其狼狈。教书先生的样子和在机关坐办公室的样子在他身上荡然无存。

功夫不负苦心人，在付常浩的努力下，终于联系了几家需要玻璃丝的用户。付常浩他们在保证质量的前提下，把抽成的玻璃丝卖给所需厂家。当时跑过销售的还有付常贵的儿子付金永。

抽玻璃丝的利润虽说不大，但不赔钱，每个月除去给工人发薪水和自己家的人吃马嚼，能赚4000多块钱。据五弟付常武说，那时对于我们付家来说，一个月能挣4000块钱已经很多了。可四哥付常浩并不满足，觉着付出太多，回报太少，在经营4个月（1988年3—7月）后就对大哥说，一个月才挣4000块，都不够给家里这些兄弟姐妹分的，都没有我以前在家做马鞍垫、缝纸袋子挣得多。大哥付常贵也认为小打小闹解决不了根本问题。于是，两个人开始着手选别的项目。

1985—1987年，在大石桥周边能干的事确实不少，烧硼砂、搞化工、弄菱镁、磨金属铝粉、烧结铁等，都可以做。付常浩也动用了一些关系，跑了北京、鞍山、辽阳等地，进行考察、调研、找项目。见过最大的领导是冶金部副部长，最小的是厂长、经理；市里的、省里的、中央的，该找的人基本都找了，该看的项目也基本都看了，结果是，小的不想做，大的做不来，有一种"低不成，高难就"的潜意识在作怪。当他把抽玻璃丝赚的16000块钱花光之后，玻璃丝厂的生产也在1988年7月宣告结束。

拔玻璃丝生产的结束，并不是他们的经营问题，而是市场的问题，随着付常浩拔玻璃丝工厂的开工，周边又有无数家拔丝厂建起来了，可市场上玻璃丝的用量并没有增加。在竞争激烈的情况下，规模小是站不住脚的，而且卖出的玻璃丝价位越来越低。付常浩开始"心猿意马"，白天晚上想的都是还能干点啥比拔玻璃丝挣钱。其结果和在食品站的后期结果一样，"晚上千条路，白天卖豆腐"。

虽说拔丝玻璃没有挣多少钱，却激发了付常浩做买卖的兴趣和干劲儿。在寻找项目的过程中，他看见了先挣着钱的那些人是怎么生活的。他忘不了当时人家吃的大鱼大肉，忘不了人家喝的啤酒白酒，更忘不了个别人打麻将大把大把输钱或赢钱的场景……那时，年轻的他心里总是涌动着一股攀比、一股不服和斗志。

第二章

5. 动工竖窑

1988年10月3日，"历史上的今天"是这样描述的：公元前42年10月3日第一次腓立比战役爆发；1884年10月3日，恩格斯《家庭、私有制和国家的起源》一书发表；1945年10月3日，世界工会联合会成立；1950年10月3日，中国人民大学正式成立，等等。这是个喜忧参半的日子，付常浩的竖窑就是在这一天破土动工的。

玻璃丝厂黄了之后，付常浩继续找项目，直到有一天他来到在鞍钢工作的一个叔伯哥哥这里，哥哥告诉他一句话，不要乱跑了，还是靠山吃山吧。

当时的大石桥周边早已经有人"靠山吃山"了，只是还不是那么多，还没有形成什么气候，东一疙瘩西一块地弄个小窑就开始烧。也是无奈，也是急于挣钱，付常浩为了寻求开发新的项目，走南闯北，找人托关系。后来，在付常贵和付常浩兄弟俩走访了几家镁砂窑之后，还是觉得干镁砂窑可行。（镁砂，又称烧结镁砂，是由菱镁矿、水镁矿或通过海水与石灰乳反应制得的氢氧化镁经高温煅烧而成的一种耐火材料。镁砂的用途为制造碱性耐火材料，如镁砖、镁铝砖等，这些砖用于高温工业炉窑的衬里，具有良好的耐火性和倾泻稳定性。）于是，付常浩下决心，找大哥付常贵，说，你给我贷款，我想建窑，咱们烧镁砂。大哥问，想好啦？咱可不能站这个山，望那个山高，这是大忌。那你的工作怎么办？烧镁砂不比抽玻璃丝，贷款需要好多钱的，可不是闹着玩的，得全身心投入，一心可不能二用。付常浩说，现在允许干部搞单干，我可以向单位申请停薪留职，每年如果交一点钱给他们，他们还给我发工资。大哥付常贵看着四弟付常浩，又说，你可想明白了，开弓没有回头箭，你我在这方面可是外行，什么是镁？怎么建窑？怎么选？卖给谁？什么都不懂。建窑可不是拔玻璃丝，贷款不是小数目，怎么也得个百八十万。一旦赔了，就是把咱们付家的所有家底都搭进去，也还不起贷款。付常浩仰脸看看天，又看看眼前连绵不断有着丰富矿藏的群山，说，他们别人干能赚钱，咱怎么就不能赚钱？咱的头脑又不比他们差，长得也不比他们丑，为啥他们能干，我们就不能干？我想好了，干！你给我贷款，这钱就等于我贷的，赔了我还。大哥说，这叫什么话，"打仗亲兄弟，上阵父子兵"，要干咱们哥们儿合伙一起干！风险共担，有福同享。付常浩听了大哥的话，感动地说，人这一辈子就是个赌。我也不小了，再不干就没机会了。想当年，那刘邦知道自己能打下天下吗？

············

这一天晚上，外面下着绵绵细雨，并有呼呼的冷风吹打着窗棂。付常浩心里有事，说不出是亢奋还是激动，翻来覆去睡不着觉。他想了很多很多，折腾了大半夜，在天快亮的时候，蒙蒙眬眬做了个梦，梦见了一座竖窑……

1988年到1989年正是乡镇企业发展比较快的年份。当时，营口县百寨乡有枣岭、张官、腰屯、英风、高庄、鞭杆等17个自然村。在招商引资之前，王家村的日子和其他村子的日子一样不好过，外债40多万元，有"村前村后泥泞路，残垣断壁大队部"之说。还是后来国家有了政策，可以招商引资办企业，才渐渐发展起来。王家村在当地是第一个开始招商引资的，主要得益于离市区近，离铁路线（石山线）近，陆路交通运输方便，更主要的是他们的电属于工业用电，从不停电（当时，其他乡村经常停电），非常适合企业搞生产。

付常浩不是王家村的人，是鞭杆村的人。鞭杆村是没有条件建厂的，只有在王家村落户才是最好的选择。

这一天，付常浩和大哥付常贵来到王家村的村主任刘小文家。正是傍晚时分，天色朦朦胧胧的，村主任刘小文正在家喝酒。听院子里有人喊，忙出来迎接，见是信用社的领导付常贵来了，热情道，这是大驾光临哪。付常贵说，大什么驾，耽误主任吃饭了吧？村主任说，正在跟几个朋友喝酒。付常贵看着村主任家的房子和大大的院落，说，还是你这村主任好哇，日子过得滋润。村主任说，好什么好，闹心的事也不少。又问，付主任是不是有什么事呀？付常贵介绍说，这是我弟弟付常浩，在供销社工作。村主任跟付常浩握手，说，见过见过。付常浩看着村主任，心想，根本就没见过。付常贵又说，我弟弟想在你们村建个窑搞镁砂，支持一下呗！村主任说，支持支持，必须支持。我们这是招商引资的模范村，你要是去别的村建窑那就是瞧不起我，我还不高兴呢。又问付常浩，供销社的工作不错嘛，属于干部，怎么不想干啦？在机关工作下来做买卖的人可不多，那可是铁饭碗哪，一般人是舍不得扔的。付常贵说，响应国家的号召，发家致富嘛！我弟弟要比量比量，将来发财了可不能忘了刘主任。村主任说，好事呀！有你做后盾，一定没问题。现在搞镁砂的都赚大发了。付常贵说，就是，现在的政策好，你们村里的条件也好，适合办厂做企业，还有你这个村主任帮衬着，一定没问题，给你添麻烦了。村主任说，哪里话，哪里话，你付大主任看好什么地方就说，就是看好我们家都行，马上把房子扒了，给你们建窑……

这时的王家村已经有企业20余家，都得到了时任王家村的村主任刘小文和杨锡玉的大力支持。

刘小文是个责任心很强的村主任，第二天就给付常浩在王家村的东部划了不足十亩的山坡地，要求是每年给村里两万块钱的土地费用。村里的任务是帮着落地的企业跑手续、跑设备、跑贷款。他们合作得很愉快。

建窑之前，需要办三件大事：找地点，贷款，办执照。

土地很顺利地到手了，然后是贷款。

资本是企业经营活动的一项基本要素，是企业创建、生存和发展的一个必要条件。企业生存需要保持一定的资本规模。

付常浩是没钱的，对当时的他来讲可以说是零资本。在银行贷款是唯一途径，也是他唯一的外债资本。当然信用社也是为民办企业融资垫底的渠道之一。银行融资也是为了赚钱，他们每年以支持经济发展为名也有对外融资任务。当时的营口县百寨信用合作社的主营也自然是吸收存款。由于当时人们口袋里没有钱，储户非常少，每家能存款一千两千的就很不错了，信用社每一年的总存款额才3000万元左右。信用社为了把存款贷出去，赚利差，不得不冒着一定的风险为民营企业融资。融资的办法是"照顾面儿上，支持点儿上"。"面儿上"是指农业，种植户、养殖户，涉及面比较广，放款量不是很大，资金的需求量也小，每户只能贷款几千块钱；"点儿上"的支持就是对个别私营企业，融资量一年也就百八十万。信用社就是这样，谁家的企业经营得好他们就愿意支持谁，谁家有信誉他就支持谁。钱好放，也好收，利赚得还大。当他们得知付常贵的弟弟要建厂，就把目光放在了当时在百寨王家堡子建厂的付常浩身上，并积极主动上门服务，由村里协调，信用社副主任付常贵担保，给付常浩贷款70万元。

据时任信用社主任刘永兴说，当时积极主动地给付家贷款有两方面的考虑。一是，当时付家建厂刚刚起步需要钱的支撑，贷款符合支持民营企业的政策；再是信用社给他们贷款不怕收不回来，信用社的副主任是付常浩的大哥，无论是从付家的人品上、信誉上，还是从工作关系上看，信用社都是放心的。

付常浩的贷款到手了，

王家堡子镁砂厂旧址

土地到手了，干也得干，不干也得干了。付常浩当时也说不好自己是个什么心情。70万元的到来，既强化了付家办企业的雄心，也奠定了他们办企业的基础。从此企业的分配开始规范化，不能像弄拔丝玻璃那样随随便便，不讲分配。拔丝玻璃毕竟是小钱儿，谁多谁少，兄弟之间可以商量着弄。银行贷款可不是闹着玩的，为了分摊贷款，更是为了以后的发展，在大哥付常贵的提议下，他们实行了股份制。企业法定董事长和总经理是付常浩，股份40%，付常贵40%，陈德伟（付常贵的姑爷）20%。既然是股份制了，大哥付常贵是有发言权的。他告诉四弟付常浩，要干就一切按照国家的政策办，偷鸡摸狗和违法乱纪的事千万别做，早晚是病。尽管当时国家各个方面的法律规范还不是那么健全，若干年后的很多事情证明，当年大哥付常贵的预见是英明、正确的。

有了钱，一切都顺理成章了。只是在办营业执照的时候有一些小小的说法。那时国家有规定，不允许个体办独立的企业执照。想办企业建厂，必须挂靠单位、村里或乡里。付常浩在王家村落户，村里自然愿意让他挂靠。这种没有风险也没有任何责任和负担的事谁都愿意做。于是，在村主任的陪同下，拿着村里的介绍信办理了注册登记。几年以后，国家的政策有所改变，他们才脱离了和村里的隶属关系，在办理了正式购买土地的手续后，重新换了个体营业执照，成为正式的私营企业。

正是初秋时节，一切手续都办全了，钱也到位了，土地却出了问题。村里给付常浩划了不到十亩山坡地，山坡地上是种着一些庄稼的。付常浩看着还没有成熟的庄稼，不忍心毁掉，要等庄稼长成了，收割完了，再动工干活。有人说，70万元贷款，一天利息就不少钱，那几棵苞米才值几个钱？赶紧动工建窑吧。付常浩坚定地说，不行！一定要等庄稼成熟再说。庄稼是一年的收成，也是庄稼人一年的命。再怎么想挣钱，也不能糟蹋粮食！就这样，他边准备，边等待着秋收的到来。

八月十五过后，真正的秋天来了。这一年可以说是庄稼丰收，硕果累累。付常浩组织人马把成熟的庄稼收割了，然后才开始动工建窑。

在竖窑动工的前一天，付常浩就把家里的一切能干活的家什、农具都拿到了工地，还有睡觉用的被子、褥子、枕头等。老婆问他这是干啥，不过了？付常浩边翻着东西边说，干革命！

庄稼收割后，露出光秃秃的一片山坡。付常浩带着干活的人，踌躇满志地站在山脚下，他想了很多很多……

据五弟付常武回忆，当时参加建窑的人并不多，只有付常浩、陈德伟、付志忠、李胜新、张宪宏等人，还有在辽宁镁矿公司大石桥耐火材料厂聘请来的齐永昌。

若干年之后，他们想起当初建窑简直不可思议，就是照葫芦画瓢，在什么图纸都没有的情况下，在齐永昌简单的布置和勾勒当中，照猫画虎，有不懂的地方，就到那些有窑的地方看一看，然后照着样子画和做。"长木匠，短铁匠"，做坏了也不怕，重画，重做。

钱是贷来的，是需要还的，和花自己手里的钱就是两个感觉。建窑过程中，付常浩主张能省则省，能不花就不花。他们在一贫如洗的情况下，在既缺少人力，又缺少物力的条件下，开始建窑。据当时参加建窑的李胜新说，他只是一个村里的木匠，做些简单的衣橱、板凳、饭桌、猪槽子，帮工盖个房子还可以。可付常浩硬是拿鸭子上架，建窑时把他当钳工、钣金工使用。真是很无奈，在没有准确图纸的条件下，在油毡纸上画图样儿，然后再往铁板上画图，剪裁，焊接。由于不是本行，多少次都失败了，不是不像，就是大小不一致，搞出了很多笑话。可他并不气馁，经过反复的修改、研究、比画、制作才得以成功。他又说，那时候年轻气盛，胆子也大，也敢下手，加上付常浩老板的信任，也就做了。年轻就有一个好处，只要认准了，什么都敢干，现在想起来有些不自量力……

张宪宏说，建窑的时候，没有一个是内行的。李胜新就是个土木匠；陈德伟是付常浩的侄女女婿，是示范农场的一个工人；付志忠是付常浩的亲侄子（大哥付常贵的二儿子），还是个学生；付常武是付常浩最小的弟弟，纯农民；付常浩教师出身，根本就不懂技术；大哥付常贵在信用社工作，都不知道烧镁砂是怎么回事。只有齐永昌算是个明白人，但在砌窑方面还不是很专业。可他们白手起家，自力更生，拿着镰刀割庄稼，挥着锹镐平土地、挖地槽、放线、搬石头、运灰沙、砌墙、画图、焊接，能干的自己干，实在干不了的就雇人。不仅人是外行，工具也极其简陋、笨拙，大多都是从家里拿来的一些农具。运石头没有大汽车，而是租借的一种四轮小翻斗车，一回也拉不了几块石头。为了节省钱，齐永昌通过关系从外地购买一些废铁板或边角余料，焊接拼凑做铁架子、铁槽子、小推车、漏斗等家什。

万事开头难，付常浩的建厂是举步维艰的。正当他艰苦建窑的时候，齐永昌引荐了一个合伙单位——鞍钢齐大山选矿厂。

在付常浩他们什么都不会，什么都不懂，硬是要建窑，还缺东少西的情况下，有一次，齐永昌去齐大山选矿厂想托关系弄一些废旧钢材，找到了时任齐大山选矿厂副厂长、总经济师于永华。于永华和齐永昌属于一个企业的同事关系，还是难友（都是"右派"，曾在一起劳动改造过），两个人感情颇深。也是赶巧，当时正处在国企对乡镇企业的支持阶段，齐大山选矿厂正苦于没有找到合适的支持伙伴，正好齐永昌去了，正中他们下怀。当于永华得知齐永昌来意的时候，他的眼前一亮，当时就提出了和付常浩他们合作的事。条件是从人力、物力、财力尽其所能支持观马山中档镁砂厂。付常浩听了自然高兴，跟国企合作，是"天上掉馅儿饼"的好事，再说还是人家主动提出来的，没有不同意的道理。于是约定双方相互看一看，了解了解。齐大山选矿厂是国企，没什么可挑剔的，倒是付常浩这边没什么把握，底气不是那么足。刚建厂，一切都是乱糟糟的，根本看不出什么规模，瞅哪儿都是破破烂烂的。付常浩有些担心。

当齐大山的领导到他们这里来看厂的时候，付常浩很是聪明地以当地乡镇企业为名，先是把齐大山的领导介绍给了当地的乡政府（营口县百寨乡政府）的领导，拉大旗做虎皮，由时任乡长曹恩富亲自接待。当时，百寨乡属于全国体育之乡，也有"亿元乡"（亿元乡在全国也不是很多）的美誉，有国家颁发的"亿元乡"的牌子，端端正正地挂在了乡政府的大会议室里。齐大山的领导见了更是增加了信任和合作的信心。有了好的政策，加上本地政府的支持和鼎力相助，付常浩对企业的初创同样也是信心百倍。

当时的乡政府也是为了自己扬名，搞业绩，想振兴自己乡镇的经济发展，极其支持付常浩的举动，对齐大山选矿厂领导的到来也是非常欢迎，并给予热情的招待。然后才到观马山中档镁砂厂来，对付常浩他们的企业进行实地考察。

考察过程中，付常浩的心里并不是那么踏实，对齐大山的领导于永华说，我们这刚开始弄，还没有形成规模。于永华是个知识分子，为人憨厚，他说，你付老板要是什么都弄完了，我来干啥？付常浩闻言，才把一颗悬着的心放了下来。于永华说，你放心，从企业讲我们是国企，理所当然的老大哥，从年龄上讲我比你大20多岁，是你的兄长，老齐（齐永昌）是我的患难兄弟，我这个当大哥的，一定尽力帮助你，不把你这个厂子弄出个模样来，我不走！听了于永华的话，付常浩当时心里热热的。心想，我遇见了贵人。

齐大山选矿厂领导的实地考察不仅仅是对付常浩企业本身的考察，同时对企业周边的环境也进行了评估和考察，加上乡政府领导的重视和付常浩的信心

鞍钢矿山公司齐大山选矿厂与观马山中档镁砂厂合资经营的协议

满满，齐大山的领导很满意，立马跟付常浩签订了合作协议，敲定了国企对乡镇企业的扶持合作关系。

付常浩当时真是有一种心旷神怡之感。他高兴地对齐永昌说，你给小弟帮了大忙。齐永昌说，这只能说明你的命好，缺啥来啥。从此，齐大山选矿厂开始对观马山中档镁砂厂进行点对点的支持和服务。据当时的旁观者村主任刘小文说，付常浩当时占了天时，还占了地利，又遇见了齐大山的支持，可以说是天时、地利、人和都占了。再加上付常浩的干劲儿和他的为人，不可能做不好。

　　齐大山选矿厂的人进入之后，付常浩着实占了不少便宜。大部分的物质、器械、材料、技术、人马都是齐大山给的。付常浩高兴坏了，后来回忆道，和齐大山方面的合作我能节省多少钱自己都没法算，只钢材这一项，当时的市场价是1800元一吨，于永华给我的价是700块钱一吨（国拨价，当时国家实行的是价格双轨制），一吨钢材就便宜1100块钱，还有电机、风机、减速机都是他们提供的，其他的小物件电缆、电线，包括螺丝钉我都一分钱没花。我们高高兴兴地合作了3年。

　　付常浩是个讲究的人，是个看人长处、帮人难处、记人好处、知道感恩的人。在齐大山对他给予大力支持的时候，他想回报一下齐大山的于永华。无论于公于私，他都想回报一下。于是花42000元买了辆北京212吉普车，车牌号是辽56—2127，想送给齐大山厂方。于永华并没有接受，说，开什么玩笑，我们是来支持你的，怎么好意思要你们的东西，绝对不行！再说也不符合原则和规定。付常浩说，你们对我的支持太大了，我怎么好意思无动于衷，只占你们的便宜，也不是什么很贵的车，就是一个小吉普车而已。你们来回跑，工作辛苦，留着用，算我的一点小意思。于永华说，小意思也不行。我们是国企，不可能接受你的小意思，至于我个人更不敢接受了。你知道为什么现在国企对乡镇企业的支持有所松动，就是这里的一些违规操作太严重了，导致国有资产外流，有的甚至揣到了私人的腰包，中饱私囊。国家也发现了问题，用不了多久，可能就不让干了。付常浩说，我已经占了你们不少便宜，还欠你们24万元（设备钱）没给呢。于永华说，支持乡镇企业，暂时付出些钱很正常。付常浩明白了他的弦外之音。吉普车没有送出去，自己还白捡了设备的便宜……

　　"天下大势，分久必合，合久必分"。后来，形势果然有所变化，国企对乡镇企业的扶持到了尾声，开始收口。在齐大山选矿厂对观马山中档镁砂厂扶持结束之前，齐永昌给付常浩出主意，你需要什么赶紧提出来，让他们给弄。形势一旦有变，这种好事就没了。付常浩有些不好意思地说，咱们欠人家的太多了，怎么再张口？人要知足。齐永昌笑道，你看你，一脸磨不开的肉。有什么不好张嘴的，人家是国企，拔一根毛都比你的腰粗。

我在国企待过,你那点小要求算什么,现在提还来得及,过这个村,就没这个店了。付常浩还是没有张口。最后齐永昌说,关系是我拉来的,这事你甭管了。齐永昌便暗自决定,让于永华给付常浩他们又做了一个炉,齐大山选矿厂对观马山中档镁砂厂的扶持才宣告结束。

齐大山选矿厂的人马撤走后,付常浩才开始了真正意义上的独立建厂和经营。

窑建成了。他们购压球机一台,压密机一台,湿碾机两台,还有电机等其他一些附属设备。设立了成型车间,负责粉碎、压球;烧结车间,负责烧结和选品。可以生产中档镁砂、重烧镁砂、富镁白云砂、AG砂(鞍钢针对当时平炉冶炼研制的一种新型耐火材料)、补料等。由于是初建,方方面面的机构并不是很健全,也用不着那么健全,一切为了生产,只设了厂长、会计等非固定必要职务。当时的厂长是齐永昌、付常浩;侯素香是会计,付雪梅是出纳,付常武负责后勤,张宪洪是维修工,陈德伟负责销售,黄立负责矿石验收,李胜新负责发货,这些人算是初起的得力干将。

开工以后,他们找了二十几个人两班倒,一天烧镁砂30吨左右,一个月近1000吨,一年就是10000多吨。

付家人的行为惊动了村民,也惊动了那些搞镁砂的业内人。有的旁观者见他们干得风风火火、热火朝天,便在一旁看付常浩的笑话,嘲笑道,别看他们张罗这么欢,哭的时候在后头呢!

当然,付常浩的压力是极大的。贷款需要还,窑建起来了需要有产品,烧完镁砂还得往外卖,方方面面的压力是常人难以承受的。那时的他每天都要抽两三包烟,以缓解自己的压力。

付常浩说,记得开工的那一天是1989年5月1日,星期一,正是五一国际劳动节。这是个吉祥的日子,是中华人民共和国成立后,中国人民正式享受着的第四十个国际性的劳动节。在这个不平凡的日子里,由付常浩亲自书写的"营口县观马山中档镁砂厂"的牌子正式挂了出来。一个16米高的中档竖窑点火开工。

这一天,人心是振奋的,场面是壮观的。歌声四起,热闹非凡。整个

挂有付常浩手书"营口县观马山中档镁砂厂"牌匾的办公楼原址

工地四周插着鲜艳的彩旗，随着清风在鼓动；人们望着悬挂起来的"营口县观马山中档镁砂厂"的牌子，心潮澎湃；看着点燃的中档竖窑，无不欢欣鼓舞。特别是那些在过去的几个月中付出汗水的人，更是激动非常，热血沸腾。此时的大哥付常贵和付常浩的心情是复杂的，万里长征的第一步刚刚开始，以后的道路还不知道怎么走呢。

6. 对外贸易

在付常浩筹建厂的过程中，国家开始支持对外贸易，国内的镁制品可以大量出口，而且市场非常看好，供不应求。说白了，就是在出卖资源。特别是日本等国家疯狂地到中国来买电熔、重烧、中档镁砂、滑石等，中国的矿产品当时都是快货。各级政府自然闻风而动，想挣钱，雨后春笋般成立了好多家对外贸易公司。营口县（后改为大石桥市）以政府名义也成立了好多家这类贸易公司，并分别派人主抓这项业务，进行资源的输出。当时来讲，这是个千载难逢的机会，付常浩自然不能错过。虽说他们正在建厂，还没有产品的产出，就已经跟营口县对外贸易开发公司签了对外贸易协议，为将来的产品出国先铺了路，准备建窑生产后进行镁产品的对外输出。

到了1989年8月，观马山中档镁砂厂已经有镁产品产出了，而且有一小部分镁产品进行了出口，虽说做了几单贸易，只是好景不长。到了1990年，对外贸易受到某些因素的干扰。由营口县对外贸易开发公司转卖给国外的3000多吨镁砂滞留在营口港发不出去。其中，观马山中档镁砂直接损失20多万元。剩下的一些镁砂因占用港口货位时间过长，收取的占地费和镁砂的价位基本持平，在港口的3000多吨库存（不止他们一家）因缴不起占地费只能把货白白地扔到了营口港，成了一堆废料，很难估计当时的全部损失能有多少。那期间，由于形势所迫，很多贸易公司陆续倒闭，退出了历史舞台。观马山中档镁砂厂的第一次对外贸易合作自然也跟着曲终人散了。

国内的形势不仅影响了国际贸易，对国内销路的影响也很大。原本国内中档镁砂的用户就不多，加之国内形势的影响，导致中档镁砂销售困难。

7. 负债经营

那阵子，虽说开始正式生产了，但销售的途径并没有打开，生产的产品不知道往哪儿卖，更不知道卖给谁。由于都是外行，不属于业内人士，销售量极少。销售人员在跑了一阵子销售之后，也没有什么大的起色。只见产出，不见回报。虽说只有一个窑，可每天都在生产，产品积压严重。当时的厂长付常浩看在眼里，急在心上。可刚刚建起来的窑又不能说停就停。一是，停一次窑再点窑需要不少的钱；二是怕外人笑话；更重要的是还没到应该停下来的程度。

有句话说得好："我们生命中最大的本钱不是金钱，不是权力，甚至不是知识，也不是能力，而是心态。"付常浩正面临着这种心态的考验，一种格局决定结局，态度决定高度的心态。他想，万事开头难，没有过不去的火焰山。

产品卖不出去，导致资金循环不畅，极度紧张。工人需要发工资，生产需要不断地购原料，焦炭、镁石等都需要大量的资金。不足一年，他们就亏损了43万元。据付常浩大妹付艳华说，那时候四哥（付常浩）真缺钱，为了不拖欠工人的工资，还向我借过钱呢。

1991年的春节，付家兄弟并没有过好年，特别是大哥付常贵和四弟付常浩，他们肩负着沉重的债务。付常浩更是过得前所未有的拮据，过年只买了5斤肉。大哥付常贵给他拿了几条大一些的黄花鱼。他自己又买了一些青菜，包了两顿饺子就算把年对付过去了。

春节，是中国人最大的节日，也是中国人最重视的节日，可以说举国上下都在过年。付家和往年一样，欢欢喜喜地想把年过好，写春联，贴对子，蒸年糕，包饺子。可这一年，付常浩家过得着实有些寒酸。

大年三十的晚上，全家四口人围着一张桌子吃饭，桌上只摆了4个菜。小女儿付丽问，爸，今年过年的菜咋这么少？付常浩说，明年就多了。他没法把欠债的事跟家里的人说，只能把希望寄予来年。吃完了年夜饭，一家人坐在炕上，按惯例做父母的是要给两个孩子压岁钱的。付常浩从口袋里掏出两张一元面值的人民币，每人一块钱给了两个女儿。两个孩子见比往年给的压岁钱少，大女儿付宇拿着嘎嘎新的一元钱纸币问爸，以前的压岁钱都是10块钱，今年咋这么少？付常浩乐观地说，现在是一块钱，将来你可以拿它到我这来换10万。妻子张玉琴问，真的假的？付常浩笑道，当然是真的。我现在都是厂长、老板了，老板能说谎吗？张玉琴对两个女儿说，妈拿10块钱，换你们的一块钱行吗？两个女儿高高兴兴地把钱跟妈换了。张玉琴拿着两张一元的票子，又拿过一支笔，对丈夫付常浩说，在这两张钱上签字，每张写上10万。付常浩说，给你10万块钱怎么能够，将来有钱了，我给你搭个铜雀台（据说《三国演义》中的铜雀台是曹操给大乔、二乔准备的）。张玉琴笑道，你真要是搭铜雀台，供的就不是我了，我还是相信10万块钱吧……

还没过大年初五，大哥付常贵找四弟付常浩，说，转眼快一年了，贷款需要还，就算本金暂时还不上，利息也要给，我在信用社不能让人看笑话。再这么弄下去亏空会很大，实在不行把窑卖了，把贷款还上。付常浩知道大哥的心理负担，也知道大哥是个守信誉的人，绝不会赖银行的账不还。当时，付常浩的心里也是没底，也怕这么弄下去亏欠的窟窿越来越大。他望着冰天雪地的远方。心想，人家都说"靠山吃山，靠海吃海"，别人能吃到，我怎么就吃不到？他抽着烟，思考了一下，最后对大哥只说了一句话，我就不信我天生就是个穷命！让我想想。

其实，当时的付常浩是没什么可想的，他只能是找他信得过的齐永昌。

若干年后，付常浩说，什么是财富，那时给我的感觉，朋友是财富。特别是在你眼看着就趴下去的时候，能有人助你一臂之力，而且这个臂膀能把你托举起来。齐永昌就是一个这样的臂膀。

正月初六的上午，正在全国人民享受快乐春节的时候，在乡下庆贺新春不断的爆竹声中，随着西北风就能闻到爆竹的火药味，付常浩和齐永昌穿着军大衣，戴着棉帽子，骑着自行车来到观马山中档镁砂厂。

正是春节放假期间，厂内除了打更的，看不到一个人影，一切都静悄悄的。两个人进了库房，看到堆积如山的镁砂，心情是沉重的，也是无奈的。齐永昌伸手抓了一把镁砂，在手里捏了捏，对付常浩说，咱们建个窑也不容易，不能说停就停，也不能说卖就卖，更不能说黄就黄。我不同意马上卖窑，你家大妹子付艳华在家里生豆芽还得五六天时间呢，咱们这才不到一年。跟大哥（付常贵）说说，再坚持一年半载的，实在不行了再做打算。"有女不愁嫁"，我就不信咱有产品还怕卖不出去……

付常浩看着齐永昌这个时年已过五旬的老兄，问，你有什么好办法？齐永昌丢掉攥在手上的镁砂，拍了拍手上的灰，皱着眉说，也没什么更好的办法，我亲自跑跑看，生产让陈德伟管吧，我负责销售。但说好了，可不一定能行。付常浩听了他的话很受鼓舞，也非常感动地说，眼下销售是最重要的，我跟你一起跑销售吧！

8. 拎包的厂长

齐永昌（中镁元老），男，1931年出生，大石桥永安田屯人，比付常浩大19岁，是冶金部下属辽宁镁矿公司（下文简称"辽镁公司"）的一个退休中层干部，在岗的时候负责整个辽镁公司钢材供应。这是个读过四书五经，念过国高，当过兵，被打过"右派"，性格开朗，善交际，头脑灵活，做事有条不紊，且脚踏实地的人。他同时也有自己的独特性格，只要他认为对的，谁也反驳不了；只要他认为错的，谁说对就跟谁干，而且声音洪亮，必须跟你争个面红耳赤。付常浩结识齐永昌也是很偶然的。1988年4月3日受聘于他们企业的创始阶段，可以说两个人识于微时，相识后很合得来，有一种相见恨晚的感觉。付常浩也看好他的性格，工作踏实，有话就说，

原观马山中档镁砂厂厂长齐永昌

从不掖着藏着。据当时在厂里工作的陈德伟说，老齐（齐永昌）为付家的初始发展做出了巨大贡献。

就这样，付常浩和齐永昌经过反复商议，两个人亲自出马，于大年初七踏上了漫长的销售之路。

那时的冬天特别冷。天是寒的，地是冻的。一家家的屋檐下挂着一排排大小不等、形态各异的冰溜子，像一根根倒立的银针，在阳光的照射下泛着寒光。

付常浩和齐永昌不敢在家多待片刻，冒着北风烟儿雪，坐着那个年代车次很少，且速度很慢的火车出发了。

20世纪90年代初，中国的铁路还不够发达，从当时的辽宁营口县大石桥到黑龙江的齐齐哈尔每天只有一趟列车。他们前一天晚上上车，经过海城、鞍山、辽阳、灯塔、苏家屯、沈阳、虎石台、铁岭、开原、昌图、四平、公主岭、长春等近30个大小站，历时近16个小时，在第二天早上到达齐齐哈尔。然后坐小客一个小时才到齐齐哈尔的富拉尔基。付常浩说，当时我们有规定，外出不准坐飞机，无论多远只能坐火车硬座。我是老板，也不例外。他又说，那时我还年轻，坐硬座可以坚持，在座上吃，在座上

睡。只是齐永昌年龄已经不小了，我打心里心疼这个兄长。当时吃的也不是很好，麻花、面包、盒饭、方便面什么的。冬日里，由于车厢里太冷，盒饭拿到手里的时候是温的，如果不快吃，用不了多久就凉了。

车厢里的人不是很多，却很冷。人们迷迷糊糊在列车钢轨有节奏的震动声中无精打采，昏昏欲睡。付常浩很愿意跟齐永昌出差，原因是齐永昌懂历史，会讲故事，《三国演义》《七侠五义》《武林外传》等书他都看过，而且讲得风趣，耐人寻味。付常浩说，齐永昌懂得很多，明白得很多，记忆扎实，讲起来绘声绘色，眉飞色舞。其实一些书我也看过，但都如过眼烟云了。齐永昌却不，他能把书中的每一个环节讲得真真切切、头头是道，是很招人听的。可讲得时间长了，他也累了，我也累了，只好谁也不说话了。两个人裹着军大衣，戴着棉帽子，穿着大头棉鞋，蜷着身子依偎在车窗旁，透过用手掌焐透了的上满了厚厚霜花的一小块儿玻璃向外望去。冬天的北国，苍茫一片，看不见一丝绿色。只有他们坐的铁皮列车是绿色的，像一条长长的冬虫，喘息着，不知疲惫地在广袤的北方原野上爬行……

想起从前，付常浩曾无数次坦诚地自嘲道，其实当时他自己不仅不懂镁砂，也不懂销售。对他而言，齐永昌却是个什么都懂的内行。他那时只是跟在齐永昌身后走南闯北，东跑西颠，根本不像个厂长，倒很像个给齐永昌拎包的。他说，有那么一段时间，每到一处，我就跟在齐永昌的身后，对人家说齐永昌是厂长，人家便信以为真，对待齐永昌比对待我热情、客气。当然，名片也是这么印的，厂长齐永昌。付常浩笑道，反正我姓付，是不是正的无所谓。很多年以后，公司发展起来了，付常浩名声在外的这个"副厂长"才变成了真正的厂长。

那一段时间，齐永昌通过自己在辽镁公司大石桥耐火材料厂时的工作关系，带着付常浩奔波在辽宁、吉林、黑龙江、湖南、湖北、江西、安徽、山东、山西等地，寻找客户，寻找需要镁砂的厂家。路途近一些的地方他们就坐汽车，远一些的地方就坐火车。当时的交通不是很方便，路途近的也需要一两天，两三天；路途远的，去一次就得十天半月。两个人虽说不是风餐露宿，却也历尽艰辛。为了节省开支，吃的是最便宜的，住的是最廉价的。他们住不起大宾馆，只能住小旅店，两三块钱一宿的小旅社没少住，住5块钱的带澡堂子的旅店都极少。可以说是哪儿便宜住哪儿，什么便宜吃什么。现在想起来，都不知道那时候是哪儿来的精神头和干劲儿。付常浩说，做买卖挣钱有瘾，就像抽烟，明知道抽烟不好，但还是要抽，只为那一会儿的舒坦。做买卖也是一样，千难万难，只为了瞬间挣钱。有一种成就感在推着你走。

有个夏天，付常浩回忆说，我一个人在北行的列车上，去齐齐哈尔。见餐车上有卖烧鸡的，已经很久没见荤腥的我想解解馋（记得小的时候，在电影中看到剧中人吃烧鸡喝白酒的样子，就很馋。心想，等将来长大了，有钱了，一定买只烧鸡，就着白酒，像电影里的人那样好好吃他一顿），便一狠心买了只烧鸡。不承想刚买完烧鸡，从白城子上来一个农村妇女，领着一男一女两个小孩儿，正好坐在我的对面。那个年代，两个农村的孩子怎能经得起烧鸡的诱惑，就连他们的母亲的喉头也是蠕动的。两个孩子眼巴巴地看着我刚刚买的摆在眼前的还没有来得及吃的烧鸡，闻着香香的味道，已经垂涎三尺了。我不忍心自己大快朵颐，把两个鸡大腿儿分给了两个孩子，把鸡胸脯肉给了孩子的母亲，剩给我的只有鸡爪子、鸡骨架、鸡头和鸡屁股……在一旁坐着的乘客看着我们吃得很香，还以为我们是一家人呢。

………

就这样，付常浩和齐永昌一个厂家一个厂家地走，一个"庙"一个"庙"地拜，除了销售，还精心地考察项目，捕捉市场信息。

这一天，他们来到了黑龙江省齐齐哈尔市的一家国企大厂——北满特钢。

北满特钢（被建龙收购后为"建龙北满特殊钢有限责任公司"），始建于1952年，1957年全面建成投产，立足为国防、军工及国家各行业重大技术装备的生产提供关键性的特殊钢材。总部位于齐齐哈尔富拉尔基，是我国"一五"期间兴建的国家156项重点工程项目中唯一一个特殊钢制造厂。

通过原来工作上的关系，齐永昌找到了时任供应处副处长王克用。王副处长见到了齐永昌十分热情，毕竟有多年的业务联系和往来，是很有感情的。寒暄一阵之后，齐永昌说明了来意。王副处长满口答应，没问题，咱这么大的国有企业，一年需要很多各种耐材，买谁家的货都是买。咱们是朋友，这点小事好办。就让他们回旅社等消息了。

这一天两个人很兴奋。在去旅馆的路上，齐永昌就把王克用这个人进行了介绍，说他是个说话算话守信誉的人。

齐永昌和付常浩回到了小而寒冷、一宿只有两块钱的旅馆。后来付常浩回忆道，当时虽说我们住的旅馆很小很冷，但我们的心却很热，终于有人要买我们家的货了。我跟齐永昌很是亢奋地抽着烟，聊着天，言谈之间筹划着未来……

他们直等到下午4点多钟，终于等来两男一女：一个矮胖男人，一个高瘦男人，还有一个长着一脸雀斑的女人。雀斑女人说，是王副处长让他们来的。齐永昌很高兴，说明了情况、来意和目的。双方聊得很投机，雀斑女人很痛快地答应第二天签协议。付常浩在一旁又是倒水，又是让烟，觉得这一次的事一定能够办成，没有白来。几个人直聊到天快黑了，抽得满屋子烟。这时，那个矮胖男人看了眼表说，谈得差不多了，时间也不早了。可干说时间不早了，就是不动窝儿，不想走，在那儿望着厂长齐永昌。齐永昌明白他们是什么意思，就去瞅付常浩。付常浩没明白，还在那美滋滋地倒水、点烟，跟人家聊，说自己的产品质量怎么怎么好，价格又如何如何便宜。又过了几分钟，那个瘦高的男人说，时间真的不早了，天快黑了，咱们还有挺远的路，散篓子吧（喝散白酒的意思）！齐永昌在国企工作过，也总出差，迎来送往，明白业内的规矩，人家是想让他们请客吃饭。便再一次看付常浩，意思说，厂长，说话呀，人家要喝酒了，想"宰"你一顿。付常浩仍然没明白，还说，好好好，这个事就这么定了，我回去就给你们发货，你们可以先不给钱，货到付款。又说，有机会到我们那儿去，我和齐厂长请你们吃海鲜。我们那儿不仅守着山，还守着海，什么海产品都有，绝对生猛鲜活。这时，那个雀斑女人干咳了一声，说，这样吧，事情先谈到这里，回去咱们研究研究再说。雀斑女人便带着两个男人悻悻而去。

客人走了，付常浩问齐永昌，他们不是说定下来买咱的镁砂吗，还说让咱们明天去签协议，怎么还要研究研究？齐永昌也没明白，就给那个他熟悉的王克用副处长打电话，问是什么原因。王副处长在电话里说，你们傻呀？他们说的时候不早了，就是到吃饭的时候了，让你们请他们喝酒。付常浩当时就傻了，他看着齐永昌，干张嘴说不出话来。

这一夜，付常浩和齐永昌都没有睡好，两个人在互相埋怨。付常浩说，你怎么就想不起来请人家吃饭呢？齐永昌说，我以为王副处长说行就行了呗，他们这几个人只是跑腿儿的，吃什么饭，能省一顿是一顿呗。再说，咱现在是什么条件？为了住店的两块钱，你跟人家争讲了半天，我怎么好意思替你决定请人吃饭，一顿饭要花不少钱呢。付常浩听罢，哭笑不得，说，大哥，不有这么一句话嘛，"逛窑子，吃豆腐渣，该省省，该花花"。咱干啥来了，不知道哇！又说，我不是跟你说了嘛，在家里我是厂长，在外头你是厂长。在业务上我不懂，也不敢乱说话呀。齐永昌听罢，将大被往头上一蒙，说，完，弄岔劈了。就这样，因为一顿饭，一切努力前功尽弃。

第二天，天还没亮，两个人带着一种自责，带着一种埋怨，还有一些无奈，沮丧地离开了旅馆，去别的地方想辙去了。

从齐齐哈尔出来，付常浩和齐永昌两个人闷闷不乐。齐永昌也不讲故事啦，付常浩也不想听了，他们坐着南下的列车去了湖南湘潭。

一路上，付常浩百思不得其解，问齐永昌，就为了一顿饭，买卖就不做啦？齐永昌看着窗外依然在冰冻中的北国，说，你没在国企待过，他们就是这样，想跟他们拉关系的人太多了，都得溜须他们，吃顺嘴儿了，习惯了。付常浩听罢，一声叹息。

就在付常浩和齐永昌在外着急上火找客户的时候，家里出现了一些情况。传言观马山中档镁砂厂干不下去了，想往外卖。据付常浩说，那是我和齐永昌从外地回来之后听说的。已经有几伙人到厂子看过了，没说什么就走了，买不买还没有回音。付常浩明白这里的蹊跷，都是内部人造成的。但他也理解，实在经营不下去了就得卖，也就没说什么。若干年后他回忆道，厂子没卖出去，应该是因为当时的厂子太不像样了，就那么一个窑，就那么一点设备，就那么一块小地儿，还破破烂烂的，想买的人根本就看不上眼。当时我的小厂就像一个长得很丑的姑娘，想嫁都嫁不出去。他说，人是应该感谢机会的，有的时候也要感谢对手，在做生意上对手给你的机会最多，能激励你，让你奋进，更能让你有决心超过对方。在当时企业没有效益、难以维持的情况下，如果真的有人把厂子给买去了，我就不会有今天。这就是丑小丫的命运，这就是人家给你的机会。其实，后来湘潭的关华当时也不是想上我这里工作，他去的第一家应该是 QH 集团，或是别的什么地方，是后来到我这里的。如果当时他在别的地方干了，就不会有以后我和关华那么长期而友好的合作了。丁德煜如果没有关华的介绍也不可能到我这里来。还有齐永昌，有的人接受不了他的性格，他才到我这里来的。无论是关华、齐永昌还是丁德煜，都是十分有能力的人。

付常浩喜欢三种人：一种是比他优秀的人，一种是使他优秀的人，再一种是和他一起优秀的人。付常浩说，人的相处就是一种缘分，中镁的高管和技术能人对企业后来的发展做出了极大的贡献。这么多年的工作经验告诉我，要学会接受，接受那些有个性、有能力、有品行的人才。每个人都有弱点，每个人也都有优点，"君子和而不同"，有差异才精彩。

一晃，一个月过去了。

1991 年 3 月 5 日，这一天正是学雷锋的纪念日。当付常浩和齐永昌拖着疲惫的身子风尘仆仆从外地回来的时候，家乡已经渐渐变暖了。只是他们还是没有能联系上可以购买他们产品的客户。

这一天，就在他们刚到家落脚的时候，办公室的人送给齐永昌一份电报，说是十天前发来的。齐永昌打开电报一看，立马找到厂长付常浩，说，咱俩得马上去北满特钢！付常浩问，干啥，请人家吃饭哪？齐永昌说，饭得请，钱得挣。

事情发生在付常浩和齐永昌离开齐齐哈尔之后，北满特钢的人事有所变动，原来的钢厂厂长退休，王克用副处长因为工作有能力，为人也好，破格被提拔任命为一把厂长。新上任的王厂长没有忘记齐永昌找他的那件事，立刻拍电报给齐永昌，让他们马上去北满特钢。

付常浩看了电报后，惊喜万分，高兴地问齐永昌，这回是真的？可不能像上次为了一顿饭把事办砸了。齐永昌笑道，厂长，上次不能怪我，是你不说话，我不敢乱答应花钱请客。付常浩又说，你忘了，咱们当时是怎么定的，你主外，我主内。你当时不会给我个眼神儿啊，我怎么知道你是怎么想的？齐永昌说，我看你看得都要把眼珠子瞪出来了，你就是不看我，还跟那个雀斑女人聊个没完。付常浩笑道，这都是分工不明确惹的祸。我再重申一遍，从现在开始，在厂内我说了算，只要出了这个厂大门，你就是我的领导。反正我姓付，给人的感觉到哪儿都是副手，不丢人。办公室的人听了就笑。付常浩边说边翻着日历，问，今天是什么日子？办公室的人说，今天是惊蛰，学雷锋的日子。付常浩说，学习雷锋好榜样，忠于人民忠于党。惊蛰好哇，"惊蛰乌鸦叫，雨水沿河边"，春天来了！临走的时候，他又吩咐办公室人员说，再过几天就是妇女节了，如果我们回不来，别忘了告诉厨房，过节那天中午做几道好菜。这些女工挺辛苦，不仅在外面工作，在家里还得干家务，不容易。过节了，犒劳犒劳她们。再准备点酒，谁愿意喝谁喝，然后放假半天，别忘了再买些纪念品送给她们。齐永昌问，厂长，有没有咱们男人的份儿？付常浩说，男职工可以跟着吃饭，纪念品就免了。又说，你个大老爷们儿，跟女同志争什么纪念品！你要是能把这次订单拿下来，可以按着妇女的待遇，我送你双份儿。说罢，两个人动身重返齐齐哈尔。

第二天，两个人到了齐齐哈尔的北满特钢。齐永昌没有忘记请客，非常主动地笑着对新任厂长王克用说，把上次没有吃的饭给你补上。厂长王克用红着脸说，这次不能让你们请我，我得请你们，给你们赔个不是，上次让你们白跑一趟。还没等吃完饭，现场办公签协议，购买付常浩他们观马山中档镁砂厂生产的 AG 砂（鞍钢针对当时平炉冶炼的一种新型耐火材料）2000 吨，并立刻汇款。这一天，付常浩和齐永昌都喝多了。

1991 年，按照当时 2000 吨 AG 砂的市值大约 130 多万元，纯利润 70 多万元。一下子把付常浩他们前一年亏损的 43 万弥补回来，还赚了 30 多万元。

这是付常浩实实在在捞的第一桶金。

· · ·

9. 重烧镁

形势有所好转，但销往国外的中档镁砂出口贸易是不能做了，付常浩想转产为国内需求量较高的重烧镁。

从齐齐哈尔回来的第二天，付常浩召集观马山中档镁砂厂的全体中层干部，开了一次紧急会议，商量把"中档镁砂"转为"重烧镁"，将销售目光对准国内。付常浩的提议得到了大哥付常贵、齐永昌及与会者的认同。

说干就干，就在原来王家堡子的中档镁砂窑开始生产重烧镁。由于产品不同，需要窑的大小不同，烧法也不同，产品的质量要求也不一样，用原来烧中档镁砂的方法是不可行的。烧中档镁砂的工人根本就不懂生产重烧镁的技术。无奈，只好重新找会烧重烧镁的技术人员。只是当时这种技术人员极少，又因当时周边需要重烧镁的人员的企业增多，寻找人才困难。于是，同行企业之间开始悄悄地招揽人才、挖人才、重用人才。付常浩也加入了这个人才争夺的行列之中。

由于急需技术人员，各个企业无头苍蝇似的乱找乱窜，托人，找关系，笼络人才，导致烧重烧镁的技术人员的匮乏，薪水大增。更有甚者在其间浑水摸鱼、滥竽充数。付常浩他们这里同样来过"滥竽"，同样是一批又一批地来人，又一伙又一伙地走人。

这一段时间，付常浩因找不到烧重烧镁的人而头疼。但他并没有气馁，说，我就不信了，这么大个世界还找不到一个会烧重烧镁的人。于是，用提高薪酬，给房子等优越待遇聘请技术人员。经过苦心的挖掘和耐心的寻找，最终在营口耐火材料厂高薪聘请了两个师傅，经过窑的改造，反复实验，重烧成功。据当时在观马山中档镁砂厂工作的陈德伟说，郑师傅和赵师傅为他们从中档镁砂转重烧镁起到了很大的作用。

1992年之后，国内的形势有所好转，方方面面进入常态。镁制品的销路也有所回升，中档镁砂销售的形势开始恢复。这一期间，观马山中档镁砂厂的重烧镁也渐渐打开了市场。只是一个窑没法烧两样产品，付常浩决定扩大再生产，在原来的场地，花了13万元又建了一座重烧镁窑。

10. 肇事

付常浩买吉普车的本意是想答谢齐大山选矿厂于永华的，于永华没要，他只好自己留着用。有了吉普车，他们的工作也方便了许多。

那个年代，车还属于稀罕物，一个县城的机动车并不是很多，吉普车已经是很不错的车了，就是在县政府也并不多见。私人企业有车的也就更少。付常浩不是炫耀摆阔的人，有车也很少坐。他每天上下班骑的是一辆破旧的自行车（后来变成了小摩托）。用车比较多的是齐永昌，来洽谈业务的外地客户人不少，迎来送往的方便，面子上也很过得去。

1994年，辽宁大石桥这一代的乡村还不是那么富裕。由于付常浩的厂房建在村里的山坡上，离村里民宅很近，难免有人惦记它偷点什么。特别是他们烧镁砂的焦炭，那个年月是很缺少，很贵的，每吨二三百块钱，普通人家根本买不起，于是就来偷。有的为了冬日取暖，有的是红白喜事搭大棚在灶上做饭用。多少次让他们打更的人抓到了，交给了厂长付常浩。付常浩并不责怪，还让厂里的工人给他们送去一些焦炭。就这样，长此以往，偷他们东西的人少了，来求付常浩的人却多了，实话实说，儿子结婚，或是家中有了丧事，需要什么都来跟付常浩讨要。付常浩不仅答应，同时还随了份子，他在村里的人缘也就越来越好。当时有个不成文的规定，只要是王家堡子的红白喜事，都可以来拿焦炭。

自从有了吉普车，付常浩就不仅仅是给人家焦炭的事了。当时，在乡下结婚娶媳妇最好的条件就是骑自行车。付常浩有了吉普车后，一些管他借车摆阔的村民大有人在。特别是结婚的旺季，基本上车就闲不着。老百姓还经常为借车闹矛盾。付常浩没办法，有的时候到别处帮着借车，以解他们的燃眉之急。

随着企业的发展，中档镁砂和重烧镁两个窑在一个场地，一起烧，昼夜

陈德伟

付雪梅

奋战，而且效益越来越好，观马山中档镁砂厂在本地同行业的名气也就渐渐大了起来。不仅销售数量在不断攀升，产品的质量更是有保证。付常浩在家乡的名望与日俱增。当时的厂长还是付常浩和齐永昌，会计兼出纳是付艳华（原来的出纳付雪梅已到父亲付常贵的大石桥第二耐火材料厂任会计），分管生产的是付常辉，后勤依然是付常武，陈德伟回大石桥第二耐火材料厂。

也是因为有了钱，也是因为工作需要，付常浩用顶账的方式把现有的吉普车顶了出去，换了台"标致"轿车。两年后，"标致"轿车在去锦州买焦炭的路上肇事，人虽说没有伤到，车却有了一定的损坏。3年后又转手顶账，重新换了两辆奥迪车。一辆给了大哥付常贵的大石桥第二耐火材料厂使用，一辆观马山中档镁砂厂自己留用。司机依然是刘世忠。

刘世忠

刘世忠当时很年轻，为人憨厚，勤

快，朴实，不仅喜欢开车，而且对车保养得也不错。厂长付常浩很是中意这个人。只是在奥迪车买到手不到半年，有一次在去鞍钢办理业务时，在哈大高速公路上的西柳路段再一次肇事。这次肇事比较严重，因为当时的天已经黑了，视线不好，路前方有一辆拉着钢筋的货车因爆胎停在高速公路超车道上，司机刘世忠开始没有发现。由于高速公路上的车速过快，当他发现的时候已经晚了，车刹不住就顺着肇事车拖在地面上的钢筋爬了上去……当时在车上的有付常浩和齐永昌。这一次肇事的结果是，司机刘世忠牙骨骨折，盆骨骨裂；齐永昌腿骨骨折；付常浩没有大的伤害，只是眼镜片碎了，将脸刮了个小口子。司机刘世忠和齐永昌住院治疗。半年后，两个人康复。齐永昌被任命为分厂厂长，刘世忠没有再开车，被任命为销售部经理。

…………

有了第一桶金垫底，此后的付常浩有了底气。不仅在产品质量上有所保证，在销售量方面还节节攀升。后来他们又陆续在湖南的湘潭、安徽的马鞍山、辽宁的鞍山等地打开了销路。只北满特钢一家，第一年纯利润70多万元，第二年纯利润90多万元，第三年纯利润140多万元。全国加起来的利润，到第四年已经达到了500余万元。日子渐渐好过起来。这时的付常浩信心百倍，胸有成竹。

资本是什么，资本就是钱，就是能力。1992年—1998年的6年间，付常浩以不张扬、为人低调的风格，积攒着自己的资本，默默无闻的他在同行业中渐渐有了无可置疑的话语权。

11. 大哥付常贵

付常贵是付家的长子。二弟付常明、三弟付常辉、四弟付常浩、五弟付常武，还有大妹付艳华一致认为，这是个非常值得尊敬的兄长。想当初，在他们还没有办企业的时候，大哥付常贵就是一个很有号召力、家庭责任心极强的人。

原大石桥第二耐火材料厂总经理付常贵

大嫂罗桂坤

　　"家有千口，主事一人。"那时兄弟几个都结婚了，谁家有什么解决不了的问题，遇见什么困难，都要找大哥商量，大哥也责无旁贷地帮着解决，很是关心这些弟弟妹妹及其家人。他曾无数次地对四弟付常浩说，咱们得有自己的企业，得让自己的家人有活干，吃饱饭，只依靠土地很难脱贫。付常贵是这么说的，也是这么做的。当时这些弟弟妹妹每家的家境都不算很好，只有大哥付常贵的工作不错，是体制内的人，在信用社是个副主任，生活上能比这些弟弟妹妹的家庭要富裕一些。特别是在那既缺钱，物资又匮乏的年代，他们没有工作，打零工，在家务农，土里刨食，每一家过得都不是那么殷实，缺钱少物是常有的事，时不时地要到大哥这里来讨扰。大哥大嫂每每都十分热情地给予帮助。

　　大妹付艳华说，我们不仅有个好兄长，还有个好大嫂——罗桂坤。她是一位朴实、善良的农村妇女。罗桂坤跟大哥付常贵结婚后，为付家添了一女两子（长女付雪梅，长子付金永，次子付志忠）。在相夫教子的同时，她还不断地帮衬着家人。大嫂是个很开明的家庭妇女，当时我们每家缺什么，就到她家拿什么，跟拿自己家的一样。大嫂非常慷慨。由于丈夫付常贵属于公职人员，家里的农活及抚养孩子的重担全都落到了她的身上。她既全心全意地照顾自己的家人，还毫不吝啬地帮衬着这些小叔和小姑子。父母故去后，特别是到了过年的时候，付家的所有人，每一年的大年初二都要到大哥家热闹一番，吃吃喝喝，玩玩乐乐，迎接新一年的到来。不仅大人们高兴，小孩子们更是兴奋，有的唱歌，有的跳舞，一大家子人其乐融融……

大哥付常贵的大石桥第二耐火材料厂（以下简称"二耐厂"），创建于1993年，当时八届全国人大一次会议通过了《中华人民共和国宪法（修正案）》，明确了我国正处于社会主义初级阶段，国家实行社会主义市场经济。那时，付常浩的企业已经干四五年了，正是风生水起的时候。在付常浩的建议下，大哥付常贵投资400万元，征地15亩，注册了大石桥第二耐火材料厂，进行镁碳砖的生产。当年生产镁碳砖近万吨。虽说第一年没有太高的利润，却为以后辽宁富城耐火材料（集团）有限公司（以下简称"富城

富城集团办公大楼

集团")的建立、发展打下了坚实的基础。

大哥付常贵的办厂和四弟付常浩的办厂，不仅解决了自己本家人的工作问题，还为政府减轻了就业的负担和压力。他们由起初办厂的十几人，到几十人，由几十人到几百人（起初以自己家人为主）。这些人大多是农民，他们从挣不到钱的繁重的农田种植中解放出来，进入工厂，学习技术，做了工人，有的甚至成了管理者，使他们的生活水平有了保障和进一步的提高。

众所周知，1993年至1997年是中国改革开放的重要时期。在党中央、国务院的正确领导下，各地方、各部门继续贯彻中央"抓住机遇、深化改革、扩大开放、促进发展、保持稳定"的基本方针，积极落实宏观调控的各项措施，国民经济持续快速发展，并实行税制改革，通货膨胀得到初步抑制。特别是国有企业、地方企业和个体企业同时发展，这一阶段国民经济有了明显的上升趋势。大石桥周边的个体企业如雨后春笋般应运而生。付常浩的观马山中档镁砂厂和大哥付常贵的二耐厂，抓住了机遇，得到了甜头，形势蒸蒸日上。就在他们快速发展的时候，大哥付常贵溘然长逝。

那是1997年7月31日，中国人民解放军建军64周年的前一天。大哥付常贵的二耐厂已经干了整整4个年头，而且形势喜人。

这一天，全国人民正在为庆祝八一建军节做着准备，搞庆祝活动。大石桥市内及各个乡镇的街面上到处张贴、悬挂着庆祝建军64周年的大型横幅，广播里、电视中提前好几天宣传报道着建军节的内容：从建军那天起，到抗日战争的胜利，到解放战争的胜利，到抗美援朝的胜利，为中国人民解放军建军64周年做着广泛的宣传。这一天，天气是晴朗的，人心是振奋的。我们的国家，在中国共产党的坚强领导下，在中国人民解放军的不怕牺牲、浴血奋战的保卫下，祖国人民过上了48年的平静日子。

这一天，大哥付常贵的心情也是非常好的，毕竟他们付家也有个曾经当过兵的人——二弟付常明。尽管他没有打过仗，尽管是和平年代的兵，可他是一个很优秀的营级军医干部，同样是他们付家人的光荣。他们不会忘记，付家的门楣上始终悬挂着"军属光荣"的牌子。"一人当兵，全家光荣"，可以说二弟是他们全家人的荣耀。母亲在世的时候，每年都要将那块

二哥付常明

挂在门楣上的 "军属光荣" 的牌子擦拭几次，让那块红地儿黄字的牌子在阳光下熠熠生辉。记得在付常明当兵的那些年，每逢建军节和过年的时候，全家人都要给远在内蒙古当兵的亲人打个电话，报个平安。二儿子付常明当兵的时候，母亲很是炫耀了一阵子。她说，我一共生了五个儿子，有工人、农民、解放军、当领导的，还有大学生，工、农、商、学、兵咱家占全了，我没白养这几个儿子，也是为国家做了贡献。

大哥付常贵傍晚从工作单位下班后，来到自己的二耐厂。他们正在搭建一个车库。那时的车库很简单，红砖墙，石棉瓦。大哥来的时候，墙已经砌完了，石棉瓦已经摆到了房顶，但还没有固定。大哥来了，就爬上车库的房顶看了看，想检查一下有什么不合适的地方。大哥在信用社工作，是个领导，无论干什么工作都是细致入微的。

夏日的傍晚，夕阳正红，庄稼已经没腰深了。大哥付常贵站在车库的石棉瓦房顶上，先是看了看四周的环境。此时周边已经建了很多企业，烧镁砂的，打镁砖的，还有一些其他行业的厂企。原来这里是一片庄稼地，转眼几年，已经成了一大片厂区。他看着很是感慨，真是今非昔比。这时的夕阳正照在大哥的身上。他穿着银行的工作服，白衬衫，黑裤子，黑皮鞋，双手叉腰，梳着背头，看着光芒四射的夕阳，想还有两三年自己就要退休了，等完全退下来就可以一心一意地在自己家的企业再干上几年……

大哥看完四周的环境，又看了看脚下的房顶，试了试还没有固定下来的石棉瓦。突然一块石棉瓦断裂，他的脚下一空，大哥在毫无防备的情况下，从断裂的石棉瓦房顶上掉落下来，摔到了头部，不幸地离开了家人，享年57岁。

大哥付常贵的突然离去，对付家是个重大的打击，全家人极其悲痛。

当时，他们的父母已经不在很多年了。母亲是 1975 年 12 月 16 日走的，享年 59 岁；父亲是 1982 年 6 月 3 日走的，享年 62 岁。大哥付常贵走的时候，大嫂罗桂坤才 54 岁，大女儿和大儿子已经结婚，还有一个小儿子没有成家。

据大妹付艳华回忆，现在想起父母和大哥离去的场景，依然历历在目。母亲张玉芳一共生了 8 个孩子，由于当时条件不好，吃得太差，母亲一口奶水都没有，8 个孩子全都是非母乳喂养活下来的。老人家一辈子没享着福，而且走得很早，死于冠心病。付艳华说，母亲的性格和父亲的性格截然不同，她是个性格很急的人，刀子嘴，豆腐心。虽说孩子多，对我们每个孩子都极其呵护，但不惯我们的毛病。谁要是往家拿什么不属于自己家的东西，肯定跟父亲"奏本"，跑不了被父亲一顿揍，并让你把从哪儿拿回来的东西再放回去。特别是在我们的婚姻方面，母亲操心更多一些，但只是提出她的看法，从不强加干涉。母亲对儿媳妇和姑爷有什么不满意的地方，也只是放在心里，表面上依然是笑脸相迎，从不拿脸子给人家看。

付艳华说，大哥是家里 8 个孩子的老大，结婚自然就早，但当时孩子多，家境也不是那么富裕。大哥娶大嫂进门的时候，母亲没给大嫂什么东西。这件事母亲始终没有忘记。在她老人家临走的时候说，我这一辈子，欠你大嫂的更多一些。父亲是个心里有数，很少表白的人。他相信人的一生是"风水自带"，他一直在教导孩子要与人为善，不做恶事。

付艳华说，在他们还小的时候，付家有个规矩，一天三顿饭，谁要是先吃饭，只能是先吃前一顿吃剩下的，只有把剩饭吃完，才能吃新做的饭。不可以把剩饭留给别人。这个规矩一直延续到父母离去。当然，那个年代，那么多的孩子，家里是很少剩饭的。父母离世后，这些弟弟妹妹开始依赖大哥付常贵。无论是家里或外面有什么事情总是要跟大哥商量，让他出主意，并想办法解决。大哥走后，四哥付常浩在事业上有了起色，我们便开始依赖四哥。四哥和大哥一样是任劳任怨的，我们谁都没少给他添麻烦。无论找他做什么，从来没有推诿的时候。我们做妹妹的也是不好意思。

大哥付常贵的溘然长逝，对付家打击很大，对付常浩的打击更大，仿佛失去了主心骨。付常浩总是忘不了刚刚创业的时候，都是大哥在鼎力相助，出谋划策，动用一切力量帮衬着他走到了今天。大哥走了，他很是悲痛，眼下他只能是肩负着尚未完成的事业独立前行。同时也意识到人生命的脆弱，就像一棵树上的某一片叶子，说不准被哪阵风给吹落了。他在悲痛中料理了大哥的后事后，感到身上的担子一下子加重了，大哥是这个大家庭的主心骨，大哥走了，未竟的事业和家庭的负担，迫使他必须抓紧时间去努力，去拼搏……

大哥走后，大石桥第二耐火材料厂由付常贵的长子付金永接管。付家开始的原始股份一并结清。

12. 形势所迫

法国文学家、思想家罗曼·罗兰有句话，大意是说生命中只有一种英雄主义，那就是在你看清了生活的真相以后，依然热爱生活。不管生活多糟糕，命运扎了你多少刀，你都能带着微笑活下去。

早在 1984 年 1 月 1 日，中共中央发出的《关于 1984 年农村工作的通知》中指出，在稳定和完善生产责任制的基础上提高生产力，"发展城镇社队企业"。各省、市政府号召国有企业、省属企业、地方企业要对乡镇企业的发展给予大力支持。这一文件虽说振兴了乡镇企业的发展，后来也影响了个别的国有和地方企业。由于当时的个体企业发展迅速，在没有足够约束、没有明确规矩的情况下，只要赚钱，有些个体企业不顾国家和集体的利益，在想怎么干就怎么干的前提下，把多少年的"计划经济"有些搞乱了，形成了"三角债"。其主要形成原因，一是固定资产投资规模过大，建设项目超预算，资金缺口大且到位不及时，项目不能按期运营，投入资金不能回流，或项目决策失误根本无法回流，是造成企业贷款拖欠的重要原因；二是企业资产负债率过高，所需流动资金主要依靠银行贷款支持，偿债能力下降，形成拖欠；三是在企业资产负债结构中不合理的情况下，企业流动资金的漏损和流失，加剧了流动资金的紧张状况和相互拖欠的情况。导致企业账户上"应收而未收款"与"应付而未付款"的额度大幅度上升。有些国有企业、部属企业、省属企业、地方企业出现了难以支撑的危机状态，"三角债"严重。那些捧惯了"铁饭碗"的国有企业和地方企业的工人，他们的"铁饭碗"也就面临着被砸碎的可能。于是，这些国有企业以前欠民营企业的钱开始难以支付。也就是说，那些从前得到过国有企业和地方企业支持的私企，也面临着危机。一是没有人再支持他们，二是欠的钱要不回来。一些先起家的民营企业难逃此劫。付常浩的观马山中档镁砂厂，同样面临着这种窘境。

其实在20世纪80年代的中后期"三角债"已经形成，直到1990年国务院批准在全国范围内对"三角债"进行清理。

那是一个很漫长也是很苦恼的阶段。产品卖出去了，钱却不能回笼。不仅影响了买原料，还影响了发工人的薪水，更谈不上剩余价值。付常浩不得不陷入另一种状态——要账！

那一段时间，由于外面欠债太多，付常浩的观马山中档镁砂厂资金周转开始出现危机。要不来钱，就不敢生产，生产出来的产品又不敢轻易地卖给对方。可点燃的窑又不能随随便便说停就停，点一次窑的费用不小。更何况干活的工人怎么办？你要是停产，人家可能又去找别的出路。你再想干的时候，就得重新招人，那是很麻烦很费周折的。一系列问题摆在付常浩的面前，企业的处境进退两难，已经到了停不起、也干不起的程度。付常浩决定亲自出马带头出去要账。

据付常浩回忆说，当时山西的太钢、安徽的马鞍山钢厂、齐齐哈尔的一重、齐齐哈尔的北满特钢、湖南的湘潭钢厂、辽宁的鞍钢和抚顺钢厂，都和观马山中档镁砂厂有业务往来，虽说他们在业务上合作很愉快，可处于大气候的影响，同样逃脱不了"三角债"的围困，资金异常短缺。

形势所迫，有的厂家资金链断条严重。他们也面临着和付常浩一样的无可奈何，要了货，钱却不能及时支付。即便有钱也要先给熟悉的人或厂家。

据当时负责销售的刘世忠说，有一次他去山西的太钢要账。人家告诉说，你不在这里等一个月，休想拿到钱。刘世忠哭笑不得，只能在那儿苦苦等待，每天都要去对方那里候着等钱。时不时地还得请管事的人吃吃喝喝或送些什么。尝到了低三下四，说小话，赔笑脸，要小钱儿的滋味。

刘世忠说，那一段日子真是难熬哇。每天不想别的，一心想的是赶紧把钱要来。记得，他去安徽的马鞍山钢厂要钱，照样得等，而且时间不定。据他说，那已经是他跑第四次了。辽宁大石桥到安徽马鞍山路途遥远，1600多公里，每次要账都是无奈地去，又无奈地回。当时车速又慢，往返就需要好几天时间。那是在他开车肇事之后的事。他跟厂长说，再跑一趟去要账。并说再要不回钱就不回来了。付常浩笑道，他们要是给你发工资不回来也行，可以用他们欠咱的钱顶你的工资。按你现在的工资标准估计足够给你开33年的钱。

这一次，刘世忠果然没有白去。开始人家还是说没钱可给。刘世忠无奈，只好把肇事受伤的情况跟对方负责人说了，还给对方看了没有完全愈合的伤口。哀求道，把钱给我，我才可以住院看病。对方见他可怜，便有了恻隐之心，才把欠的10万块钱给了他。从那之后，刘世忠带着伤口四处奔跑要账。他笑道，那时我真想早点康复，可为了要账，又唯恐自己的伤口长得太快。后来他又带着没有好透的身子去了山西太钢，钱也是这么要回来的……

付常浩放出去的人没有把账全都要来，原因有二：一是要账人缺少信心，不会软磨硬泡，不会拉关系，要回来更好，要不回来拉倒，这样公司损失的钱就多；二是欠债方赖着不给钱，他们总是坚持这种论调：我是国有企业，不是我没钱，是别人也欠我的钱不还，我没法给你。再说，你是个民营企业，得罪不起我，我没有钱，你拿我也没办法。

一次最典型的追账是观马山中档镁砂厂到辽宁镁矿公司营口耐火材料厂（下文简称"营耐厂"）的讨债。

1992年上半年，齐永昌通过辽镁公司营耐厂负责生产的王青万，以600块钱一吨的单价，卖给营耐厂1000吨九五中档镁砂，就是要不来现钱，营耐厂已经欠他们不少货款了。付常浩派人多次讨要，他们就是不给钱。直到那一年的8月份，付常浩实在是揭不开锅了，再要不来钱不行了，他便亲自出马。

　　天正是热的时候，付常浩满头是汗地来到了营耐厂。营耐厂一个姓唐的主管会计仍然说没钱，而且态度十分强硬，屋都不让进。付常浩不高兴了，心说，你们欠我的钱不还，态度还这么恶劣！第二天他又来了，带来两个员工代表，意思是我的员工管我要钱，我没钱，就得管你们要。你们要是不给，他们就不客气了。果然起了作用。对方说，我说了不算，你还是找主管领导吧。付常浩就去找主管领导。那个主管领导正准备开调度会，当时在办公室的还有两个陌生的人。付常浩没客气，阴沉着脸，带着两个员工大大咧咧地进了屋。先是把那两个陌生人撵了出去，说，不好意思，你们回避一下，我想找这位领导单独谈谈。那两个人不知道怎么回事，见气势汹汹地进来三个人，不知道如何是好，看了眼那个主管领导，便退了出去。付常浩把办公室的门狠狠地关上，又将房门反锁。那个主管领导见付常浩带来两个高大的膀阔腰圆的人进来，同样有些害怕。付常浩把多少次来要账遭到的白眼，以及相互推诿扯皮，从头到尾都说了一遍。意思是今天的目的就是想把钱要走，并告诉对方今天解决不了问题，就别想出这个门！这时，外面有人推门，没推开，就敲门，在门外喊，开会的人都到了！付常浩对门外的人说，今天解决不了问题，会就甭开了。付常浩坐下来，盯着眼前的人。主管领导说，这是公家，办公室！不是你私企，小心我报警，你影响公务了。付常浩说，好哇，报呗，正好让公安局也给评评理，看看欠钱不还是个什么罪。主管领导说，你不能无理取闹！付常浩说，是我无理取闹吗？你搞错了吧，是你们欠我的钱，你们赖着不给好不好！这么大的国企欠我个体这点小钱，有意思吗？对方正在卷烟，吓得卷烟的手直哆嗦，道，真没钱！为了几个钱，还是公家的事，不给你们，我图啥呀？付常浩说，那是你的事，反正今天你得给我个说法。对方点烟，划了几次火柴没有划着，气得把手里的烟往办公桌上一丢，说，这样吧，你给我儿天时间，我再给你答复。付常浩冷笑道，你别跟我扯，你们已经不是一次两次了，今天推明天，明天推后天，推半年了。主管领导说，3 天，3 天行吧，你得给我时间跟领导商量商量吧？好几十万，不是小数目，我准给你信儿，再没有消息时，你把我办公室砸了。我得开会了，那么多人在等我。你知道你刚才撵出去的是谁吗？那是总部的领导！你这弄成什么样子？付常浩说，别拿总部领导吓唬我。他们是你的领导，又不是我的领导，不就是辽镁公司吗？我还见过北京的部长呢。总部领导更好，你给我引荐引荐，我跟他们说道说道，看看欠钱不还行不行。付常浩看着对方，有些不信他的话，就是不走。主管领导说，我都跟你这么说了，你还有什么不信的？3天，我准给你信儿。付常浩对带来的两个大汉说，你们都听到了，3天他再不给钱，你们就管他要钱。从现在开始，你们所有的工钱都管他要！付常浩说罢，带人离开。在出营耐厂大门的时候，其中一个大汉说，老板，咱就这么走啦？付常浩说，差不多得了，吓唬吓唬他，还动真的呀！我看差不多。

付常浩在家等了一天，没动静，又等了一天，还是没动静，心想，再等一天，我还去，非把你的办公桌砸了不可。就在这一天的晚上，快下班的时候，营耐厂那个主管领导带一个人来了。付常浩见了很高兴，问，送钱来啦？主管领导说，大哥，跟你说实话，真的没钱，眼下国企的日子不好过，我们也有困难。这样好不好，我们欠你的钱用焦炭来顶账。你要是同意咱就这么定了，你明天就去拉货。付常浩想，也行。当时营耐厂是国拨的焦炭，自然比付常浩他们自己买的焦炭质量好，而且便宜。付常浩见好就收，把话往回拉道，我也知道你们有难处，你要是早这么说不就结了嘛，何苦咱们还弄个半红脸。晚上别走了，我请你俩喝酒。对方欠他们的60万元有望了。

没想到节外生枝，在他们拉焦炭的时候，遭到了对方员工的刁难，不想给装车，总是推三阻四地找麻烦（当时国企的人对私企一贯有抵触情绪，瞧不起私企）。后来一个和付家有关系的亲属在那里工作，看不下去了，从中说话，领导都同意了，你们干啥不给人装车？却遭到了对方的殴打。虽说打得不重，但也不轻，也算是伤了人的。家属不干了，想报案。对方打人的怕公安局抓他们，在给了一定的伤害补偿之后，才开始装车拉焦炭。

由于"三角债"的问题，20世纪90年代初，国企开始实行自负盈亏，政企分开，但短短几年许多企业债务累累。因为是国企，不是个人投资的企业，很多单位发货、收款和后来的套路很不一样，相互欠账的情况很多，国企几年后无钱发工资的情况屡见不鲜。开始有更多单位用固定资产抵押，可以从银行贷款经营或发放工资。最终还是资不抵债，迫使企业破产。表面上是银行和企业上下游之间的债务关系，其实是受国际金融危机和国内环境的不利的影响。

由于没有现金流通，企业之间开始采用一种"抹账协议"的方式解决债务。只要你拿着相互间的"抹账协议"，就可以到对方指定的地点取你需要的物资，或是车，或是钢材、木材、水泥等。当时，付常浩他们用这种方法从长春一汽开始抹账换车。那时个体企业有车的并不是很多，特别是好车也就更少了。当他拿着"抹账协议"来到长春一汽的时候，看到一汽的停车场满院子都是车，什么型号，什么价位的都有。一个个来这里的人，都是手拿"抹账协议"来兑换的。

付常浩第一次抹账换来的是两台奥迪轿车，换来后再用同样的方法，再加些价顶给债主。后来又顶了几次"奥迪200"，一台60多万元。当然还抹换一些相对比较便宜的车：五十铃、道奇、解放、面包车等，拿李家的物，顶欠张家的账。当时全国的形势就是这样，对方也只好接受。你有天大的本事，也是回天无术。据不完全统计，1993年年末，人家欠他的外债达1500万元之多，他欠别人的也有700多万元，都是"三角债"的问题。

由于"三角债"严重，银行无钱可拿，后来又发展到一种叫"承兑汇票"的方法，以暂时解决互相拖欠的债务问题。

"承兑汇票"是在国家允许的基础上，银行发行的一种暂缓金融危机，代替现金的票据，代替现金，期限6个月。债主可以拿"承兑汇票"到人家指定的地点购买你所需要的物资，也可以兑换别的物品，拿东西顶账，就是换不来钱。付常浩开始不怎么相信"承兑汇票"，因为不是现钱，不感兴趣，不想要。他需要的是现金，真金白银。"承兑汇票"只是一张纸，没把握。后来听人说，"承兑汇票"和"抹账协议"差不多，同样可以拿着承兑来的实物，还他们欠对方的债务。这实在是一种不是办法的办法，他只好无奈接受。当时只鞍钢一家就欠他货款100多万元，就是用的"承兑汇票"换的焦炭。

在那个供大于求的年代，只缺钱，是不缺物资的。付常浩觉得也行，起码他也可以通过物资的交换，还清他欠别人的债务，互相都能缓解缓解，比总欠着债务不给强。他真想做那种既没有外债，又没有内欠的生意，可在当时这种想法是不现实的。

每个新生事物的出现，都要大喊大叫，同时也伴随着一些罪恶，既有受益者，又有受害者。

付常浩对新生事物的反应并不迟钝，只是他很难接受。市场上，经过一段 "承兑汇票" 的交换，后来变样了。个别脑瓜活的人，开始倒腾 "承兑汇票"，按照15%到20%的扣点，拿 "承兑汇票" 进行现金交易承兑。付常浩是很需要现金的，尽管他对 "承兑汇票" 的现金交易有所担心，可还是得做，企业毕竟需要现钱，无论是买原材料，还是给工人发工资都需要现金，总不能拿轿车跟工人的工资兑换吧。再说也不能拿着一张单子到处乱跑，毕竟 "汇票" 这种东西不是很可靠，交易起来有很多说道和麻烦。尽管承兑的人要的折扣比较多，换来的毕竟是现钱。于是，在1996年2月6日，通过关系找到了劳动服务实业公司的某人，专门做承兑现金交易。付常浩见到他们，说明了情况，还签了协议。安全起见，付常浩先是给他们拿了10万块钱的 "承兑汇票" 进行兑现。没用上十几天，交易成功。对方要的扣点还算可以，15%。付常浩挺满意。第二次又给他们拿的20万元 "承兑汇票"，对方也按时办理。付常浩也就放心了。在做第三次交易的时候，对方提出要20%的扣点，说涉及的人太多，承兑也越来越难，交易不好做。付常浩也没有多想，尽管损失的能多一些，好在是安全的。也就在答应给他们20%扣点的基础上，拿了50万元 "承兑汇票"，让他们承兑。结果现金没见到，"承兑汇票" 也没了，人也联系不上了。付常浩足足等了几个月，去对方处打听承兑的结果，对方说 "承兑汇票" 的现金已经拿走了。后来才知道，这是家皮包公司，人早就携款潜逃了……

那一段时间，北满特钢、一重、鞍钢、湘钢、马钢等企业都欠他的钱，都是通过相同的方式互相转抹的。只 "承兑汇票" 这一方面，按照20%的扣点来兑换现金，通过这么一倒腾，付常浩就损失近300万元。

地利篇

第三章

13. 收购大耐厂招待所

20世纪90年代一共发生了3次世界性金融危机，分别是1992年—1993年的欧洲货币体系危机、1994年—1995年的墨西哥金融危机、1997年—1998年东南亚金融危机。这3次危机都是在国际上影响比较大的金融危机，其产生和发展都有其自身深刻的原因。在世界的大背景下，中国也不能例外，自然受到影响，必须选择正确的经济增长模式，要对过去依靠投资和出口拉动经济的模式进行反思。必须寻求新的经济增长途径，即通过进一步的改革强化国内需求增长的能力。金融开放必须和应对能力相适应，加强金融自由化的同时审慎监管。

这一时期，在中国也经历了一场慢性的债务危机，缺乏效率的国有企业不仅成为财政的巨大包袱，更欠下了巨额债务。当时几乎让中国的银行体系和整个经济濒临绝境。中国解决那场危机的方式之一是出售国有资产，辽宁镁矿公司大石桥耐火材料厂（下文简称"大耐厂"）就是很好的例证。

1998年的大石桥，是从营口县转为大石桥市（县级市）的第六个年头。表面上是个市，实质上还是个县的样子，各个方面并没有因为变成了县级市而改观。人，还是那些人；环境，还是那样的环境。人们的生活一如既往。

在大石桥市区东侧7公里处的南楼镇依旧是静静的街面，依旧是那些无精打采的市民和混乱的市场，不整洁的街道，还有让人窒息的空气污染。这里的市民大多数是大耐厂的员工或家属（近3万人），还有一部分是百寨乡的村民。他们共同生活在这个半工半农的小镇上。

早在1995年之前，南楼镇是很风光的，无论是市民还是附近的村民都过着比较安逸的日子。特别是在大耐厂工作的人，更是有一种优越感。在这里上班的年轻人是趾高气扬的，他们倚仗着"我们是国企工人，铁饭碗"的优越感面对周围的人，和在其他工厂工作的工人是不一样的。这里的男女青年选对象都要被另眼看待，甚至比生活在大石桥的市内人还要牛气半分。他们每天在国企大耐厂的庇护下，穿着干净的工作服，戴着工作帽，骑着自行车，高高兴兴地行驶在平坦、开阔的柏油马路上，听着从大耐厂的厂部传来的"咱们工人有力量，每天每日工作忙……"刚劲、有力、欢快的歌声，优哉游哉地上班下班。那种情形是让人羡慕的，更是那一代人难以忘怀的。

…………

"人无千日好，花无百日红"，正在他们无忧无虑地工作、生活着的时候，国企的日子随着大气候的变化而发生了变化。先是他们没有奖金，接下来是拖欠工资，不能全额发工资，然后就是裁员，先裁老的，再裁小的，一家三代，十几口人在一个单位工作的不计其数。他们开始由全家上班到只剩下一个两个在单位上班，依靠着一个人或两个人赚来的微薄的薪水来维持度日，生活水平急剧下降。企业的亏损，工人的下岗，不仅影响了他们每个家庭的生活，还影响了市容市貌。原来宽敞的柏油马路不平坦了，电影院不演电影，俱乐部也没有了音乐之声，在商店买货的少了，到医院看病的也少了。理发店、饭店等服务行业也渐渐处于瘫痪状态，学校也归属地方。下岗的人不得不到处找工作，谋求生路。本地的房子、商铺也由原来的价格不菲，跟着降价。马路两侧的路灯再也不是那么明亮了……昔

原冶金部下属辽宁镁矿公司大耐厂招待所

日灯火辉煌、商铺火热的小镇渐渐成了萎靡不振的小城。

　…………

　　国企大耐厂招待所地处大石桥市南楼镇，占地面积15800平方米，原建筑面积4766平方米，始建于1985年，因企业解体而拍卖。

　　其实，大耐厂想破产并不是在1998年。在拍卖之前的1997年就已经放话，进行对该厂的各个车间、厂房、厂区、矿区和一些附属物进行评估，有卖的意思。付常浩在半年之前（1997年春节前）通过齐永昌的三儿子（在大耐厂工作）得知了信息，说大耐厂招待所要拍卖。付常浩见机会来了，立马行动，开始关注大耐厂拍卖的内部信息。

　　1997年秋天（大哥付常贵去世的当年），付常浩去招待所看过几次，惦记着把招待所弄到自己的名下。其原因有二：一是故去的大哥生前有意愿，想开一家酒店，将来可能有发展；再是当时的观马山中档镁砂厂总来客人，来来往往需要接待的人不少，有的时候就得去大耐厂招待所（当时属于内部招待所，当地没有其他宾馆），住宿困难，去市内住宿又不是很方便。付常浩根据自己的实力非常渴望弄一个酒店，为自己的企业服务，无论是接待、吃住，既方便又有面子。付常浩说，当时我最大的底气不是社会关系，而是有现钱，觉得自己有能力把招待所买下来（或是建一家酒店都行），心里也就总惦记着这个事，总往大耐厂的招待所跑，生怕有什么变故，让别人弄去。我每次去看招待所，都能想起大哥。如果大哥活着，一定赞成我这么做（大哥活着的时候他们也一起来过这里，有把招待所盘下来的意思）。付常浩说，那一年的春节，我想得最多的就是把招待所弄到自己手里，于是就盼着年快些过去。

年终于过去了。开春了，4月份到了，大耐厂招待所想拍卖的公告也出台了。拍卖国企招待所，一切都是公开、公平、公正的，流程、规则、要求、时间、地点，也都是按照法律程序在有条不紊进行的。

付常浩积极准备，心有所属，一定要拿下这个招待所。

参加竞拍的前一天晚上，付常浩的心情也是复杂的，也为自己是否能买下这个国企招待所而担心。消息透露，参加竞拍的有4家。其他3家，无论是从企业规模的大小、时间的长短、表面的实力都在他付家之上。他能不能拿下竞拍是没有把握的。

1998年4月24日历史上的今天是这么记载的：……1800年4月24日，美国国会图书馆成立；1792年4月24日，《马赛曲》在斯特拉斯堡首次演奏；1997年4月24日，中国青年五四奖章首次颁奖……当然，历史上的这一天也有几位名人诞生了，同时也有几位名人离开了我们。这些在不同的年份，相同的月份，相同的日子，发生的事情无不给我们很多的震撼，也给我们的历史留下了不可磨灭的一页。就在这一天，国企大耐厂招待所被付常浩收购，同样也是应该写进历史的。

这一天的天色很好，付常浩起得特别早。他先是把自家的水缸蓄满水，然后又打扫了一下院子。妻子张玉琴发现了说，今天是怎么了，这么勤快。付常浩说，今天是好日子，干净干净。早饭吃的是妻子给做的面条。付常浩说，好长时间没吃面条了。妻子说，吃碗面，能顺顺当当地把招待所盘下来。付常浩又看了眼摆在饭桌上的菜，一盘小葱，一块豆腐，还有一碟大酱,就问,这是什么意思?妻子说,小葱拌豆腐,一清二白。将来当老板了,办事要清清楚楚,明明白白,公是公,私是私,特别是钱上头的事,一定要弄清楚。企业越大,人越多,事越多,麻烦越多,特别是家族企业,你多我少,仨瓜俩枣,好多事情很难分清楚,不好处理。有的时候,人能共苦,不能同甘……付常浩明白妻子的意思,道,你这老婆我没白娶,典型的贤内助。又说,人只要私心不大,什么事都好办。妻子看了他一眼又说,今天是拍卖会,属于大场面,你把衣服换一换吧。看你造的,和要饭的没啥两样。付常浩说,你说对了,其实老板就是要饭吃的,当然得凭我自己的本事,让对方心甘情愿把钱放到我手里。吃罢饭,妻子给他找了一套洗得褪了色的黄军装。他便干干净净地骑着自行车出了家门。

4月的清风,既带着凉意,也带着温暖,更带着付常浩那惬意的心情迎面吹来。付常浩先是来到观马山中档镁砂厂,开了个会,处理了一些事务,然后于上午10点整,带着人来到了原大耐厂公安大楼三楼会议室。当时,观马山中档镁砂厂参加竞拍的有付常浩、付艳华、齐作尧、董宝岩,大耐厂来了办公室主任朱彦等几个人,在拍卖现场坐了一大排。齐作尧负责举牌。

参加竞价的一共4家,都是大石桥市内的私企老板。按照程序,他们都是在交了20万元保证金之后,来到了竞拍现场。当时负责拍卖的不是拍卖公司,组织者是国企大耐厂派来的负责大耐厂改组的清欠办的人,亲自组织拍卖。经过评估,大耐厂招待所的拍卖底价是120万元,现场拍卖举牌每次涨一万。也就是说在120万元的基础上,每次竞价必须涨一万元。四家竞争者谁都志在必得,互不相让,有一种不得不归、死磕到底的架势。可拍卖的价位涨得越多,拍卖方得的实惠越多,买方损失越大,他们每家都在心照不宣地盘算着……

竞价开始。121万、122万、123万……参加竞标举牌的人,一个比一个声音高,一个比一个喊得价位高,一个比一个亢奋。现场的气氛微微地有些严肃、紧张。他们各揣心腹事,在经过几番的口头竞买和心理战之后,在叫到127万元的时候，有的人家明显 "脚步" 放慢（20世纪90年代100多万元的现金也是个不小的数目）。付常浩审时度势，跟齐作尧耳语几句。齐作尧明白，举牌，从127万元猛叫到132万元，并强调是现金交易。其他三家见付常浩一下子涨了5万元，吓了一跳，不敢再加价了。现场出现了短暂的鸦雀无声，所有人的目光都瞅向了付常浩。付常浩冷静、淡定、若无其事地在那里抽烟。组织拍卖会的人在叫了3遍 "有没有再涨的" 之后，在没有再涨的情况下一锤定音，国企大耐厂招待所最终以现金132万元人民币的价格归属付家……

3天后，1998年4月27日上午，在大耐厂办公楼签订招待所买卖协议。付常浩他们办完了所有的手续之后，于4月28日正式接管。

那是春暖花开、风和日丽的季节。付家人带着春日的盎然，情绪高涨，信心满满地来到了原国企大耐厂的招待所，开始正式交接。当时在场的人有付常浩、付常辉、付常武、付艳华（后来的四家股东）、付宇、齐永昌、齐作尧、齐丽群、付勇、李胜新、刘志忠、梁玉刚、焦景有。还有原大耐厂招待所贾所长及个别员工。物品方面，他们在办了简单的交接后，对原招待所的电视、电风扇、毛毯、被子、桌椅板凳等原招待所的所有之物，也通过折价进行了处理。有用的被付家买了过来，没有用的对方自行处理。人员方面，原大耐厂招待所40多名员工，最终只留下王岩和王玉梅两个人。接收顺利。经过近两年的谋划、盘算、努力，带着大哥付常贵的一种意愿和付家人的企盼，这个国有企业招待所终于完完整整地落到了他们付家人的手里。

就在这一天的晚上，付常浩带着一种激动，也带着一种满足，来到了付家的祖坟前。坟茔地除了大哥的坟，还有父母的坟，以及故去了的祖先们的坟。祖先们的坟已经长有蒿草，"荒冢一堆草没了"；大哥的坟却还是新的，仿佛还透着土的味道和一种温度。大哥的音容笑貌还是历历在目的。付常浩想大哥，想爷爷奶奶，更想父母。他在暗自的悲泣中，在心里告慰先人们，我们付家有自己的大酒店了……

14. 富城大酒店

收购招待所之后，干什么用，付常浩还是费了一些心思的。当时周边的塑料化工企业很少，而且很赚钱，他先是打算弄个塑料化工厂。后来经考证，因招待所离居民区很近，离乡下村民的居住地也很近，弄化工厂怕有污染，也就没做。付常浩是个做事谨慎的人，他绝不会为了自己的私利而伤害别人的利益。特别是个别村民，对一些挣了钱的人，是抱有敌意的，仇富的心理很严重，付常浩深知其中的利害关系。再是从发展趋势看，未来他们的强项不是化工，而是做菱镁，他也就放弃了做化工的想法。

化工厂不能干，付常浩又想起了大哥的话，开酒店。

那一阶段，大石桥市的周边也和全国的形势一样与时俱进。大大小小的饭店、娱乐场所应运而生，只是周边还没有几家像样的酒店。营口、老边、大石桥市内倒是有那么几家，档次也不是很高。南楼镇就更不行了，不仅没有大酒店，小饭店都少。大耐厂招待所没黄的时候，南楼镇境内只有他们一家公办的招待所，还是以招待内部为主，偶尔对外。周边的一些企业、政府部门迎来送往的客人大多到他们这里来住宿、消费。随着改革开放的深入，私企渐渐增多，外地来这里的客商也渐渐增多，有的时候住宿人满为患，想住都进不来。观马山中档镁砂厂的客人也时常有被拒之门外的时候……付常浩审时度势，毅然决然，开酒店！

开酒店，搞装修，对于从来没有涉猎过饮食服务行业的付常浩来讲，无疑是一件难事，同时也是个挑战。那一阶段，付常浩两头跑，不仅要顾及自己的镁砂厂，还要考虑大酒店怎么做，忙得风风火火，干劲十足。

装修之前，首先要确定酒店的名字。付家人为有一个好的酒店名字也是费了一些脑筋的。当时，大石桥市内有个叫"新城"的大酒店，有人想给酒店起名为"东城大酒店"（因为南楼在大石桥东边）。付常浩没有同意，觉着寓意不是那么深刻，再是他不想在别人的基础上起自己的名字。《新华字典》那么多字，干吗非要在别人的基础上起名？于是就衍生出了很多名字，"南楼大酒店""豪富大酒店"等，付常浩都没有同意。最后还是齐作尧给酒店起的名。付常浩回忆说，那几天我身边的人都在为酒店能起个好名而苦思冥想。我每天都能听到无数个酒店的名字，家里人、同事、亲属、朋友也都在为这件事费心。一天晚上，已经是夜里10点多钟了，我都睡了，突然有人敲门，我被从梦中惊醒，心想一定是出什么事了（当时王家堡子的镁砂厂正在生产）。我立刻起身，来到外面，打开门，齐作尧站在黑暗中。我问，怎么了，出什么事啦？三更半夜的。齐作尧气喘吁吁地说，老板，酒店的名字我给你起好了，叫"富城大酒店"，怎么样？寓意是老付家已经进城了，而且在城里有个大酒店。你家姓付，"富"和"付"同音，是你老付家的大酒店。我想了想，这个名字不错，说，就这么定了！我当时挺感激齐作尧三更半夜地跑到我家来，为酒店起名字，同时也感谢他为我买下这个酒店立下了汗马功劳，便说，这个酒店以后就你负责了。

齐作尧（大石桥市原风华公司福利厂厂长）说，我可不行，那么大个酒店，我可管不了，你让我喝酒还行。我说，能喝酒就有酒友，你一定没问题。就这样，齐作尧是第一个管理酒店的人。当时的会计是付艳华。

酒店的名字确定了，便开始第一次装修。

齐作尧（齐永昌的儿子）接管酒店之后，表面上是他负责，但很多事情还是由付常浩出主意，怎么装修，装修什么样，如何利用原来招待所的格局，需要增加什么东西，增添哪方面的设施等等。可在实际操作的时候，他们的心里也都是没底。于是付常浩和齐作尧去大连、鞍山、沈阳等地到处"踩盘子"学样子。

经过深思熟虑，利用原来招待所的格局，做个综合性大酒店是最客观现实的想法。在考量、选样、设计后，酒店于1998年5月16日开始正式装修。

装修大多是在原来招待所的基础上进行的。为了适应需要，他们减少了一些客房，增多了餐厅包间，增加了洗浴面积，改造自来水，砌院墙，在主楼后面原来招待所一层楼座的基础上接了个二楼，增加了720平方米，又在西侧接个二层楼，增加420平方米，建了门卫，砌了锅炉房，新上的

160千伏安变压器等。无论是从格局上、形式上、气势上，比原来的招待所都有了很大的改观。最终内设高、中、低档客房68套，可同时容纳200人住宿，配有空调、国际程控电话、有线电视和安全消防设施；餐饮部拥有风格各异的大小豪华包房12个，适合高级宴请的多功能大厅可承办大型宴会和团体会议，可容纳600人同时就餐；浪漫温馨的夜总会、KTV包房，采用的是进口音响和灯光设备；休闲洗浴广场宽阔舒适，拥有本地区专利浴种的韩式竹林氧气浴、玉石玛瑙氧气浴和玉远红外线照射场等多个浴种；设有商务中心、购物中心、麻将房、大小会议室等服务设施，是商务洽谈、旅游住宿、休闲娱乐、喜庆宴请的理想场所。同时设有餐饮部、客房部、洗浴部、娱乐部（游戏厅、歌舞厅）、后勤部等机构，并进行专人专门管理……

装修的时候，齐作尧和李胜新负责装修的物料采购，付常辉负责基建，付艳华负责财务，张宪宏、刘世忠负责现场管理。

装修是有顺序的。为了不影响营业，主体楼由上至下进行装修。历时

中镁大酒店（原富城大酒店）

4个月，投资600万元，是购买大耐厂招待所的4.5倍。于1998年9月1日装修完毕。9月19日试营业。

酒店开业后的半年左右，经营状态并不是很理想。原因有二：一是管理不内行，模式化，缺少创新，只靠着齐作尧那点人脉关系是远远不够的；二是经营的价位定得低，成本高，费用大，对各个方面的估算不足。另外的原因是付常浩两头跑，付艳华也两头跑（当时兼作镁砂厂的会计），有些顾及不过来，导致管理不严，账目不清，营业的收入空中飞等现象时有发生……半年后，齐作尧主动撤出，回本部。酒店于1999年4月聘请了营口原万都大酒店的经理王英举和营口原中板厂熙园宾馆总经理于增光负责经营管理。

2023年4月19日，星期四，我在酒店总经理付艳华的带领下，乘王建军开的车去营口采访。

我们来到了营口市养老服务中心找到了王英举，后来又到了于增光的家，采访了他们。

王英举（营口万都大酒店副总经理），时年74岁，从容貌上看年轻的时候应该是个具有军人气质和素质的英俊男人。

采访的时候，他说，应该写写富城大酒店，他们做得很不一般。我当时是营口万都大酒店的，因腰部有些小毛病临时在家休息，是经人介绍暂时到富城大酒店帮忙的。他说，我开始跟老板付常浩并不是很熟，见面之后，言谈之间只感觉他是个很讲义气的人，是个做事踏实、想搞实业的人。在我去之前，富城大酒店已经装修完，也招了近百名年轻服务人员。只是在管理上还有些欠缺，主要是管理人不内行。我去后（当时于增光也在）把餐饮、客房、洗浴、娱乐服务部门进行了规范，确立了规章制度，个别地方还进行了军事化的训练。当时他们没有游戏厅，在我的建议下，又弄了个游戏厅。游戏厅挺赚钱的，弥补了当时餐饮方面的亏欠。

王英举说，酒店是个小社会，方方面面的人都有，存在顾客层次、民俗、喜好等问题，众口难调，想做好很难；特别是能保持大型酒店正常运营的费用很高，人员、设备都保持良好状态不容易。到富城大酒店后，我先是对周边环境进行了考察，对酒店进行了估量。由于南楼的特殊地域，如何经营酒店，想做个什么样子的酒店，都做了全方位的考虑。其实，当时南楼的环境不是很好，只有一个自由市场，还乱糟糟的。大耐厂一黄，一切都跟着不景气起来，俱乐部都停了，原来国有的从业人员失业的人很多。付常浩就是在这个当口买下的招待所。好在酒店当时开业时间不长，只是管理方面的一些问题。我们先是从酒店内部下手，进行整改。特别是规章制度，我和于总（于增光）、艳华（付艳华）费了一定的心思，弄了个"富城大酒店员工手册"。订立服务宗旨、经营目标、酒店规则、仪表卫生、奖励与处罚、计划生育、注意事项，还有附则，共七章，133小项。从人事记录到出勤考勤，从安全消防到拾遗防盗，从公事处理到事假病假，从审批权限到招收聘用等，都是按照星级酒店规范的。通过半年的磨合、调整，很快步入正轨。

王英举说，付家有个优点，人缘好，名声也极好，周边的企业、政府机关，包括市民都很支持富城大酒店，还经常有外地的客人到酒店来住宿、开会、宴请；本地的婚宴、学子宴、寿筵、乔迁宴、喜得贵子宴什么的，都要到他们这里来；还有许多企业的客户在这里长驻的。可以说富城大酒店把南楼的经济带动起来了，为南楼的经济再发展助了力，推动着各行业也跟着逐步活了起来。富城大酒店不仅笼络了本地的客户，大石桥市内和其他县市的客人也到他们这里来消费。一年以后，他们更加活跃，客流不断，热闹非凡，营业额也上来了。遗憾的是受地理位置的限制，酒店软硬件的条件有所欠缺，很难达标，还够不上星级大酒店（没有游泳馆、电梯等硬件），影响了升级。无奈，只能把经营理念放在亲民的角度上，在适合发展的基础上下功夫，不做高、大、上，只做好、全、多。不讲做大，不讲做强，只讲做好。

王英举说，付艳华是位女强人，每天都跟我们这些大男人"摸爬滚打"地工作，参观、学习，东跑西颠的很辛苦。他还说，我挺佩服付常浩的，一边经营镁产品，一边经营酒店，两手抓，两条腿走路，服务和消费都在自己家，"肥水不流外人田"，看得远，每一步走得都很踏实。记得当时周边也有那么三五家企业，都是同时期做起来的，开始做得也不错，可做着做着他们就不行了，原因是他们缺少发展眼光，不思进取；再有他们是股份制，不是一条心，只能是渐渐走向消亡。

我在富城大酒店虽说做的时间不长，除了建立一些经营服务方面的规章制度外，还建立健全了安全消防管理制度，都是我从万都大酒店带过去的，还参照了上海锦江饭店。服务行业的规章制度都是大同小异，但还要根据自己的实际情况不断完善、改进。规章制度虽然是一些条条框框，有的地方跟酒店实际情况并不完全相符，但没有还不行，人是需要约束的；目标、流程是要有的。酒店应该根据市场情况、地域情况、经营情况来调整一些标准。不适应客人的要求，你的规章制度再好也不行。

富城大酒店在安全防范方面做得也不错，他们最聪明的做法是，请当地的派出所民警住在他们酒店，为他们保驾护航。

于增光（1944年生人，营口原中板厂熙园宾馆总经理）说，我离开富城大酒店已经20多年了。我是1999年4月份（富城大酒店经营的第二年）去的，干了4年多。去的时候他们刚开业不长时间，当时前任的经理齐作尧不干了，酒店缺少一个懂经营的经理，经营方面也只有他们付家那几个人在管理。总经理只能是付常浩兼任，当时付艳华是会计，我属于总经理助理，王英举是副经理。一年后，王英举回了营口万都酒店。这期间，付常浩又收购了大耐厂办公楼，两头跑忙不过来，把酒店交给他的大妹付艳华，任总经理，我任的是富城大酒店副总，一直干到2003年7月。由于特殊情况，我提出辞职。当时付常浩不想让我走，付艳华也不想让我走。我们合作得很愉快。可我还是有些恋恋不舍地走了。我走的那天，付常浩亲自为我设宴，摆了一桌，敬酒的时候他说，你走了，这个地方你愿意什么时候回来就什么时候回来，无论是洗浴、住宿、就餐你签字就走人；也可以随时回来工作，我们都欢迎。于增光说，听了付常浩的话我非常感动，觉得这几年在付家没白干。

于增光回忆道，刚到酒店的时候，像英举说的那样，他们的效益不算太好，虽然没有太多的盈余，但亏不着，只是维持。那时，我和英举还有艳华，根据酒店的实际情况和存在的问题，方方面面都进行了整改。记得付常浩告诉我们，这个酒店必须要经营好，不仅仅是挣钱多少的问题，更是脸面的问题，绝不能把酒店鼓捣黄了。开始允许我们赔，别多赔，一年别超过四五十万就行（1999年可不是小数字）。其实我们还挺长脸，始终没赔，只能说盈余少一些。

我来之后，先是对酒店内部装修不合理的地方一步一步进行了改造。餐厅、客房、洗浴方方面面，改造最大的是洗浴。付艳华给我们下令，去外地"踩盘子"，学样子，我就和电工老郝去了沈阳、大连、营口、鞍山等地进行实地考察。考虑到自身酒店的条件，不适合弄太大的浴池，就把目光放到了中档一些的洗浴。为了采样儿，有一段时间我天天走，天天看，洗澡、体会、尝试，一天最少看两家。走了七八天，天天洗澡，都要搓秃噜皮了。最终在沈阳看好了一家，觉得挺适合我们。回来后，付艳华又带着付常辉、李胜新，还有搞装修的邢继德去看了看。心里有了数，根据我们家的实际条件，由邢继德设计，进行重新改造装修。改造后的浴池，无论从装修质量上、格局上、规模上看还是很不错的。洗浴池的形状变了，由原来的方形变成圆形；更衣室大了，又接了个休息厅。装饰、装修、设施上有了很大的改观……

除了软硬件和周围环境方面的改善，在人员培训方面从头开始进行（后来每年都坚持培训）。包括对服务员进行军训和消防方面的培训；还请营口旅游局的人对员工的仪表、仪容、礼仪进行培训和理论上的学习，然后进行考试，考试合格的上岗。在服装上我们也是很讲究的，每个人做两套西服（工作服）。餐厅、客房、服务员的工作服的样式有所不同，都是两套，非常正规。当时买的所有物品都是在沈阳的五爱市场、大西电子市场、家具城、炊具城采购的……那一段时间确实很累，天天逛市场，货比三家，买的都是最好的，价格还要合理的，把我们几个人都累抽了。

于增光说，正式营业后，我们每个月都评优秀员工，然后到会议室开会表彰。表彰后，每个人都得对酒店存在的问题说话。付总（付艳华）很厉害，不说不行，挨个点名让你说，对酒店存在的问题发表意见。然后她根据这些人提的意见进行梳理、整改……

于增光说，富城大酒店不仅仅为自身培养了一批饮食服务方面的管理人才，还为本地区的饮食服务业培养和输送了不少人才。首先是他们自己聘用的人才大都是营口万都的副总等得力干将，是非常有管理经验的，他们是带着经验来到富城大酒店的，自然也培养了不少优秀的年轻人。这些年轻人后来走出富城酒店，无论到哪家酒店，最小的是领班，大多是经理级别。

当然，富城大酒店在经营过程中也不是一帆风顺的。偷东西、徇私报复、打架斗殴的事件也时有发生，作为服务行业也是正常现象。还有个别嫉妒的、竞争对手，来酒店搞破坏的同行。甚至曾经发生过爆炸事件（有人在酒店的大厅里放炸药包），虽说没有伤着人，但也毁坏了一些物品，从精神上也是一种威胁。但都压下去了，并没有报案深究。付艳华对这类事情的处理态度是，由大化小，由小化了，以和为贵，服务行业不可以树敌太多。

于增光说，当时大石桥市18个乡镇，除县城之外，只有我们南楼镇（百寨乡政府所在地）这里有大酒店，其他乡镇都没有。百寨乡政府的领导为本区域能有个大酒店感到很自豪，并说，一定要支持这个酒店，相关活动都要在这里进行；它是我们乡的一张名片，让它带动我们乡的经济发展……于是，大大小小的会议，大大小小的宴请，包括重要的客人都会到富城大酒店来，为酒店扬名、助力。酒店营业两年后（2002年后），南楼镇的实体经济有了很好的改观。每到夜里，以富城大酒店为中心的街面上灯火通明，人头攒动，车来车往，不仅恢复了往日的市场繁荣，酒店周围的民宅房价、商铺价格也有所抬头，无论是买卖、租赁价格都在不断地攀升。市场活跃，自然带动了就业。无论是付常浩家的镁砂厂，还是他家的大酒店，都成了这一带的人择业的首选。到富城大酒店和镁砂厂来打工的青年男女都得走后门了。想当年在大耐厂上班的风光已被付家所取代。南楼镇久违了的灯火，在以富城大酒店为中心的区域又开始辉煌了。街道上亮起了霓虹灯、射灯、彩灯、照明灯，并有悠扬的乐曲从一家家的商铺里传来，小镇重新光鲜起来，兴奋起来……

于增光说，富城大酒店的经营，不可忽视的两个条件：一是有好的经营理念，再是有足够的后盾做支撑（当时是观马山中档镁砂厂，后来是富城集团，酒店是富城集团的一部分）。付艳华还强调，集团其他分公司的内部人员必须到自家酒店来消费，既可以花现金，也可以记账一起算。他们也实行打折，无论是自己家人，还是企业内部人员来消费都有优惠。明文规定，不用请示，一视同仁。不仅企业内部的人遵守，付家的兄弟姐妹及所有的亲属也人人遵守。付艳华说，我们付家的人太多，在企业内部工作的就有30多人，没个规矩绝对不行。我付艳华请客吃饭也掏钱。一切照章办事！

付家企业的发展不仅赢得了付氏家族经济上的富裕，还给本地的经济发展做出了贡献，同时也为自己在社会上赢得了地位和殊荣。2003年，酒店总经理付艳华被推举为大石桥市政协委员，2007年当选为市人大代表。可以说付氏家族名誉、地位、经济双丰收。富城大酒店（2013年改为中镁大酒店）还多次被评为"文明诚信私营企业""保安工作先进单位"；获得辽宁省工商行业管理局和辽宁省个体劳动者协会颁发的"光彩之星"、营口市公安局颁发的"娱乐服务场所治安管理A级三星"单位；在营口市第二届烹饪大赛中获银奖，在营口市第三届美食节获"地方名菜"等殊荣。慕名前来学习、观摩的时而有之。由于管理得好，经营得好，政府有规定，当时大石桥有四家大酒店（富城大酒店、新城大酒店、鹏源大酒店、三山大酒店）是受市政府的重视和保护的，以确保它们为社会提供更好的服务。

15. 莺歌燕舞

2023年5月12日，我怀着一种由听闻而产生的猜想，来到了中镁大酒店（原富城大酒店）。

三年来我对宾馆、酒店、超市、医院等凡是有人群的地方都有恐惧感。来到这里，依然是心有余悸的。走进来，昔日酒店的兴旺荡然无存，既没有了莺歌燕舞，也不见了人来车往。

三楼，319房间，中镁大酒店办公室主任张晓玲，引领我们一行人走进来。这是个环境优雅且温馨的客房，同时还有一种多日不住人的冷清。

采访的对象共5人，三男二女。男的有张宪宏、李胜新、何伟；女的有张晓玲、王君。据酒店总经理付艳华介绍，他们都是酒店的元老。

我瞅了眼李胜新和张宪宏，这是我第二次采访他们。

张宪宏说，还是出书的事？

我说，是写企业发展史的事，谈谈你们在酒店的时候都是怎么做的。

张宪宏想了想，说，时间太长了，25年了，活儿没少干，有些忘了。

房间里很静，其他几个人都望着张宪宏，看他怎么说。

张宪宏看了眼李胜新说，当时在酒店我始终干后勤，李胜新是我们的领导。咱这个领导有一个好处，就是上面经理不管安排什么活儿，他都敢接，我们就得硬着头皮干。25年前的富城大酒店不像现在要什么有什么，当时刚接手的招待所可以说除了这栋楼什么都没有。咱们是想开酒店，原来招待所的很多东西都用不上，一切都得从零做起。我记忆最深的是2005年正月十五，当时的经理是孙总（孙鹏），他要在正月十五期间搞元宵节活动，鸡年，想弄个"大公鸡"形象的吉祥物造型，还要能活动的。我问李胜新，你会弄啊？李胜新说，会不会弄也得弄，领导就这么定的。你不是绰号叫"智多星"，专治疑难杂症吗？你想办法。说着拿出一张金鸡独立的画，让我看，就照这个弄，要求4米高。我们就得想办法做。是年前开始做的，先是按着那张大公鸡的画放线，扩大10倍，用钢筋做骨，用铁丝网铺身型，往上焊接，粘贴。5个人，粘鸡毛粘了好几天。鸡毛是用绸子布剪成条，再在布条的一头剪成尖儿（公鸡的羽毛是尖的，母鸡羽毛是圆的），一圈一圈，从后往前粘；鸡尾是用蓝色绸布跟红绸布做成的，非常醒目、好看、逼真；鸡嘴是用红松木硬抠的嘴；鸡眼睛是用舞台的两个灯弄的，锃明瓦亮。正月十五那天摆在酒店院子里，非常好看！惹得好多人前来围观，照相。

当时我们后勤五六个人，什么都能做。圣诞节做圣诞树，国庆节做庆国庆的大型模型，参加区里运动会和市里运动会的时候我们扎彩车，只要

酒店员工合影，左起：王君、李胜新、何伟、张宪宏、张晓玲

领导有话，一切都能做。记得有一次弄圣诞树的时候，去山上弄树枝，我把脚崴了，在家休息好几天呢。张宪宏说，那时候年轻，什么都敢弄，不打怵。经理说我胆子大，要是给我个原子弹，我都能给它弄上天……

一阵说笑之后，李胜新说，我以前在商业部门工作，下岗后，跟老板（付常浩）在王家堡子那边干。后来买了招待所，我就被派到这边来了，让帮着弄酒店。说心里话，那时候，我连饭店都没下过，哪还懂得管理酒店？没办法，只能是硬着头皮来了。原以为酒店弄完了，就能回去，没承想能窝在这个地方，一干就是22年。酒店虽说也是企业，但和王家堡子的企业是完全不同的。酒店属于纯服务型行业，当时我们付家这一圈儿人都是外行。头一任经理齐作尧，是大耐厂附属厂的一个厂长，也不懂酒店管理，管了几个月见效益不行就撤了。后来董事长见家里人不行，就开始外聘，打广告招人。于总（于增光）是看见广告来的，被聘为总经理助理。后来又请了王英举，虽说不是科班出身，但很懂行，是从万都大酒店请来的。军人出身，喜欢军事化管理，把门卫和保安培训得和军人一样，见客人必须敬礼。于总原属于政府招待所管理人员，和私企酒店还是不同，专业性和打法上不一样。后来又请了孙总（孙鹏）。孙总的管理很严格。

李胜新说，22年，酒店的几起几落我都经历过。从刚开始的不成熟到现在的成熟，最好时期是2003年—2008年这一段时间，可以说是酒店最鼎盛时期。每天酒店的后厨基本上没有闲着的时候，忙得"人仰马翻"。当时的散台特别好……2012年之后就差一些，酒店从辉煌到不景气。从酒店的人员上就能看出来，富城酒店员工最多的时候有一百二三十人，2012年后，逐渐减员，从客服部开始，原是一层一个值台服务员，后期是两层一个，再后来就没有了。房嫂开始一共5个，后来只剩1个……

何伟说，我是几进几出富城酒店了。在我的印象中，董总（董德生）挺有才华的。他在这里的时候，我们搞了很多活动，想出了很多点子。我们也跟中央电视台学的搞了"幸运52"砸金蛋等活动，气氛相当不错。中奖了，以送菜品为主，送鲍鱼、送龙虾什么的，属于鼓励消费的一种手段。记得二楼还弄了个茶吧，也是董总在这时出的主意。我们还弄了一些酒店的口号："富城来消费，品位又珍贵"；"快乐加休闲，可能不花钱"。员工也有口号，是每天做完早操都必须喊的："我是富城人，富城是我家，全心全意待客，尽善尽美服务！"

…………

为了使酒店更好地发展，必须有新的管理办法，吸收新的管理人才。富城酒店的经理换得比较频繁，但每个经理都有各自的套路和打法，酒店就是这么渐渐成熟起来的。记忆中，除了于增光和王英举之外，历任经理还有孙鹏、董德生、姚淑琴、付昱；还有历任办公室主任马素坤、孟丽雅、那立群、魏雪莲、宋光红、张晓玲、杨靖忠、孙荣奎、屈丽明等人，他们都为酒店付出了很多。

王英举在规章制度、后勤管理方面及保安消防方面是强项；于增光人情味浓，人性化管理方面是强项；孙鹏在管理方面是强项，奖惩分明，不怕得罪人；董德生在经营筹划方面是强项。他们各有管理招数。每个老总的管理，在衔接方面都特别好，都为酒店的持续发展做出了贡献。

张晓玲，时年40岁，办公室主任。她说，我是19岁进的富城大酒店。开始是餐饮服务员，后提的领班、餐饮主管、餐饮经理，后又做办公室主任（兼财务经理）。我来的时候是2003年，正是酒店鼎盛时期，餐饮效益特别好。那时候酒店已经规范化了，对人员的要求也特别严格，仪表、举止言谈、礼节礼貌、站位服务和针对顾客的各种需求等等，都很规范。当时和我一起进来的好几个姐妹，年龄差不多，个头也差不多，都年纪轻轻，也都是刚刚参加工作，走向社会。酒店先是对我们进行培训，非常严格，我们也非常刻苦。记得有一次，也是第一次，董事长付常浩要到酒店招待客人就餐，我们都很紧张，心里直突突。心想，董事长多大的领导哇？长啥样？还没见过呢，怕服务不好。董事长没来的时候我们就在心里练，你好董事长！你好董事长！董事长真正来的时候一紧张，有个服务员张嘴就说，你好厨师长！董事长一看咱们是新来的，也没有埋怨我们，还态度极其和蔼地迎合说，你好！厨师长非常好！搞得那个说错话的服务员很难为情。

我在餐厅工作得不是很理想，干活总是手忙脚乱的。但我有两个特长，一是我喜欢写点东西，酒店有个信息报（《富城大酒店信息报》），我喜欢投稿，写一些小文章；再是酒店搞活动，我喜欢主持一些节目，店庆、讲演、比赛什么的。我们也经常代表酒店出去参加一些外事活动，有的单位还到我们这里借人，出去帮他们服务，做接待。我们的服务是被认可的，不仅热情、周到，小姑娘一个个长得也好，亭亭玉立的。酒店本身的活动也多，运动会、店庆等一些营销活动总有。当时有这么一句话，"餐饮是龙头"。付总（付艳华）说，龙头一定要把这个头给我扬起来！

2012年之后，我们酒店从包桌、散台入手，进而提升婚宴服务，谁上我们家搞婚庆，我们就送白金项链，在咱们当地有挺大的反响。很多人家为了能得到一条纯的白金项链，到我们这里办婚庆。我们的营销搞得相当不错，不仅促进了酒店包席，还影响广泛，顺便还可以把自己的酒店作以推介，达到了自己宣传自己的目的，当地人非常认可。

张晓玲说，在我当餐饮经理期间，给我印象最深的（也是比较骄傲的）是那一年（2008年，姚淑琴在酒店做管理的时候）首次突破酒店计划赢利目标300万元，赚了330万元。那一阶段，酒店天天爆满，也不讲什么良辰吉日了，对想到酒店来设宴的客人来说，只要酒店有空闲都是好日子。中午宴会如果排不开，那就晚上，都是提前10天、20天订桌。特别是"学子宴"的高峰期，忙得不亦乐乎。

在餐饮部工作期间遇到最难的一件事是，有一年春节前夕，当时内部人员的流动性特别大，服务员不怎么好招。我们家先是有几个20来岁的服务员，都是小女孩儿，特别不好管理。一句话不称心就走人，什么工资、押金都不要了，导致人员经常空缺。那是在年前，这些小孩儿因酒店过年不放假，七八个服务员全都撂挑子不干了，只剩下我和汤丽、肖红两个吧台员。说来也奇怪，酒店有个特点，在人员足够的时候不忙，人员不足的时候就忙得不可开交。为了不影响营业，我们3个亲自上阵，接待、点菜、传菜、收钱、打扫卫生，什么活儿都干，把缺人的难关也就渡过去了。我们3个人顶了两个多月，一点也没影响酒店的接待工作。付总挺心疼我们，给了我们奖励。那是我从事酒店工作最难，也是最累的一段经历。

张晓玲说，我们酒店参加过营口第二次美食节。主办方要求，活动现场每个单位出两个工作人员。我们独树一帜，是穿旗袍去的。评委让我们背自己酒店的特色菜，我们背下来了，强调从用料上、色调上、口感上、营养上都是与众不同的。其他参赛的人根本背不下来。为此我们获得地方名菜二等奖，还有一个三等奖，另有一个地方特色主食奖……

我在富城大酒店干了22年，把青春献给了这里。如果有人问我是什么让我这么样的不离不弃，我想起了一句话，叫"始于颜值，陷于才华，终于人品"。在付家我属于"终于"他们的"人品"。酒店是大同小异的，从环境上看富城酒店不是最好，从经营角度看也不能说是全国第一，从工资待遇讲在行业里也不是最高，但我觉得付氏家族的人品是一流的，是那种敬于才华、长于善良、终于人品的结果。

我们跟董事长付常浩虽说不总见面，但在"付氏家族团圆年"（付家每一年春节都在酒店过年，从年三十开始，直到大年初二）总能见到，头一次大聚时，董事长见自己家人在这里高高兴兴地过年，考虑到我们服务员也需要回家过年，就告诉自己的家人，不要聊得太久，服务员也需要回家过年。我当时听了非常感动。虽说我当时只是个服务员，听了董事长的话，特别贴心、温暖。心想，一个高高在上的大老板，能这么体谅下属，企业不可能发展不起来，我们也不可能不感动。作为我们普通员工来讲，工作不单单是挣钱，有个贴心的好老板不能不说是一种幸福。

还有一次，在我当餐饮经理的时候，董事长招待客人，时间已经很晚了，客人还没有走的意思。董事长看了一眼表说，9点多了，大伙也挺累的，咱们今天就聊到这里，明天咱们再继续，收杯吧。待客人走了之后，我们服务员赶紧收拾，准备下班。不承想的是董事长又回来了。我们不明白，董事长怎么又回来啦？董事长说，其实我不想走，我就想把球赛看完（当时包房里有电视），我害怕他们在这里喝酒时间太长，耽误你们下班。先把客人弄楼上去，我回来看我的球赛，你们不就能早点下班了吗？当时服务员也很感动，这么细小的事，董事长都能体谅到我们。给我的印象特别深刻。

付总（付艳华）同样体谅我们，如果把人分成上品、中品和下品，说她是上品并不为过。她不仅有工作能力，还有一般领导少有的亲和力。是我们这些人学习的榜样。

2019年—2022年属于特殊时期，员工极容易感染、发烧或感冒。付艳华总经理很是关心我们，总打听员工情况怎么样，提醒我们要注意休息。并从家里给我们带茶叶，让我们多喝水，多排尿，尽量不要生病。我们属于酒店的一线，接触客人非常多，极易被传染。我们生病之后待在了家里，付总也没有忘记我们，和我们在单位上班一样，一天一个电话，嘘寒问暖，给我们送药，或是去医院，并告诉我们说病可不能耽搁……

前几天，付总让我把曾经为酒店工作过的元老报一下，才发现我自己都是元老了，想起来真是吓一跳。我的青春哪儿去啦？在这里了，在中镁大酒店了！

　　王君说，我30岁（2001年）时来的富城大酒店，起初把我分配到电玩部，干了4个月，后又把我调到餐饮部做酒水员，在餐厅待了两年。那两年我们家的效益非常好，营销活动也特别多。我们属于一线，楼上楼下一共10个包厢，每一天中午我们都有翻台的，十四五桌的样子。如果哪一天桌少了，感觉有些奇怪，怎么没有桌啦？人哪儿去啦？桌少了都不习惯。

　　为了迎合市场的酒水价格，经理曾经派我到营口去了解酒水的行情。我们根据市场调研回来做报表，调整我们自己家的酒水价位。付总还领我和季琳琳到大连洗浴场所去体验，见世面，开阔眼界。当时大连洗浴很时尚，很先进，我记得那个时候他们就有自助餐。还去过大连的富丽华酒店，看房间，看设备，还有他们的服务，包括日常的打扫，卫生的标准和客房里一些细节方面的布置。后来我被调到客房部做领班，一干就是两年。在这之前我是在大耐厂大集体包装厂上班，可以说很少跟外界打交道。到客房部后，第一次跟外人见面的时候就有些害怕，怕服务不好。有一次客人因为点小事，要投诉我们，跟客房的服务员吵了起来。正好我值班，我只能是硬着头皮出面解决，见了火气十足的客人我心里很慌，不知道说什么好，只能说，对不起，对不起。当时客人可能也看出来我很紧张，好像很理解似的，也就没有再纠缠，事情就算压下去了。后来我又去了管家部，工作职责范围包含员工宿舍、员工食堂、公共区域的保洁、公共区域的绿化、园艺和特殊设施的养护等等。管家部虽不是一线，但工作很重要，都是一些看不见的细活，如地毯的清洁，如何做才能延长它的使用寿命，最大化地保证它呈现出崭新的状态；还有大理石、花岗岩如何打蜡、抛光等一系列做法。

　　为了更好地服务，我去过北京、青岛、大连、营口等地的大酒店观摩学习。酒店还从外地请师傅对酒店的一些物品的使用对我们进行培训、指导。后来我又到客房部任副经理。当时开了汗蒸房，属于新兴的一个项目，挺火的，酒店挺重视，我去是辅助许经理（许淑香）的，一直干到现在。

　　…………

　　王君回忆说，刚来的时候，酒店很规范，大伙都有一种"比学赶帮超"的劲头。每年在开春淡季时，酒店都请老师对我们进行培训，然后考试，排出一二三名，成绩好的还给奖励。评优秀员工、优秀部门、优秀团队，酒店领着出去旅游等。客房部没有什么大起大落的事，都是一些平凡的工作。

　　张宪宏插话道，我在酒店干这么多年是有感触的。酒店在2010年之前还是很辉煌的。后来种种原因，效益明显下滑。付总是尽心尽力的，为付家的企业呕心沥血，一天天小脸儿造得蜡黄。好在中镁实力雄厚，放在其他人家早就完了……

　　李胜新插话道，这么多年，餐厅装修过一次，洗浴装修过两次，客房是分期分批装修的，第一批是南边，第二批是北面，第三批是东楼，可能还有想收拾收拾的意思。

　　付艳华，中镁大酒店总经理，1956年11月26日生人，是付家的长女，上有5个兄长，下有付艳芝、付艳多两个妹妹。付艳华在家时做过两年生产队会计；生产队解体后，又去营口市水泥厂做临时工。一年半后，因企业效益不好回家，在家生豆芽卖豆芽维持生活。后来，四哥付常浩的重烧镁开工，在原来的会计付雪梅到大哥（付常贵）的二耐厂做会计后，付艳华来到了观马山中档镁砂厂接管了会计工作。

　　付艳华是个有主见、有性格，很会和人相处，且十分敬业的人。由于她聪颖、勤奋，又做过生产队的会计，有些基础，很快将企业的会计工作承担了起来。

　　付艳华来到观马山中档镁砂厂后，工作上兢兢业业，任劳任怨。她说，我不仅在自家的企业这么干，在生产队，给人打工

中镁大酒店总经理付艳华

的时候也是这么干。

当时，由于中档镁砂厂刚刚起步，各方面还不是很规范，杂事多，人手少，付艳华来后不单单只负责会计工作，还兼管一些其他事务，办公室、仓库保管等。

烧制重烧镁的主要燃料是焦炭，当时厂里的焦炭是外购的，质量也不是很好，而且价位很高；后来有那么一段时间是营耐厂负责提供。原因是营耐厂欠他们观马山中档镁砂厂的镁砂钱，因资金短缺，没有现钱可给，只好拿焦炭做抵债交换。那时营耐厂的焦炭属于国拨的上等焦炭，质量要比付常浩他们自己在外面购买的焦炭好得多。拿焦炭做抵债交换不是小数目，600多吨焦炭，是需要一车一车过磅称秤的。那时他们还没有地磅，只能用对方的地磅过秤。负责过秤的是对方的员工，每次都缺斤少两（一车能拉5吨货，每一车能缺少半吨左右），然后把"偷"下来的焦炭私自往外卖，以谋取个人私利。

付艳华是个心细的人，在监管焦炭检斤过程中，发现运进来的焦炭有问题，一车一车的，一堆一堆的大小有些不一致，便产生怀疑，觉着这里有问题，就亲自到对方的地磅房监视过磅。过磅的人不认识付艳华并没有提防。付艳华果然发现了问题，便当场指出，跟其理论。在事实面前，对方不得不承认自己的"明偷暗盗"行为。付艳华毫不客气，斥责了她们的偷窃行为，并严令禁止，下不为例。

付艳华是个精明人，她到观马山镁砂厂任会计后，渐渐地有了社会关系。不少相关单位的人有求于她，到她这里来讨扰的也不少，不仅得罪不起，也无法回绝。

1993年，一个部门的领导人推卖给她一大捆挂历，有几十本。那个年代刚刚时兴挂历，风景的、人物的、戏曲的、艺术的等，每逢新年时每个家庭或每个单位的办公室都要挂上那么一本两本作为点缀。付艳华明白送她挂历人的意思，就是想通过这些挂历换些钱。当付艳华把钱给了对方，回到自己的办公室打开挂历一看，傻了！全是裸体大美女。虽说付艳华是个成年人，可她出生在保守的年代和家庭，哪见过这个？她的脸当时一红，说，这样的挂历送给谁呀？我是没脸往外送。办公室的人谁也不说话，看着挂历在那儿发呆。付艳华当时有些为难，转念，这钱不能白花，挂历绝不能砸在自己手里，怎么也得送出去，换个人情也行。于是就想起了几家和她关系不错，经常往来的私企老板，决定把挂历送给他们，也算是过年的一点意思。可她又不好意思自己亲自去送，就找了厂里的一个年轻小伙子，让他把挂历一本一本地包严实，再送给人家。原本是一件比较尴尬的事，却收到了意想不到的效果。当挂历送给对方的时候，她得到的回话是，你送我们的礼物太好了！大伙都说好看！付艳华听了，很是难为情。

付常浩回忆说，大妹付艳华在他这里工作近10年，为企业付出了很多。

在采访付艳华如何当好酒店总经理的时候，她回忆道，那是什么年代？我在上任前连饭店都没进过，根本就不懂如何经营酒店。

她说，起先，酒店管理人是齐作尧。由于当时四哥（付常浩）的业务繁忙，没有时间打理酒店，就由齐作尧负责一段酒店业务。开始我在酒店只负责会计，齐作尧是我的领导。齐作尧是个很本分很实在的人，有些像他的父亲齐永昌，为人很好，热情、敬业，为我们购买大耐厂招待所出谋划策，付出了不少辛苦。

齐作尧在酒店干了几个月，由于不懂酒店的经营和管理，酒店效益一直不是很理想，后来他于2005年离开富城大酒店，撤回王家堡子搞销售。后到一家亲属办的机械厂当厂长。

齐作尧退出酒店后，王英举和于增光受聘来到酒店。当时的总经理还是付常浩，王英举任副总，于增光任总经理助理。一年后，王英举回营口万都，付艳华担任酒店的总经理，于增光任副总。付常浩退出酒店后，一心管理镁砂厂。成立富城集团后，酒店为集团的子公司之一。

上任后的付艳华，巾帼不让须眉。她一心想把富城大酒店管理好。为了学习各个地方的经验，曾去过沈阳的万豪，大连的希尔顿，济南的在水一方等处，对当时很高档的综合性大酒店进行实地考察，然后回来发展壮大自己。

付艳华经过考察学习，深感开酒店的不易。她说，绝不像当年在家生豆芽和卖豆芽那么简单。她的体会是，开酒店首先要确定一个目标。目标是在考察众多的酒店基础上做出的，既要合理，又要有一定的挑战性。作为一个酒店经营者，要确定完成多少营业额才能持平，毛利率在多少之间，税收总计需要多少，要知道每年员工工资的支出是多少，物品折旧在百分之几，并有相应的规章制度，奖罚分明。有了一个明确的经营目标就不会盲目管理，心中才会有底气。最重要的是，富城大酒店属于家族企业，必须打破家族式管理和家长作风。

管理层要实行外聘制，选聘一批有能力、有技术、有经验、有阅历、敢说话，勇于担当，善于开拓市场和具备创新意识的人员。同时要求管理人员还要有良好的个人素质，有较强的原则性和执行力。绝不能用朋友介绍的老乡、亲属和自己的人作为领导层，拒绝人情化管理等。在餐饮方面，菜品设计要有特色，有更新，菜品要合理分档，尽量提高毛利率。

付艳华说，明白这些还不够，还要对周围人群的消费进行评估，找出目标客群，研究自己的竞争对手，分析对手的优劣和自己做比较，客观公正地得出评估结果。找出自己的目标客人，培育客群，想方设法让客户口碑相传，等等。不仅制度严谨，还要做到人人平等。对员工要关心，要体贴，员工个人家的红白喜事要尽量参加或送礼品。让员工们知道，你个人的困难就是大家的或是公司的困难，你个人的事就是大家的或是公司的事，相互帮助，有福同享，有难共担。让员工们感到酒店就是家，并能享受到家的温暖和关爱……

经过付艳华的调整、改革，酒店从刚开始的亏损转为赢利，才用了一年半的时间。

付艳华当酒店的总经理之后，有个不成文的规定，"肥水不流外人田"，付家人所有的红白喜事必须在自己家的酒店举办，支持酒店，酒店还给予一定的优惠。打那以后，付家每年春节、五一、端午节、十一、新年等几个重大节日都要在一起聚一聚，庆祝庆祝，以增强家族的凝聚力。特别是大嫂、二哥、三哥、四哥、五哥都积极主动配合，带头到酒店来捧场。付艳华说，大哥（付常贵）在世的时候，每年春节的大年初二都要到大哥家聚一次，大嫂负责招待做饭。大哥走后有了酒店，大家就都到酒店来了。付家人延续过去的传统，在一起过年，老老少少其乐融融，开开心心，让人羡慕。从开始到现在，付家人每年在中镁大酒店相互吃请的次数不少于二三十次（结婚、生子、当兵、考大学等一些红白喜事都要在这里进行）。他们在一起相聚的场面是快乐的、幸福的。不仅增强了本家人和亲属们的情感，还激发了他们努力创业的干劲和决心。特别是付家的兄妹几个，在罗桂坤长嫂的带领下（付家人特别尊重这位大嫂），每次相聚总是要围在一张桌上就餐。他们在欢快的乐曲中各抒己见，谋求发展，畅谈着未来。

付艳华有自己的处事原则，在酒店不喜欢员工打小报告，不要嚼舌根，有事大声说，摆在桌面上，一起解决。谁的责任谁负，哪一方面出现问题，跟哪方面的分管经理去说，不许越级上告，"越锅台上炕"。总经理只跟部门经理说话。讲配合，讲承担，不推脱，各做各的事。她说，在我这里，能力是最好的话语权。

付艳华说，2003年2月，我们从营口万都大酒店请来了孙总（孙鹏），在我们这里工作了4年，这4年是我们酒店的一个飞跃。孙总是从大酒店来的，经得多，见得广，是个行家，特别是在洗浴部方面管理得特别好，热情周到，井井有条。他来之后，我实行了放权管理，他便大刀阔斧地干了起来。

孙总是2003年2月份来的。4月份举行了大型招聘会，充实了员工和管理人员岗位。并以工程部和出品部为重点，整顿提升员工及管理人员的素质。从营口市内请来赵老师等三位专业培训机构老师，进行三天礼节、礼貌、服务技能的全员培训。为了打造酒店的保安形象，于2003年5月份起每日固定军训时间，定期比赛考核。2003年6月至2007年4月洗浴演艺异常火爆。2003年9月份，富城酒店开始进行对洗浴二楼按摩厅和休息演艺大厅的装修装饰。同时，经多次协调，与南楼镇主管部门理顺了水电供应关系。2004年3月份开始陆续请邢继德、戚恩军进行客房、前厅、餐饮包房的重新装修。2004年4月起，推广以周家大金寺绿色食品为特色的绿色有机餐饮。

2004年5月份整理修缮院内园景绿植花卉结构布局并进行基础土地平整。2004年5月开始与南楼电视合作制播《情满富城》专栏节目，为期一年。2004年6月份，去盖州采购石材，重新设计修建院门垛和铁艺院墙。2004年9月19日，举办最大规模的店庆活动，进行员工技能竞赛、趣味运动比赛、组织员工晚会，并在晚上举行大型烟花燃放活动，吸引了众多的南楼镇及周边的市民观赏，得到了赞许。既宣传了自己，也愉悦了他人。2005年10月份，为筹备冬季特色火锅，请来营口万都常玉柱教调沙茶酱。从2003年至2006年，年年坚持不断地搞圣诞狂欢活动，每次都成功地实现了洗浴演艺与餐饮、客房有效的联动促销，取得社会效益和经济效益的双丰收……

付艳华说，2007年，孙总离开富城大酒店后，我们又请了姚总（姚淑琴，曾在营口国宾馆工作多年，是酒店行业的前辈，管理界的资深人士）。就2008年举例说明，富城大酒店每年年初都有经营目标，并和各经营部门签订目标责任状。这一年酒店计划实现营业收入696万元，其中客房部204万元，餐饮部300万元，洗浴部192万元，实际全店完成经营收入在2007年的基础上增加70多万元。特别是在2008年11月份，客房部接待了来自乌拉圭、德国、奥地利、克罗地亚等国的外宾，为期3个月。他们的到来稳定了客户的入住率，提升了酒店的档次和声望。仅此一项酒店的营业收入即达10余万元。

付艳华说，私企不可能一个家里人没有，但对家里人也得约法三章，一视同仁，任人唯贤，不搞任人唯亲那一套；家里人在这里也属于打工，交给你的工作你必须完成好，干不了就走人。想以家里人自居，混日子，白挣钱，那是不可能的……

付艳华不仅管理严格，同时也是体恤员工的。酒店上百名员工，每一两天都要有一个过生日的。付艳华明文规定，本店员工谁过生日就给谁做生日餐（由办公室负责提醒）。想吃啥，不管是饺子（什么馅儿的都行，过生日的人自己说）还是长寿面，厨房都给做。后来由单独过生日改为每月一次集体过生日，把在当月过生日的人集中起来，开个小型生日聚会。

参加者除了过生日的本人，中层以上的经理级人物也都参加，以体现酒店的亲和力，很是得到员工的赞许。酒店不仅有生日餐，还有病号餐，对生病的员工在饮食方面给予特殊照顾。这些都加强了酒店和员工之间的凝聚力。

为了提高酒店的影响力，酒店内部还办了期刊小报《富城信息》，属于内部通讯，免费赠阅。小报的内容繁多，设有人物专访、信息快讯、每期格言、招贤纳士、生日祝福、宾客回音、员工培训、拾金不昧等栏目。很多员工都踊跃写东西，争先恐后地在上面发表。不仅宣传了酒店，还活跃了气氛，提高了酒店员工的文化素质和文明程度。

付艳华说，企业要做好，形象很重要。有了好的形象，才有好的口碑。有了好的口碑，才有好的经营，酒店才能发展下去。中镁大酒店虽说是三星级单位（在本地区最高档次的就是三星级酒店），却做到了四星级的服务标准。在电视里，当时的富城大酒店的广告是这么写的：人间美食在富城，丝竹歌舞在富城，瑶池玉液在富城，浪漫温馨在富城；每一个美好的明天，从富城的夜晚开始；每一刻欢乐的时光，在富城的优雅中度过；每一次难忘的回忆，在富城那闪烁的霓虹灯里穿行；富城大酒店，幸福快乐的港湾……

富城大酒店大事记

2000年，酒店被营口市旅游局评定为"旅游涉外定点酒店"；

2002年，总经理付艳华当选大石桥市第四届政协委员；

2002年，在营口市第二届美食节烹饪大赛中，酒店以庆祝祖国申奥成功为主题，参展的菜品"圆梦"获得银奖；

2003年，酒店被营口市南楼经济开发区个体私营协会推荐为"再就业基地"；

2004年3月，开始陆续进行客房、前厅、餐饮包房的重新装修；

2004年5月，在营口市第三届美食节中，酒店参展的"乘龙拜母、菊香富贵虫、一品小豆腐"三道菜获誉地方名菜；

2004年5月，开始与南楼电视台合作制播《情满富城》专栏节目为期一年；

2005年母亲节，组织48位母亲去望儿山参加拜母仪式，并邀请营口楞严寺明智大法师亲自来店，为母亲们赠珠祈福；

2006年8月8日，总经理付艳华当选营口南楼经济开发区个体私营企业协会副会长；

2006年10月，酒店员工礼仪队成立，并出席营口南楼经济开发区教育三项工程剪彩仪式；

2006年，酒店采用先进纳米设备，对洗浴用水和酒店用水采用纳米技术处理；

2006年12月，酒店被辽宁省工商行政管理局和个体劳动者协会授予"光彩之星"企业称号；

2006年12月，对餐饮部进行包房翻新，对酒店大堂重新装修，增设客用电梯一部；

2007年，酒店被营口市南楼开发区授予"捐资助教先进单位"称号；

2007年3月，酒店被营口市工商行政管理局和消费者协会授予"诚信单位"称号；

2007年4月，酒店被营口市公安局考核娱乐场所公安管理等级，评为A级企业；

2007年9月，酒店经旅游局考核晋升为三星级酒店；

2007年12月，总经理付艳华当选为大石桥市第五届人大代表；

2002—2007年，酒店连续六年被大石桥市公安局评为"保安安全工作先进单位"；

2008年3月1日，总经理付艳华被大石桥市妇女联合会评为"三八红旗手"，餐饮部被评为"三八红旗集体"；

2008年5·12汶川大地震牵动富城员工的心，仅5月16日的一次自发捐款就达到14000元；

2008年5月，投资30万元，在原洗浴中心内新建了60平方米的汗蒸房，并引进中韩合资"中威实业发展有限公司"的产品、技术、设备和服务设施；

2008年11月10日，酒店客房部接待了来自德国、克罗地亚、乌拉圭、奥地利的外宾，同时，聘请德语翻译对员工进行临时授课；

2009年6月22日至27日，大石桥市人口与计划生育局举办的计划生育干部培训班在本酒店举办；

2009年7月，酒店被辽宁省饭店行业协会认定为"辽宁省饭店行业常务理事"酒店；

2009年，同大石桥市铁路局联手在酒店内设置车票代售点；

2010年3月，大石桥市妇女联合会授予本酒店妇委会"市先进妇委会"称号，授予总经理付艳华"特别奉献奖"；

2012年3月，营口南楼经济开发区妇女联合会授予总经理付艳华"巾帼建功"女标兵称号。

若干年后，付常浩回忆起购买辽镁公司大耐厂招待所的前后经过，他说，购买招待所并没有挣着多少钱，出乎意料的是他的影响力增强了，地位提高了。当时的他就是个小个体老板，社交的圈子并不是很大，认识的一些人只限于和业务有联系的私企的业内人士或是一些村主任、经理级人物。他自嘲道，买招待所之前，别人看不出我的名分和地位，谁也看不出我有没有钱，我是个什么样的人也没人知道。买了招待所之后，我不仅认识了天南地北的商业精英还认识了各级领导。和我握手的人多了，和我赔笑的人也多了，说恭维话的也更多了。我到什么地方办事都是痛快的，而且对方是积极、主动、热情的。他说，当时的感觉是招待所以后怎么发展并不是很重要，但购买招待所的影响是深远的。很多事，当时做起来可能是有意识，没有意义，若干年后，它可能就变得有意义，而且意义重大。

第四章

16. 收购大耐厂办公楼

转眼到了1999年，也就是在付常浩收购大耐厂招待所的第二年，又收购了大耐厂的办公楼。两年间，付常浩踏踏实实地迈出了两大步。

这一时期，中国的镁及镁合金产业发展得非常快，从宏观战略规划和具体生产研究以及镁合金产业发展存在的问题，都有了战略性和技术性的建议。大石桥周边的镁产业更是发展迅速，国企的大耐厂在改革开放的大潮中破产了，私企成为镁行业发展的主流，并形成了群雄逐鹿，问鼎镁业的大好势态。这些私企从刚开始的一个个小小的镁砂窑、镁砂厂，发展到矿或公司、集团公司，吸收着倒闭的国企的资源与人员。

购买招待所之后，付常浩开始参政、议政，成为1999年的市政协委员。当然那也是个尊重荣誉的年代。

1999年12月，付常浩参加了大石桥市政协会议（人大常委会会议同时召开）。其间自然是接触了很多人的，自然也都是本市的名流和佼佼者。会议期间在跟本乡的领导交流的时候，乡领导谈及付常浩企业以后的发展走向。会后，乡领导问付常浩，有没有想开发房地产的意思。付常浩知道当时房地产开发是很挣钱的，在大石桥市内可以说是正处于方兴未艾的阶段，

原冶金部下属辽宁镁矿公司大耐厂办公楼

很有发展前景。特别是在百寨乡附近，更是前景广阔。他不可能没想过，只是当时的最大难题是动迁问题（拆迁由开发商负责，当时政府不负责拆迁），说白了就是和居民打交道的问题，很多开发商因拆迁和居民发生了争执和冲突。这也是搞房地产开发的最大难题。付常浩说，可以做，但拆迁得政府负责。乡领导自然是不会同意的。付常浩说，我自己倒是想弄块地，盖个办公楼。乡领导说，把乡政府办公楼给你怎么样？付常浩知道乡政府办公楼，经常去，就问，多少钱？乡领导想了想说，1000万吧。付常浩想了想，说，600万可以接受。乡领导说，600万不行，我想盖个新办公楼，600万不够。付常浩说，我拿1000万自己也能盖一个了，何必还买你个旧楼？双方没有达成协议。乡领导又说，你要是不嫌小，把大耐厂的办公楼给你得了。付常浩看着乡领导说，开玩笑，人家的楼能给我吗？乡领导说，他们想卖给我们政府，协议都签了。大耐厂急等着要钱，政府又拿不出现钱，你有现钱就转给你们。付常浩问，多少钱？乡长毫不犹豫地说，120万元。付常浩当时就说，行，那个地方我去过，大小挺适合我的。你们乡政府办公楼有点大，我买不合适，太招摇，也没什么太大用途。大耐厂办公楼行，如果可以，我要了！就这样，简单的几句话，始建于1985年1月，办公楼面积6000平方米，厂部占地面积32亩的大耐厂办公楼，转手到了付常浩手里。离富城大酒店不足一公里。

一切都是偶然的，也是必然的，更是命中注定的。

大耐厂办公楼的购买，标志着付常浩企业的壮大，也标志着他创业的一个新的时代从此开始，更是他夯实在本土创业的一块基石。原观马山中档镁砂厂、富城大酒店、大石桥第二耐火材料厂随之合并更名为"富城集团"。

付常浩收购大耐厂招待所和办公大楼的举动震惊了所在地的政府和周边的同行业。没有贷款一分钱，在不足两年的时间内现款买下了一个招待所和一个办公大楼，足以说明他当时的实力和远见，并在镁都大石桥同行业占有了一席之地。一个实实在在的企业集团就这样如同东方的红日冉冉升起。

中镁集团总部

企业越做越大，发展越来越快，付常浩似乎有些始料未及。于是，他的干劲更足了。他由原来的观马山中档镁砂厂厂长，变为富城集团董事长兼总经理。把原来在观马山中档镁砂厂的办公地，挪到了刚买到手的大耐厂办公楼。这是一个大的飞跃，也是一个企业家的重要里程碑。

付常浩收购大耐厂招待所和大耐厂办公楼，（后来又收购了一家电熔镁厂），并不是他想占有谁和吞并谁，以达到自己扩张的目的来炫耀自己。他选择的道路是通过自身的资本积累（或是融资），稳扎稳打，将自己的根基坐牢，一步一步地使企业壮大。那些被他收购的房产或私企并不是他真正的需要，收购它们也很难给公司带来更大的效益。他的真正想法是在原本的基础上来扩大自己的地盘，为将来企业的发展打下基础，以备日后的发展所用。保持一个合理的扩张手段，使公司走得更远，做得更大，活得更长久。当时每年盈利500万元的他是有资金储备的。特别是大耐厂招待所的位置所处商业用地，随着2005年后房地产的开发，土地疯狂地涨价，他仅用130万元买的招待所市值已经飙升到2000万元。这绝不是一个头脑发热的人一时兴起，而是目光高远。

办公楼高了，企业占地面积也大了，付常浩又有了新的想法。为了适应形势的发展和需要，富城集团和湖南的国企湘钢开始有业务上的交往。1998年6月，湘钢耐火公司总经理、高级工程师、耐火砖泥浆真空搅拌离心成型专家、国家发明专利证书获得者、国务院政府津贴获得者关华跟富城进行了合作。

湘钢，原为我国十大钢铁企业之一，1997年底与涟钢、衡钢三家联合组建成大型企业集团——华菱钢铁（上市公司）。湖南华菱钢铁集团具备年2200万吨钢生产能力，在"2016年中国企业五百强"中排名第204位。

关华（中镁元老），1999年进入辽宁观马山中档镁砂厂后，付常浩非常重视，亲自主持会议，拟定了观马山中档镁砂厂发展规划，以确定项目和计划。当时（从1988年—1998年），厂里已经发展到生产高炉组合砖、散装料和镁碳砖，有一条从"精选镁矿→竖窑煅烧→破粉碎→筛粉→配料→造粒成球→包装"完善的镁质散状料生产线。多品种规格的镁质散状料在鞍

国务院政府特殊津贴享受者关华

钢、湘钢等诸多钢厂得到推广应用。而这些钢厂又是关华以往熟悉的用户，也是他们新产品的良好市场基础。前景规划是，充分利用大石桥镁都得天独厚的镁质资源，开发炼钢使用的耐火材料，含镁质、镁铝质、镁碳质、镁铬质（烧成）和镁钙质（烧成）产品。

关华来了之后，结合当时情况拟订了一个近期规划：开发炼钢钢包和炼铁高炉系统用耐火材料。规划有产能规模的产品——钢包用耐火材料；也有开辟炼铁高炉系统市场的新特产品——利用国家发明专利生产的高炉炉缸用杯形耐火衬套"陶瓷杯"和高炉、热风炉用特异形耐火制品"组合砖"。钢包用耐火材料以后将进入前景规划的镁碳砖生产线。

项目实施是从厂房建设开始的。1999年刚入秋，考虑北方土建要避冬施工，土建要等到来年开春。为此，他们选择先租借厂房，建设过渡生产线，目标年底完成试生产，拿出合格产品。

关华说，当时正处于辽镁公司大耐厂的经营困难时期，也正是他们需要资金的时候。付常浩他们利用了这个机会，租借了大耐厂试验场的大跨度成品厂房。虽然废弃多年，水电已断，门窗缺失，但其地面平整、无设备基础残存，还有一座3.3米的高温试验窑。厂房便于工艺布置和设备安装，又解决了工艺必需、投资最大、施工周期最长的烧成设备。这样，可以缩短过渡生产线的建设时间。他们聘请了工艺工程师赵庆泰，机械工程师王中太，高工技工蔡玉东、朱若平、班允久，组织了设备制作安装人员，设计、设备制作和施工同时进行。不到4个月，他们完成了厂房的维修，水电的接通，完善了给排水管网；完成了3.3米的高温窑大修（含窑体、供油系统和燃油喷嘴、温度和压力测量系统、排烟机和排烟系统、高压风机和管路）；设置了供热锅炉，建设300平方米烘烤房和室内供热设施；建设造型组装平台，制作造型铣削机床；安装球磨机、振动台、配料平台、混炼机、切砖机、平面磨床、单轨电动葫芦吊等设备20多台（套）；制作模具、夹具等50余套。完成了过渡生产线的建设和试生产，投产一套热风出口组合砖，开始给鞍钢炼钢厂提供炼钢中间包用挡渣板等产品。1999年便实现了小规模生产能力。

过渡生产线的建设和试生产成功，既让他们的产品如期进入市场，赢得一年的建设周期，也给1999年建设正式生产线提供了宝贵的工艺参数和经验，大大缩短正式生产线的建设时间。36米宽、60米长的网架结构厂房建成后，他们又聘请了卢志云、刘国文工程师，加上原聘请的人员，组成一支技术施工队伍，确保工程建设快速进行。

正式生产线的建设，在关华的带领下主要抓住两大重点：一是针对单层厂房高度限制，设置一台U型轨道的单轨吊车，完成从原料→配料→湿法制浆→混合→成型工艺过程的物料运输，并担负设备的检修起吊工作。这样，流程清晰，设备布置紧凑有序，方便生产调度组织，减轻了工人的劳动强度；二是设计建造一座300平方米燃油高温梭式窑，配置了空气换热器及其自动调节设施。此外，生产线还增设了真空搅拌的混炼工序。正式生产线实现了当年施工，当年投产出产品。1999年10月就给福建三明钢厂提供了第一批热风炉组合砖。

正式生产线投产后，从1999年10月至2005年10月，6年时间，他们的产品打开了国内外市场，业绩突飞猛进。福建三明钢厂、鞍钢、鄂钢、新抚钢、首钢、通钢、荣程钢厂、鞍钢一炼钢、西昌钢厂、合肥钢厂、一重、天津钢厂、四川达钢、涟钢、承德钢厂、首秦钢厂及印度的一家钢厂等都成了他们的用户。产品有热风炉组合砖、高炉风口组合砖、陶瓷燃烧器预制块、高炉水冷模块浇注料、铝碳化硅浇注料、中间包用稳流器、挡渣墙和冲击盆、钢包无碳预制块和镁碳砖、钢包用刚玉自流料、钢包整体浇注料等。随着钢包内衬逐步开发，镁碳砖生产线建成后，钢包铝镁、铝镁碳和镁碳衬体便会形成规模……

后来，由于是租用的厂房不可以持久（租用不到一年时间），付常浩就在新收购的办公大楼东侧的空地上重新建了个生产高炉耐材的厂房。由关华负责设计，历时8个月的紧张建设，投资400万元，建镁碳砖生产线一条。2003年6月9日大石桥市富城特种耐火材料厂成立。（下文简称"富城特耐"），并迁至新厂区，结束了在外租用厂房的历史。

迁至新厂区后，付常浩聘用的厂长是关华，生产厂长付伟，技术顾问卢志云。后又聘用了原鞍钢耐火材料公司销售部部长丁德昱为副总，负责销售散料、高炉本体预制材料。

可以说，那一阵子是他们最忙碌的阶段，也是他们为以后的发展奠定基础的阶段。富城特耐的投资和关华技术的强强联合，增强了付常浩进一步做大做强的决心。

1999年的中国，是经过改革开放，大浪淘沙而渐渐取得功效的一年。经过近10年的改革阵痛走过来的产业工人，随着"铁饭碗"一个个被砸碎，他们自力更生，奋发图强，充分发挥自己的主观能动性，白手起家，占领市场，做起了小买卖，小营生。他们改变了过去依靠国企吃饭，和在国企的慵、懒、散的工作态度和生活作风。在国家新政策的支持下，在稳定发展的大局中，"八仙过海，各显神通"，自谋职业，丰衣足食。

1998年—2002年的4年间，付常浩不仅壮大了自己的企业，陆陆续续还聘用了原大耐厂失去工作的技术人员及工人近700人。原来的国有企业黄了，产业技术人员找不到合适的工作，时间久了吃饭都成问题。特别是原来的国有企业，大多是一家人都在一个单位工作，老少三辈在一个"锅里"吃饭的不在少数。企业兴，他们就有饭吃，企业衰，他们就无依无靠。正在他们处于伤感、忧虑、迷茫之中的时候，付常浩看在眼里，感同身受，在发展自己的同时，忘不了自己以前的苦日子，也很同情那些失业的人。在他的企业扩大发展需要人的时候，先是聘用了这些失业人员中的一部分，不仅解决了失业工人的吃饭问题，同时也为他自己的企业输入了新的血液和能量。

1999年，可以说是富城集团极其需要人才的一年。更是其他同行业笼络人才的一年。正在付常浩为找不到合适的专业人才苦恼的时候，在临近新年的前几天，突然来了个人。

17. 能人

2021年11月23日，周二，辽宁大石桥又下了一场雪，是这一年的第二场雪。虽说没有第一场大，可也是漫山遍野的白。我和董事长的大妹付艳华乘着商务车，由王建军开车，来到了中国第一钢铁工业城市，并有着"共和国钢都""中国钢铁工业摇篮"美誉的鞍山。这是个冶铁文化历史久远，从汉代开始土法冶铁，辽金进入极盛时期，又因盛产岫玉而有"中国玉都"之称，国务院批准的具有地方立法权的较大城市。

由于是冬天，大自然手法娴熟地扯去了它夏日的繁花似锦，梦幻般地把它涂抹成了白山黑水。一路上，眺望着白色的山，逶迤磅礴；黑色的水，细流蜿蜒。进了市区，我颇有感慨。联想到40年前，这里的钢铁工人穿着工作服，骑着自行车，面带笑容，无忧无虑地上班下班，无怨无悔地为国家做着贡献，过着那种平稳的日子。如今的这里，自行车少了，穿行在公路上的是各种大巴车、出租车、私家车；人们的着装比那个时代华丽了，色彩纷呈地展示着物质的丰厚和生活的多彩。人们在各种装修考究，名品相压，争妍斗奇的高大商厦中穿梭；在有着供暖设施、水电设备、居住宽敞的小区中进行着晨练。如果让20世纪60—80年代那些曾经穿着工作服，骑着自行车行驶在上班路上的工人老大哥、老大姐们面对今天的生活，他们是否也会有所感慨？

二一九公园门前，我跟原富城特耐总经理丁德煜见了面，握了手。我们没有去别的地方，在简单的寒暄几句之后便进入了采访正题。天太冷，采访是在车里进行的。

丁德煜（中镁元老），1946年2月生人，1969年鞍山钢校耐火专业毕业后被分配到鞍钢耐材公司。开始在现场工作，后来提干，到生产计划部。当时的体制是经理负责制，他主要负责生产、销售、经营开发及出口业务

时任富城特耐总经理丁德煜

的计划工作，另外整个鞍钢耐火材料的采购都由他负责。

付艳华先是跟丁德煜说明来意，并代表董事长付常浩向他问好。丁德煜很感激，并让我们代问董事长好。随后便根据我的采访思路，滔滔不绝地讲起来。

这是个很健壮的老人，时年74岁。丁德煜说，其实我最早认识的不是付常浩，是他的大哥付常贵，我们俩的关系还不错呢。当时准备搞镁碳砖出口，但鞍钢还没有，我就在大石桥寻找几家做镁碳砖的私企将他们的产品出口美国。曾用过的公司有QH集团、JL公司的产品。我是在偶然的机会下接触的付常贵，然后才结识的付常浩。他接着说，起初富城特耐还没有发展起来，规模比较小，以做一些不定型耐火材料为主业，生产冶金辅料，高炉及中间包预制件等。由于他们当时生产的产品数量少，没法替他们出口。我就把鞍钢的机修五厂（铸钢厂）镁碳砖的整个业务都划给了付常浩，建立了互助关系。1997年后，鞍钢减员增效，我属于框子内的人，虽说没有真正退下来，仍然在本单位挂职，却没什么事可干，便开始下海，寻求出路。由于当时关华在付常浩这里，我和关华很熟，就到这里来了。

他说，跟付常浩的交往，源于我对他大哥付常贵的信任。付常贵聪明、厚道，为人很好，我觉得他的弟弟付常浩也能不错，才到他这里来的。当时，大石桥有几家耐火企业想让我去，并承诺丰厚的待遇，我都没去。物以类聚，人以群分，人是讲究缘分的，只有志同道合的人才能相聚成群，我也就来到了当时的富城特耐。

丁德煜说，开始富城特耐的家底不是很厚，在王家堡子只有两座竖窑，还有一套破碎设备。中镁做耐火材料的创始人应该是齐永昌，后来湘钢耐火公司的总经理关华也来了，干的是陶瓷壁系统，他在湘潭就是干这个的。

关华是个资深专家，便想在这一方面继续研究、发展。付常浩就给他搭了个平台进行研发。由于我是鞍钢的人，关华是湘钢的人，我们以前由于业务的往来就很熟，关系也都不错。起初付常浩和湘潭的业务关系主要是往湘钢销售镁砂，我是往湘钢销售镁砖，彼此之间就算有些接触。

他说，有那么一段时间，付常浩做的是 AG 砂，用于鞍钢平炉，后来平改转，AG 砂不用了，就开始做补料。那一段时间他挣了点钱，后来买了大耐厂招待所……我来后的主张是企业应该"先有市场，后办工厂"。你生产，我销售，卖不出去是我的责任，产品不好是你的责任，先比量 3 个月再说。付常浩觉得我说得有道理，就采纳了我的建议，干了起来。没到 3 个月已初见成效，利润在 28% 到 30%。当时，首钢造渣剂成本 500 块钱一吨，咱卖 3600 块钱。后来打开市场在全国销售，利润更是可观。再后来有人干整体出钢口（整体出钢口是一体的，就是一块砖。分体出钢口是由几个小块砖拼起来的。整体出钢口杜绝了三参钢的风险，但等静压成型后密度低寿命短。分体出钢口密度高寿命长。通过子母扣精细装配，降低三参钢风险，反而在实际应用中被广泛采纳）。我们研究干分体出钢口的，实验效果挺好，卖到最高价是 15000 块钱一吨。

丁德煜说，我始终负责销售。我的第一家客户（1999 年）是抚顺特殊钢股份有限公司，是我来富城特耐一周时间拿下的客户。后来在 3 个月中，我又陆续搞定了河北承德钢铁钒钛集团有限公司、吉林通化钢铁集团有限公司、山西太钢集团临汾钢铁有限公司等几家客户，并请付常浩亲自去厂家签合同。老板到的时候，一切工作我都安排好了，没费任何周折，直接签了几笔合同。我是个办事认真、细致的人，有条有理，干净利索，从来不拖泥带水，不留后患。老板对我的工作能力是认可的。特别是在我们把产品卖到广西柳钢的时候，柳钢非常满意。他们以前买的产品只能用七八十炉，买了我们的产品能用 200 炉，我们一下子就打响了。后来付常浩下决心自己干镁碳砖。

他说，为了有更多客户，为了更好地销售，我基本上走遍全国。我注重的是国有钢厂，以国有钢厂为主。原因是国有钢厂还是比较有信誉的，不像有的私企说赖就赖，说黄就黄了，没把握，缺少诚信。我刚到富城特耐的时候，什么都不讲，不讲钱，不讲工资。干好了咱就赚了，干不好我就走人，别让人家为难，我也别在这儿浪费时间，免得大家都难为情，一切都得有了业绩再说。当时我在鞍钢还开工资呢，生活不成问题，只要先把事情做好就行了。20世纪90年代，企业开的工资都不多。付常浩开始给我的工资是500元，后来有了业绩，工资便不断地发生变化，1000、3000、5000、10000，逐渐增加。

丁德煜说，当时的富城特耐人并不多，生产、销售、技术、管理等能人特别匮乏。私企刚刚开始都是这样。我是国企出来的，到了这里，这些问题一下子就看出来了。开始，付常浩有意让我管生产，我说我干不了，没在成型方面做过，不会打砖，工艺方面不专业；搞销售还有点基础，毕竟我是从国企出来的，还有一些人脉。来之前，我也是有过心理斗争的，私企和国企不同，私企不仅仅需要业绩，主要是还得听话，不听话肯定不行。我是在国企待习惯了的人，说上句说习惯了，突然到了私企，肯定不适应，总在领导身边转，难免舌头不碰牙，出去销售就能避免很多问题……

他说，想发展，就得有人才，企业没有人才不行，有那么一段时间我为老板挖人。我跟老板说，我负责招人，能不能养住人是你的问题，不是我的问题。我对招的人也说，平台我给你搭好了，干好干坏是你自己的事，"师傅领进门，修行在个人"。由于我是1969年的毕业生，还是国企出来的，在大石桥同行业有一定的影响力，有不少校友、同学，他们都很尊重我，我还算有一定的威望。无论什么事，跟什么人说，大家都非常给面子。我先是盯上了金耀东。开始我对金耀东也不是很了解，都是大学毕业生，他那时在SQ公司干，我们是在大连的一次订货会上接触的，我觉得小伙子（金耀东）年轻、能干、挺能张罗，便下定决心把他挖出来。先是通过王利（当时也是SQ公司的人）跟金耀东开始接触。金耀东开始没来，王利倒是先来了。金耀东是在王利来半年后到的富城特耐。

丁德煜说，金耀东和王利都挺有能力。鞍钢的180吨转炉，第一炉的设计就是他们弄的。再者他们有代办（中介）的能力，能带来客户。他们来之后，富城特耐的效益就发生了巨大的变化，不仅客户多，盈利更多。说实话，我对大石桥个别耐火材料企业的产品进入鞍钢做了一定的贡献。在我没进入富城特耐之前，有很多私企都是通过我的关系打入市场的。QH集团就是通过我的关系成为鞍钢的供应商。

他说，那时我对私企的认识还不足，说实话有些瞧不起私企。过去的私企规模小，设备差，技术能力低，员工的素质更低，跟国有企业天壤之别；个别私企的老板就是大老粗，不仅缺少文化，有的甚至连话都说不明白，没承想有的人还真发展起来了。现在想起来，我要是早些下海就好了。记得海城马风镇，1986年的时候他们就有很多台打砖机，都是我帮着他们扶持起来的。当时他们想请我去当厂长，我都没去。我舍不得国有企业这个热炕头儿，有权、有车、有房子，工资也可以，国企牌子也亮，舍不得走。做梦都没想到私企发展得这么迅速。

丁德煜说，付常浩是个极其聪明的人，而且用人不疑，疑人不用。不仅能听进别人的话，还很有自己的想法。他尊重知识，尊重有文化的人，并重用他们。2005年，我们在通化钢厂完成了120吨转炉（王利带队，并亲自设计，亲自干的）后，一炮打响。8000多炉的辉煌成果，马上在《冶金报》上刊载，在全国转炉领域的轰动也非常之大，公司因此获得了招标许可。可以说这是富城特耐的一个转折点。后来中镁又搞了"整体承包"，在国内属于第一家采取"整体承包"做法的公司，开了"整体承包"的先河，非常成功！

丁德煜说，回想起来，当初的工作环境是很艰苦的，吃不像吃，住不像住。付常浩和我们底下的员工一样，同甘苦，共患难，从来不搞特殊化。他最反对大吃大喝和铺张浪费。付常浩是我见过的最有头脑、最勤奋、为人最平和的人，他也是很低调的企业家。我跟付常浩出差从来没住过超过150元的宾馆。他非常节俭，从来不进澡堂子洗澡，在宾馆里的洗手间冲一下就完了。有一次我们从湘潭到北京，那一天正赶上下大雨，找到一家酒店，要380元。我说太贵，不能住，后来找到北京的苹果园住了一家120元的小旅店。当时付常浩感冒了，我非常后悔，为了节省几个钱，在老板有病的情况下让他折腾住小旅店，觉得挺过意不去的。这么说吧，2008年前，我和老板根本没享着福，我们连一顿飞蟹都没吃过。我记得只吃过10元钱一位的火锅，3个人30块钱。还有一次到本钢，我和老板就在桥洞下每个人买了3个包子吃。偶尔也有下饭店的时候，那我们吃的都很简单。我的外号叫"大白菜"，到饭店我就要大白菜炖豆腐。有的时候老板见太寒酸，顶多要一个宫保鸡丁，我还不吃那个东西。我有点怪癖，一是看厨房吃饭，无论到哪儿的饭店吃饭，都要先看看厨房是否干净。如果厨房埋汰，不卫生，吃龙肉也不行，厨房干净吃什么都可以。咱们公司附近有几家小饭馆，见我都打怵，让我给弄得都不愿意搭理我。再有，我在业务上喜欢"跑单儿"，从来不带其他人。有一回付常浩想给我配个人，我没要，说我跑销售从来都是自己一个人跑。付常浩不解地问，为啥？有个伴儿不好吗？我说，老板，你想啊，在外跑销售是最难做的工作，托人、找关系、看人家的脸色，那个滋味儿不好受哇。你知道客户是怎么对待和刁难我的吗？高兴了见你一面，不高兴就把你拒之门外，晾在一边。你请人家吃饭喝酒，人家根本就不去，人家不缺饭吃，也不缺酒喝。为了联系一个客户，有时一等就是好几天，低三下四，点头哈腰，还要说小话，没办法。我现在所做的一切，就是我从前在国企时别人溜须我的翻版。以前人家跟我低眉顺眼地溜须拍马，现在轮到我了，位置调换了，咱得换位思考。无奈呀！别看我回公司牛气，公司的人只知道我的业绩好，到哪儿都好使。他们羡慕我，说我有本事，你老板还多给我钱。可他们不知道我在外面受的气和遭的罪。要是两个人出来，我那点丢人现眼的事，不都让人知道了?! 我跟老板说，人嘛，都想当孔雀，孔雀开屏的时候多好看哪，那是你看的正面，转过身你再看看它的后面……跑销售是什么，在家是爷，在外就是孙子。我能卖出货家里人尊重我，卖不出货就什么也不是！付常浩这才明白我的做法是有道理的，聪明之举，经验之谈，更是一种能力。后来他也学习了我的这种做法，也喜欢一个人跑单儿。

丁德煜说，老板在生活上的仔细、节俭，也影响了我们。所以我对业务员要求很严，难免有抱怨。在这方面我也是得罪了不少人。后来公司的条件好一些，老板知道我们这些在外工作的人很辛苦，给我们补助也就多一些。这些跑销售的才享了一些福。中镁的销售团队是庞大的，也是十分敬业有水平的。他们吃苦耐劳、不畏艰辛，在客户竞争如此复杂的形势下，依然有很好的业绩，是很难得的，为集团做出了很大的贡献。他们跟老板一样，勤俭公出，从来不浪费公司的钱。花老板的钱就像花自己的钱一样，非常仔细，都是在凭良心干活和做事。

他说，我不仅自己跑销售，还为公司培养销售员，给他们定期开会、培训，讲自己的销售办法和经验，鼓励销售员，使他们在销售方面有激情，有动力，有干劲。我是个很会造声势的人，每次开会都很有士气，弄得大伙像上战场似的。

丁德煜说，当年在聘请各类人才的时候，付常浩不单单注重一个人的技术能力和水平，主要是考察人品。人品不好，他绝对不用。这些年的工作经验（也是中镁的经验）是，客户好了我才好，朋友好了我才好。中镁之所以能稳步发展，能打胜仗，就是这方面做得非常好。

中镁起初的人员素质有些参差不齐。年龄大的、年龄小的，农民、工人、学生，有文化的、没文化的，什么层次的人都有。可随着集团的发展，一批批有用的人才和大学生进入，企业的整体素质也就上来了，精神风貌也就越来越好了。老板给我的最大印象就是非常尊重员工，从来不轻狂。他总说这么一句话，无论什么时候，人都不要轻狂，正所谓"天狂必有雨，人狂必有祸"。

丁德煜道，虽说付常浩在生活上是节俭的，但在奖励大伙的时候却十分慷慨。老板说，平时亏待你们了，也是为了年终的时候厚待你们。人是要有危机感的，没有危机感的人，就没有幸福感和成就感。

这么多年，我对付家人还是很了解的，从他大哥付常贵开始，到付常辉、付常武、付艳华等，他们都很低调、随和，整个家族也是很团结、平和的，对我们外来人也都十分客气。其实，他们起初办企业的想法很简单，就是为了生活，为了就业，为了家里的人能有一份工作，哪里敢想做这么大的集团公司。

他说，谋大事者，不在乎小节，在乎细节。细节是一种责任，一种态度，更是一种习惯。付常浩就是谋大事的，是个小事不在乎，大事不含糊的人。他认真、勤奋、为人低调，遇到比他能力强的人学习三分，遇到能力相当的人让他三分，遇到不如他的人帮他三分。这就是境界，就是胸怀。自然就造就了他的能力越来越强，事业也越来越顺。为他做事的人是不会吃亏的。中镁要是干不好，不怨付常浩，一定是别人出了问题。

丁德煜说，在公司我没有啥人缘，主要是因为对业务员要求太高，我给这些外出人员建立了规章制度、出差制度、报销制度，等等，要求他们不可以乱花钱，不可以乱吃请，不可用不正当的销售手段。一切都是按照我们以前国企的制度办的，要求非常严格，没有规矩不成方圆。老板虽说非常满意，但有的人不理解。我经常出差，跟其他部门的人接触得也不多，销售和生产总是矛盾的，但也相辅相成。销售越好客户越满意，但要有好的产品质量做支撑，而好的产品质量是很难实现的。销售和生产属于整体工程，签订合同就如同开了门，进去以后，就属于生产部门的事了。如果生产不过关，就直接影响我们销售，所以很矛盾，有的时候难免磕磕碰碰，得罪人，导致有些人对我有意见，也正常，我都能理解。

他说，至于销售方面的手段嘛，我们也用了一些，但都属于正常的市场竞争。2000年以后，市场发展迅速，不仅人才竞争激烈，市场竞争也激烈。我们边挖人，边搞客户方面的竞争。当时太钢的镁砖有80%的供货份额在我们大石桥这里，争夺客户是首要任务，业内就打起了价格战。别人家卖3300元一吨，咱就卖3100元、3200元一吨，而且保质、保量、保时，薄利多销，以先占领市场为主。办法是先进去，再让人了解你，认识你，渐渐地加深感情，渐渐地提高公司的知名度。开始的时候我们没有规模，钱也少，人、财、物都不行，我们只能是在价位、质量和信誉上做文章。别人挣1元，我们挣5毛。有那么一段时间，为了占领市场，付常浩非常聪明，说能把员工的工资挣出来，把成本挣出来就行，要是能少赚一点就更好了，要以占领市场为主。付常浩会经营，懂用人，是他的最大能耐，也就渐渐地发展起来了。当时在周边，比中镁强的企业也有那么几家，后来由于经营不善，变得越来越颓废。

丁德煜说，我还为中镁网罗了不少人才，这些人才为后来的中镁做出了重大贡献。王利、金耀东都是我挖来的。付常浩很重视人才，中镁要是没有齐永昌，没有关华，没有崔学正，没有王利，没有金耀东，没有孙中夔等人，很难发展到今天。没有千里马不行，但得有伯乐，付常浩就是伯乐。

他说，我很感谢付常浩，在我困难的时候给我买了房子。刚到大石桥的时候，开始我住的是酒店（富城大酒店），条件虽说好，但不是很方便，主要是影响人家做生意；当时在外租房也不便宜，我就想买房。老板得知后很支持我，在大石桥富丽花园买的房，2004年，一共花14万元，老板拿10万元，我自己才拿4万元。我退休后把房子卖了，还挣了一些钱。

丁德煜说，我是2014年在中镁退休的。我特别感谢付常浩，退休后还给我开一些生活费，使我的生活有了更大的保障。这是情分，我忘不了……

18. 千禧年（2000年）

这是新年的第一天……阳光打在你的脸上，温暖在我们心里。有一种力量，正从你的指尖悄悄袭来；有一种关怀，正从你的眼中轻轻放出。在这个时候，我们无言以对，唯有祝福：让无力者有力，让悲观者前行，让往前走的继续走，让幸福的人更幸福。而我们，则不停为你加油。

我们不停为你加油，因为你的希望就是我们的希望，因为你的困难就是我们的困难。我们看着你举起锄头，我们看着你挥舞镰刀，我们看着你挥汗如雨，我们看着你粮谷满仓。我们看着你流离失所，我们看着你痛哭流涕，我们看着你中流击水，我们看着你重建家园。我们看着你无奈下岗，我们看着你咬紧牙关，我们看着你风雨渡过，我们看着你笑逐颜开……我们看着你，我们不停为你加油，因为我们就是你们的一部分。

总有一种力量，它让我们泪流满面；总有一种力量，它让我们精神抖擞；总有一种力量，它驱使我们不断寻求"正义、爱心、良知"。这种力量来自你，来自你们中间的每一个人。

——沈颢：《南方周末》，新年发刊词，2000年

2000年后的中镁和这篇发刊词中所描述的是一样的。它的脉搏和新千年祖国的脉搏在一个频率上跳动着，他们是带着一种时代精神向前走的，他们是带着一种责任向前走的，他们是带着一种情感向前走的。它的脚步不仅坚定，而且更加潇洒，更加铿锵有力。

一个男人向我们走来。

这是个刚过中年，身高一米七八，精力旺盛的儒雅绅士，那张在北方男人中并不多见的白净的脸上，眼角处有着两条不是很清晰的鱼尾纹，让你联想到岁月从他的眼角抚摸而过。两道浓眉下，双目炯炯地注视着前面的路。他的目光带着一种穿透力，无论瞅到哪里都是深邃、不可捉摸的。他的脚步是踏实坚定的，仿佛能听到踩在地面上的震颤声。他喜欢穿白色的衬衫，黑色的裤子，西装革履，不论是不是名牌，总是那么板板正正，干干净净，贴肤得体。他的言辞不是很多，说话的声音也不是很大，用一种商量的口气跟人对话。那种语气的柔和，态度的明朗，从不拖泥带水的表述，给人一种真诚感。

这是新千年的第一天，付常浩整整50岁。他精神抖擞地来到公司，上了三楼的办公室。这是一个近60平方米的董事长办公室，装修简单、朴实；老板台后的一面墙上悬挂着巨幅山水画，青山绿水，巍峨壮观；正对老板台前的西墙上悬挂着"大翮扶风"横匾；靠门的左侧是一排档案柜，整整齐齐地摆放着各种文档；还有一个四季常青的大型盆景，形状似鹰，器宇轩昂地点缀在书柜的一侧。他先是泡了杯茶，然后打开电脑，看公司报表，又打了几个电话。

这一天付常浩要开个会，研究公司的发展问题和人才、人事问题，还有对原厂的改造问题。新千年他要有新的举措。这一天的会议，研究决定了他们企业的发展方向和对未来10年（2000—2010年）的战略部署。

付常浩打破家族企业的管理作风，也是在那一时期开始的。在外面聘请能人，这是他们企业发展的必然。

19. 第一只凤

崔学正（中镁元老，"五虎上将"之一），原辽宁镁矿耐火材料公司特种镁质材料厂技术厂长。这是个出生在1967年的本地人，20世纪90年代毕业于大连轻工学院。2000年6月来到富城集团，任观马山中档镁砂厂厂长。这是个从事不定型耐火材料（散料）生产管理35年的难得的专业技术人才，是高级工程师。身为营口市耐火材料行业协会专家、大石桥市第八届人民代表大会城乡建设环境资源保护委员会委员。2007年任富城集团副总经理。

崔学正起先在冶金部辽宁镁矿耐火材料公司研究所，从事7年业内的情报工作和对日文资料的翻译工作。由于当时日本不定型耐火材料做得比我们好，冶金部专家局引进日本黑崎窑业的专家田中正章在国内开发不定型耐火材料生产技术，崔学正主要负责技术资料翻译，并引进他们的技术，跟日本专家一起研发不定型耐火材料。更主要的是研究国外耐火材料的发展趋势。

他出身工人家庭，先是考入辽镁公司的技校学习，后因学习成绩优异被留到辽镁公司工作。在此期间，崔学正坚持自学，跟"辽宁人民广播电台的

中镁集团副总经理崔学正

日语广播讲座"自学日语，成为拔尖人才。后因辽镁公司研究所缺少日语翻译，经人推荐，专家考核，便把他调到冶金工业部辽宁镁矿耐火材料公司研究所任助理翻译。

崔学正到了研究所之后，视野开阔了，机会也有了，但他仍然坚持学习。不负众望，研究所交给他的工作任务每每都能很好地完成。领导很喜欢这个当时年仅22岁自学成才的年轻人，当年崔学正被评为"辽镁公司自学成才标兵"，并被着力培养。1990年9月，通过成人高考，到大连轻工业学院在职学习硅酸盐工程专业。经过三年半的专业学习，他掌握了更多的耐火材料方面知识和用途，了解了国外和国内镁制品的行情及镁制品未来发展的趋势。大学期间，崔学正投入全部精力学习日语，不仅日语的口语好，笔译也有了更大的长进。

1994年1月，崔学正大学毕业，回到辽宁镁矿公司特种镁质材料厂后，便成了研究所的得力干将，每年至少有两篇编译作品在《国外耐火材料》（后改名为《耐火与石灰》）杂志上发表。从1990年至2000年，10年间，他在《国外耐火材料》上发表翻译文章近60篇。翻译发表的文章得到了国际、国内同行业人士的认可和好评，并成为刊物的特别翻译和撰稿人。

与日本黑崎窑业不定型耐材专家从事不定型耐材研发工作期间，编译了《不定型耐火材料技术讲义》及《结合剂在不定型耐火材料中的应用》，这两份技术资料在国内耐材企业被广泛应用。2000年—2009年，在富城特耐先后开发了转炉大面补炉料、转炉含碳喷补料、转炉干式喷补料、环保型补炉料等不定型耐火材料产品，在同行业处于先进水平。

崔学正曾获四项国家发明专利：

专利号：ZL201210149376.X

专利名称：镁-镁橄榄石合成砂及其制备方法；

专利号：ZL201210101172.9

专利名称：MgO-CaO-C质干式喷补料；

专利号：ZL201710895884.5

专利名称：一种用废弃耐火材料生产的镁钙质捣打料及其制造方法；

专利号：ZL201710172467.8

专利名称：一种固体蓄热材料及制备方法和应用。

亲自主持并实施的"镁—镁橄榄石合成砂的合成与应用"项目，获营口市科技进步二等奖。亲自主持并实施的"利用废弃菱镁矿废料、硼泥、富镁白云石、低档轻烧氧化镁年产16万吨新型镁质耐火材料"项目获国家发改委的资金支持。由于他的发明和创造属于高新研发，中镁集团迈进国家高新技术企业行列。不仅自己有了很好的研究成果，按照国家有关部门的规定，对企业上交的所得税减10%。

崔学正勤奋好学，努力工作，有大型央企（冶金工业部）的工作经历，既懂技术又懂管理，得到了当时急需人才的付常浩的赏识。付常浩说，这样的人才我们不用，还用什么人？于是，便毅然决然把崔学正请到中镁集团，崔学正一干就是21年（时间截至2021年采访）。

采访时，崔学正憨厚地笑道，付常浩是个有眼光的人，更是个有事业心的人。如今我已经55岁了，早被中镁集团炼成了一块砖，哪里需要哪里搬。

由于付常浩的识才、用才，崔学正到中镁集团后，工作上得到了领导的大力支持，充分发挥自己的一技之长，积极参与企业的发展与谋划，从中档镁砂厂到后来的（2012年）关山耐火，无不呈现着他的足迹。

2000年7月—2020年4月任中镁控股股份有限公司（下文简称"中镁控股"）副总经理兼散料厂厂长。

2020年4月至今任中镁控股副总经理兼营口关山耐火材料有限公司（下文简称"关山耐火"）总经理，控股股份有限公司散料厂厂长。

崔学正在观马山中档镁砂厂任生产厂长的时候，付常武负责后勤采购，实行了以技术为指导的领导层管理企业。

崔学正的上任，把原来国企的一些好的管理方式带了进来，对企业的领导层分工进行了调整。同时对旧设备进行了更新换代，还在土地的使用上有规划、有远见、有目地重新做了安排。他们把干家堡子原来的破房子扒掉，盖起了近千平的办公楼，又在原有的空地增建了厂房和仓库。有效地使用了土地，改善了员工们的生产、生活和办公条件。厂貌焕然一新。

付常浩说，在工作上，崔学正是个比较谨慎的人，也是个节约的人。他善于精打细算，废物利用；设备的使用上是科学的，人员的使用上也是客观的，多一人太多，少一人太少。特别是在用人方面、福利方面、政策的把握上做得相当好。

20. 收购菱镁粉厂

中镁集团就是这么脚踏实地一步步走过来的。关山耐火就是他们迈出的第一步。

还是2006年的事，正是全国镁制品行业竞争激烈的时候，也是大石桥镁制品行业竞争激烈的时候，有不少镁制品企业因经营不善，经不起行业排挤和市场的打压，被迫出局，倒闭破产。付常浩抓住时机，又一次收购。

关山耐火的前身原来是一家菱镁厂，地点在大石桥百寨乡陈家村的北山南坡，因经营不善等情况出现问题被起诉。当时小厂的规模不大，4个电炉，只有两个在工作，占地面积十几亩，还有一个400平方米的小办公楼。经法院拍卖，付常浩以500万元现金收购。

起初，付常浩花500万元收购菱镁厂有些人觉得不值，说这么个小厂，一个不足400平方米的小办公楼和4个电炉，不值那么多钱。付常浩不那么想，在收购菱镁厂之前，他到观马山上转了一圈，看见观马山的山坡上和山脚下到处都是生产镁制品的企业，就说，这个小地方不能忽视，底下是没什么发展空间了，它的西侧和北侧的100多亩荒地是可以利用的；再者说这一带已经形成了规模，都是做镁的企业，足以说明办企业是安全的，政府是重视、认同的，不会影响居民（政府有规定，镁行业必须距离民宅1000米以外才能建企业，当时这一带已经没有民居了），位置好，适合镁碳砖的生产，适合将来的做大做强。于是，付常浩开始研究那两片荒地，打报告给相关部门，申请工业用地。

为了支持私企的发展，相关部门和当地政府觉得付常浩提出的要求合情合理，也就同意把菱镁厂西北两侧的荒地卖给了他，并和收购的菱镁厂同时办了土地证。

收购菱镁厂之后，南楼开发区政府了解到付常浩因收购菱镁粉厂投资过大，为了减轻他们的负担，特意召开了开发区党政联席会，同意协调地税部门对富城特耐暂缓征缴新兴菱镁粉厂产权转移过程中所发生的契税。

在付常浩收购菱镁厂之后的不长时间，土地价格就不断飙升，足以说明付常浩的目光是高远的。

此后，在2007年注册营口关山耐火材料有限公司。公司成立后，在付常辉（2006年—2009年）厂长的带领下，对原来的设备做了简单的改造，进行电熔镁、散状料和涂料的生产。其间，由于市场原因，散料和镁砂在需求上有所变化，生产也是时断时续。直到2009年，市场形势好转，付常辉回总部分管基建和后勤，张海峰走马上任为厂长，丁德煜为副厂长，接

2014年，关山耐火厂院内的竖窑

手关山耐火。为了提高产量，原来电的容量不够，他们开始增容，于2009年申请，2010年末增容完成。增容的同时对原有的电熔镁生产线又进行了改造，新建了电熔镁二车间，增设7个炉及破碎系统。破碎系统的增设，替代了原来的人工破碎和人工上料。6年后，又因工作的需要，张海峰和丁德煜回总部，苏德华接管关山耐火任厂长（2016年—2020年）。

其间，2015年，市场好转，为了适应市场的需要，也是为了企业的稳步发展，公司决定，建镁钙砂、高铁砂生产线（6个轻烧，4座重烧，一个压球成型车间）。生产线建成后，开始投产，管理上由中镁控股一厂负责，先是由王亮管理。一年后，交给张海峰，王亮回项目部。一个院内，两个分厂，各干各的活儿，各自施展自己的能力，促进企业运作的稳步前行。

在付常浩把菱镁厂收购下来扩建之后的2017年，大石桥市政府把这片工业区正式命名为南楼观马山工业园，变成了市政府的开发项目和一张"名片"。观马山工业园在政府的支持下，在园内各个企业不断发展的进程中，园区已经具备大规模开发建设的总体框架，形成了良性循环的软硬件投资环境，吸引了多地区的投资。园区外部交通条件优越，区内交通四通八达，道路宽敞平坦。园区的成立为入驻个体企业的发展创造了更有利的条件。

后来有人说，付常浩收购大耐厂招待所，收购大耐厂办公楼和收购菱镁厂，证明了他的远见卓识，意义非凡，更加夯实了企业的地域基础。

21. 发展与壮大

在购买大耐厂办公楼之后，付常浩在办公楼东侧投资600万元，占地4000平方米，建筑面积3500平方米，建了组合砖生产线。正式投产后，又投资4000万元建成镁碳砖生产线。当时的厂长是金耀东，工程师是包玉。企业在不断强大的基础上，也对镁碳砖的设备进行了更新换代。这个生产线当时是很先进的，至今也不落后。

开始生产后，加强了销售方面的力量，建成了一支由丁德煜负责，由李悦凯、李华杰、徐殿开、刘世忠、梁玉刚等人组成的销售业务团队。

付常浩是个低调的人。企业有了钱，他并没有张狂，也并不满足现状，总是在想如何将企业发展和壮大。从1989年到1999年10年间，他的企业突飞猛进，从无到有，发生了质的变化。于是在2000年5月10日，注册资本6443万元，以生产、加工、销售耐火材料、储能设备、冶金辅料、合金、钢材销售、化工产品等为经营范围，成立了集团公司。

成立集团并不单纯是付常浩所想，这里有政府的原因。当时，大石桥本市的集团企业只有"PP""QH""JL"等三五家，还是坐落在别的乡镇，百寨镇还没有集团企业。政府为了有业绩，让付常浩成立集团公司。付常浩说，集团没有什么实在意义，无非是把几个分公司捆绑到一起，取了一个大一些的名字。像捆玉米秸一样，由单根，包装成了捆。辽宁富城耐火材料（集团）有限公司（以下简称"富城集团"）成立后，是百寨镇的第一个集团企业，囊括了观马山中档镁砂厂、大石桥第二耐火材料厂、富城大酒店。集团的成立使政府有了业绩，也开了南楼开发区创建集团企业的先河，同时也提高了这些子公司的身价。

富城集团成立后，他们共招揽有识之士及各类人才200多人，包括耐火、机械、计算机、市场营销、企业管理、外语等人才。有博士3人，硕士11人，大学本科和专科30余人，平均年龄不到35岁。从各处聘请的生产技术人员100余人，平均年龄46岁，有的分厂领导年龄才32岁。

随后（2002年—2003年），为适应企业发展，先后组建了富城特耐化学分析检验室和物理检验室。

化学分析检验室主任李素荣。化学分析检验室组建同时，健全了化学分析检验室安全技术操作规程、高危化学药品的保管及使用制度和上级部门定期检校等制度。

物理检验室主任卢志云。组建物理检验室的同时，还健全了物理检验室安全技术操作规程、完善防火和电气设备防火设施和上级部门定期检校等制度。

主要生产镁质原料系列电熔镁砂、电熔二钙镁砂、电熔镁铬砂、电熔镁钙砂、电熔大结晶镁砂、重烧镁砂、中档镁砂、合成镁钙砂、脱氧剂等。

由于生产线的增多，产品自然增多。产品无处堆放，他们又在办公楼的路西侧花320万元买了块14000平方米的工业用地，建了库房。

从买了大耐厂的办公楼之后，几年间，他们在办公楼的前后左右一共建了近20000平方米的生产车间和库房，使当时富城集团的厂区更加宽敞，企业规模更加宏大。

其间，他们还利用已建厂房，设计和修建了一条用散装料车间加工物料的，从手工配料到混炼到成型到烘烤到成品到打包库存的镁碳砖生产线。

…………

"今非昔比，鸟枪换炮"了。集团的成立，使各个方面都走向正轨，经理、副经理、财务部、采购部、销售部、外联部、办公室等部门，随着企业发展的需求逐步健全起来。

35年的经营经验证明，一个家族企业要持久地发展下去，很重要的一点就是如何用人。付常浩说，他是外行，在不懂企业如何经营的情况下，必须广纳贤才，在不同岗位、不同时期、不同行业，用不同的能人。由于具有地利，大石桥本土的业内人才相对多一些，但竞争得也很厉害。在众多企业相互竞争的情况下，付常浩的打法是立足本土，站稳脚跟，扩大地利优势。

"造物之前先找人"是许多成功人士的共识，也是他付常浩的想法。他谙知此理，以广纳本土贤才作为他的经营方略，不拘一格，任人唯贤，确保其团队的强大整合力和协同作战能力。想招优秀人才，必须有好的平台，给他们机会，施展才华，让他们的智慧充分"燃烧"。他还不惜重金，把外地的人才引进来，为自己的公司出谋划策。

付常浩说，作为一个企业管理者，你的工作不是跑跑颠颠，不是研究技术，更不是去买什么设备，你的主要工作就是找能人，并把人留住。经验证明，人无非是需要两种东西，政治地位或经济待遇。所谓政治地位，就是在他能胜任的基础上给他一些职务，经理、副经理、厂长、副厂长、先进、劳模什么的；经济待遇就是给他理想的酬劳。这就是人的欲望。我也是一样，无论是在学校教书，还是在食品公司工作，想的也是这些，这是正常人的思维。到我这里的人，我不能亏待。每到年末，我都要踅摸踅摸其他私企是怎么对待员工的，特别是同级别的高管，他们在政治地位上有什么变化；辛辛苦苦干一年了，他们得了多少报酬。然后再根据人家在我公司的贡献大小，给予奖励。作为一个管理者，要多站在对方的立场上去思考问题，少考虑自己的得失，你的企业才能走得更远，才能留住人才。不要想给人家太多了，留给自己的太少了。有句话说得好："希望别人好，别人未必好，但你肯定好，因为你的内心有美好；见不得别人好，别人未必就不好，但你肯定不好，因为你内心没有美好。与人为善，福虽未至，祸已远离；与人为恶，祸虽未至，福已远离；爱出者爱返，福往者福来。"只有人家得的多了，你才能多，给人家少，你肯定多不了。谁都会算这笔账。大河无水小河干，谁都明白这个道理。

其实，早在 2000 年之前，付常浩就这么做了，关华和崔学正就已经登上了中镁的历史舞台。他们以自己的能力和为人，为中镁的创业和发展涂上了浓墨重彩。

付常浩是求贤若渴的。他的用人之道是人必孝，人必贤，行必果，言必实。他在接纳人才方面不怕花钱。正如他所说的，想挣钱，必须先争人。有了好的人才，才能有好的产品质量。有了好的产品质量，才能有好的企业声望。有了好的企业声望，才能有更多更持久的客户，才能持久地盈利和发展。这是个良性循环。

当时，大石桥生产镁产品的企业很多，都需要大量的技术能手，争人才便成了企业发展的重要部分。辽镁公司的倒闭，使一些人才成了"争抢"对象。付常浩珍惜时机，到处挖掘、笼络能人。有一次，他跟一家同行企业争一个技术能手，对方企业出资年薪 12 万元给这个人。付常浩得知此人的重要性，便出资年薪 20 万元，同时借钱给对方买房。用优越的条件，把优秀的人才揽于怀中。这个人到了富城集团之后，被任命为车间主任。他使出了浑身解数，为企业的生产和技术的创新做出了很大的贡献。

5年后，这个车间主任的日子好过了，将当时付常浩借给他买房子的钱连本带利还给付常浩。付常浩只拿回了30万元本金，利息一分没要。

付常浩不单单是依赖别人，自己更是身体力行。从1989年到1999年，10年间，他在业务上，特别在管理上学了很多东西。按照他的谦虚说法，我也有进步。他说，人的一生，就是学习的一生，不断进取的一生。在这个世界上是找不到全能人才的。唯有学习才能明白得多一些。

付常浩总是忘不了观马山中档镁砂厂初创时期的艰辛和困难。好在他的创业信心是坚定的。从创业开始就和员工一起干脏活累活，没有厂长的架子。他什么都要伸伸手，什么都要碰一碰。他说，只有伸手做了，才能真正明白。耳听为虚，眼见为实，手动为真。作为领导，你有你的业务，在你的业务范围内，尽量要懂得多一些，一知半解都不行，外行的领导管不好企业。付常浩是这么说的，也是这么做的，从创业时的设计图纸、设备安装、调试、生产产品、材料购买、产品推销，到其他业务联系，他样样触及。从不懂到懂，从懂到精通。由于他头脑灵活，接受事物是很快的。

因为是家族企业，他在家中排行老四，当老板之后，有的家族员工在厂里也喜欢称他老四、四哥、四叔等，乱七八糟的叫什么的都有……有人反对，说现在人家是老板，是厂长了，应该有规矩，不能胡乱称呼。付常浩却说，叫他什么都行，只要有亲切感，只要不耽误工作。可后来，还是有人给更正了这些人的叫法。于是，在集团成立之后，对付常浩的统一称谓是董事长。可还是有人习惯叫他老板。后来他自嘲道，董事长，就是懂事的长官，意思就是应该比别人多明白点事。其实说白了，我就是个班主任。

付常浩不仅憧憬未来，还不忘过去，总是喜欢提起刚刚建厂时的一些事情。他说，20世纪80年代末，我们手中是没有钱的，都是通过贷款、借钱办的厂。由于当时国家支持个体办企业，政策好，且宽松，贷款比较容易。个别人的手里一下子有了钱，钱就像从天上掉下来似的，便开始了挥霍。

付常浩回忆道，有那么一段时间，钱赚得是很容易，几个人合伙投资十几万元办起的小厂，烧点镁砂就能卖出去，而且利润很大。更有甚者赚的钱是投资的五六倍，回钱很快，转眼就能赚几十万元，甚至上百万元。在那个年代可不是小数目，一些从没见过大钱的人就有些飘飘然了，傲慢得不得了，都不知道怎么活了。他们大吃大喝，大玩大乐。特别是改革开放初期，各种娱乐行业带着一股邪风，从国外刮了进来，唱歌、跳舞、吃、喝、嫖、赌等如野草发芽，肆意生长。从前没见过的一些"新生事物"一下子呈现出来，让那些赚到钱的人耳目一新，觉得这才是人的真正生活。

那一阶段，虽说付常浩也赚了些钱，但他很谨慎。钱的来之不易，他是有感触的。他说，这个世界上不是每个人都适合发财的，许多人只适合贫穷，一些人在拥有财富后，没有办法约束自己的心性，就会为所欲为，最后这个财富反而会变成你的灾难。"德不配位，必有祸殃"，就是这个道理。

付常浩是唾弃、远离奢靡的，可又不能离得太远。"水至清则无鱼，人至察则无徒"，他做生意是离不开各方面的关系和支持的，更不能不识人间烟火。虽说他很少接近这些东西，却又不能一点也不参与，偶尔打打麻将，故意输给相关人员几个小钱，也算是一种娱乐和随性。他说，那一段时间，那些赚着钱的人，每天都要一群一伙地下馆子吃吃喝喝，白酒、啤酒、果酒，大盘子一抢，无我无人。肚子吃大了，脸也有了光泽。他们不仅在外这么吃，在家也这么吃。1988年和1989年的时候，冰箱还没有普及，个别挣了钱的人首先买的是电冰箱。冰箱里塞满了鱼、肉、蛋、香肠、火腿、罐头等以前买不起的好食物。买了就吃，不仅仅是家里人自己吃，大姨子、小舅子、亲戚、朋友也帮助大肆挥霍。似乎共产主义一下子就到了……

付常浩说，那时真是极少的一部分人先富起来了。可大多数人还是过着清贫的日子。他想起了大哥付常贵。有一次，厂子的采购员买菜时多买了几斤花生米，准备晚上喝些酒，乐和乐和。大哥看到后，当时就火了，说，干什么买这么多花生米，少买点意思意思就行了，好日子也不能一天过！

付家过日子是勤俭的，从他们的祖辈、父辈就是这么过来的，不奢侈，不浪费，不攀比。付常浩说，其实肚子这个东西是很知足的，吃什么都饱，只有思想是不满足的，眼睛看，嘴就馋，一来二去整个人就跟着变了……

那些曾经大吃大喝、肆意挥霍的人是好景不长的。在经济危机突然来临的时候，在他们的企业维持不下去的时候，他们的囊中开始羞涩，不仅他们的企业没了钱，他们自己的家里也没了钱。真是"辛辛苦苦干几年，转眼一夜到从前"。

20世纪80年代末90年代初，在大石桥周边办厂的有三五十家，百寨、官屯、前百、曹官、北沟、岳州等地都干得风生水起。后来经过那场金融风暴，便所剩无几。因为国企黄了，没人要他们的产品，人家欠他们的钱也还不上来，他们手头也没有了资金储备，外债要不回来，银行的贷款还不上，资金链断条，就没有了继续生产的能力……

当时周边企业的情况是，建得快，黄得也快。注册非常好办，办理手续去环保局就可以，没什么麻烦，填个表就行了，更没有环保、环评等说法；也不用办什么土地使用证明，村里说话就算。20世纪90年代末才开始规范，土地使用证明、环保、环评等说法陆续出台。

付常浩始终有一种"岛国危机"的意识（日本的危机意识），未雨绸缪，防患于未然。在金融危机来临的时候，并没有怎么让他恐慌。除了努力清债还债，从根本上并没有太大的损失，并没伤筋动骨。咬着牙，依然可以继续生产，等待着经济复苏的到来。这也是他能坚持发展下来的一个重要原因。

22. 泰然自若

付常浩有个很好的做生意心态。

早在1993年金融风暴来临的时候，不仅殃及周边的企业，同样也殃及他付家。当时外面欠他的外债500多万元。那段日子有人叫他别干了，现在收手还来得及，银行没有欠款，能要的账要一要，要不回来咱也没亏着，以免陷得太深。当时，大哥付常贵还在，对他说，收手吧，总的算咱还有盈余。把厂子卖了，找个自己喜欢的轻松一点的事做，安安静静地过日子吧。咱手里的钱老婆孩子下半辈子也够了。

…………

有句话是这么说的："人的内心是怎么想的，他就会成为怎样的人。"后来，付常浩的一切努力和成就，就说明了他内心的想法是坚定和无畏的。

接下来就是1997年，亚洲金融风暴席卷泰国。不久，这场风暴波及马来西亚、新加坡、日本、韩国、中国等地。泰国、印尼、韩国等国的货币大幅贬值，同时造成亚洲大部分主要股市的大幅下跌；冲击亚洲各个国家和地区的外贸企业，造成亚洲许多大型企业的倒闭，工人失业，社会经济萧条，打破了亚洲经济急速发展的景象。亚洲一些经济大国的经济开始萧条，一些国家的政局也开始混乱……中国大陆和台湾地区同样受到波及。

镁制品行业同样脱不了干系。连续几年的金融危机，付常浩看到当时周边的一家家小企业因无钱支撑，资金断链，陆续倒闭。虽说他自己也受了影响，可他觉得还是能坚持下去的。他想，自己还有一定的资本，还有钱可拿，由于信誉非常好还可以贷款。况且市场经济是不断调整的，不会一味地萧条下去。他对这个国家始终充满着信心和希望。那些因大吃大喝而倒闭的老板，见付家仍然在不断地购买着原材料，窑火依然在燃烧着，产品在不断地出炉，工人的工资一分也不差地拿着，他们当时都傻了。可他们并没有明白自己错在哪里。付常浩说，"吃"并不是小事，它能把一个小家吃穷了，更能把一个国家吃垮了！

付常浩一向是节约的。不必要的浪费，从不浪费。没有价值的投入，绝不投入。但该花钱的时候必须花，而且不惜重金；不该花钱的地方让他拿一分都心疼。他的成功之处是该用人用人，该用钱用钱。他的经验是人钱并用，创造辉煌。

一个优秀的人，放在哪里，做什么事情都不会太差。在做事情上"细节决定成败"，在做人上"心态决定命运"。付常浩就是一个重视细节，心态极好，且不折不挠的人。他还是个好胜心极强的人，表面上平静如水，心里却是波涛汹涌的。无论在学校学习、教书，还是在食品站工作，他都要做得尽职尽责。他常说，无论做什么，要么不做，做就要完美。他的性格中隐藏着一种无论做什么都要尽善尽美的秉性。他的身上散发出来的永不言败的进取精神似乎是天生的。

付常浩在起初办厂的时候就是这样。开始他的企业并不是很大，7亩山坡地，一个小窑，连个像样的办公地点都没有。可就这么一个小窑他建得也是最快的，当时在同行业中也算是比较先进的，从他们厂的产品质量可以证明。正像他说的"质量是企业生存的唯一保证"。他的信条是：不争第一，也不甘心做第二。

付常浩有着强大的内心世界，善于攻克一个又一个难关，就像读书时攻克一道又一道数学难题一样有成就感。他说，在这个世界上，最难办的不是什么具体的事情，而是和人的相处。付常浩深知人的重要和相处之难。他和齐永昌相处就是一个例子。齐永昌原是辽镁公司的中层干部，是一个曾经有着实权和人力资源的人。他热情、耿直、坦率、认真，又不乏清高，一般的人很难跟他接触和相处，和付常浩的性格截然不同。但付常浩却器重他，并相信他，两个人还成了交心的朋友，图谋事业的共同发展。付常浩说，他跟齐永昌就像两棵根本不相关的树，由于生长的原因和需要，枝丫却有缘分地缠绕到了一起。在齐永昌去世的时候（2005年），付常浩很是难过了一阵子。他说，我的企业没有齐永昌帮忙就发展不到今天这个地步。他的离去意味着我失去了一位好的帮手和一位忠实的朋友。

有人说，只有很深很深的缘分才能在同一条路上走了又走，在同一个地方去了又去，和同一个人见了又见。所以真正适合你的人不是你拼命追赶的人，而是当你累了的时候会拉着你的手跟你一起走的人。付常浩相信人与人之间是有缘分的，包括后来能跟他一起合作的人，都是这样。

付常浩对人是这样理解的：人无完人。有能力的人都有性格，性格可能是一个人的缺点，也可能是一个人的优点。把一个人的缺点当作优点去看，这个人就没有缺点。有的人性格直率一些，有的人委婉一些，只要他对你是真诚的，他就是个可以相处的人。一个优秀的人内心世界不仅应该强大，更应该是豁达的。付常浩不仅对人这样，对事情也是这样。

在付常浩的事业发展如日中天的时候，有很多技术人员和有识之士想投奔他的麾下，难免要得罪原来企业的老板。由于都是周边的企业，老板和老板之间都很熟悉，人家就埋怨他"挖墙脚"的行为不当。更有甚者找他算账要人。付常浩是这么解释的：企业的发展过程，就是人才流动的过程，只有流动的人才，才有发展的企业。一个企业能留住人才，证明你这个企业还行，或是正处在兴旺时期。如果有大批的人想离开你，证明你的企业经营有问题或是在走下坡路。企业人才流动是正常，不流动不正常。特别是个别人的流动，更无可厚非。企业想发展，人也想发展，"人往高处走"和"人各有志"是谁也阻止不了的。他说，好的企业是有发展规划的，一个有上进心的人也是有发展目标的，谁都想尽快地实现自己的目标。在你这里能施展才华的就留下了；在你这里达不到预期目的，可以去别处发展，是无可厚非的。我的人才也可以走，我留不住人家了，一是证明我们自身存在问题，二是证明了人家的本事在提高。一个人走了不算什么，两个人走了也不算什么，如果更多的人走了就说明你的企业有问题了，"事出意外必有妖"。

付常浩对想离开自己的人才是尊重的，并以诚相待地挽留，实在留不住了也不翻脸，更不羞辱人家，同时还要多给开几个月的薪水，并好言相送，什么时候回来我们都欢迎。特别是那些对公司有突出贡献的高层管理人员，或是退休，或是离开公司另谋高就，付常浩更是旧情难忘。在他们离开自己的时候，在他们有退休金的基础上，付常浩每个月还要多给他们发2500元的贡献钱（直到他们离开人世），以保证他们的生活能更好一些。他相信人的灵魂是温暖的，人心都是肉长的。

付常浩属于典型的没学过徒就开公司当老板的人。想当年，在他的公司经营一段之后，才深知外行是什么滋味儿，有多么难。有一次，一个在业务上很有两下子的车间主任，因产品质量问题被付常浩说了几句。对方有些不服，跟付常浩顶撞起来，虽说没有闹得不可开交，彼此之间也不是很愉快。车间主任在跟他吵的话语中带着"一个外行，懂什么"的意思。付常浩是何等的聪明，他听出车间主任的弦外之音，那张白净的脸上便有些让人羞辱般的发热。心想，我要是什么都明白用你干吗？但他没说什么，压着火，最后妥协道，如果你说得对，就听你的。但质量再出问题你得负责，年终奖你就别想要了。事后，虽说问题解决了，但付常浩的心里还是带着一股怨气，不是怨别人，而是怨自己是个外行，说服不了人家。事过之后，付常浩为了缓和同车间主任的关系，便主动找到了车间主任，道歉说，由于当时事发突然，我没压住火，言语上有些过激，请理解。车间主任笑道，这算什么事，我天天训斥手下这些人。你是厂长，你训我正常！付常浩说，你训斥你手下的人说明你明白，有本事，是内行。我说你，说明我不明白，我是外行。车间主任又笑道，你把年终奖给我就行了。

那时候，付常浩遇见的事情很多，特别是在产品的生产和产品质量的管控方面，他基本上不敢说话，怕说错了让人笑话，只好放权。付常浩说，如果你是个外行，你的企业命运是掌控在别人手里的。

付常浩虽说没有经过学徒就当了老板，但本身的自强不息、努力钻研的精神并没有懈怠。他属于那种不懂业务，却懂怎么用人的人。

"言慢者贵，性柔者富，德厚者望"，可以说在他的身上体现得很好。不懂，不能装懂，要少说话，多学习，是"言慢者贵"的一种表现。也是付常浩处理事情的一贯态度。但他也不能就这么糊涂下去，除了学习，丰富自己，管理员工的唯一原则就是不要过程，只要结果。他曾无数次地说，起初办厂时，既不懂生产，也不懂销售，更不懂技术，就知道给人家钱，人家就能来干活。他说，当时我想学徒也不赶趟了，我办企业的时候都快40岁了，哪有40岁还学徒的。可他还是认为南方人的做法是正确的，无论干什么，还是要从小做起，从头做起，从学徒开始。世界五百强企业中有的为什么经营时间那么长，甚至有上百年历史，那就是人家的底子厚实，懂经营、懂理念、懂技术、懂市场、懂人，所以坚持得久。

付常浩的成功不是特例。微软的创始人比尔·盖茨，苹果公司前首席执行官乔布斯，戴尔公司的首席执行官迈克尔·戴尔，都是没有学过徒的，有的甚至书都没有念完，就辍学开公司，而且成为世界级的成功人士。付常浩说，我相信有人就有一切！

付常浩还有惊人的计划能力、良好的忧患意识和随时准备迎难而上的智慧。实践证明，他并没有为暂时的成功而利令智昏和沾沾自喜，也不会因眼前的困难畏缩不前而退避三舍。他的成功法则是：学习，面对，坚持，挑战。对成功不窃喜，对失败不胆怯。他属于那种无论做什么事，不赢誓不罢休的人。也属于那种有足够的信心和强烈愿望的人。

眼下我们说的付常浩是成功人士，但当时在他做抉择的时候，是面临着一种风险的。那就是，他失败了的话再没脸回食品站了，更回不了学校了，在老婆手里的一元钱上签的字，给兑换10万元的承诺也实现不了了。那他还干什么？他怎么面对家人，如何面对原来单位的同事和家乡的父老乡亲？这些他不能不考虑。他当时办企业就是孤注一掷。他的经验告诉人们，失败者的悲哀就是想得太多。

当然，对于他来讲，现在考虑这样的问题有些时过境迁了。可对于正走在发展路上的人是应该好好思考的。

人一生的精彩不是活一辈子，也不是活几年、几月、几天，而是活几个瞬间。瞬间的精彩，就是你人生的精彩。付常浩的心灵瞬间只有他自己清楚。

付常浩的今天也给那些已经把企业办起来了，又倒闭了的人以思考。那些倒下去的人，多么想重新站起来，吃香的喝辣的，再现他们曾经有过的辉煌！遗憾的是历史不是那么书写的，命运也不是那么安排的。失败了就是失败了，很难再站起来了。

付常浩的今天也同样给他们家族的人以思考。当他们的晚辈，回想起他们的祖辈的时候，当祖辈的产业被他们继承下来的时候，他们能否想起祖辈创业时的艰难和无奈……

23. 官司重重

从开办企业，到企业发展的进程中，始终贯穿着一件事——打官司。

有人把打官司上法庭视为一种很不祥和的事情。付常浩并不那么看。他毫不隐晦地说，打官司是企业发展的必然，无论胜诉还是败诉，都必须有这个过程，而且要伴随着企业发展的始终。中镁集团从起家到壮大打过无数次官司（大多是债务方面的），每年都有那么几起诉讼，有时更多。每起诉讼少则折腾两三年，多则三五年，或者是胜诉，或者是败诉，两三年是最少的。当然也有经不起折腾半途而废的；还有的打一半官司就妥协了，以和解的方式解决。付常浩说，总之，就是我赢了也很少拿到全款，不是损失利息，就是分期付款，再就是少给你本金，或是拿物抵债。我都得认，能要回多少是多少，比一分不给你强。特别是刚开始的那些小厂，耍赖的更多。开始打官司挺闹心，后来就习惯了。

企业打官司大多都是为了钱，不讲信誉。付常浩说，都是他们欠我的钱。后来这种事情太多，欠我钱少于100万元的就酌情处理了。考虑实际情况，尽量不打官司，诉讼费、差旅费每一场官司都要耗费不少的人力、物力和财力，折腾不起。就算是官司赢了，刨除一些费用，刨除对方赖的账，到手的钱也是所剩无几。就算是节约司法资源吧，有跟他们扯皮的时间我也赚100万元了。

他们的官司大多是外域的，这就涉及地方保护主义。到人家那里打官司多半是人家说了算，偏向自己家乡的人。

他永远也不会忘记第一次起诉。那是在2003年，黑龙江鸡西的一家私营企业，欠他们840万元。对方是一家搞耐火材料的钢铁公司，中镁承包转炉和钢包。开始两家合作得挺好，可渐渐地对方就欠着不给钱，后来越欠越多。当中镁得知对方的企业要倒闭的时候，才不得不起诉。法律有规定，两年不起诉视为放弃。胜诉后，中镁等待执行。可是，按照《中华人民共和国企业破产法》的规定，企业倒闭应该先支付工人的工资，再缴欠税，之后再还银行的贷款，一系列问题处理完以后，再解决其他债务纠纷。等对方把工资、欠税、贷款都解决完了，轮到中镁诉案的给付时，对方账面一分钱没剩。中镁不仅一分钱没要来，还白掏了起诉费。付常浩笑道，这是我吃亏最大的一次起诉，要债不成，反蚀把米。

还有比这更有意思的。付常浩说，应该是2015年的事，省内（辽宁）的一家企业欠咱1500多万元，我们起诉了，对方的法院也判我们胜诉了，可他们就是不执行。我找了省高法。省高法的人听了很生气，说，这是典型的地方保护主义。就由省高法出头，把案件转到我们营口中法执行。一年半以后，本金是全给了，经过商议，利息没有全给……

我问他，总打官司你上不上火？付常浩说，上什么火，那么多的官司都上火，还不得烧死。又说，搞企业就得想开点，心胸开阔，你不要把钱看作钱，它就是一堆纸，或是一个数字。不管你有多少钱，也不管人家欠你多少钱，总体来讲你还是赚得多。不可能你总赚，一分钱也不赔。你手里的钱，和人家欠你的钱，都是个数字，无非是你手里的数字多一些和少一些的关系。更何况这钱开始不是你从家里拿出来的，是从银行贷款贷出来的，你属于拿国家的钱赚的钱，不是拿你自己的钱赚的钱。你先是赚了钱，然后赔了，或是人家欠你了，总之你还是赚了。所有做企业的人都应该这么想。

付常浩说，这些年欠他钱的人遍及全国很多和他有关系的企业。通过这些年打的官司，他总结道，欠你钱不还，大多数不是因为个人问题，而是涉及企业的经营问题和政策问题等诸多因素。谁愿意欠钱不给，谁愿意让人跟着屁股后要账？那种人毕竟很少。

生意人有个最大的特点，就像丘吉尔说的："没有永远的敌人，没有永远的朋友，只有永远的利益。"你可能今天和他对簿公堂，明天还可以同他做生意。他说，好的企业家是包容的，是相互理解的。他的前提是有利可图。虽说丘吉尔说的这句话里有些缺少人情的味道，但人家说这话站的角度不同，位置不同，高度不同，认知不同。丘吉尔是站在国家元首的位置上，站在国与国之间的关系上去说的，涉及极大的政治利益。同样适用于生意人和生意人之间的利益关系，以及人与人之间的交际上。大千世界就是这样，随着时间的改变和事态的变化，一切都在改变。既然被称作世界，就没有一成不变的东西。

在众多诉讼中，付常浩接触过很多企业老板和企业家，觉得他们都不是坏人，而且都是很有能力的人。他们和他一样有无奈，有怨气，也有雄心，更是要脸面的人。他说，个别人总是有的，"林子大了，什么鸟都有"。

但这个世界好人总是多的。打官司、告状、要账都是做生意避免不了的过程，这些过程是渺小而琐碎的，更是市场的博弈。要学会享受过程，享受市场博弈，只有这样才能更好地享受成果。

付常浩说，2019年，南方有一家企业欠我400万元，之前通过诉讼给了我200万元，还差200万元说什么也不给，说没钱。当时我不想要了，总觉得他一定有什么困难，缓一缓暂时不要也行。后来得知，对方不是没钱，而是赖着不给，我就挺生气。可气也没办法，已经诉讼结束，短时间不可能再起诉，只能是忍着。半年后的一天夜里，我做了个梦，梦到对方上了"黑名单"。付常浩说，当时我对上"黑名单"不感兴趣，认为那无非是媒体和相关部门在弄一些名堂。第二天到公司，我又想起了夜里做的梦，想了想，这种无赖给他上"黑名单"也行，钱我不要了，也不能让他逍遥法外。管不管用，试试再说。也是想试试上"黑名单"的效果如何，是不是扯淡。可还是觉得应该先跟对方通个电话，先礼后兵，都是买卖人，不容易。一旦上了"黑名单"，全国同行业就都知道了，并不是什么光彩的事。我就跟对方联系。对方说，要钱没有，要命一条！我听了很生气，便决定给他上"黑名单"。结果没到3天，对方的律师坐飞机来了，说老板同意把本金200万元一分不差地给你，利息就别要了，但你得把他的名字从"黑名单"撤下来。这是我没想到的结果，也算是意外之喜。利息才几个钱，不给就不给了。付常浩说，在我请律师吃饭的时候问，这回他给钱为啥这么痛快？律师喝了一口酒说，上"黑名单"还了得？！对有声望的人来讲，被列入"黑名单"就等于社会性死亡。从那儿之后，我利用了几次"黑名单"，有的管用，有的不管用。

交谈中，他还提到了江苏某钢铁公司的董事长。付常浩说，他很佩服这个人，当时，他的不锈钢厂在全国能排第二。付常浩通过和他打官司曾谋过面。这是个朴素、谦和的人。虽说在发展期间出过一些问题，但还是做人讲究的。他很有能力，在他东山再起的时候，在付常浩和他打官司之后，不计前嫌，还能积极主动地找付常浩合作再做生意。从这一点就能看出他胸怀大志，是个十分了不起的人。

　　这些年，付常浩能记住的曾和他们打过官司的有：黑龙江鸡西钢厂、抚顺特钢、黑龙江西林钢铁、四川西南不锈钢、江苏丹阳飞达钢厂、湖北迎欣玻璃、江苏德龙不锈钢厂等40余家企业。据不完全统计，无论打官司和没打官司，付常浩直接的和间接的损失近5000万元。他说，没有很坏的人，每个人都想过好日子，没有什么根本的恶，人的灵魂是温暖的，但困境会影响企业家的心态。

第五章

24. 大气候

20世纪90年代对于世界来讲，特别是对于金融界、企业界都是多事之秋。

众所周知，美国是在二战结束之后才开始真正崛起，其实真正的全盛时期应该是在20世纪90年代的时候。

1990—1999年，这一段时间，美国是无可争议的世界大国，经济、军事、金融乃至在国际上的威慑力都是无国能及的。当然也是有原因的：一是东欧剧变的发生。20世纪90年代之前，美苏两个国家还势均力敌。从1989年开始，苏东阵营出现了松动和混乱，苏联的战略影响力迅速减弱。美国在世界上成了实实在在的霸权国。二是海湾战争的爆发，美国动用了很多高精尖武器对伊拉克进行打击，展示了他们强大的战争实力，也让世界看到了信息化威力有多么巨大，使美国走出了越南战争的阴影，同时还让他们重新树立了称霸全球的目标。三是美国新经济时代的到来。美国的经济是从20世纪90年代后开始重新走向繁荣的，特别是在克林顿当选总统之后，他们就迈进了新经济时代，整个国家的经济情况十分乐观。同时他们的经济始终保持着稳定增长。低通胀、低失业率，使得美国经济远超世界各国。

付常浩回忆道，2003年，不仅美国在发展，我们也在发展，可以说是全国都在发展。省政府、市政府、部委办局，从乡政府到村里，有条件的，没条件的，都想方设法地建厂。无论是否符合条件，弄一个小窑就炼钢。当时，不仅是我们在搞镁产品，我们的周边地区营口、海城等地都在搞镁砂生产。家家点火，户户冒烟，只要你晚上站在蟠龙山（大石桥市境内）顶上往山脚下一望，除了灯光，还有火光，可谓灯火辉煌，烟火弥漫。灯光是住宅，火光就是在烧窑。由于越来越多的私企出现，钢厂多了，同时也导致镁砂价格的下降。

更重要的是，谁也没想到，由于美国的遥控，使国际市场镁的价格有了变化。

当时在国际市场上出口镁砂的价格由每吨100美元下降到38美元。出口一吨镁砂利润由200多元人民币下滑到10元人民币左右。由于各企业盲目生产，竞相开采，导致镁砂生产供大于求，各生产厂家相互压价，恶性的市场竞争使一些企业难以支撑，直至关停倒闭。镁砂行业出现了严重的不景气现象。

付常浩回忆，有一阶段，中国卖到国外的镁砂被人家深加工成镁制砖后再返销给中国，或销到世界各地有需要的地方，其价格和利润是我们卖镁砂的10倍、20倍，甚至更多。原料市场本来是中国，外国人却利用我们的出口原料，再加工成镁砖等制成品返销给我们。不仅仅是我们企业吃亏，我们的国家也吃了大亏。我们在国际市场上卖的粗加工产品，不仅破坏了我们的环境，实质上卖出的是国家宝贵的不可再生的资源，以及廉价的劳动力。

他回忆说，1992年，我们还没有发展到研制镁碳砖的程度，烧的大多是中档镁砂和重烧镁这种粗加工产品。可有的私企，比我们干得早的，了解国际市场的，已经开始动手研究烧镁制砖了。

据说，当时全国仅有几条高温隧道窑，他们对镁砖原料配比、工艺流程、超高温煅烧、颗粒结合程度、体积稳定性能等一系列技术问题已经有了突破。但不同的钢厂对产品的要求不同，而且差别很大。有人说，生产镁砖比制药还难。

付常浩没有急着动手。他在观望，他想在一种求稳的基础上发展。

25. 观望之中

做生意，想要赚大钱，关键在于把握趋势。付常浩说，什么是本事？你发现的东西别人也发现了，这不是本事；本事是你发现的东西别人没发现，而且发现后你去做了，不管成功与失败，这就是本事。

付常浩当时看到的东西，别人也看到了，那就是高温隧道窑，他想这不算是技高一筹，于是就很谨慎。有的不知深浅的人马上动工建窑，结果失败了，原因是当时的高温隧道窑的技术还不够成熟，而且各个厂家需要的产品规格不同，很难生产出达标的产品。那时建一条高温隧道窑需要1000多万元，不是个小数目。按照付常浩当时的能力，建高温隧道窑没有

时任富城特耐总经理付常浩

问题，可他还是没把握，赚不到回头钱的事他不想干，便在那儿等待时机。

在创业上，付常浩不想争第一。他说，争第一的危险性太大，"枪打出头鸟"，是前辈人总结出来的。但他也不想做第二，显得太没出息了。他说，我在运动会竞跑的时候，总喜欢前面有个人，他就是我的目标。可有时我又觉得赛场上的目标不是目标，只有心里的目标才是真正的目标。付常浩的想法有时很矛盾，可这么多年就是这么过来的，脚步踏实，一步一个脚印地跟着眼前的目标在不断地移动着，前行着。当然，有的时候是很艰难的，只要你能扛得住。万通控股董事长冯仑说："能扛过去就是本事！"

当时，中国国内的形势一是1992年邓小平南方谈话，分析了当时国际国内的形势，科学地总结了党的十一届三中全会以来改革开放和现代化建设的基本实践和基本经验，阐明了改革开放的重大意义，阐述了建设社会主义市场经济理论的基本原则；二是中共十四大的召开，正式提出建立社会主义市场经济体系，正式确立"我国经济体制改革的目标是建立社会主义市场经济体制"。同时确立邓小平建设中国特色社会主义理论在全党的指导地位，我国经济发展进入了新的阶段；三是1997年7月1日香港的回归，中华人民共和国国旗和香港特别行政区区旗在香港升起，经历了百年沧桑的香港回到祖国怀抱，标志着我国国际地位的提高；四是1999年12月20日澳门的回归，在世界范围内有着重大而深远的影响和划时代意义，洗雪了中华民族耻辱的历史，标志着西方对中国进行殖民统治的历史彻底结束。

国内的形势在这十年内更是有了极大的发展和变化，人民大众从砸碎"铁饭碗"，到自谋职业，人民对新的生活方式逐渐认同和适应，为以后的进一步发展奠定了基础。

付常浩就是在这种国际风云变幻，动荡不安；国内尚安定团结，继续改革开放的环境下发展起来的。他从贫到富，从无到有，从少到多，从小到大，从弱到强；从玻璃纤维抽丝不足十几人的一个小厂，到几十人烧中档镁砂，到收购大耐厂的招待所，到收购大耐厂的办公楼，到收购菱镁厂，到扩厂再生产；从只能生产中档镁砂，到能生产重烧镁，到富镁白云砂、AG砂、补炉料等系列产品的生产。其间经历了要债、逼债、讨债、还债；

经历了你争我夺，吵吵嚷嚷，各种 "扯不断，理还乱" 的官司，风风雨雨，坎坎坷坷。付常浩就像一个攀登珠穆朗玛峰的运动员，每向上一步都是艰难而危险的。他的心态由开始的怯懦、畏惧到强大，又渐渐地把怯懦和畏惧当作一片流云，或者是当作一片风景去审视，去欣赏。这一过程，现在看是瞬间的，无所谓的，可在他本人的 10 年经历中是漫长而煎熬的。特别是在打官司和要账的过程中，就像他说的那样，每天都有无数个沉重的心事在你的身上和心上压着。

一个伟大企业的成长，必然伴随着很多委屈。付常浩学会了享受每一个委屈。

在付常浩老家的附近有个小山岗，小山岗上有一块青石，那凉硬的青石经常得到付常浩的 "光顾"。只要一有心事，他就要来这里在青石上坐上一坐，直到他把它焐热了，把西天边的夕阳看得没了辉煌，他才能离去。有一次，付常浩觉着他跟这块石头有缘，就想把它搬回公司供起来，留作纪念。不承想的是越挖越深，越挖青石的根基越大越牢，根本就撼不动。他想起了 "冰山理论"，海平面以上的冰山是八分之一，在海平面以下还有八分之七。他身下坐的不是一块普通的小石头，有可能是一座宝藏。

付常浩在艰辛和危难中得到了锤炼，有了认知，经商的理念已经成熟。他在不断地总结经验，总结教训，多思考，多琢磨，多请教，向优秀的企业家学习，学习人家的优点，来弥补自己的缺点和不足。他在困境中找出路，在黑暗中寻找光明。他小心翼翼地努力前行，看商机，抓紧时间，尽量不让任何一个有利于他的机会错过。商机是不容错过的，错过商机就意味着赔钱，甚至倒闭。他只有在镁制品行业发展，别的他不懂，什么房地产、金融等，他不敢触及。一个人的能量和时间是有限的。他想起了大哥的话，不能 "站这个山，望那个山高"，那样的话什么都做不好。他的信条是，一个人，一生只做一件事，只要做好了，你就是人生的赢家。菲尔·奈特卖鞋，比尔·盖茨搞微软，贝利踢足球，安娜·莫福唱歌，等等，不胜枚举。他们每个人干的只是一件事儿，但他们很专注，因此他们成功了……

付常浩对资本的 "积累" 过程，也是 "舍" 的过程。在无数的官司中，最终赢的不是拿回来多少钱，而是他的理、他的信誉和他为商之道的性格。他最终打赢的是人脉。虽说有的钱没要来，但他赢得了人的情感。事后，好多跟他打过官司的老板或企业，仍然跟他保持着良好的关系，而且形势好转后照常做生意。

付常浩对扩大企业经营投资是很谨慎的。每次投资他都思忖再三，权衡利弊，看清形势，预感时机，不打无把握之仗。他把攒钱看作"养兵"。"养兵"千日，"用兵"一时。机会来了，"没兵"不行，有了"兵"，抓不住机会，等于"兵"白养。养"兵"不用，你这个"将"就失去了价值。"兵"不仅仅是用来打仗，还可以用来抵挡灾难。有的"兵"去了可能回不来，有些"兵"去了还可能给你带来更多的"兵"。所以"兵"是要流通的，需要交换的。当然有些"兵"让一些人倒霉了……因此，付常浩在用"兵"的时候很是审慎……

他通过不断地囤积资本，然后扩大公司再发展。可以说这10年（2000年—2010年）是他积攒储备金，壮大自己企业的最重要时期。

26. 不纳税就是贼

付常浩从20世纪80年代末建厂至今，从来没欠过国家一分税款，而且按时纳税。他说，政府是为人民服务的，企业纳税从某种意义上讲是对政府服务的答谢，咱没有理由不交税。

改革开放初期的企业不按照盈利多少纳税，地方税务部门实行的是所谓分配定额税制。每一家企业每年让你交多少，你就交多少，多了不要，更不会超额。当时本地的国、地税就是这样。有时，税务部门为扶持企业，灵活收税，机动减免，也就是说在税收上实行既分摊又减免的政策。在这种对企业税收放宽的前提下，他们利用政府对民营企业的政策，按时纳税，从不赖账，每年分摊交税近30万元，10年约300万元。他说得好，国家是为企业着想，为人民着想，咱不能占国家的便宜。政府已经给咱好的政策，好的机遇，作为企业是应该感恩的。人要懂感恩，并报恩。国家是大家，企业是小家，大家是父母，小家是儿女。父母养育了咱，咱要知道回报，要知道孝顺。不纳税就属于儿女不孝敬。赚了钱不纳税，相当于盗窃，那你就是个贼！只有大河有水，小河才不能干涸。他说，我不像有的企业老板，不研究自己的发展，只在逃税、避税上做文章，那不是企业家，是地赖！

后来国家的形势更好了，企业的发展也更快了，国家的纳税政策也有了改变和规范，开始按照盈利的多少纳税。付常浩的企业发展得好，赚钱多，纳的税也就多。2000年后，他每年纳税最少的时候1000万～4000万元，最多的时候7000万～8000万元。为政府的税收带了个好头，并为本地的经济繁荣做出了巨大贡献。

赚了钱的他，不仅积极纳税，还不忘回报家乡，关怀弱势群体，并把他们放在心上，为家乡的贫困户提供种种资助。他是农村长大的孩子，如今成了有钱人，但他并没有忘记家乡，没有忘记那些在生活上饱尝疾苦的人。只要有时间就要到敬老院和学校去走一走，看一看，嘘寒问暖；看看老人们的生活怎样，缺什么，少什么；看看学校的孩子缺什么，少什么。只要对方提出要求，他都慷慨解囊。

付常浩对那些爱好艺术的人也十分关注和支持。搞艺术的人，比如作家、画家、书法家，或者是其他艺术门类的人，在没成名之前都是比较清贫的。付常浩从小就喜欢艺术，心中总是有一种艺术情结。有了钱后，更愿意同这些人打交道，并在一定程度上给予他们精神上的鼓励和资金方面的支持。

有一次，本地的一个作者出了一本书，作家协会给开了作品研讨会。付常浩应邀参加，并当场拿出两万块钱，支持作者的文学创作。还说，你要是再出书，我还资助你。作者听了他的鼓励，感动得热泪盈眶。

2008年5月12日汶川地震。当时，付常浩正处于企业扩大投资建厂，资金有些紧张的时候，当他得知汶川地震损失严重时，他毅然决然拿出30万元，并号召全体工人和机关干部赈灾捐款，把近40万元，交给政府，送到灾区。

付常浩积极参与慈善事业，走访困难户、赈灾、随政府慰问、扶贫、

中镁慈善助学

去敬老院慰问、赞助贫困学生、修路、赞助艺术家搞活动、村里挂职等他都义不容辞地参加，并给予资助。据不完全统计，汶川地震他拿了30万元，两年（2013年和2014年）慈善捐款100万元，赞助贫困学生他拿了30万元；支持艺术家搞活动他拿了15万元；修路他拿了70万元，每年春节走访贫困户他拿了10万元；支持政府每年扶贫他拿了90万元；政府号召企业家到各村挂职，付常浩曾负责王家村、虎皮峪村等，在村里挂职副书记4次，为村里修村路共出资20万元；连续两年出资"中镁助学金"项目，慈善助学，向每个困难学生补贴3000元，共15万元；政府节日慰问，村里节日走访，企业个人节日走访，赞助修路多次，每每都是积极参与，方方面面，据不完全统计，近些年拿出1000多万元。付常浩说，把钱花在正地方比搞歪门邪道心里舒坦！

在这么多的奉献和爱心资助中，付常浩觉得最有意义、最值得炫耀的是他设立的"中镁助学金"项目。他心甘情愿拿这样的钱，为家乡培养有用之才，将来为家乡人服务。

第六章

27. 问鼎转炉

付常浩的人生坐标是自信和机遇在坐标系中的交点。

随着企业的发展壮大，付常浩的想法越来越多了，胆子也越来越大了。纵观全国镁产业的形势和周边同行业的发展，他的企业初建和之后的扩建，及对某种产品下决心去研发，既是有准备的，也是形势所迫的，更可以说是一种 "冲动"。

"冲动是魔鬼" 既是褒义的，也是贬义的。在某种意义上讲，冲动并不一定是坏事。鞋王菲尔·奈特说得好："如果你追随内心的冲动，就可以忍受疲惫，每一次失败都会成为你的动力。"

冲动可以让你对某个人和某些事物产生迷恋和追逐，才能使这个世界繁衍发展得更好。冲动更是一个人成为创业者的前提。

付常浩是有冲动的人，但他的冲动不是盲目的，也不是没有目的和不负责任的。他表面是平静的，内心却是不安分的，就像海底涌动的暗流。

2001年到2008年连续投资扩建镁碳砖生产线（包括对菱镁厂收购后的扩建），就说明了他高瞻远瞩、深谋远虑。这种冲动就是他的智慧，驱使他去探索，去发展，去拼搏。他总是要在自己冲动的基础上，再打上一针强心剂，给人以一种强大和不可阻挡的态势。

弗朗西斯·培根在《习惯论》中的观点可以很好地诠释付常浩的冲动："思想决定行为，行为决定习惯，习惯决定性格，性格决定命运。"这个出生在16世纪的英国哲学家、思想家、作家和科学家，真是把人的思想、行为、习惯、性格、命运之间的关系总结得淋漓尽致。

2005年，正是镁制品发展的高潮期，全球对镁的需求呈现很强的地域性，欧洲、亚洲市场镁新产品开发应用速度明显高于传统需求较高的美洲地区。欧洲一些新产品的开发，其对镁的需求填补了美洲地区在这一方面需求上的空缺，在经济高速增长下的亚洲地区也开辟出了一些新兴的镁消费领域。

由于美国持续的能源危机，铝产品开发应用的不完善，钢厂的减产，使得美国不得不寻求更好的替代金属，镁就是这替代金属之一。但与此同时，2005年4月，在美国工人联盟的提诉下，美国商务部展开了对中国产镁合金、俄罗斯产镁锭进行了反倾销调查。反倾销调查使得美国合金市场出现了供不应求的情况，这也使得部分铝加工厂不得不将自己的合金产品进行一些改变，转而生产一些低档含镁最低的加工产品。镁及镁合金出现危机，使得美国不得不考虑使用再生镁。美国主要从一些非产镁国家进口再生镁。

中国国内对镁和镁制品的需求呈现快速增长，特别是制造业对合金的需求增长迅速。在过去的几年里，中国在引进外资投入镁合金压铸的同时，也自我研发镁合金压铸件，使压铸件产能迅速增长。

大石桥是中国的镁都，中国镁产品重要基地。这时，大石桥周边的镁制品企业都在谋求发展。当时，转炉砖的需求趋势很好，生产转炉砖不仅投资少，见效快，而且用户多，赚钱也就更多。每一家镁制品企业都想参与进来。

付常浩也想在这个大潮中分一杯羹。只是他必须"中标"，引进人才，才能向转炉砖生产发展。遗憾的是他们从来没有做过转炉砖的砌筑，更缺少这方面的经验。他从前烧的是中档镁砂和重烧镁，没有涉猎过转炉砖领域。要想进行转炉砖的砌筑，必须找一家钢厂投标。"中标"后给人家砌转炉，才可以达到自己的目的。

所谓"中标"，它的前提是你必须从前砌筑过转炉，有样品，有证明，有信誉，也就是有资格。可当时的他们没有资格，他们从前没干过转炉，什么证明也没有，可以说既没有物证，也没有认证，硬是想弄个"中标"结果出来。最好再弄个样品，然后去投标其他需要转炉的客户砌转炉赚钱，来证明自己的能力。

2005 年 10 月的北方，天已经很冷了。付常浩冒着严寒，带着一种热情来到吉林通化钢铁公司，想要投标。他找到了招标公司的负责人，说明了来意。对方问他，你在哪里砌过转炉？付常浩就编了几个地方。对方负责人笑了，说，你以为我是二百五啊，谁有没有砌转炉的能力我不知道哇？在全国我门儿清。你们富城集团干别的行，砌转炉肯定不是内行，我根本就没听说过你们做过转炉。付常浩有些不好意思了，但还是软磨硬泡想干转炉。对方哭笑不得地说，回去吧，咱们都是老相识了，这么多年各方面合作得不错，你就别难为我了。真要是让你们干了，你们当地的那几家客户都饶不了我。一旦闹上去了，我的饭碗就砸了！

付常浩没有达到目的，被招标方婉言拒绝，只能悻悻离去。

付常浩这一次的贸然行动，是冲动的，把砌转炉的事看得过于简单。当时，谁都知道砌转炉很赚钱，而且赚钱很快，有动手早的，技术好的，一年就能赚好几千万。付常浩不可能不眼热，不可能不急。那会儿，在中镁周边的企业能砌转炉的已经有两三家了。他不甘心落在同行业的后面，必须砌转炉。只有抓住机会才有前途。菲尔·奈特的那句话是这么说的："人生不一定会赢，而我就是不想输。"

所谓转炉，是炼钢炉的一种，一般指可以倾动的圆筒状的吹氧炼钢容器。炉体呈圆筒形，架在一个水平轴架上，可以转动。也可以用来炼铜。

诗人雁翼在《重钢晚霞》的诗中是这么写的："烟囱四处生长，像森林般稠密；高炉、平炉、转炉，像山峰般挺立。"《工人歌谣·小转炉》："小转炉，张大嘴，没有胳膊没有腿，嘴里喷金花，低头吐钢水。"

开始，付常浩不懂这些，只知道弄这个东西能赚钱。至于什么样子，什么原理，什么流程，他完全不明白。

可在付常浩看来，一个企业家，首先不是干出来的，而是先想出来的，敢想才能敢干。"人有多大胆，地有多大产"虽说是句浮夸的口号，但也说明了胆子的重要。胆子是什么，胆子就是自信！就是一往无前！后来他说，人有的时候还真得有一种敢想敢干和锲而不舍的精神。

美国《华尔街杂志》上一篇有关企业家的文章中得出结论：成功的企业家，都具有能感染他人的心，创造者和创新者，都是对自己深信不疑的。他们相信自己的决定，对失败的担心往往只使其他类型的人感到气馁。但创造者和创新者对于自己的想法充满信心，对失败的担心绝不可能吓到他们。可以说，强烈的自信或许比其他任何品质更能充当通向重大成就和极大快乐的门户。

付常浩就是"敢想者""创造者"或"创新者"。在他的心目中，在这个世界上，只有你想不到的事，没有办不成的事。他就属于"世上无难事，只怕有心人"这句话的实践者。

付常浩开始找砌转炉的能人。

28. 梧桐树上

中镁集团的发展是离不开人才的，企业运营至今，中镁集团聘用人才方面的工作应该分为四个阶段。第一阶段，齐永昌阶段：建厂、烧镁砂、找客户、搞销售，初始创业，刚刚起家，是非常艰辛的阶段。第二阶段，是原料生产和散料生产阶段，也是丁德煜、关华、崔学正阶段。他们在原有的基础上，扩厂，建厂，进行设备更新，技术改造，根据市场的行情和用户的需要，开始扩大规模、增加散料产量，使企业有了进一步的拓展和成熟，这是企业发展的重要时期，也是资本积累的重要时期，为后来企业的发展夯实了基础。第三阶段，就是金耀东、王利、刘方巨和张君阶段。开始压制以镁碳砖为主导的不烧砖，不仅使中镁的产品发生了从散状料到成型制品质的飞跃，产品畅销国内外，还从整个制品行业脱颖而出，率先尝试整体承包经营模式并取得了辉煌的业绩，奠定了企业在不烧制品行业的第一团队地位。从根本上迈出了踏实的一步，在全国乃至国外拓展了业务，并跟上了国际、国内的发展形势，做到了在业务上跟国际接轨。第四阶段，是苏广深、孙中麓、张海阶段，也是隧道窑阶段。这是一个以先进设备配合高科技引领新技术的应用共同发展的阶段，使中镁在同行业中稳步上升，遥遥领先。

第三阶段首先要说说王利（中镁元老，"五虎上将"之一，"铁三角"之一）。王利要比刘方巨、金耀东、张君早到中镁（当时的富城集团）半年多时间，是为中镁做出巨大贡献的人物之一。那时的中镁生产散料及镁碳砖，由于产品的质量还不适应现场需求，市场开发机制还不够完善，导致销售市场萎靡不振，一度迫使付常浩到处找能人。王利的到来给中镁带来了新的气象和转机，产品的现场使用获得认可，带技术开发市场、组织销售的方式令使用者耳目一新，加之后来整体承包理念的推广、炼钢窑炉衬体的优化设计、组建施工队伍将炼钢工人从繁重的施工劳动中解放出来等种种销售举措。以及销售格局的改变，在短短3年的时间内，使中镁的年销

中镁集团副总经理王利

售额由3000万元飙升到2亿元。特别是在转炉设计和砌构上，他可称得上是"中镁旋转窑第一人"。他不仅有发明专利，还有实用新型专利。

王利，1964年7月14日生于鞍山，1987年毕业于鞍山钢铁学院（现为辽宁科技大学），先是在辽镁公司大耐厂工作。由于集体、个体工业所有制的兴起，急需专业人才来支撑迅猛增长的现场产品使用及售后服务，也是由于国企的不景气，他本人的业务能力又很强，于1993年下海，成为辽镁公司第二个离开

国企真正下海的人。在国企的时候，他是售后服务队的队长。下海后，先是到SQ公司耐火材料厂任销售副厂长。2004年接触富城集团。当时富城集团已经将产品转向镁碳砖，苦于缺少人手和技术，对产品质量和市场销售及管理缺少经验，做得不是很理想。生产的一些产品，质量还是有一定问题，导致炉龄上不去。虽说当时付常浩以人格的魅力赢得了一些市场和客户，但市场光靠人格和信誉是不够的。市场经济讲究的是质量和效益，当时他们被产品的质量弄得比较尴尬和被动。

王利在SQ公司的时候，负责生产的厂长是金耀东，他们是"一副架"，一个管生产，一个管销售，两个人始终配合得不错。当富城接触他们的时候，对他们的能力非常认可，并有意想同他们在一起合作。就这样，由于SQ公司只靠王利一个人，他手下没有帮手，国内的业务只有他一个人东跑西颠，忙忙碌碌，工作很辛苦，又顾及不了家庭，便很快来到了富城。

王利到富城集团后，付常浩非常认可他的业务能力，就把市场开发这一块给了他，让他发挥特长。开始任命他为富城集团技术部副部长。后来在通化招标砌炉的过程中，王利的砌炉技术为富城赢得了投标成功，同时有了很好的影响和赞誉。回来后他又被付常浩提拔为技术部部长。没到半年便成了副总工程师、总工程师，然后是负责销售的副总。中镁集团成立后便成为总公司的副总经理（中镁控股股东之一）。王利说，付常浩不仅是个非常有前瞻性的人，而且对市场的拿捏也很准。由于付常浩的重用，王利除了负责销售之外，还搞各种炉型的设计。王利毕业后，参加工作就是搞现场（到客户那里进行现场砌炉）服务的。他对现场各种炉型的使用，存在什么问题，如何解决，是很有经验的。当时，他还找了一个叫刘方巨的负责新的技术和炉型的"情报侦察"员，针对市场的信息进行了解和"情报侦察"工作（主要指客户情况）。回来后进行研究、设计、制作。使他们在转炉的设计、发展、应用上始终站在同行业的前面。他们还对不同的客户、不同的需要、不同的炉型有不同的应对措施。据王利说，当时他们砌炉的成功率很高，炉龄在全国也算是一流的。他们做出了成绩，董事长也非常高兴，说话的底气也足了，便和对方（客户）的老板有了接触，客户也就有了更多的联系和互动。王利说，董事长很会跟客户处理这些友好的关系，我们的客户基本上没有跑的，而且合作得非常愉快。现在看，有的客户已经和我们合作十年、二十年了，充分证明了咱们的质量和信誉，也证明了董事长的为人和对企业的经营方法是正确的。后来有一阶段，由于市场问题，客户的资金不是很充足。付常浩宁可少赚钱，或保本不赚钱，也要跟对方搞好关系，支持客户，共渡难关。付常浩说，和客户搞好关系就像在战场上打仗一样，绝不能丢掉一个战士。王利说，付常浩是一个不因小而失大的人。中镁现在的客户能有上百家，砌炉的成功率达98%以上，主要是砌炉速度快，服务态度好，以省时省料，炉龄长，以快、好、省、长赢得了信誉。时间久了，有了名望和信誉，有很多域外的新客户慕名而来。中镁以不负老客户，迎纳、稳定新客户，以安全、稳健、务实的市场发展理念寻求进步。他们不狂妄、不虚晃、不自大，以大海的低调和胸怀，接受百川的涓涓细流。

王利说，在客户方面，我们谈业务的成功率达90%以上，在产品质量上几乎百分之百达标。特别是金耀东到中镁之后，我们的业绩达到了高潮。客户数量的不断攀升，产品需求的不断增多，质量的可靠保证，使中镁的效益达到了高峰期。2005年，我们的镁碳砖产量只有3000吨，到2006年就变成8000吨，2007年就是15000吨，2008年攀升到30000吨，发展势头猛，滚动得特别快。主要原因是生产的产品对路，产品到客户那里有可靠的质量保证。再一个是跑现场，现场服务到位，销售和服务并举。我们的做法是，不仅要把我们好的产品推销出去，还要用正确的方法去操作和使用，按照我们的使用说明和程序去操作，以发挥产品的最大价值，更大程度地提高燃烧炉龄是我们的服务宗旨，大大地增强了客户的满意度。

王利是个非常敬业的人，也是个实干家。在业务上追求精益求精，在为人上坦诚实在，从不虚晃，是个在工作上识大体，在为人上重大义之人。他说，从结婚到现在，我每年在家的时间半年都不到，大多时间在外工作。我这一生为民航做了很大贡献。据不完全统计，2021年春节后，到7月份为止，他乘飞机往返航程是63班次。他还说，现在好多了，公司的条件也好了，有了钱，老板（付常浩）怕我们太辛苦，让我们坐飞机或是乘高铁出差，并给我们很多的出差补助。

王利说，他的工作是全国各地跑。工作性质是被动的，不是主动性的。哪里的炉出现问题了，他就飞到哪里；哪个用户需要我了，我必须到哪里去。属于"灭火"工作。说实话，我不希望客户总找我，谁家找我了，证明谁家的炉出了问题。我的工作越轻松，证明咱们的产品质量越好。我们现在比以前的业务还忙，原因是客户增加了，产品也增加了，有不锈钢、玻璃窑、有色金属、蓄热材料等客户需要的产品，客户分布在全国各地，有110多家。我经常跑的客户有60多家……

21世纪什么最重要？人才！人力资源一直是最稀缺的资源，也是最需要的资源。面对经济的全球化，世界的各个领域争相以优惠政策引进高科技人才，来发展经济和科技增强国力。付常浩深知这一点，明白人才的重要性。他说，对于一个国家，或是一个企业，有了自然资源才算你有了一半的资源，有了人才资源你才算有了全部资源……

29. 第一标

付常浩从通化钢铁公司回来后，心里始终惦记着弄转炉的事。他不死心，那边的钢厂还有一周就开始招标了。

这一天，付常浩见到了王利，说我想弄转炉，你给我找一个懂转炉的人，首先得中标。王利说，还找谁？我就懂。你不就想中标搞转炉砖吗？没问题，想去哪儿？付常浩说，现在最有话语权的是吉林通化钢铁公司。王利说，我跟你去吉林钢厂。付常浩当时有些半信半疑地问，真行啊？我都碰一回钉子了。王利说，董事长放心，肯定拿下！付常浩看到王利信心十足的样子，说，你真行的话，我可真是有眼不识泰山了。这几天为这件事挺愁，痔疮都犯了。

没过五天，付常浩再一次来到吉林通化钢铁公司，又来找那个公司的负责人。负责人说，你怎么又来啦？付常浩说，我找了个明白转炉的能人，可以参加竞标吗？负责人看着付常浩说，老弟，别开玩笑了，这才几天，你就能找来懂转炉的能人？在咱们东北，懂转炉的人可不多。你要是真能找来，那你可真有能耐。付常浩笑道，不是我有能耐，而是这个人有能耐！说着，就给在楼下候着的王利打电话，让他上楼。

王利上楼，见了公司的负责人，两个人开始寒暄，然后就是聊转炉的事。付常浩没承想他们越聊越起劲儿。负责人还把他们转炉的图纸拿出来给王利看。王利看了，并指指点点，说了一些优点和不足之处，把那个负责人给说服了，并大加赞赏，点头称是。王利还说，我砌过很多转炉，但有的已经过时落后了，就连鞍钢那个炉都已经不先进了。如果你们按照我的说法去做，一台转炉能节省很多时间和人力，也能节约不少钱。负责人听了高兴，说，不用说了，就你了……

付常浩不懂，只能在一旁傻坐着，看两个人说得热闹。一晃两个小时过去了，那个负责人才想起他。付常浩问，你们唠得挺欢，我的事怎么样？能不能参加你们的招标？负责人看了眼王利，问，你是他找来的人？给他干？王利说，对，我就是他的人！负责人一拍大腿对付常浩说，行，就这么定了，你明天参加投标。转而又说，我这关你是过了，还有招标这些人，你有多大把握？一共7个人，你能弄来几票？我们招标是需要投票的，很正规。付常浩想了想，说，2票应该没问题，就点出自以为互相了解的2个招标人。

第二天，北风微微地吹着，天下着大雪。吉林通化钢铁公司招标会召开。那些参加投标的人只好在宾馆和钢厂楼下的车里等结果。

参加投标的有十几家企业，付常浩大都熟悉，同行业的经常往来，有本地的，也有其他地区的同行业人员。付常浩也知道他们的能力，也都干过转炉，都比他有中标的把握。

付常浩坐在自己的车里，一根接一根地抽着烟，想着楼上的招标审核能是怎样的结果。毕竟自己没干过，一没有样品，二没有知名度，三对那些招标的人还不是很熟。同时也担心那5票是否都投他。只通过王利的三寸不烂之舌，心里还是没底。

时间一分一秒地过，烟一根接一根地抽，付常浩在车里有些坐不住，觉得有些憋闷，便下了车。在楼下的花坛旁转了起来。10月份的吉林通化已经很难见到绿色了，更见不到盛开的花朵了，花坛中在夏日里的花花草草，早已枯萎发黄。

付常浩身披军大衣，没有戴帽子，在寒风中围着花坛走动着，任风吹拂着，让雪花儿一片一片地往自己的头上、脸上、身上落。他一口接一口地抽着烟，再一口一口地吐出来，望着洁白而轻盈的雪花，他想如果雪花就像招标投票那样都能落到他自己的身上就好了。又一想，觉着自己很好笑，那么多的雪花怎么都能落到你一个人的身上？

可算等到了招标会结束。一个个招标的人从楼上下来。那个钢铁公司的负责人给付常浩打电话，让他上楼。付常浩心里没底，已经做了最坏的打算。他想，这次不行，下次再来，有王利在这事一定能成；他家不行我就去别的钢铁公司，非把事办成不可。

付常浩忐忑地来到楼上，见到那个负责人就问，是不是没中标？负责人笑道，你的命好，你不中标谁中标？你得5票。付常浩不满足地问，怎么能是5票呢？应该是7票才对，我自己还联系2票呢。负责人冷笑道，还7票，你那2票是怎么搞的，一票都没投你。付常浩一听，当时就无话可说了。负责人说，这种事情不单单是靠电话的。付常浩恍然大悟，一拍脑门儿，道，我太幼稚了。又说，真是万分地感谢您，都中午了，咱们喝酒去。负责人说，还不到喝酒的时候。现在虽说你的票最多，但已经有人向领导告发你，说你从来没弄过转炉，怎么能中标？再等等最终的中标结果吧，看看领导是什么意见。又说，现在不仅是你紧张，弄得我都有点紧张了。一旦领导把这次招标给否了，人家会怎么想？

付常浩刚刚落下来的心又悬了起来。

这一天，是付常浩过得最漫长的一天。他在焦急中等待着，在等待中焦灼着，中午的饭他都没吃。直等到下午2点多钟，才得到确切消息，富城集团中标！

富城集团中标，付常浩十分感谢王利。在他们回来的路上，付常浩说，老弟，这次多亏有你，不然大哥就现眼了。

富城集团中标后，第一个活就是给吉林通化钢铁公司砌转炉，带队的就是王利，这也是王利来中镁干的第一个转炉。在王利的精心策划、指挥下，以牢、快、好、省的责任心，完成了当时最大的120吨转炉。这么大的转炉当时在全国也没有几个。十几天后，转炉砌成，一个炉净赚10万。通化钢铁公司的招标负责人看了高兴，对付常浩说，谁要是再说你没砌过转炉，你就让他们到我这儿来看看。我这儿就是你以后到别处再投标砌转炉的样板儿。

付常浩中标的成功，对本地的同行业是个不小的威胁，在业内，增加了一个不可小觑的竞争对手。也说明富城的发展又进入了一个新的阶段。从此后，富城集团的转炉在全国各地像花儿一样，一朵一朵地盛开起来。一年只转炉挣的钱就七八千万。

30. 方巨能量

方巨，是个格局很大的名字，也是个格局很大的人。

刘方巨（中镁元老，"五虎上将"之一，"铁三角"之一），出生于1951年7月12日，江苏赣榆县青口镇人。由于家境比较困难，小的时候只念了不到四年书便辍学了。14岁的他随父母来到大石桥百寨陈家村（投奔姐姐）务农。1969年国家招工，当时说是支援三线建设（20世纪60年代中期，中共中央做出的一项重大战略决策，为加强备战逐步改变我国生产力布局的一次由东向西转移的战略大调整，建设的重点在西南、西北），工作十分艰苦。18岁的刘方巨风华正茂，他想走出农村，见见世面，便义无反顾地报了名，准备支援三线建设。政审、体检、面试均合格，在要走的时候大队长不放人。刘方巨当时是大石桥百寨公社陈家村的果树技术员，这对一个农民来讲，已经是个很不错的工作了，而且他工作很出色。大队长见他聪明、能干，小伙子长得也帅气，想培养他，不放他走。后来通过人说情，才离开了大队。

先是经过两周的培训学习，接受厂规厂纪教育，在分配工作去向的时候，他并没有去边远的西南西北，而是去了当时的国企鞍钢镁矿大耐厂。这是个很大的国有企业，当时培训的 400 多人全都留了下来。刘方巨便堂堂正正地从农民摇身一变，成了国家的正式工人，于 1970 年 1 月 20 日正式入厂。这对于一个农民来讲是个天大的好事。那些没来报名的怕去边远的三线地区支援的农村青年非常非常后悔。刘方巨说，大耐厂属于国企，我一下子成了国家工人，成了

时任中镁集团副总经理刘方巨

领导阶级（中华人民共和国是工人阶级领导的）中的一员，真有些土鸡变成了金凤凰的感觉，当时是很风光的。就这样，刘方巨在国企干了 40 多年。

40 年中，他由一个大耐厂烧结车间的烧结工，干到大耐厂福利科的领导。7000 多人的福利科，他负责采购鱼、肉、蛋、粮什么的，权限很大。当时他干得很出色。他说，我是一个外地人，没有任何社会关系，只有自己硬干、好好干，领导才能信任。由于他的精明强干，有很多人想干这个都干不了。7000 多人的吃喝拉撒他全管，还有 1 个招待所，3 个食堂，1 个冷库，进货、出货都是他说了算。领导对我的工作非常满意，一点毛病都挑不出来。当时的大耐厂是很红火的，在这里工作的大姑娘小伙子对象都好搞。由于是冶金部的企业，少不了在全国各地开订货会。每次订货会都少不了招待、服务什么的，也都需要他参加，也就接触了全国各地钢厂的销售人员和个别领导。钢厂方面的进货、供货、采购便都熟悉。当时在昆明、武汉、大连等地区经常有大型会议，他属于"兵马未动，粮草先行"，为公司做着各项服务工作。

刘方巨说，国企是相当严格的，只要你有一点小问题，违纪或经济问题，整个厂区南北头大喇叭一喊，谁都知道，你一下子就完蛋了。我经过

了三任的厂长和五任的福利科科长，都没下去，一直干到企业破产。随着国企的形势转变，企业转制，大耐厂给了我15000元钱，我于2005年12月离开企业（下岗），成为待就业人员。然后到的中镁。当时我50多岁了，已经是3个儿子的父亲了。

下岗后，为了生存，刘方巨先是"对缝"，倒腾镁砂。后来通过介绍，来到中镁（当时的富城特耐）。那时中镁还没有这么大，也算是刚刚起步，市场也不是很大。他来时只有3台压力机，月产量才600～700吨。当时周边的镁行业正是私企"群雄逐鹿"的年代，老板付常浩也是群雄之一。他重视市场，纳贤才。特别是大耐厂破产后，他从中聘请了各个方面的高人、专业人士：耐火的、机械的、销售的、商务的、管理的，等等，基本上他这里需要的，能招来的他都招。由于招来的都是精兵强将，人手得力，企业得以快速发展。

刘方巨说，我是54岁的时候来的中镁。到中镁后，就负责市场开发，专攻客户，负责商务洽谈。因为全国钢厂我比较熟，付常浩任命我为市场部部长。同时也是唯一一个直接受老板领导的人。老板给我的舞台，咱得在台上跳起来，还得跳得有模有样儿。

刘方巨是个很会跟客户搞人际关系的人，从生产厂长到技术厂长，他们配合得非常好。从2006年到2008年，3年间，中镁的市场发展突飞猛进，经过艰辛的努力，已经有27家成了中镁离不开的大客户。

刘方巨说，在中镁，我是65岁退休，领导层退休我应该是第一个。我退休之前正赶上公司上市（2015年），上市公司要求是很严格的。我便主动找老板要求退休，起个带头作用。老板很理解，说感谢你带了个好头。但退是退，市场开发方面你该跑还跑，公司不会亏待你。

一晃，他已经退休很多年了。个别人退休后把自己原有的客户带走了，他却把全部客户留给了公司。他说，中镁培养了咱，给了咱很好的平台，退休后没有理由拆台，更不能人走茶凉。他回忆道，当时我来的时候，老板并没跟我讲给多少钱，看我的工作表现和贡献。开始的时候一个月工资3000元，后来涨到5000元，再后来就涨到10000元，而且还有奖金。

他说，当时老板给多少钱就是感情的事。相比之下，在国企的时候挣的是小钱，到这里挣的是大钱。一个下岗人员，一年挣10多万就不少了，我已经很知足了，不仅工作有动力，而且干得非常愉快。他说，我永远也忘不了咱是个下岗工人，那种没有依靠，没有活儿干，没有人给你开工资的日子不好过。国企下岗后，咱属于再就业，而且到这里老板重用咱，更没有亏待咱，咱心里是暖的，没有理由不感谢人家。在工作中，我就把国企的好作风、好传统都带到中镁来，为公司所用。

刘方巨说，付常浩是有大格局的人。他想的不是眼前的小利益，而是大的发展前景。他不仅性格好，而且还非常有耐心。我干10多年，老板从来没跟我发过脾气，一向都是客客气气的。我退休时老板还给我开了欢送会，并宣布我为"中镁集团终身顾问"，每个月还开2500元生活费，给了我很大的心理安慰。

付常浩有非常好的信誉感和人生戒律。正如一句格言所说："心不妄念，身不妄动，口不妄言，君子所以存诚；内不欺己，外不欺人，上不欺天，君子所以慎独。"付常浩就属于这种人。

付常浩曾说，中镁发展到今天，和在中镁工作过的每一个员工的贡献是分不开的，包括扫地的、做饭的、守大门的……

刘方巨说，我现在退休了，比老板小一岁，身体还挺好，在家闲不住，有的新客户我还给他跑。虽然退了，我还和中镁的员工一样照常工作，争取为公司多做一点贡献，发挥点余热，自己也能多赚一些钱。我退了，老板还重用，我一点都没有"船到码头车到站"的感觉。老板该奖励还奖励。我的心仍然系在中镁。无论走到哪里，我都以中镁集团为荣，以我是中镁的一员为荣，更割舍不下我和老板之间的感情。在我退休的欢送会上老板说："刘方巨对公司的发展贡献特别大。"这是我一生最受用的一句话，有这样的赞誉我一生足矣。

中镁的人气旺，和付常浩的一视同仁有关，和他的宽宏大量有关，和他的格局、为人、看市场、分析市场的方方面面都有关，和他独特的经营理念有关。付常浩不仅会做人，更会做事，是个有着远大理想和智慧的人。

刘方巨说，刚到这里的时候，找客户是很难的，也是很辛苦的。我只知道全国的一些钢厂，但不一定每个厂家，每个负责人和主管领导都熟。人家不接待你，你中不了标，就证明你无能。而我是个"越是艰险越向前"的人。他说，这么多年的工作经验是，办法永远比困难多。没有解决不了的困难，更没有办不了的事。经过努力，我第一标就拿下了山东日照钢铁4台转炉。接下来就是兵器工业部、衡阳、北海、达力普、湘钢、天铁等一个个订单。

刘方巨回忆道，特别是天津钢铁（下文简称"天铁"），是个大项目，拿它的时候费了些周折。

那是2006年春天，天铁上180吨的转炉，当时他们投资57个亿，天铁是八大银行支持的国有企业，应该是国家投资比较大的企业项目。刘方巨通过国家设计院的关系介绍到天铁。记得有一个姓宋的厂长，他们在北京见的面，让他去天津找项目的采购部张部长。他去找了，张部长说，这方面我一个人说了不算，你得找副总指挥罗总。想见罗总必须提前预约，刘方巨就在宾馆住了下来。先是了解这个项目的方方面面的信息，掌握第一手资料，尽量找谈资，跟人家交流、洽谈。他说，一切了解得差不多了，这一天我去见那个罗总。罗总始终忙，想见他的人和跟他汇报的人也特别多。一上午，我一直等到11点，也没进了他办公室的门。想等中午人都走光了，或许能见上面聊一聊。可等客人走了的时候，我刚要进去，罗总一转身也走了。我就紧跟在后面下楼撵。出了办公楼，罗总开着军绿色吉普车快速离去。我赶紧开车跟在后面，几个红灯就把我甩没影了。我也没泄气，只好等到下午再去。但也上火，吃不下饭，中午只吃了点方便面，下午又去见他。必须见到他，否则事情定不下来。天铁的员工下午是1点30分上班，我1点就到了。好容易等到1点30分，罗总先是开了个项目会，然后就回来了。有个女秘书通报罗总，说辽宁富城集团的刘总上午等你半天了，又来了，想跟你见一面。罗总当时就说，行，请！请！我才得到许可和他见了一面。在我进门的时候，一个50岁左右的人站起来迎接我，说，听说你等我一上午了，不好意思，我实在是太忙。我说，我知道您挺忙，昨天晚上下半夜1点多钟才休息的。他听到后吃惊地问，我昨天晚上下半夜休息你怎么知道？我说，您辛苦，大伙都知道。我说完这句话，他笑了，脸上的表情很舒服，就问我什么事。我说，听说你们新建180吨转炉，产值200万吨以上的项目，有八大银行的支持，从5月23号正式拍板资金到位，您的工作没少做，国资委的项目，很多事情都得您去谈，等等。他说，你怎么什么事都知道，什么事都了解？我说，我是搞市场的，需要了解对方的企业状况，才能谈合作。比如说资金的来源，是国有的还是民营的，项目有多大，发展前景，都应该跟什么企业合作，等等。我不懂不行啊，没法跟人家谈。您要是不忙，咱们唠十分八分钟；您要是忙，咱们再找时间。罗总说，暂时没什么事。我先是介绍了富城集团，在耐火行业做了很多年，是大集团，想为你们服务，不知道有没有机会。今天来拜访，探讨探讨，还请罗总给个合作的机会。罗总说，咱都有老户，合作方面的事必须先可老户来，新户不优先考虑。我说，您这么一说，我的心凉半截，但我想提个建议，你们是炼钢的，我们是搞耐火的，信不信，接不接受是你们的事。你们进的是德国设备，是德国的技术人员进行的安装和技术交流。我打听过，你们用的那些小家小客户，他们虽说做过钢包的业务，干过一些流水线和自动流水线，但还是缺少底气。当然，我没有权利反对您采用谁。但我建议您，这期工程最好在全国名牌大集团中招标，包括武耐、宝山、奥镁，还有像我们富城集团这样的大公司。既有品质保证，又有信誉保证，安全可靠，应该更好一些。我都可以参与、竞标，这样做你们这么大的工程心里才能更有底。同时咱们可以进行技术交流，相互学习，共同发展。钢厂认可了，技术部门认可了，一切都是公开的，光明正大的，只有这些技术部门通过了才能做得更好。罗总说，你说这些我们可以考虑。我说，需要谁家，谁家的项目好，我可以提供给您。罗总说，你说的办法我采纳，但我不是说让你来干我的活，而是你的办法值得考虑。我说，我只是个建议，您应该试一试……就这样，越唠越近，越唠越有话说。罗总说，你给我提了个醒，若没有一个规范的程序，一旦出现问题我也交代不了，比如安全事故、调时间调不好，我都有责任。我说，你们一定要找大公司，包括开炉、点火，就像武钢这样的大钢厂，是全国知名的，180吨和150吨的转炉都有，他们在耐火行业做得非常好。我没有别的要求，只要让我们参与，能否中标是另一回事。更主要是参与你们的合作，我们能学点东西。罗总最后高兴地一拍桌子道，这样，今天就聊到这里，你说得也很透，说明你是个很实在的人，挺懂行，对这个行业的方方面面都很了解。我说，我是搞商务的，如果可以参与为你们服务，技术上我们还有更多的能人。罗总说，行，就这么办，你去下面找张部长，就说我让你们参与竞标。我说，我不认识张部长啊。罗总说，你就说是我说的，让你去找他。你去找他就行了，技术要求他负责。我说，谢谢罗总，回去我得和我的老板汇报，感谢您给我提供的平台和机会。罗总说，行，好办，我们是大企业，大公司，说实话谁干都是干，但一定要干好了。将来咱找几家大的耐火公司，凭本事竞标，谁干好了我就用谁，那些"山猫野兽"还真得考虑考虑。

我出屋就去找张部长，说，罗总让我来找您。张部长笑道，他不开口，谁也不好使。主要领导不通过，我没有办法接待你。只要他同意，下面的事才好办。

就这样，在那年8月份我们中标。开始是技术交流，我们这边的项目部、设备部、工程部，包括咱们的王利部长都去了，谈技术，谈相关方面的业务。关于炼钢就谈了四五个回合。包括钢包的技术，转炉的技术，什么都得谈。同意你入围了，还有采购部进入，等等，各部门都得动起来。当时天铁是非常廉政的。最终三家共同中标：一家是奥镁，一家是武耐，再就是我们。给了咱一个180吨大转炉（后来又争取了钢包）。合同签完了，我就交差了。当时董事长付常浩非常高兴，这么大的活儿你能拿下来。他拍着我说，你真厉害！剩下就是我这个老板和相关部门的事情了……

刘方巨说，现在想起来，当时真难，很辛苦。在天津一待就是好几天，上火，吃不下饭，睡不着觉，大便都干燥。谁辛苦谁知道，低三下四的，说的那些小话就别提了。后来我们又中了几个大标，福建宝山、罗源，也是通过别人推荐去的，也都很难，但都拿了下来。

2008年，福建宝山，也经过我反反复复地做工作，终于拿下。90吨的一套砖就是270万。还有衡阳100吨电炉两台，最终也摘了下来。还有广西的北海，商务洽谈时比和天铁谈还难，最终也过关了。还有镁钙砖也签了几个厂，广州联众180吨炉（台商独资），我硬是把他摘了下来。和台湾的买卖不好做，台湾的老板不仅要判断你这个人是否诚信，而且在技术方面要求很高。台商的优点就是给钱快，到货就付款。人家的企业做得好，一个重要的原因就是信誉好。就像付常浩，实实在在，说到做到，从不夸大其词。当然，我做这些既靠老板的威望，也靠企业的信誉，更靠中镁各个部门的支持。我们合作得都非常愉快……

2005年，应该说是中镁在人才方面的丰收年。刘方巨到来后，在同一年的年底，金耀东也离开了SQ公司，来到了中镁。

第七章

31. 橄榄枝

提起中镁集团，一定要说说金耀东。

金耀东不仅在中镁有故事，和董事长付常浩之间也是有故事的。

金耀东（中镁"五虎上将"之一），1974年10月27日生于吉林梅河，满族，爱新觉罗后裔，爷爷在清朝还是个不小的官员。他毕业于鞍山钢铁学院，先是在SQ公司当厂长，后到的富城特耐。2020年离开中镁，自己创办营口炜烨耐火材料有限公司。

2021年6月22日这一天（农历五月十三，是夏至的第二天）的下午，3点钟，我冒着酷暑来到了中镁集团，和董事长付常浩聊了一气，等候原来在中镁集团工作过的常务副总经理金耀东，准备对他进

时任中镁集团副总经理金耀东

行采访。原定是下午3点钟会面，他是3点45分到的，进了董事长办公室就说，不好意思，来晚了，政府要建文明城市，交通管得太严，不敢闯红灯。付常浩向他介绍了我。金耀东一眼认出我来，说，你是写小说的吧，我看过你的《红池》……聊了一气，付常浩把让金耀东来的目的简单地说了说，就把我们俩让进一个会议室，对金耀东说，你们谈，谈什么都行，在中镁你是有贡献的人，而且是最有发言权的人。金耀东笑道，是老板治企有方。

走进会议室，我和金耀东对面而坐。

金耀东温和地笑着问我，想了解些什么？

我说，随便，主要聊聊你自己这么多年在中镁是怎么干的。说什么都行，我的要求是时间、地点、人物、事件真实可信。

金耀东先是看了看会议室的环境，依旧是干净明亮的桌椅，雪白的墙，靠南面的墙上悬挂着一块横匾，写有"水远诚为岸，山高德为巅"。他感慨地说，这些都是我在这里的时候弄的，现在来这里真是有一种回家的感觉，太亲切了。要不是自己想干一番更大的事业，我可能在这里干到老。说实话，中镁集团对我不错。他略微停顿一下，接着说，实际上，早在2004年我就跟中镁的富城特耐有联系，在镁碳砖工艺等方面就有沟通，到他这里来的时候还有些插曲，弄得挺热闹。

我说，你随便说说。

金耀东说，世间的事情有时很难说明白，更说不清谁对谁错。如果硬想说，那就只能说是缘分了。

我记录着，听他娓娓道来。

他说，刚开始，富城特耐总经理付常浩在2003年就开始搞镁碳砖。由于他是外行，自己企业的人手、技术还有些欠缺，便开始到处挖掘人才。开始他们负责销售的常务副总丁德煜把目光对准了我。我当时在SQ公司当厂长，才31岁。我是27岁当的厂长，那会儿当厂长已经4年了。丁德煜当时找我也没说干啥。记得也是个夏天，突然丁总来电话，要请我吃饭。我没考虑太多就答应了。2003年的时候，我们这儿的饭店已经很多了，想吃什么都行，更何况我们这儿离海不远，可以说天上飞的，海里游的，地上跑的，吃什么都可以。我和丁总以前不是很熟，本地区，同行业，只能算是认识，相互吃请也算正常。丁总请我下饭店专可好的贵的菜点，搞得我挺难为情。第一次见面我们没谈什么，第二次见面也没谈什么，第三次见面只是喝酒。那时年轻，每次我们都不少喝。第四次，也就不到半个月的时间，他又请我喝酒。我就有些犹豫，觉着丁总肯定是有什么事想求我办。这一天，酒喝足了，饭也吃饱了，丁总又提出来请我洗澡。我说，算了，吃也吃了，喝也喝了，不洗了。丁总说，走吧，只喝酒不洗澡等于酒白喝，只洗澡不喝酒等于澡白洗，一条龙嘛。就拉着我去了一家洗浴中心。洗完了澡，在休息大厅里休息的时候，我忍不住问他，大哥，有什么事？总这么找我连吃带喝连洗带涮的，我都不好意思了。丁总也没说什么原因，朝我笑道，没什么事，我就是看你这人不错，想跟你交个朋友。我说，大哥，我也没什么大本事，给人打工的，就是个小厂长，领人干活的头儿。你要是找我进什么材料，只要质量没问题，我尽量给你安排。但我得为公司负责，按照公司的要求去做。我是给人打工的，得60%想着企业，向着老板，40%为工人负责。除了这两点之外，你需要我做什么，只要我能做的，你说话。丁总还是笑，不说话。我又说，如果你想到我这儿上班，要多少业务提成或者是谈工资待遇什么的，你得找我们的老板。丁总听了笑道，小老弟，你理解错了，我真的没什么事，就是想有机会请你到我们富城特耐去看看，给我们指导指导业务上的事。我知道，你在这方面是专家。通过这几次的交往，我觉着你这个人挺实在，诚实、聪明、能干，是个快言快语的人。丁总看了我一眼，又小声道，不是说我想去你那儿工作，而是我想请你到我们富城特耐干。

话就说到这个程度，再没有往下说。丁总等我回复。我也没急着答应。

当时我在SQ公司干得还算顺心，老板对我也很信任，我不能说走就走。再说，那时的富城特耐赶不上SQ公司。我也不可能丢掉发展得挺好的公司，去他们刚刚起步的公司。无论对企业，还是对我个人都说不过去。再说，我是外地人，能扎下根不容易。更何况老板对我很器重，公司除了财务我不管，其余的在人员劳务、经营管理、进材料方面给了我很大的管理空间和权力，包括公司的待人接物，都由我负责。老板基本放手不管。虽说按照当时的市场价，SQ 公司的老板给我的薪水跟同行业和我同级别的人相比能低一些，但我还是能接受的。那时年轻，我只是想展示自己的能力，对钱的多少考虑得不是很多。2000 年的时候，SQ 公司的老板一个月给我 2000 块薪水，吃、喝、住，包括外出的一切费用老板都给我报销。年底老板还能给我三四万块钱的奖励，一年六七万块钱，我挺知足。由于我的工作热情和踏实，以及对业务的精通，不为私利，老板对我挺放心。现在想起来，当初如果没有富城特耐对我的看重，我还是觉着挺满足的。我工作顺心还有一个原因，虽说 SQ 公司的老板给的薪水不是很多，但"光环"往头上套了不少：先进生产者、先进个人、省级劳动模范、市级劳动模范、发明专利，等等，一个光环一个光环地往我的脖子上直套，把我弄得晕头转向，有些飘飘然，自然我对公司就像对自己家的企业一样任劳任怨。

后来有一次，丁总又找我，请我去他们富城特耐看看。我也是没办法，盛情难却，也就去看了一下。当时，富城特耐已经把大耐厂的招待所和办公楼买下来了，我觉得他们还是有一定实力的。我来到这里，见到了当时富城特耐的总经理付常浩。也正赶上吃饭，我们在一起边吃边聊。聊着聊着就聊到了我个人身上。付常浩说，听丁总介绍，你这个人不错，懂技术、懂人情，是个实干家，如果有机会将来到我们这里来，咱们共同发展。付常浩当时说的话只是个暗示，没有强取豪夺的意思，看人、听说话是个很实在的人。在我们临分手的时候，他说，你要是能到我这里来，给你年薪17 万元。

按照当时的市场价，17 万元是个不小的数字，可以说一年就是一所房子。说实话，我不可能不动心。因为我那时已经结婚两三年了，我爱人在一家韩国企业当质检员，钱赚得不是很多，我们两个人一年也就 10 万块钱的收入。除了日常消费，想尽快买房子那是不可能的。我很需要一个自己的房子，我也知道，这在 SQ 公司是不可能解决的，这涉及 SQ 公司老板对其他副总的待遇。SQ 公司老板对我的做法，一是他给了我足够的权力和光环，让我在同行业和本企业中的权力最大，使我不可能有去别的地方的想法；二是在待遇方面，也很难有谁比SQ公司给我的更高。每个领导都有他的平衡术。

金耀东继续说，但我当时还是不想走，毕竟我在SQ公司待的时间太长了。人是有感情的，那里的人，那里的物，那里的一切，无不渗透着我的汗水和情感。就对付常浩说，我现在没法答应你，让我考虑考虑。付常浩很理解地说，你自己考虑，我随时欢迎你，但要处理好双方的关系。

说实话，当时虽说富城特耐还没有成气候，有些方面赶不上SQ公司，但我被付常浩的坦诚和办企业的决心所感动了。我知道一个人想把企业搞起来有多难。但我的难处也不小，我不可能为了一些钱就那么无缘无故地走人，人是要懂得感恩的。

回去后正常工作，我并没有动离开SQ公司的心思。虽说付常浩给的钱多，挺有诱惑力，可当时钱对我来讲确实没有面子重要。

其间，丁德煜又给我打了几次电话，都是关于富城特耐生产的产品方面的事情，让我给指导指导，提提合理化建议，再没谈过我是否来他这里工作。我只是出于同行业的帮忙和技术的支持就跑了几次。这个过程中就有业内人发现我到富城特耐来，把我总往富城特耐跑的事传到了SQ公司老板的耳朵里，老板就知道了。老板知道后，对我的态度有明显转变。也就是说不像从前那么信任我了。无论在说话上，还是公司的某些业务方面，都变了态度或有所回避。我开始没明白，后来明白了，一定是因为我去富城特耐的事。我曾想过和SQ公司的老板谈谈，解释解释，可话又无从说起，怎么说也有"吃王莽饭，给刘秀干活"的嫌疑，我就没去解释。误会也就越来越深。

事情一直僵持了近半年。

这半年，我是在SQ公司对我失去信心和富城特耐对我抛橄榄枝之间的徘徊中过来的。渐渐地我有些倾心于富城特耐。

转眼到了2005年的元旦前，SQ公司和以往一样热热闹闹地招待客人过新年。

　　这么多年，也只有这一年我是最轻松的。我是在闲极无聊中度过的2004年的最后一天，也是在无可奈何中迎来了新一年的开始。

　　因为半年没怎么工作，我在SQ公司成了实实在在的闲人。可以说我比当时不怎么管事的老板还闲。说实话，心里也挺不是味儿的。以前公司的一切事情都是我张罗，所有的人，除了老板，都听从我的指挥；所有的工作，除了财务，都是我命令他们在干。突然闲歇下来，对于我来讲不能不说是一种痛苦和折磨。我想起了一句话，"废掉一个人的最快方法，就是让他闲着"。正如罗曼·罗兰所说："生活中最沉重的负担不是工作，而是无聊。"

　　其间，SQ公司老板还新招和提升了三个公司的副总，把原来在我手下的几个也提了上来，同时也削减了我原来的工作。我成了晒干了的咸鱼，被挂在了一边。

　　这一天，是新年后的第二天，老板依旧是招待一些人吃饭，请客户欢度新年。我参加了，很多公司的头面人物也都参加了。由于老板的心情不好，那一天他喝多了，在众人面前，他对我说了一些口外（方言，意为不中听的话）的话，弄得我挺没有面子。我也没控制住，觉得挺委屈，就跟老板争辩几句。然后就离开了。

　　第二天，我正式提出辞职。

　　离开SQ公司后，我没有立即去富城特耐，想在家待几天，然后再考虑去处。原因是我听说富城特耐在那一段时间也招了几个能人。一是我不能去抢别人的饭碗；再是时过境迁，人家用不用我还不一定。凭我的本事，当时想找个理想的工作并不难。只是总觉得自己挺委屈，我只是为别人指点了一下生产技术方面的问题，并没有拿别人一分钱。

　　我正在家待着呢，付常浩突然给我打电话，问我忙不忙。我想他一定是知道了我的处境，考虑情面，没有给我揭穿。我也没好意思实话实说，就说，不忙。他在电话里又问，你那儿怎么这么静啊？我无话可说，搪塞道，身体不舒服，想在家歇几天。付常浩直截了当地说，歇什么歇，到我这儿来吧，正等着你呢！你赶紧来，我这里就缺你这样的人才。听了他的话，我当时有些激动，压抑已久的泪水夺眶而出。

2005年1月4日，我记得，那一天天气挺冷，我骑着自行车，西装革履，穿着当时很时髦的大衣，没有戴帽子，也没有戴口罩，只围了条灰色围脖，迎着西北风，行驶在空旷的马路上。可能由于天冷，也可能因为是新年，马路上的行人不是很多。我蹬着自行车，听着新年时断时续的爆竹声，心里有说不出的感觉，命运如何，前程未卜。我是带着一种犹豫的心情来到富城特耐的。

付常浩见我来了，带领他们公司班子的全体领导出来迎接我，并给我看了他们早已为我准备好的配备齐全、宽敞明亮的办公室，还给我举行了一次丰盛的欢迎宴。当时我很感动，就这样在富城特耐留了下来。

到了富城特耐，我一心投入工作，准备使出浑身解数。付常浩再没有谈待遇问题，我也没提。第一年的年终，他给我的薪水是22万，比原来他想给我的17万元还多了5万元。

金耀东说，通过跟付常浩共事，我发现他说得少，做得多，而且从不辜负为他做事的人，宁愿自己少得、吃点亏，也不亏欠对方；他有一种让为他干事的人心里舒服、感激和为他卖命的能力，他可能是我一生中再也见不到的好老板了。就这样我在富城特耐干了整整15年。

金耀东喝了口矿泉水，接着说，15年间，我和付常浩在工作上配合得也很默契。虽说在工作中有时也有一些想法不同，做法不一致的时候，也发生过一些口舌之争，但都是业务方面的事情，并没有伤及我们的个人感情。

刚开始到富城特耐，付常浩对我很重视，并让我当富城特耐的厂长。我在工作上仍然延续我在原来公司的做法，就是有什么事情要及时跟董事长沟通、请示、汇报，并提出合理化建议。我工作上的一贯做法是，不仅要给领导提出生产方面的问题，还要提出解决问题的办法。只提问题，没有解决问题的办法，要我这个厂长干什么？付常浩开始很喜欢我这样的做法。但当时他们的企业是在初创阶段，各个方面的问题、毛病不少，我只好常去和他汇报，研究解决问题的办法。开始我还不知道董事长是个在工作上放权的人，是个只要结果，不要过程的老板。他的意思是我让你当厂长，你就说了算，别总找我，你总找我，我要你这个厂长干什么。加上他还要管理其他一些子公司，事情多，业务繁忙，他对我总向他汇报、提问题有些不理解，内心就有些怀疑我的能力了。便对丁德煜说，金厂长怎么什么事都问我，他到底明不明白？丁总就跟我说了董事长的想法，说付常浩是个放权的人，你该怎么干就怎么干，别总找他，你给他一个好结果就行了。我当时还有些不理解，人家毕竟是老板，不汇报不好。后来我改变了自己的做法，发现问题自己解决，很少去找他的麻烦。

大约过了半年，有些事情我也不跟他请示了。有一次他出差回来，发现一台摩擦压砖机被我拆了。当时我们有3台压砖机，压力为1000吨、800吨、260吨。按照当时的生产需要，机型是260吨的没有用。可能是当时他们不懂，不管什么都买了回来。我见260吨这种型号的压砖机没有用，没有请示任何人就让我给扒掉了。董事长回来发现后找到我问，为什么把那台压砖机扒啦？这么大的事你得跟我打个招呼哇！由于我当时年轻，像小孩儿似的不怎么会说话。我就说，你看董事长，我跟你商量，你嫌我给你添麻烦，我不跟你说，你又责备我没跟你说，你告诉我，到底什么样的事应该跟你说，什么样的事不应该跟你说。金耀东说到这里停了下来，看着我，笑道，当时年龄小，无论说话办事都很较真儿。如果搁现在，就能委婉一些说话。董事长当时听了，看着我严肃地说，以后这样，50万元以上的事我办；50万元以下的事你办，不用问我。正常生产该花的钱得花，咱不能为了省钱影响生产。我看着他又笑着问，那台摩擦机多钱？付常浩当时没有反应过来，说，当时花30万元买的。我说，30万元属于50万元以下。付常浩当时没话可说，就那么瞅着我。我立刻解释说，董事长别生气，咱家现在的厂房有点小，那台260吨压力机没有用，打不了砖，占地方，我是想把没有用的东西扒掉，腾出来一大块空地儿，放一些有用的东西，或是当仓库，或是放成品，节约一些用地，对咱们的生产有利。

金耀东说，其实，付常浩并不是为了我扒掉压力机生气，他主要是在看我是不是在用心做事。他当时看了眼那个空地儿，又说，我没别的意思，只是问一下，以后你就放手干吧，别把我这个办公大楼拆了就行。我笑了，他也笑了。

金耀东继续说，还有一次，那是在我刚来不久，也就一个月的光景，也没有经过请示，就把库房里的八九百吨的成品砖给破碎了，一袋一袋地摆放在那里，留着将来用。又让董事长发现了。他来找我，说，小兄弟，我那砖都是好好的，新砖，怎么都给我破了呢？那是我花钱在别处打的砖。我说，我调查完了，你这些砖卖不出去，没有用。咱也不能卖，一旦卖出去，出了质量问题，我们还得被索赔，就得破成原料，留着以后在什么地方再用。他说，不至于吧，谁家要是需要就发出去卖了。我说，我都调研完了，什么型，什么地方用，我都问了，这些砖根本用不上，就让我给破了，将来咱们干别的再用吧。后来，付常浩也调查了一下，也真是用不上，原因是质量不过关。他也就没再说什么。

当时，咱们家每年打砖不像后来这么多，一年的成品砖也就3000吨左右。我来后，发现原来有的砖质量不合格，也就没有往外卖，怕出质量问题，影响我们企业的声誉。就让我一律破碎，重新打砖，以保证产品质量，然后再往外卖。到了年底，我破碎的那些砖，全都变成了新的质量合格的产品。付常浩看了，发现原料没用多少，制品出来一堆，而且全都卖了出去，他高兴地对别人说，金厂长是过日子人哪！

金耀东是个很会表述的人。他说的每句话逻辑性都很强，而且不伤人。他说，付常浩很会处理人际关系。他可能不跟你说什么，只看你的行动，然后再给你下定义，行，或不行。他是个经过调查，看你行动，然后发言的人。

金耀东说，付常浩还有个特点，在跟他汇报工作的时候，无论怎么不爱听，他都让你把话说完，很少插话打断你，同样，他说话也不愿意你把他的话打断。我在中镁工作的十几年间，从高管到基层，董事长和他们的关系处理得都非常好。不像有的企业，老板看你不顺眼，说开除就开除你。在中镁基本上没有这种情况。尽管我们这里每年进进出出的人不少，但他对离开他的人也不记恨，有什么事情找他，该帮忙还帮忙，从不看人笑话。

他是个总念人好的人。

金耀东说，付常浩很少拍桌子，瞪眼睛。当然，他也有气愤的时候，但很快就能平和下来。最终还是以解决问题为准。毕竟都是工作方面的事情，见解不同，想的也不一样，吵是解决不了问题的。人和人不同，有的干得多，说得少，有的干得少，说得多，有的不干也不说。董事长喜欢实干的人，用不着你说什么，他都看得见。一个家族有没有未来，看三件事：一是看有没有读书的习惯，二是看有没有自己动手做事的习惯，三是看有没有早起的习惯。一个人也是一样。付常浩这三点都具备。

金耀东说，在中镁的15年，业务上我应该算是接触董事长最多的人。我知道他的性格、脾气、秉性和他说话的潜台词。付常浩还有一点与众不同，是他从来不揭穿任何一个人，讨厌一个人也不翻脸，是个懂得格局的人，也是个能拿得起，放得下的人。当然这是我和他朝夕相处的结果。由于老板对我的信任，使我的工作热情高涨。当时他们只有国内市场，没有国外市场，我就决心给他开辟国外市场。

在SQ公司工作的时候，我曾跟日本、韩国、俄罗斯等国家的企业有过业务联系。我来富城特耐的第二年，通过贸易公司的老关系，做了第一单500吨的出口。但这一年的10月份我得了一场病，胃里长了个肿瘤，是在准备去尼日利亚谈业务，行前例行检查发现的。当时我没有发现自己的身体有什么不适，感觉自己的身体状况很好，就是想检查一下，怕出国有什么水土不服，在国外医治不方便。没承想发现胃里长了个东西。当时给我吓坏了，有些谈癌色变的恐慌。幸亏发现得早。付常浩得知后非常重视，告诉我不能耽误，放下一切工作，让我去权威的大医院好好检查检查。亲自给我派了车，并派了护理人员，去沈阳的肿瘤医院做了更加细致的检查和病理分析。确诊后，一点都没有耽误，立刻做了手术。也就一个多月时间吧，我就出了院。当时的一切检查、手术等费用都是老板给我拿的。应该是五万块钱，手术花了近两万，剩下的钱我出院后给老板。老板没要，说让我留着养身体的。当时我很感动，身体还没有完全康复就去公司上了班。记得应该是还没有拆药线，我是手捂着肚子来的，怕手术的部位崩开。当时山东日照钢铁有个项目出了问题，急需我解决。

金耀东说，这是我一辈子不能忘记的事，我和我的妻子都非常感动。病好后我更是加倍努力工作。第二年就从出口500吨发展到1000多吨。2007年和2008年出口已经达到了4000～5000吨了，2009年就已经达到了10000吨。富城集团从那以后便很快发展起来。那时富城特耐的出口没有通过什么人帮忙，只有我自己联系国外的客户。

2008年，付常浩要上镍铁，征求我的意见。我当时有双重心理考虑，一种是自私的想法，如果要搞镍铁，势必要抽走耐火材料的资金，会影响我耐材的发展；再一点是，镍铁不是我的强项，我只懂耐火材料，镍铁我不懂。我就给董事长提一些建议，还是要以传统行业为主，虽然在挣钱上耐火没有镍铁快，但传统行业是必不可少的东西。更主要的是我们要依附我们的地利，当地的资源，这个资源是得天独厚的，不能放弃。董事长听了我的建议有道理，在继续生产耐材的基础上，开始搞烧成砖。搞烧成砖的时候开始由我负责，但我并不是十分内行。后来为了烧成砖的更好发展，我们请了苏总（苏广深），他搞烧成砖的时间比较长，能力也很强。

金耀东说，这么多年，可以说我跟董事长配合得非常默契。尤其在市场发展前景上的想法是基本一致的。由于付常浩善于用人，有独到的发展眼光，在我的大力配合下，有一段时期我们在山东日照钢铁有限公司挣了不少钱。当时山东日照钢铁公司想让我们为他们砌转炉的圆形炉底。我们富城特耐的砌法是传统的十字花砌法，不会砌圆形炉底，都让人家把我们的工人给撵出来了。他们说再给我们一次机会，能做好就做，做不好就不能让咱做了。事情正好发生在我动手术的那段时间，我刚出院，捂着还没有恢复好的伤口，回到公司，告诉那些工人圆炉底怎么砌。做这个是我的强项，我是亲手画的图，并指挥他们怎么干的。现在还记得很清楚，我们第一次给日照砌的炉底用了6天，还没有砌好，第二次我们只用了两天就完成了。对方钢厂就认为我们家还是很有实力的。从那以后我们在山东日照连续做了5年。当时的价格非常高，按照吨钢水计算，最早的时候是一吨钢水给我们5.45元，一年产出钢水是500万吨钢，纯利近3000万元。当然不

以生产散料为主（后来做砖、电炉、转炉、钢包等）。张君经历了从只生产不定型到生产定型的转变，见证了中镁企业的发展过程。湖南衡阳钢管厂就是他工作的第一站，也是富城特耐承包砌筑的第一台电炉。当时，国内像这种超高功率的电炉并不多，属于国外引进的技术和设备。国内在这方面的技术不是很成熟，他们也是以学习的态度去做的。富城特耐和奥镁（外企）各承包一个外壳砌筑。奥镁先施工，张君和王利部长就跟着学，也算是他们第一次和外企并肩作战。奥镁是外企，有什么先进技术他们还摸不清。那时的奥镁集团就已经很有名气了，属于耐火材料领域的全球领军企业，拥有全球较多的分支机构，以及可靠的产品和服务。他们的耐火材料适用于包括钢铁、水泥、有色金属和玻璃在内的各种行业。当时在中国，全国各个公司的第一个电炉大多都是奥镁砌筑的。他们的东西很独特，技术含量很高，誉满世界，

中镁集团副总经理张君

只要有炼钢的企业就有他们的触角。全球的耐火行业它占30%以上的份额，兼并过赫赫有名的巴西镁业。

张君和王部长为了掌握外企的更多先进技术，为了砌好炉，给自己的企业弄个好样板出来，在奥镁砌电炉的过程中，每天不错眼珠地盯着人家干活，看人家是怎么做的，反复研究、商量、揣摩，取长补短。整整3天，他们就这么跟着"偷艺"，掌握了新电炉的砌法，学习了外企砌炉的先进经验。当他们自己砌炉的时候，就很是得心应手，而且砌出来的电炉不比奥镁差。张君说，由于这一单的成功，紧接着我又和董事长开发了韶钢、韶铸、广重等客户。由于张君对电炉砌筑和维护有经验，又接管了天重、天钢、西宁特钢、达力普、尼日利亚SSM钢厂等客户。当时，富城特耐是国内第一电炉整体砌筑的承包商。到目前为止中镁承包电炉在国内也有很高

知名度。之后他们又接触转炉、钢包、中间包、RH炉（一种真空循环脱气精炼设备）、AOD炉（一种利用喷吹氩气和氧气精炼不锈钢的冶炼设备）、矿热炉、有色等，企业发展迅猛。张君的业绩也越来越突出，便从业务员提升为副部长、部长、副总工程师、销售副总。

张君说，这些年我从老板身上学了很多东西。老板是个很有涵养的人。

记得2009年我去尼日利亚工作，顺便带回60吨浇筑料的合同，价格很高，但不要求指标。我直接找了一个和我关系比较好的小用户签约了，而且价格合理。但我属于越权做事。后来老板知道了，便派人去天津化验指标。结果虽然没有问题，但我心里有些不痛快。按道理这是很正常的事，我感觉是在查我，有些想不开，心里就有些不舒服。

按规定，我们出差前要借款，写好借款条，请老板签字。由于那段日子我的心情不是很好，在一次借款时，我写好了借款条，去找老板签字。进了老板办公室，把借条往老板台上一扔，由于老板台的桌面很滑，我用力大了一些，那本新打开的借条就滑落到地上。老板看了我一眼，慢慢站起身，走到桌边，弯腰捡起借条，像没有事一样，问我去哪里，然后签了字。我拿着董事长签好的借条走出他的办公室，反思刚才的行为，有些后悔，有什么事应该说明白，不应该甩脸子给老板看。现在想起来当时还是太不成熟了，而老板却那么宽容，让我无法面对。后来我没有勇气向老板解释和道歉，只好默默地工作，拿出成绩来弥补。有这样的老板我们没有理由不好好工作。

这么多年，中镁的员工犯错老板极少责备，都是以鼓励为主，指出问题根源，不要再犯同样错误就好。不仅仅是我，很多员工都有这种感觉。

特别是一些离开中镁的人，有的自己干，有的去同行企业打工，老板不是很往心里去的，而且在一些高管临走的时候，还要开欢送会。老板从不责备他们，也不在背地说他们的不是。他总是说，企业就像一条河，河水怎么能不流？不流水的河不是河，就是一个泥水坑，时间久了，泥坑的水会臭的。人才流动很正常。对企业而言，只有人才流动才有发展，才能不故步自封，才能有新鲜血液不断地输入进来。他说，人是往高处走的，具有社会属性。每个人都想找一个适合自己的企业去发展，企业也想找适合自己的员工为自己工作，都无可厚非。

张君说，更重要的是，那些离开中镁的人，回来找老板办什么事，老板依然以礼相待，他们仍旧保持着良好的关系。老板说，离开我的人，不是说我们缘分尽了，而是我们在外又多了个朋友，而是他们又有了更好的发展空间。有这样胸怀的老板极少。

付常浩不仅想着自己公司的发展，在很多方面还想着员工。张君说，2010年我女儿大学毕业。那一年全国大学毕业生630万人，比前一年多20万人，特别是专业对口的工作更是难找。我女儿的要求就是留在天津。有一次，我们在闲谈的时候，我说了女儿的情况。老板得知此事，当时没有说什么，却不声不响地给我女儿联系工作。老板接触的人比较多，最后是通过他的关系把我的女儿安排到天津二十冶。我和我爱人知道后是很感动的，可以说老板为我们家解决了大问题。就从这一方面，我没有理由不忠心报答企业，没有理由不感谢老板。当然，老板关心员工，不止我一个人。记得我们在广西柳钢RH炉招标的时候，对方报价非常低，产量也少。按常规，中镁不会接这么小的客户。在干与不干之间选择的时候，老板以员工的利益为重，说，干吧！无非是少挣几个钱。咱们的两个业务员的家都安置在柳州了，咱不干，他们饭碗就没了。就这样，两个员工的饭碗保住了，而且他们非常感激老板。如此体贴员工的好老板真是难得。

还有一次，我和老板出差去广州，在天桥上遇到一个女子抱个孩子伸手向我们要钱。我对老板说，是骗子，不要给钱。老板没有说话，跟着我一直往前走。可走着走着，老板不见了。去哪儿啦？我转身去找。原来他又折返回去给了人家钱。老板回来后，我说，你不应该给她们钱，在这里，有很多这样的人，是以讨要为生的。老板说，没给多少钱，都不容易。并告诉我，能帮还是尽量帮一下。他们还是有困难，即便是以讨要为生，也是不得已。老板又说，无论什么人，脸永远比钱重要。要饭的人为什么都在外地，而不在家乡，不单单是为了讨生活，更重要的是为了这张脸才背井离乡的……

张君说，老板是个工作狂。这么多年，从我到这个企业，就没见老板真正休息过。逢年过节大多是在公司办公，或是出差，飞机来飞机往是很辛苦的，也是常态。而且他十分关心员工的疾苦，每年的年底他都要给一些生活困难的员工以补助。真正地体现出了企业是员工之家的温暖。

企业发展的初期，那些年，火车少，跑得还慢，只要乘火车，满车厢挤挤擦擦的都是人，有的时候连个落脚的地方都没有。而且出差往返的车票很难买，别说卧铺的票，硬座票都买不到。付常浩曾无数次站着乘火车从大连回到大石桥，无数次拿着报纸或塑料布、硬纸壳什么的，在车厢的旮旯处找个地儿将就着从北京回到大石桥，一坐就是十七八个小时。人多，想站都站不起来。现在想起这些，都不敢想象……我真是打心里佩服他的敬业精神。老板每年在外出差的时间比我们这些跑销售的人都多，谈商务，走客户等等，坐飞机像坐公共汽车似的。我们这些跑销售的都佩服他的精神头儿。他整整比我大12岁，那种干劲说不出是从哪里来的。

张君已经在中镁整整干了18年（截至2023年）。他的体会是，中镁管理规范，市场做得踏实，而且势头很好，在不断壮大。他对老板付常浩的印象也特别好，说老板是个放权的人，对我们每个销售员都非常信得过。当然，他越放权，我们就越自律。付常浩是很有胸怀的，从来不在小事上跟员工计较，是个有发展眼光、有能力、有耐心的人。他十分重视客户的发展、培育和稳固，经常和我们这些跑销售的人一起出差，搞攻关，了解和开发市场。老板的时间观念是非常强的，从不浪费时间。出差办完事情从来不在外逗留，立刻返回，给我们这些长年在外干工作的人起到了很好的模范带头作用。

中镁在销售方面分几大块：水泥、钢铁、有色、蓄热等等，都在做，而且做得都挺好。中镁的产值从2005年的不到1个亿，到2022年的10个多亿，早已经站在了本地区、本行业的前列。

中镁现在的市场非常好，有干不完的活儿，每年都有新客户进来和老客户（劣户）的淘汰。在客户上需要挑挑拣拣，要找性价比最高的，挑利润最高的来做。老板对市场抓得非常严格。他说，干我们这一行的，主要是质量和信誉。有了好的质量和信誉就不愁没有客户。中镁现在的钢铁行业客户以宝武集团、华菱集团、建龙集团、联峰钢铁为主；玻璃行业客户以信义集团、旗滨集团、福莱特集团、南玻集团、中国建材、秦皇岛玻璃设计院为主；有色行业客户有云铜、中金岭南、金川镍业等；水泥行业有中国建材、拉法基（外企）等客户，所以中镁围绕着他们做得就越来越多。

中镁供有色、钢铁、不锈钢、玻璃、水泥这些行业设备的配套产品销量比较大，负责销售方面的人也就比较多。中镁的销售市场分直销和包销。直销就是直接供货，卖产品，不负责炉的维护；包销需要维护队伍，不仅要砌炉，还要长年在外对炉进行管护。在外面工作的人也是很辛苦的。

张君说，我今年已经60岁了，如果在其他企业早就退休回家了。中镁有规定，我们高管可以干到65岁退休，而且退休后，除了退休金每个月还多给2500块钱的生活补贴。近期公司有几个高管退休，就落实了这个政策。而且这部分钱开到你去世为止。这样的老板，这样的企业是不多的。张君说，这是事实，在中镁工作不仅实惠得的多，更是一种荣耀。我现在仍然在发光发热，2021年5月份之前，公司所有的销售（除了玻璃窑）我都管；从5月份后，老板对我们（到年龄的每个高管）实行软着陆的方法，开始减负，培养新人，具体管理工作就能少做一些。但还有有色和一部分钢铁行业的业务（仍然是一些主要的客户）是我负责，重点是市场和现场管护。主要处理的是产品的质量问题、需求问题和一些偏差问题，还要考虑培育市场什么的。他说，老板对得起咱们，咱们也得对得起老板。我想在退休之前，尽自己的所能多做一些工作，为中镁多做一些贡献。

张君还说，付常浩是个非常重感情的人。不仅我们高管有待遇，普通业务员退休后也有待遇。公司规定，普通业务员60岁了，只要你自己愿意干，还可以多干2年，正式退休后每个月还多给开1300元的生活补贴，开3年。

张君说，在中镁工作是很锻炼人的。我在中镁工作这么多年，不仅生活上有了保证和改善，精神上也是非常愉悦的，而且还学了很多东西，包括老板的为人处世，都学了很多很多。我经常给那些刚来公司的年轻业务员讲自己的亲身经历。我就是这么从一个普通的销售员一步一步干到副总的。年轻人是有希望的，中镁更有希望。我很满足！

张君是第一个从销售员干到副总的。付常浩说，他是个忠厚老实的人，有一般人不具备的本事。无论这件事怎么难他也要做成，特别是在开发市场方面，他有独到的方法，而且每个客户的工作做得都很好，干活干净利索，不留尾巴。

中镁有二张，说了张君，再聊聊张海。

中镁是后继有人的，更是前程似锦的。随着中镁这棵梧桐树的枝繁叶茂，随着老一辈高管的退休、离职，新一代年轻人带着自己的色彩，鸣叫着，高歌着，舞动着，陆续飞向梧桐树的枝头，走向领导岗位，发光、发热，为中镁助力。张海（中镁"五虎上将"之一）就是其中的一个。

按说，张海也不算中镁的新人了。这个21岁毕业后就被分配到营口市建筑公司工作的年轻人，有个很不错的工作。可他的心气儿太高，不满足现状，不愿意在办公室干一些没有挑战性的工作。后来他决定自己出来做。他先是去了大石桥汤池的一家私企，干得也挺好，就是太累，一年365天，只能休息一天半（年三十下午半天，大年初一一天），剩下的时间全在工

中镁集团副总经理张海

作，经常不着家，亲属、朋友基本不走动，亲情友情都没了。几年下来，觉得很疲乏，也觉得人生的价值不完全是工作，更不完全是为了挣钱，就打算换个工作环境。也正赶上2009年，富城特耐招兵买马，就想过来试一试。正在他犹豫不决的时候，母亲不幸病故。付常浩得知了他母亲病故的噩耗，便带领公司高层的全部人马帮他办理丧事，出的全是好车，为张海母亲送葬。其实在中镁这是常有的事，付常浩对每个中镁的人都十分关心。

张海说，值得说明的是，我母亲病故

时，我并不是中镁人，正处于去和不去的徘徊之间。此前我和付常浩只见过一面，还没有完全达成协议，就赶上了母亲的丧事。他说，我这个小人物，又不是他们公司的人，付常浩就这么厚待我，为我分忧，我是很感动的。

张海说，刚来的时候我心情比较消沉，一是母亲刚刚去世，再是业务上没有业绩，公司没法安排我职务，老板却总是鼓励我。我就跟老板说，不用公司照顾，我可以重打鼓另开张，从头做起。我的骨子里天生就有一股不服输的劲。

从业务员做起。我开始做的第一家是韩国的青岛浩瀚兴。刚开始做得不多，每个月几十万元的营业额，利润能到15%。两年以后，2011年我去广西北海，是别人开发的市场，我只是负责管理。后来在这个基础上，我自己又开发了福建吴航不锈钢，从吴航又做到了广东的清远青山，后期又做了广州联众。2015年，又做了张家港联峰钢铁。开发联峰钢铁是有原因的，当时我们中镁控股上了个项目——镁钙碳砖，由于是新产品，这种砖当时在全国的用量不是很多，只有青岛的青钢、武汉的武钢，还有山东的潍钢在用。开发市场是当务之急，而且急于把产品卖出去。镁钙碳砖是有保质期的，砖打完不能久放，容易水化。起初我找了一家外企，韩国的张家港浦项不锈钢。这是个中档企业，经过我的多次谈判，和他们来厂的实地考察，他们对我们的产品很是看好，很快就拿到了合同。我的信心和公司的信心，还有老板的信心也就更足了。老板说，质量公司保证，销路你负责。在老板的鼓励下，我干劲倍增，不辞辛苦，通过努力相继拿下了联峰钢铁、四川罡宸不锈钢等。在起初没有业绩的情况下，渐渐做大做强，由开始的300～400吨，做到现在的年供货量17000吨（仅联峰钢铁一家）。在不烧砖的产能上我一年能卖23000～25000吨。市场的开发成功，使我在中镁立稳了脚跟，得到了甜头。公司在这个项目上也获得了很好的收益。

张海说，还有我们的矿热炉，很值得一说。早在2014年，我们在广西北港砌了一个直径18米的矿热炉，炉子很大，当时在全国都不多见，砌一次需要砖1200吨，需要料近1500吨，用电功率36000W，是个非常可观的项目。对我们中镁来讲也属于大项目。开始的时候我跟对方谈得很艰难，因为炉体太大，投资多，而且时间紧迫。在我们没有样板，缺少资质，说话缺少底气的情况下，我硬是把单拿了下来。

他说，我刚来的时候和公司没有签订什么标准合同。董事长放手让我去做，在公出花钱方面没有任何的限制和不信任，都是实报实销。董事长也知道我是不会乱花钱的人，对我十分信得过。为了有业绩，尽快给公司带来更多的效益，开始我谈的价位比公司其他人谈的价位都低，有的时候一吨砖能便宜500元。

张海说，我的脾气不好，容易激动，看着工作着急，也没少得罪人。董事长也没少说我。我是个必须把工作放在第一位的人。工作干好了，然后再谈别的，不喜欢拖拖拉拉。自己解决不了的问题，不能压在自己手里，必须上报，让领导解决，绝不能因为我做不了而把工作耽误了。老板很能容忍我的性格。要是在别的私企，老板早就把我开除了。我之所以在中镁干的时间这么长，主要原因有两个：一是董事长这个人我服气，二是在这里工作我舒心。这些年，我的业绩上来了，人脉也广了。有人通过关系找我、挖我，让我跳槽，给我房、配车、提高待遇等，我都没去，就是因为在中镁干得舒心。

他说，这些年我的总结是，有些地方不是钱的问题，是感情和真诚的问题。董事长跟我们讲感情、讲忠诚，我们也要跟公司、跟董事长讲感情，讲忠诚。包括客户也是一样。在做张家港联峰钢铁业务的时候，我就做了感情投资。我从来不说谎，不编业绩，不弄虚作假，谎言被揭穿是很尴尬的。全国就那么几家企业，说假话肯定让人戳穿。实实在在，用真诚去说话，打动对方，也是我做人真诚的一个体现。

张海说，当时，在联峰钢铁的招标技术研讨会上，有很多人在弄虚作假，唯有我说了实话。我告诉他们，我们现在没有业绩，也没有市场，我就是想干你们这个活儿，为你们服务。用我企业的知名度和信誉度，为你们服务好。我这句话说完，现场20多个领导和技术人员鸦雀无声。与我一起去的付刚和王利两个领导，都为我捏着一把汗。意思是，你怎么敢这么说话？我知道当时有很多竞标者说谎，编业绩。我不那么干，说谎脸红，说谎是要付出代价的。当时，是我的真诚和公司的信誉打动了对方的厂长，便一锤定音，用了我们家。厂长说，我不看你们的业绩，但我相信你的坦诚，还有你们是上市公司，应该没问题。

他说，跑业务、做市场是很难的。客户一天一变，有时候前一天说得挺好，准备第二天签合同，睡一宿觉可能就变了，说再研究研究。一夜之间，就可能风云变幻。你就得想是哪个环节出问题了，让人家不满意了。

张海说，我已在中镁干了13年。开发市场也很累，有许多人羡慕销售，一天出去吃吃喝喝，什么好地方都能去。他们哪里知道这里的难处。有的时候，为了谈判，我都整宿整宿地不睡觉，满脑子想的全是第二天对方能提出什么尖锐和比较苛刻的问题，思考清楚，做到心里有数，不打无准备之仗。技术交流，商业谈判是有变数的，需要绝对的责任心、耐心和信心。要考虑到可能遇到的风险。了解、运作、谈判，是我工作的三部曲。了解对方环境，了解对方市场，了解对方的为人，包括习性、爱好、人品；然后就是运作，每一步，每个环节，每个可能出现的问题，还有我们自己家内部业务的沟通，都做好准备了才能谈判。谈判时要做到心里有数，掷地有声，耐心大胆，做到从心理上让对方信服，而且要有长期合作的打算。要有舍我其谁的担当感，所以我98%的谈判都能成。我从来不随大流，想了解市场必须做工作。不仅是自己内在的工作，人情世故的工作等等，都需要做。

他说，福建的福新特钢，属于台资企业，是我们2018年合作的，当时非常难谈。台湾人工作态度是非常严谨的，讲究的是白纸黑字，按套路、按规章制度办事。磨呀，聊哇，小小的细节都能跟你磨半天，非常认真。为了拿下这个项目，前前后后我们折腾了小一年，包括他们来中镁考察。跟台湾人做生意有一点好处，没有人情世故的麻烦，说话算数，不差钱儿。我们国内的说法特别多，人情世故也多，台湾没有。福新特钢是2012年成立的，是台湾台塑集团的下属公司，老板是台湾赫赫有名的大企业家王永庆。他是个非常简朴的人，一条毛巾能用十几年。他们在20世纪90年代就给五台山铺了条路，石条铺就，那个年代就花3000多万，而且质量非常好。据说，福新特钢从建厂就没盈利过，去年他们拢账赔40个亿，主要是有台湾台塑这个强大后盾。因为是在大陆的企业，赔钱也干，必须生存下去。可无论怎么赔钱，他们对所有的供应商一分钱不差，从来不用追着屁股要账，相当讲信誉。听说，当时他们想在福建漳州大干一场，投资钢厂、建物流等等，后来不知道什么原因，没有做大。但他们还是做了一些，宁波的电厂和物流，都很赚钱。他们可以用赚钱的企业，去养赔钱的福新特钢。当时我们有一种误判，怕人家不给钱，也有人建议董事长，要小心，怕对方赖账，也就做得比较谨慎，不敢做得太多。其实当时我心里也没底，大陆的赖账企业也确实太多了，谁能不怕？何况我们对台湾并不是很了解。后来董事长才发现，人家根本就不差钱……

张海说，在中镁，有很多业绩比我做得好的人，你应该好好写写他们。

33. 技改

中镁在激烈的市场竞争中不断发展壮大，适应国内外市场的需求，使公司逐渐具备生产一代、储备一代、研制一代、构想一代的强劲发展趋势。当时的中镁实行边发展、边技改的理念，把过去的简易窑、简易生产线进行改造和更替。目的是不浪费，不闲置，充分利用原来的土地和在原来旧厂房的基础上上新项目。

付常浩说，土地是越来越值钱的，我们不可能让土地闲置和浪费。不仅要充分利用，而且还要利用好。起初建厂，土地控制得不是很严，村主任一句话，一大片土地就是你的了。一个小窑，一大片空地，你的厂子就建起来了，而且闲置很多。后来国家对土地的管理严格了，也控制了，基本农田绝对不能动用，而且立了法。以前占有的土地，该补办手续的补办手续，该花钱购买的花钱购买。起初购买土地也是很便宜，中镁用战略的眼光又在工业区买了几块工业用地，眼下已经价格不菲了。

随着企业的发展和壮大要把那些空闲的土地有规划地、按发展的眼光去使用，把旧设备换新设备，或是改进技术。废的东西就废了，旧的不去，新的不来。

2010年，中镁为了更好地研发新的镁制品，他们成立了研发中心，特意为研发提供实验场所700余平方米，配了各种研发检测设备，聘请工程技术人员多人。经过几年的研发、技改、创新，不仅硕果累累，研发中心还在2015年9月被认定为辽宁省省级企业技术中心，并与国内多家高校联合共建镁质高温材料研发中心。中心汇集了国内顶级的镁质耐材专家、教授，拥有完备的耐火材料检验设备及一系列具有国际领先水平的现代化分析手段。研发中心先后承担了多项国家、省、市级科技项目，荣获国家级专利60余项，省、市级科技成果奖30多项，为企业的结构调整及快速发展起到了促进作用。

研发中心成立以来，密切关注国内外耐材发展趋势，先后与东北大学、辽宁科技大学、沈阳化工大学、中国科学院金属研究所等院校及科研单位建立了长期、稳定的合作关系。充分利用院所的技术、人力等资源，紧密合作，协同创新，开发出高质量、高科技、高效益产品，满足市场的需求。

研发中心不仅在人力上是充足的，而且是高水平的，在设备上也是高端先进的。他们有常温耐压强度检测仪、高温抗拆强度检测仪、荷重软化蠕变仪、高温热重仪、发射扫描电子显微镜、X射线衍射仪、离子色谱仪、真空热压烧结炉。中镁集团旗下的企业还获得各种企业资质和环境管理体系认证证书及各种企业荣誉：全国工业产品生产许可证、辽宁名牌产品、企业信用评价AAA级信用企业、高新技术企业证书、一级优秀承包服务商、辽宁省民营企业建立现代企业制度首批示范企业、一级优秀供应商、辽宁省镁质原材料行业名优企业、营口市"守合同重信用单位"、营口市市级企业工程技术研究中心、大石桥市慈善总会名誉会长单位、辽宁省省级企业技术中心、辽宁省诚信示范企业、辽宁名牌产品证书、大石桥市五星级企业、辽宁省人民政府诚信示范企业等荣誉称号。

2014—2022年辽宁中镁控股股份有限公司得到的财政补贴一共有29项：

辽宁中镁集团获补贴1385.3万元：

2014年7月收《利用菱镁矿废料、硼泥、富镁白云石、低档轻烧氧化镁等年产16万吨新型镁质耐火材料》项目，中央预算内技改专项资金740

万元；

2016年新三板上市，大石桥政府补贴150万元；

2017年—2018年收营口市科技局专利补助4万元；

2019年收辽宁省科学技术厅、辽宁省财政厅、辽宁省税务局、辽宁省统计局等，研发投入后补助资金30万元；

2020年收辽宁省财政厅企业上市补贴款368万元；

2020年收营口市科技局2018年企业研发投入后补助资金19万元；

2020年收营口市科技局2019年高新技术企业投入后补助奖励10万元；

2020年收营口市科技局2019年营口市研发投入后补助14万元；

2020年收营口市科技局科技成果转化后补助50万元；

2021年收营口市财政局2020年外经贸发展专项资金0.3万元。

辽宁中镁高温材料有限公司补贴4105.44万：

2016年收营口市财政局外贸出口奖励3.62万元；

2016年收营口市财政局稳岗补贴3.62万元；

2017年收营口市科技局科技成果转化资金36.2万元；

2017年—2019年收营口市科技局专利补助6.8万元；

2019年收辽宁省科学技术厅、辽宁省财政厅、辽宁省税务局、辽宁省统计局等，研发投入后补助资金30万元；

2020年收中国出口信用保险公司出口扶持发展资金2.4万元；

2020年收外贸稳定增长资金——应对经贸摩擦59万元；

2020年收《年产10万无铬环保材料生产线建设项目》辽宁沿海经济带建设补足资金项目，中央预算内技改专项资金第一批3227万元；

2020年收辽宁省新型创新主体（瞪羚企业）补助资金20万元；

2020年收营口市科技局2018年企业研发投入后补助资金20万元；

2020年收营口市科技局2019年高新技术企业投入后补助奖励10万元；

2020年收营口市科技局2019年营口市研发投入后补贴19万元；

2020年收营口市科技局科技成果转化后补助50万元；

2021年收工业企业结构调整奖金补助117.8万元；

2022年5G互联网项目建成运营，省工信厅拨付工业互联网创新发展专项资金500万元。

营口关山耐火材料有限公司获补贴127.01万：

2016年收大石桥市中小企业服务中心补助资金13.98万元；

2016年收稳岗补贴0.53万元。

2017年收辽宁省省级环保专项资金50.6万元；

2019年收辽宁省省级环保专项资金61.9万元。

由于企业逐步扩大，辽宁中镁集团从2011—2020年9年间，抓紧时间进行技改，并申报高新技术产业。

首先是2011年关山耐火针对老区变压器功率低，导致产量低的情况，进行变压器增容。增容后的产量由每炉4.89吨，提高到7.09吨，实施效果明显。

2013年，对中镁散料混砂机进行自动化升级，将原来的半封闭、半自动化的人工提料、人工出料，改造成全封闭、自动提料、自动出料、可移动式混砂机。经实施产量提高1.5倍，且粉尘小，环保。

2017年，进行RH炉无铬化研发，镁尖晶石砖替代镁铬砖，产成品的使用寿命和原来一样，成本低8%。

2018年，进行铜炉炉顶浇注料的研制及使用。

2018年，对电熔高钙镁砂进行研发，并在镁钙烧成砖及不烧砖上应用，原料节省成本30%以上。

2019年，对电炉出钢口填充料进行了研制和使用。

2020年，对镁钙碳砖防水化浸液设备进行研制，镁钙碳砖成品率提高10%。

2022年中镁控股获得奖励补助及荣誉情况：

一、获得奖励补助情况：

1. 辽宁省"专精特新"中小企业项目获得省工信厅奖励补助资金30万

元，已到账。

2. 成功申报"营口市专家工作站"获批2万元，已到账。

2022年累计获得奖励补助资金32万元。

二、获得荣誉情况：

1. 成功申报"国家级知识产权优势企业"。

2. 成功备案国家专利密集型产品"镁碳砖"。

2022年中镁高温获得奖励补助及荣誉情况：

一、获得奖励补助情况：

1. 申报2022年省级"专精特新"中小企业项目奖励，获得省工信厅奖励补助资金30万元，已到账。

2. 申报2022年市级揭榜挂帅项目奖励，获得奖励补助资金30万元，已到账。

3. 申报2022年市级高企研发补助项目奖励，获得奖励补助资金5万元，已到账。

2022年累计申报获得奖励补助资金65万元。

二、获得的荣誉情况：

1. 成功申报2022年国家级"专精特新"小巨人企业。

2. 成功申报2022年国家级知识产权优势企业。

3. 成功通过2022年国家级高新技术企业复审。

4. 成功申报2022年国家级专利密集型产品——镁钙砖。

几年来，每年由集团各单位、各部门工程技术人员直接参与的技改项目及提出的合理化建议120多项，全公司呈现出抓技改、搞技改、推动技改，人人为公司做贡献，你追我赶争上游的良好局面。

他们的技改不仅使自己的产量上来了，质量上来了，成本降低了，还得到了广大国内外用户的好评。

通过技改，销路也上来了。辽宁中镁集团的耐火材料产品得到了宝武集团、山东钢铁集团、太钢集团、华菱钢铁集团、建龙钢铁集团等80多家钢铁企业的认可和大量使用，还出口美国、韩国、日本、印度、伊朗等10多个国家；储能蓄热材料销往格力电器、长虹集团、苏立电器、安泽电工、露笑科技等清洁能源电器企业；储能成套装备主要用于民用采暖、工业用热水、热风、蒸汽等企业。为镁制品在工业和民用方面的使用做出了巨大的贡献。

34. 脚踏实地

1992年到2008年，16年间，中镁集团在全国的耐火材料行业中已经处于领先地位。它的稳步发展不仅使自己的根基打得很牢，也使自己在同行业中有了很好的信誉。特别是2003年，在激烈的市场竞争中，为了适应市场的需求，更好地壮大自己，开始研究适销对路的产品，为他们带来了巨大的收益。

要说明的是，开始中镁集团镁碳砖的生产离不开大石桥第二耐火材料厂（以下简称"二耐厂"）付金永（大哥付常贵的长子）给予的支持。付常浩说，我们家那时还没有打砖，还属于小打小闹，只烧一些镁砂。但迫于市场的需求，及激烈的市场竞争，我们不得不往生产镁碳砖上发展。由于开始我们对镁碳砖发展的认识不足（与资金、技术、市场都有关），在我们想生产镁碳砖的时候，完全是依赖付金永他们给我的支持与合作。当时个别客户要买砖，我们打不出来，只有到他们二耐厂进行加工，然后我再往外卖。2004年前，二耐厂的客户就不少（后来就更多，特别是出口方面），有的时候他们自己都忙不过来。付金永为了支持我能按时交货，常常把自己的活儿

富城集团董事长、总经理付金永

往后推，先为我们打砖，以保证我们能按时完成任务。

付常浩说，当时我们集团的一些外地客户全都要被领到付金永他们二耐厂去参观。把客户带去，看实物，看规模，进行实地考察，依仗他们的力量，撑门面，增加可信度，使我们得到了客户的信赖，也给我们带来了不小的收益。

那时的二耐厂在我们地区的同行业中是首屈一指的，既是榜样，又是楷模，得到了省、市、县各级政府方方面面的赞誉。后来有很多企业（包括我们中镁集团）在发展中有很多地方都是从付金永他们那里借鉴过来的。我们还经常组织自己的销售、生产、财务方面新上岗的人员，包括富城大酒店的管理服务人员去二耐厂进行观摩。二耐厂当时（20世纪90年代末）就做得特别规范。别的不说，在卫生方面我们（包括其他企业）就没有可比性。无论是办公楼还是生产车间，都是窗明几净，一尘不染。特别是车间的生产设备，干净得像办公桌的桌面一样。他们的操作人员对设备的管理是十分认真的，自己操作，自己保养。我们看了都很服气。我们不仅参观，还听他们的讲解、介绍，比如如何保护环境和注重企业的形象等。

付常浩说，由于二耐厂的信誉好，砖打得也好，客户自然对我们也十分看好，我们卖的砖自然也就越来越多。到了2003年，在付金永的帮助和支持下，我们在镁碳砖方面的市场占有率不断攀升。为了扩大发展，自己也上了镁碳砖生产线，才开始了真正意义上的自产自销。起初，我们打的砖并不是十分理想，无论是技术上还是人员方面都不是很成熟。于是，我又找到了付金永，从生产、产品质量控制及人员培训方面，同样都得到了他的帮助。

…………

中镁集团的经济实力逐渐雄厚。他们不仅研究国内市场的需求，同时也研究国际市场的需求，生产的镁碳砖在保证国内需要的基础上，不断扩大国际市场，生产的镁碳砖25%出口。

镁碳砖的俏销，使付常浩更加信心满满。他们坚持对产品质量高标准严要求，所有的产品都采用国际标准，以长久地保持产品的质量及其优越性。由于多年的信誉，由于质量的优越，他们的产品在国际市场上没有出现任何质量问题，而且获了免检产品的信誉。

2008年，中镁集团投资8000万元，征地230亩，建厂房40000平方米，建高温隧道窑两条，并于2009年5月5日正式投产。产品很快进入国内市场，并被市场所认可。不到一年，由于客户的增多，产品的供不应求，公司感觉时机已到，筹划再上生产线。经过几个月的建设，他们开山、平场地、建厂房，再次投资8000万元，增建了高温隧道窑，并于2010年10月10日正式投产。两条隧道窑的建成和投产，标志着中镁的又一个里程碑的确立。

隧道窑具备一系列的优点：生产连续化，周期短，产量多，质量高；由于它利用的是逆流原理工作，因此热利用率高，燃料经济，因为热量的保持和余热的利用都很好，所以节省燃料，较倒焰窑可以节省燃料50%～60%；烧成时间减短，比较普通大窑由装窑到出空需要3～5天，而隧道窑大约20小时就可以完成；节省劳力，不但烧成时操作简便，而且装窑和出窑的操作都在窑外进行，操作便利，改善了操作人员的劳动条件，减轻了劳动强度；在质量上还有很大的提高，预热带、烧成带、冷却带三部分的温度，常常保持在一定的范围内，容易掌握其烧成规律，质量比较好，破损率降低；窑和窑具都耐久，因为窑内不受急冷急热的影响，窑体使用寿命长，一般5～7年才修理一次。

在这里工作的每一个人都是乐业的。他们高高兴兴地上班，平平安安地下班，而且工作环境基本上一尘不染。原来在国企工作过的员工说，现在的工作环境跟40年前（20世纪七八十年代）的国企比就是天堂。

中镁高温生产线的建成和投入生产，不仅促进了市场的开拓，产品还占有了市场的很大份额。特别是跟周边的同行业相比，无论是从规模上、生产质量上都是领军的，并为客户提供了可靠的售后保障。

中镁的发展也是有原则的，特别是在他们企业购置土地的时候，绝对不占用基本农田。这些年他们所购置的土地大多是山坡地和市政府划定的工业用地。所有的用地都有政府的文件和土地使用证明。付常浩说，我绝不会为了自己的私利占用基本农田，而破坏了国家的政策。当然政府也绝不会允许。中国是农业大国，没有了土地就意味着我们的人没了饭吃。一个不为国家着想，而只想自己企业利益的人是走不远的。这就是付常浩的家国情怀。

付常浩在新厂房建设的时候是有要求的，一是要环保，二是要美观，三是要有发展前景。

在中镁集团麾下的几个子公司不仅工作环境干净、明亮，在可能的情况下还要进行环境的美化。

这一带企业所在位置属于大石桥的观马山工业园区，上千家企业，滑石、菱镁石、钾长石、金矿、化工等企业比比皆是，自然污染严重。当地的群众反应也很强烈。2000年前，政府也是没办法，靠山吃山，靠水吃水，不发展企业，就没有税收。更何况这里大多是以经营矿产品为主的企业，占全市工业企业的70%还多，没有一定的办法和力度想搞环境治理是很困难的。想让工业发展，污染在所难免。可群众的利益又不能不顾不管。

其实，全世界在20世纪30年代就开始对人类的生活污染有治理的要求。只是当时的中国正处在战乱年代，没人考虑这些。还是1949年后，特别是改革开放后的2006年世界卫生组织（WHO）在一份报告中指出，世界上污染最严重的20个城市中，有中国的多个城市；另据世界银行资料，当时世界上污染最严重的30个城市里也有多个中国城市。

情况是严峻的，不可忽视的。中国政府根据本国的实际情况，结合群众的迫切要求，下大力度对全国的污染进行整治。首先是减少污染排放量，改革能源结构（如太阳能、风能、水力发电）和推广低污染能源（如天然气），对燃料进行预处理（如烧煤前先进行脱硫），改进燃烧技术。在污染物未进入大气之前，使用除尘消烟技术、冷凝技术、液体吸收技术、回收处理技术等，消除废气中的部分污染物，以减少进入大气的污染物数量。

再是控制排放和充分利用大气自净能力。由于气象条件不同，大气对污染物的容量不同。排入同样数量的污染物，造成的污染物浓度就不同。大气扩散稀释能力弱的地区和时段，不能接受较多的污染物，否则会造成严重大气污染。因此需要对不同地区，不同时段进行排放量的有效控制。对部分工业区企业的污染排放，进行了针对性的治理。

特别是新建企业的厂址选择、烟囱的设计、城区与工业区规划等要合理，不要让"排放大户"过度集中，不要造成重复叠加污染等等。

大石桥市政府根据本地区的现实情况，首先是将那些难以按环保标准进行改进的个体小窑、旧窑按照"全拆除"的办法进行整治。并由市政府和镇政府出资进行设备赔偿，严格控制煤和焦炭造成的污染。对那些大型企业，特别是矿产品企业，进行全面的设备改造，倡导以天然气作为主要燃料。由于产品的不同，热量需要的不同，重烧镁用煤、电熔镁用电、镁碳砖用电进行干燥（原先用煤）。同时也根据原料的价格不同，在不影响质量的前提下，尽量节约能源，减少污染。

中镁集团积极响应政府号召，率先进行设备改造，由原来的单一烧制系统，改为双套烧制系统。实行双系统（两套设备）同时进行，达到了环保要求和节能效果。

当然，他们的损失也不小。起初，他们在1989年，在王家村投资73万建的中档镁砂窑两座，因政府（2012年）把它变成商业用地，他们的两个窑被划进了城区控制区域，生产被迫停了下来。从2011—2022年，10多年，这一项的损失也是无法估量的。

第八章

35. 高温隧道窑

提起辽宁中镁高温材料有限公司（以下简称"辽宁中镁高温"），不能不说苏广深（中镁元老，"五虎上将"之一）。在接触苏广深之前，我是在中镁高温建成后中镁一期第一条高温隧道窑点火仪式的视频中（2010年5月5日）看到他的。视频中的苏广深穿着洁净的工作服，精神抖擞地站在同样穿着整齐工作服的员工面前，正在做新厂建成的点窑准备工作和安排。视频中有工人、工程技术人员和集团领导，他们一个个神情专注，又有些按捺不住激动的心情，看着这个新建起来的高大、宽敞、明亮的现代化隧道窑。这是个从2008年9月开始投资8000万元建设的大项目。中镁集团看准市场，在隧道窑技术成熟的情况下，在市场急需的情况下，经过7个月的开山扩地、建厂房、安装设备，建起了第一条隧道窑。这一天是中镁集团可喜可贺的日子。

辽宁中镁高温，是中镁集团麾下的子公司。苏广深是该公司的总经理。这个纯东北汉子，出生于1970年4月，来辽宁中镁高温时，正是年富力强的时候。他毕业于鞍山钢铁学院耐火专业，研究生学历，高级工程师。曾在辽镁公司营耐厂任技术员。辽镁公司解体后，因个人的工作技术能力很强，受聘于QH集团，曾在集团担任技术厂长、厂长，工作十年时间。在

2005年后英集团新建烧成砖厂，由于缺乏烧成砖技术，尤其是镁钙砖生产技术，后英集团高薪将苏广深聘请过去，从事新工厂的生产、技术、管理工作。2009年初，中镁开始隧道窑筹建，由于缺乏隧道窑方面的专业技术及生产、管理人员，2009年10月份，经朋友引荐，苏广深与付常浩董事长及金耀东副总见面。苏广深说，当时晚上在富城大酒店吃饭闲聊时，付常浩董事长的一些观点及对企业发展的规划特别吸引我。董事长说，我们要用的是在生产、技术、经营上的全方位人才，企业交到你们手里，我看的主要是报表和业绩。金耀东当时也谈道，我到中镁工作十多年了，想打工，我觉得中镁最适合。金总这句话也是我在中镁这十多年的深刻体会。董事长把这个平台给你搭建好了，能不能做好就看自己的能力和水平了。

2010年5月5日中镁高温第一条高温隧道窑点火，由于当时中镁是生产以不烧砖镁碳砖为主，烧成砖一点基础没有，每天得需要80吨砖来支撑隧道窑生产。董事长把辽宁中镁高温总经理这个位置交给我，我必须负起这个责任。我就把当时的全顺佳明公司、嘉盛矿业公司、瑞泰科技公司等一些烧成砖加工户带到中镁来。当时大石桥有隧道窑的只有中镁和QH集团、BL矿业三家。由于辽宁中镁高温质量有保证，一条窑满足不了生产需求，辽宁中镁高温果断在2010年10月10日又投资建第二条高温隧道窑。第二条高温隧道窑点火后，加工合同仍然源源不断。后来宝隆、淮林、全顺、中建等陆续开始建高温隧道窑，自然也分散了我们的一些加工户，中镁的高温隧道窑将面临订单不足的问题。我建议董事长必须建立自己的烧成砖销售团队。董事长全力支持，我就把孙中龚、周耀文、于军、崔洪文、杨洪茂等介绍到中镁集团，开发中镁自己的销售队伍。我也积极配合这些销售人员到客户那里洽谈一些业务。由于当时中镁的烧成砖在市场上没有名声，每谈一个客户难度特别大，包括跟刘方巨副总到广西北海镍业、连云港华乐，先后不下五次之多。经董事长全力支持及销售团队努力开发，辽宁中镁高温烧成砖逐渐形成自己的市场客户群，在2013年基本就不用多签加工合同了，现有的客户需求就能满足两条窑的生产能力了。

苏广深说，对于外贸市场，我本人在QH集团和后英集团接触过一些客户，例如：美国的麦克温公司、费得麦德公司、瑞士德福高公司、俄罗斯普乐美公司、日本东京贸易等，这些公司在我来后陆续与中镁集团建立了合作关系，麦克温公司在2016年销售镁钙砖数量达到了1万多吨，当时是辽宁中镁高温最大的市场客户。

在董事长的带领下，及销售团队的共同努力下，中镁烧成砖在钢铁、玻璃、水泥、有色等行业的名声越来越响亮，合同也越来越多，两条高温隧道窑已经不能满足订单生产，辽宁中镁高温又于2017年再次建设两条高温隧道窑，将产能扩大到12万吨。正赶上2017年砖价不断上涨，也就为辽宁中镁高温带来了前所未有的效益。

经过十多年积累，辽宁中镁高温的烧成砖市场不断扩大，在2021年7月30日一次性投产两条133.2米的全自动超高温隧道窑，把玻璃窑烧成砖市场做到国内最大，烧成砖产量达到了20万吨。

2010年至今（截至2024年），苏广深在中镁集团工作了近15年。

他是个有学识又有多年实际工作经验的人。是中国《耐火材料标准汇编》镁钙砖标准起草人，从事耐火材料行业28年（截至2022年），是多项耐火行业专利技术的核心发明人。曾有5项发明专利，及多项实用新型专利，为发明人核心技术成员。其研发的"烧成浸渍镁白云石砖"获辽宁省科学技术研究成果证书和营口市人民政府科学技术奖励委员会颁发的三等奖。在任职期间，主要负责烧成砖的生产、技术、经营和市场开发。

中镁集团副总经理苏广深

采访那天，正是炎热的夏季，苏广深正在岗位上工作。由于他所在的办公楼和厂房是连体的，站在他的办公室里就能看到正在工作的高温生产线。高温生产线的高温直接传到了他的办公室。汗流浃背的他，不顾暑热和高温，在跟同样是汗流浃背的技术人员谈工作，指挥生产。

　　我问他在中镁这里工作多长时间了。他笑道，接近15年。我说你也算是元老了。他说，也不算什么元老，只是在这个行业干时间久了，一共是28年，有些经验罢了。谈话中，我感觉到这是个不浮夸、干实事的人。

　　他介绍说，中镁集团发展到今天，成绩是有目共睹的。董事长付常浩的经营战略，企业技术人才的引进及市场的挖掘，使集团每一步走得都很稳。我们现在有6条隧道窑，2010年投产2条，2017年投产2条，2021年投产2条，总投资超亿元人民币。特别是2017年，由于国家对环保的重视，耐火材料的价格涨得很高，到2018年价格涨到了高峰。2019年下半年国外出口和国内自需有所减少。但2021年国内耐火材料的需求形势也有所攀升，只国内玻璃窑客户就有七八十家。现在的中镁高温，占地面积300亩，主要设备有压力机20台，全自动液压机9台，自动配料生产线4条，高温隧道窑6座。主要生产烧成砖系列：镁砖、镁橄榄石砖、镁铝尖晶石砖、镁铬砖、镁锆砖、蓄热砖等。产品广泛应用于玻璃熔窑、水泥窑、有色冶炼炉、不锈钢GOR炉（一种冶炼不锈钢的底吹转炉）、RH炉、电蓄热设备等。平均每年产量10万～11万吨（截至2020年），平均销售额4.5亿～5亿元。辽宁中镁新材料有限公司也归苏广深负责，2022年他们的产量已经达到了19万吨。

　　董事长付常浩对苏广深有很高的评价，他说，当时，在高温隧道窑和烧成砖方面，苏广深实属难得人才，无论从资历上还是从阅历方面都是无可挑剔的，他更是一个管理型、技术型人才。他的特点是有自己的客户资源，有人才资源，还重视销售。在个人得失方面从来不计较，能担事，能理解，会沟通，无论是跟领导、下属还是客户，方方面面的关系相处得都十分和谐。业务方面从不留尾巴，拿钱干活，带款提货。无论什么关系，感情是感情，工作是工作，原则是原则，在保证质量的前提下，资金方面从来不会拖欠，不留后患。产品质量的稳定，增强了客户对他的信任，投奔他来的客户基本上没有跑的。多少年来，苏广深以自己的人格魅力，以和气生财的工作风格，使客户不断地增多。他有很强的管理能力，无论在技术方面，还是品行方面，员工对他都很信服。苏广深还特别重视对国外客户的开发，以产品的质量为前提，为我们中镁烧成砖产品的出口，赢得了高信誉和话语权。

苏广深获国家发明专利：

专利号：ZL201210239826.4，

专利名称：高性能镁铝铬复合尖晶石砖及其制造方法；

专利号：ZL201310352838.2，

专利名称：具有低热导率、高使用性能的复合镁钙砖及其制造方法；

专利号：ZL201510234353.2，

专利名称：一种纳米级基质结合高性能电熔镁钙砖及其制造方法；

专利号：Zl201710747996.6，

专利名称：一种锆复合高性能电熔镁钙锆及其制造方法；

专利号：ZL201710561077.X，

专利名称：一种晶须复合高性能镁砖及其制造方法，等实用新型专利。

苏广深到任之后，不到一年，也就是2011年8月，推荐一个叫杨永刚的小伙子来到中镁。

杨永刚，1984年2月8日出生于辽宁省铁岭市昌图县。2007年毕业于辽宁科技大学材料学院无机非金属专业，大学本科学历；2010年硕士研究生毕业。

杨永刚努力刻苦，勤奋好学，在校就读期间就是个高才生，曾在VESUVIUS维苏威中国控股有限公司旗下的营口鲅鱼圈耐火材料公司实习。2010年4月硕士研究生毕业后正式加入VESUVIUS维苏威——营口鲅鱼圈耐火材料有限公司研发部门，主要负责不定型耐火材料、镁碳砖的研发试验工作，并于2010年10月去VESUVIUS维苏威——英国研发总部学习进修1个月。在英国研发总部学习期间，见了世面，了解了国际国内的镁产品情况，对镁产品和镁市场的发展前景更加充满信心。

杨永刚来到中镁后，先是任辽宁中镁高温材料有限公司技术员，两年后升职为厂长、副总工程师，主要负责烧成砖制品的生产、技术、研发、售后服务等工作。时下是中镁集团年龄比较小的经理。

杨永刚的到来，为中镁集团增添了新的血液。通过工作的表现和聪明实干，公司对这个年轻人的业务能力十分认可。付常浩说，公司想长期持久地发展一定要做好"传帮带"，只有重视对年轻人的培养，我们的企业才能更加兴旺。

后来，在2017年7月，他承接集团公司蓄热事业部研发的铁质蓄热砖试生产工作，在研发试验转批量生产时遇到了较多问题和难点，如成型生产的砖坯强度不好，易掉边角；砖坯烧成后出现大裂纹以及软化变形，结合剂成本较高等问题。

当时，公司面临生产上的一些棘手问题，大家很是着急，因为它直接影响产品的销售及企业的信誉和发展。公司立刻组织生产技术人员，下决心对产品出现的问题进行专项研究解决。先是把任务交给了时任副总苏广深。在苏广深牵头指导下成立临时攻关小组，杨永刚为攻关小组总负责人，在原研发方案基础上进行多次实验。杨永刚带领的攻关小组的人不负众望，通过引入多种废砖料、添加剂、结合剂进行对比实验。经过专心研究，获得了较大的成功。并于2017年8月20日开始全面批量生产，产成品符合技术标准，并彻底解决了砖坯强度不好、掉边角、烧成后裂纹等不可忽视的问题。技术的创新不仅提高了生产效率，保证了产品交货，也大大降低了原料成本。预计降低原料成本200元/吨，当年就为公司节约成本300万元，为公司蓄热砖生产创造巨大效益。

2019年3月，公司为了加速发展，满足供应，扩大不烧砖产品生产，经集团公司决定，把杨永刚调职到中镁控股股份有限公司，任不烧砖制品厂（镁碳砖、铝镁碳砖、镁钙碳砖）厂长。在不烧砖制品工作期间，杨永刚重点研究解决镁钙碳砖成品率低、产品质量不稳定等问题。通过实验研发，精准管理，成品率由70%提高到92%以上，原料成本降低10%，且产品质量稳定，生产能力提高20%，实现所有镁钙碳砖销售订单全部自己生产。

杨永刚是个爱学习、爱钻研的年轻人，到中镁集团后提出了多项小改小革方案，提高了生产效率，降低了制造成本，并参与了集团公司较大项目的研发与申报。有多项研发专利、实用新型专利。

杨永刚专利：

专利号：ZL201210239826.4，

专利名称：高性能镁铝铬复合尖晶石砖及其制造方法；

专利号：ZL201310352838.2，

专利名称：具有低热导率、高使用性能的复合镁钙砖及其制造方法；

专利号：ZL201510234353.2，

专利名称：一种纳米级基质结合高性能电熔镁钙砖及其制造方法；

专利号：Zl201710747996.6，

专利名称：一种锆复合高性能电熔镁钙锆及其制造方法；

专利号：ZL201320501942.9，

专利名称：一种球形炉底砌筑结构，实用新型专利。

…………

付常浩常说，中镁的发展，离不开老一辈的人，更离不开这些年轻人，他们有激情，有干劲，不计较得失，一心钻研自己的工作，这样的年轻人有发展。随着中镁企业的不断前行，我们还要高薪聘请一些有作为懂技术的年轻人，为他们搭建平台……

经过十几年的不懈努力，中镁这棵梧桐树引来了无数只凤凰。这些凤凰在树冠的枝丫上高歌鸣叫，翩翩起舞，使这棵树更加美丽、丰满、壮观。

到了2015年，中镁从生产量到客户数都有了不可小觑的发展，在周边的同行业中更是遥遥领先，特别是他们的客户遍及全国。

36. 开发玻璃行业市场

孙中龑（中镁"五虎上将"之一），1971年8月生于吉林集安，1991年在某野战部队汽车连入伍，2002年转业。2011年任中镁销售副总经理。

这是个有着一身正气，受部队锤炼、熏陶11年的纯东北汉子。看他那笔挺、健壮的身材，黝黑的脸庞，就有着军人的风范和铿锵铁骨。在他的身上，有着能打硬仗、不怕困难、有智慧、勇猛果敢的军人气质。

他是 2010 年 12 月份来的中镁。当时，中镁还没有开发玻璃窑市场。他到中镁后，董事长付常浩想做玻璃窑产品，并让孙中龑负责产品销售。经过努力，他开辟了国内的玻璃窑市场，为中镁填补了这一方面的空白。截至 2021 年，由于他 10 余年的辛勤工作，中镁的产品在全国玻璃窑市场上占有了很大的份额，几乎所有的大型玻璃企业都有中镁的触角和足迹，并成为中镁的客户。现在中镁的玻璃窑客户有 100 余家。

人所共知，对于耐材行业来讲，销售是企业的生命线。孙中龑的工作是玻璃窑砖的销售，负责给生产玻璃的企业提供玻璃窑用

中镁集团副总经理孙中龑

耐材的供货，合约的达成往往需要经过斗智斗勇的商务谈判。

他从部队转业到地方后，先是到 QH 集团干了 6 年镁碳砖销售，业绩始终不错。由于形势的发展和个人的需要，他走出 QH 集团，在家休息了一段时间，准备找机会自己单干。后来经苏广深介绍和中镁有了接触。孙中龑说，在接触中镁后，觉得这个企业挺好，是个比较适合自己发展的地方，也就打消了自己单干的念头。他说，其实当时给我感觉最好的还是老板（付常浩）这个人。当他知道我当过兵时，对我非常感兴趣，如果不是很优秀的人，在部队是干不了那么长时间的。特别是我提到是在某部当兵的时候，付常浩对我所在部队极其赞赏，说那是个能打硬仗、打胜仗、有血性、有军魂、有风骨，有着人民解放军光荣传统的硬汉部队；在解放战争和抗美援朝中是让敌人闻风丧胆的有着卓著贡献的部队。付常浩对孙中龑另眼看待，觉得这个在部队历练出来的人一定不会错，应该是坦诚的，绝不是孬种（付常浩对当兵的人也有着一种情结，就是因为自己的二哥付常明也是当兵的，当时在大连警备区），两个人很能谈得来。孙中龑也觉得付常浩这个老板跟别的老板不一样，有想法，不浮夸，而且十分坦诚。他说，当

时自己也需要一个平台，去施展在销售方面的能力。

孙中巽的最大本事就是销售。通过自己多年的经验、能力和人格魅力，打通各个环节把产品卖出去，开拓了中镁产品在玻璃行业的市场。可以说是中镁在玻璃窑砖销售方面的创始人和掌门人。

他回忆道，刚开始，开拓市场很难很难。我以前跑销售的客户都是钢铁和镁碳砖方面的，在玻璃窑耐火产品方面没有业绩，零基础。无论是在自己的老板面前，还是在客户面前都没有话语权。销售行当主要看业绩。当时的中镁做得还不是很大，在玻璃窑砖方面又属于新开发的市场，玻璃行业对当时的中镁不是很了解，对客户说什么人家也不信，缺少信誉度，怕产品出问题。当时我就指着以前跑业务时相识的一些同行业、不同产品的朋友，跟他们打交道，一同出去销售。朋友去哪里，我就跟着去哪里，边交朋友，边找市场。时间长都混熟了，就把对方请到公司来，让他们进行实地考察，了解企业的实际情况。客户见我们是实实在在的公司（不是那种皮包公司），便产生了好感和信任。刚开始是从小做起的，30吨、50吨、100吨、200吨我们都做，一点点地开发市场。记得刚过来的时候，我一年才卖几千吨货，后来客户发展得越来越多。

孙中巽刚来中镁的时候并没要什么职务（后来做了一段销售部部长，辽宁中镁高温副总），就是一个跑销售的业务员。老板是个非常务实的人，他的要求是只要你把业绩做出来就行，当然也是想看看他的业务能力。孙中巽说，我们老板的口碑特别好，不像有的老板，企业做大了，坏名声也跟着越来越大。在中镁工作，只要你尽心尽力，其他没有什么太大的负担，更不用担心老板不给你钱。

开始联系客户是很不容易的，找客户比找媳妇都难。现在好多了，做起来了。他说，做销售的随意性比较大，长年在外走访客户，出差的频率较高。发展到现在，每一天的工作基本上没有什么计划。只要出去，第一家可能是有目标的，下一家可能是没有目标的。眼下需要关注最多的是客户对产品的使用情况，还有什么需要，是否有什么新建的项目，需要知道本行业发展的形势和走向，等等。

　　孙中夔说，销售的工作性质是需要忠诚的，对自己家企业的忠诚，对客户的忠诚。客户之间，无论是从产品质量还是价格方面，不能总想去占人家的便宜，我们也要为客户着想，否则就是一锤子买卖。除了产品质量，售后服务也很重要。不仅仅在产品上，和客户之间的情感也要加深、加强，把客户当朋友来处，要常走动，常联系，像走亲戚似的，亲戚时间长不走动也生疏。不仅是企业和企业要加深感情，老板和老板之间，业务员和业务员之间也要加深感情。关系处好了，客户也就夯实了。要做到你来了他是你的客户，你不来他也是你的客户。开始我们都是通过竞标的，时间长了，业务做得好，产品信得过，随着感情的加深，有的客户就用不着竞标了，这活就你干。否则，同样的价格，同样的砖，为什么偏用你家的？

　　现在，玻璃行业发展迅速，大石桥周边的，还有河南、山东等很多地方都生产玻璃。刚开始的客户都是孙中夔自己一家一家走出来的，先是跟人家聊，跟人家唠，介绍自己的企业和产品，互相了解，加深信誉度。后来客户多了，企业的名声也大了，他个人的信誉度也提升了。在同行业中，他们不仅知道中镁的名字，也知道他孙中夔的名字。由于业绩的不断攀升，老板给的待遇也就越来越高。不仅成了中镁的副总，在中镁还有了一定的股份。

　　玻璃窑是有寿命的，中镁的玻璃窑寿命比较长，窑龄比较高。有了好的质量，才是跑销售的可靠保证。孙中夔说，我们搞销售的和王总（王利）他们不一样，他们比我们辛苦。他们需要驻站、承包、长期维护，属于包销，和我们有本质上的不同；我们属于直销，只要把货卖出去就行，同时要维护好客户的关系。他笑道，我的业绩，不是我个人的，是整个中镁的。中镁的平台好，产品的质量过硬，董事长识人，有战略眼光，我们才能做得起来。就像军人打仗一样，你在前方冲锋陷阵，后方的弹药跟不上去肯定不行。中镁现在是名气越来越大，有相当多的新客户不断慕名而来。

　　销售这么多年，孙中夔的体会是，在销售方面，首先卖的是人品，不是产品。产品是基础，是后盾，在企业保证质量和信誉的前提下，主要是客户和客户的信任，企业对企业的信任，领导和领导信任。相信你的人，就相信你的东西（产品）。

孙中龚是个干一行爱一行的实干家。销售这个行业他干了20多年，如果没有一定的坚持和自信是做不出来的。他说，一个人做事必须用心，用心了就能做好；就怕你不用心，不用心什么都做不好。他说，咱们的董事长无论做什么，都非常用心。

孙中龚说，做业务很难一帆风顺，有的时候为了业务我也跟客户吵架，对方也跟我磨叽。但吵架归吵架，都是为了业务，个人的感情并没有受到伤害。我们都是从企业的角度出发去考虑问题，你站在你企业的角度去说话，我站在我的老板的角度看待问题，咱们谁都没错。无非是产品问题，价格的多少问题，吵完了也就好了，两杯酒下肚，一笑泯恩仇，该合作还得合作。做生意利益至上，记仇就等于拒绝钱，谁跟钱也没有仇。男人之间的关系就是哥们儿之间的关系，就是理解的关系，换位思考的关系。这是我在部队锻炼出来的性格。

我们老板做生意的态度是，在价格上，能让尽量让，咱怎么都是赚钱，现在市场竞争激烈，最重要的是能让对方成为我们的长期客户。他还说，我们不能怕客户，在守信誉、保质量的基础上，要不卑不亢。就像在战场上打仗，要有形象，要有战斗力，各为其主，既讲战略，又要讲战术。在客户面前一定要有公司的形象。我是代表中镁集团的，我的言行举止，不是我个人的，是整个中镁集团的。维护企业的利益，也是维护你自己的利益。不能一味地向客户点头哈腰。你屈服了，客户也欺负你。怕客户就意味着你的产品要降价，客户一旦占了上风，你就要有所损失，你的企业就要有损失。

他说，在我的客户中，有的时候可能一两年不见面，但我们始终没有断了联系。我的客户太多了，要是挨家挨户走一趟，一天走一家，三个月也走不完。

孙中龚说，商务谈判也讲究眼缘，有的人看上去就顺眼，你谈业务的成功率就大；有的人看你就不顺眼，十有八九谈不成。所以在接触新客户的时候，除了你要做好功课以外，在形象上、仪表上、言谈举止上都要有所讲究。我们的董事长也特别注重这一点。我和董事长经常出去洽谈业务。他的洽谈方法很值得我学习，不温、不火、不急、不怒、不卑不亢，不想好的事情绝不拍板。总是给人一个你能接受，我也能接受的价格，而且表现出有可能长期合作的态度。孙中龑说，包括你说话的口气、笑容都很重要。人和人不同，有的客户是很挑剔的，很有可能在一点点细枝末节上就丧失了一个新的客户。要学会让客户接受你。能接受你的人，才能接受你的产品。这就是销售的秘诀。当然这里要有真诚和技巧，做销售是很难的，什么人都能遇上。"人一上百，形形色色"，说话、处事要因人而异。我也有不喜欢对方的时候，但为了业务，不得不迁就。为了打通一个客户关系，需要采取一些办法或手段。比如说，通过朋友的关系去了解对方的脾气、秉性、生活习惯、爱好，等等，投其所好。要先打电话沟通、联系，说明自己的来意，让对方有个心理准备，然后再登门拜访。绝不能贸然行事……

他说，我们中镁在全省耐火材料企业中是仅有的几家上市公司之一，政府也非常支持和重视。我们的老板还有个最大的优点就是无论干什么，手续一定要全，按照规程办事。所以当时中镁在申报上市的时候，有很多比我们大的企业都没有被批准，就是因为他们各个方面的手续有问题，违规操作，对什么都无所谓，一旦较真，动真格的了又无法弥补。当时，在全省同行业中，只有我们中镁一家在各个方面的手续是过关的。因为上市，国家的要求很严，我们中镁无论是环保方面、土地方面、经营方面、财务方面、纳税方面以及人员配置方面等，都无可挑剔。

中镁在经营企业方面是脚踏实地的，做事的前提是遵章守法。付常浩是很有性格、有底线、有原则和前瞻性的。他说得明白，手续不全，地方政府让我们干我们也不干，挣钱也不干，我们不能自己给自己"埋"病，将来自己遭罪。我非常欣慰能遇上这么一位务实而有底线的企业家。

孙中龑是个在工作上乐在其中的人，说话干脆利索，做事严谨，雷厉风行。

时下，他自己年销售玻璃窑耐火产品 50000~60000 吨，销售额 2 亿多元；公司此类产品总销售量近 70000 吨，总销售额 3 亿多元。中镁的玻璃窑耐火产品销售是以孙中龑为主的，其业绩占公司该类产品总销售额的 70%~80%。

第九章

37. ERP 财务

随着企业的发展，财务管理渐渐成了企业发展的重要角色。中镁的财务是清晰的、规范的。

在他们刚刚起家的时候，中档镁砂厂只有一个主管会计（付常贵的女儿付雪梅）。付常浩的大哥付常贵是银行领导，深知财务管理的重要性。

当然，那时候的财务管理还不是很健全，说白了无非是管几个钱、报一些条子及相关的简单的账目梳理和记账过程，还谈不上真正意义上的财务管理。对财务管理的理解还不那么透彻，对财务的概念和存在的意义更不是很明晰。

真正深刻了解和实际执行还要从 2017 年说起。2017 年 12 月 12 日，鞍山

时任辽宁中镁控股股份有限公司财务总监贾琳琳

的原辽宁九夷锂能财务主管贾琳琳受聘担任辽宁中镁控股股份有限公司（以下简称"中镁控股"）的财务部长（后任财务总监）。这是个1982年出生的年轻人，毕业于东北财经大学。由于他当时在九夷锂能的发展空间不是很大，经原中镁控股财务总监车总在网上招聘来到的中镁。也是赶上2018年中镁打算上市，急需一个懂上市、明白证券，并在财务方面有一定业务管理能力的人才。对于贾琳琳个人来讲，也是把公司上市作为本职工作中比较重要的项目来看，在业务上也需要一个能参与公司上市过程的锻炼。无论是对中镁还是对他本人都是一个验证，是可遇不可求的。更重要的是对自己以后的职业生涯，肯定会有帮助，他是带着一种兴趣和对前景的期盼来的。

贾琳琳来到后，才发现当时中镁财务方面存在很多问题。主要是不规范，离上市要求还有一段距离。发现的第一个问题是控股结账的缓慢。

贾琳琳刚来中镁，从时间上看，已经是2017年的年尾了，差不足20天就是新的一年。当时中镁的计划是2018年申报上市，辅导券商光大证券已经进入。贾琳琳上岗后，在12月份结账的时候，就发现了公司存在的问题，控股这边没到月底（在圣诞节前）就结账了。他问主管会计，从几号开始结账？主管会计说，我们现在结的是上个月的账。贾琳琳很是疑惑，不对呀，马上就要申报上市了，结账的时间怎么要求得这么不严格？按照要求，每个月的结账应该在纳税之前完成。就是说他们的结账周期太晚。后来，贾琳琳跟辅导券商光大证券进行了沟通和交流。在此之前，瑞华会计师事务所应光大证券的要求，对中镁内控进行摸底和审计。贾琳琳来的时间不长，他们的内控鉴证报告就出来了，形成的是问题清单（不是正面的书面报告）。针对清单里出现的问题和他入职后发现的问题，贾琳琳向董事长付常浩提出了自己的建议，就是结账的周期太晚，不符合要求，必须每个月提前结账，将结账周期提前。董事长付常浩同意了贾琳琳的建议，并让他放手去做。

只是当时涉及中镁各个车间，结算很难一下子调整过来。贾琳琳根据实际情况，分几步进行整改。先是想办法在每个月的10号之前完成上个月的报表，然后逐步推进。对当时的中镁来讲是有一定难度的。自然也加大了他们财务部门的工作强度，需要深入到销售、采购、生产等部门去联络、去调查、去工作。由于企业的不规范和他们多年的惯性思维，导致了生产的能力和工作的强度都有一定的差距。每个月的报表很难一下子整理出来，在月末的时候很难完成那些工作量。自然也就耽误了财务部的结账速度，导致整个财务报表的延误。可又没办法，只能一个部门一个部门、一点一点地往前推进，逐渐整改。

为了使工作有所推动，贾琳琳还制定了很多制度，来约束和推进各个部门的工作。经过一段时间的调整，结账的时间节点开始更正。

同时，他们针对瑞华会计师事务所提出的问题清单，会同辅导券商光大证券，共同对每条、每个问题进行解决、整改。但是，光大证券的执行力和推动力不是很强，投入的人员相对差一些，造成推动的节奏比较慢。后来，他们还发现光大证券已经好几年没有在主板上市的案例了，可能也没有什么上市的经验。在这种情况下，基于他们的诉求，把光大证券换成了辽宁证监局推荐的招商证券（当时他们已经把鞍山的亚世光电包装上市）。这是个年轻的队伍，有经验，有活力，更有执行力。

换了券商之后，又发现了各个部门的业务流程问题，都需要整改。他们又请了一个内控咨询公司——中瑞智晟，带着团队，给中镁做了一个关于内控的制度和各个部门的一些业务流程。

新制度的出台，是要制约一些人的，包括他们的工作和他们的利益。当时推进的难度挺大。为了加快进度，了解情况，落实整改，中睿智胜的曲悲铁亲自带着一班人马，在中镁项目部驻厂达半年之久。整个制度出台后，往下推进用了将近一年的时间。其间他们需要同每个部门进行访谈，了解每个部门的业务流程，根据业务流程存在的内控缺陷，制定提供一套完整的内控制度。然后向各个业务部门反馈。他们把整个制度方案交给财务部门，中镁再从业务部门的角度去审视，看他们提供的内控制度和流程有没有问题，是否有可操作性。如果有难以落实的地方，双方可以协商、协调，在整体复合内控制度的情况下进行微调。这个过程非常之痛苦。涉及对部门的了解，然后反馈，再协调，再反馈，经过反反复复的沟通，才能制定出一套完整的、完美的、适合的内控制度。只这一项任务就进行了一年。当然一切工作，跟任何部门沟通和协调，都需要财务部门的参与，看看每个流程跟财务部门有没有交集，上下是否有连带的关系。如果有，是否符合财务的要求等等。

2018年，基于公司发展需求，中镁还上了一套ERP管理系统。中镁起初用的是金蝶系统软件（属于单机版的，不是网络版的，也不是集团版），这个软件有个最大的制约问题，核算成本的时候利用的是倒冲领料去结算。这样一个模式在会计师和辅导券商来看，成本核算准确度不够，要求我们用正的领料。这是个比较大的疑难问题，也是历史遗留问题。为了解决这个瓶颈问题，必须上一个集团版的ERP管理系统。按照当时的企业规模也应该有这种需求，因为集团越做越大，上网络版的ERP管理系统，无论在什么地方，不挑环境，只要有网就能工作，废除了金蝶单机版系统的制约和限制，给工作带来了快捷和方便。

在上ERP管理系统的时候，他们也筛选了几个团队，如用友、金蝶，是当时国内两个知名财务软件品牌，当然还有国外的思爱普照。从性价比角度看，他们还是倾向于个性化比较强的国内软件。当然国外的软件也不错，只是价格太高，而且中镁的试用体验是操作有难度。另一方面，国外软件比较固定化，不太适合民营企业，中镁也就选择了性价比高的，属于集团网络版的ERP管理系统。

当时，ERP的重要性已经被推向了一个新高峰，大大小小的企业都在进行ERP管理系统的建设。其中财务部作为企业最重要的部门之一，用ERP进行财务管理对企业的规范化建设能够起到非常大的推动作用。

ERP管理系统有助于会计核算的规范化，更有助于带动财务管理乃至企业管理的规范化，从而提升企业的管理水平，提高企业的效益。并且能够提高会计核算的工作效率，降低会计人员在账务处理方面的工作强度，改变"重核算轻管理"的局面。减少工作差错，便于账务查询，方便企业管理、统计及财务核算等等。

ERP管理系统和当时中镁的内控有相似之处，也需要了解企业内部的整个运作流程：生产、采购、销售和财务方面的内容。要把整个流程了解完成之后，再考虑我们的需求，需要一个什么样的管理功能，提出一套什么样的数据，根据你的需要，再来制订相应的设计表单。这种东西的难度也是非常大。编完程序后还要对业务部门进行培训，然后还要测试。安全起见，贾琳琳带领自己的团队，采用同时跑两个系统的做法，在老系统里面做一个账，在新的系统里再做一个账，然后两个系统的数据进行对比，在没有多大差异的情况下，说明新的系统测试合格。然后再把老系统割接到新的系统里来，完成一个正式的切换。这一改进，工作量很大，用时很长，从2018年的调研、软件选择、购买、测试，到2020年1月份的正式切换，耗时将近一年半的时间。

为了更加规范，2019年由财务部牵头，各部门还建立了一套规范性的台账。那时，招商证券已经进场，他们对中镁财务的合规性进行检查，看看以前的工作是否有遗漏。自然也发现了一些问题，开始补作业。财务部就把项目部的在建工程台账、销售部的合同台账、物流部的运费台账，以及研发部的费用台账，在原来不规范的情况下，对各部门的台账做了整改与完善。同时把2017年—2019年三年欠的作业补齐。又干了整整一年。

2017年下半年，受环保政策的影响，整个耐材的原材料涨价，带动了我们下游耐材的涨价，中镁的业绩开始攀升。直到2018年年末，整个一年上涨的势头都很好，全年的业绩已经达到整个集团有史以来的最高峰，净利润能达到1.12个亿，可称历史最高水平。

由于业绩好、利润高，2019年在会计师和券商的要求下，开始整理数据，准备上市。

2019年春节之后，以招商证券为主的辅导机构就进场对企业进行上市辅导，其间对成本核算、存货盘点、销售台账的建立等多个问题分别与生产和销售部门进行沟通，财务部以贾琳琳和牛部长为首在中间协调各部门的整改。成本核算中"正领料"是当时存在的难点，贾琳琳和牛部长多次招集招商证券王吉祥、李娇扬、大华会计师曲艳华以及公司生产部杨永刚厂长、历彦平等人进行反复磋商，并且与生产管理部霍斌讨论在ERP管理系统中实际操作的可行性，最终确定用直接投料记录来解决当时"正领料"的问题；同时招商证券又同销售管理部进行反复研讨，了解销售业务的实际情况，指导销售部部长侯宝蕴补齐前年度销售台账缺失的部分，并按要求完成以后台账的登记，至此核心的相关问题整改完毕。

经与辅导机构的沟通，公司准备2020年上半年进行上市申报，因此，公司要求在2020年3月15日之前完成年报的审计工作，即会计师出具审计报告。这对于中镁是史无前例的，由于公司业务量大以及客户期末收入暂估数据的延迟，会计师以往给我们公司出具的审计报告一般也都在4月15日以后才能提供，而此次为了申报抢时间，需要整整提前一个月，这也是公司在新三板挂牌以来史无前例的情况。在2019年年度大会上，贾琳琳也跟公司其他部门强调了这次年度审计对公司的重要性，同时也希望各部门全力配合完成这次与时间赛跑的任务。最终会计师出具的报告虽然比我们要求的时间晚了15天，但在全公司的共同努力下，也创造了公司历史最好的成绩了。

在年报出具后，辅导机构为了在招股说明书中对公司的主营业务进行分析，常常需要将公司的业务数据分拆为不同的维度来与类比公司进行对比，因此，财务部需要将大量的数据进行整理、归集、分类，并分析原因。财务部牛部长常常带领财务部的女同事们奋战到半夜，有时候券商要的一些数据比较急，牛部长也常常一人奋战到半夜，然后再驱车回营口，到家也往往在凌晨2点左右了。就这样，我们与辅导机构配合完成了一项又一项的挑战。一切准备就绪，准备上市。

38. 中镁控股

辽宁中镁控股股份有限公司（下文简称"中镁控股"）位于营口南楼经济开发区（大石桥市区东15公里处），属于国家级高新技术企业，拥有4条不烧砖生产线：截至2021年，拥有3600T全自动液压机1台、2500T全自动液压机2台、摩擦压力机16台（其中1台1600T，4台1250T）、混炼机15台、干燥设施16套，全自动步进式燃气干燥窑1条，自动化配料系统4套等主要设备设施。主要产品有：镁碳砖、铝镁碳砖、镁钙碳砖、铝碳化硅碳砖、复合尖晶石砖、无碳砖、预制块等不烧耐火材料。产品广泛用于电炉、转炉、精炼钢包、铁水包、GOR炉等钢铁冶炼设备。

早在2012年，富城集团成长很快，属于创新型、创业型、成长型的企业，依法设立经营时间超过2年，连续盈利3年，业务明确，具有持续的经营能力，公司治理机制健全，经营合法规范，股权明晰，从那时起就开始着手准备申请在新三板挂牌上市的材料。

为了尽快在主板上市，必须有个专门机构去辅助，服务整个上市申请进程。中镁在2018年6月正式成立证券部。证券部由董事会秘书周广阔（已离职）、韩岩及后配备的周云芳组成。

韩岩（中镁"三豪四杰"，四杰之一），于2018年6月来到中镁。这是个出生于20世纪80年代，毕业于中国农业大学会计专业，同时具有证券从业资格、基金从业资格、深圳证券交易所董事会秘书资格，曾任东方科创（北京）生物技术有限公司主管会计、堆知（北京）科技有限公司财务经理、中天恒信（北京）国际会计师事务所有限公司审计部门经理的青年女性。中镁证券部的诞生，标志着上市工作迈上一个新的台阶。

中镁控股董事会秘书韩岩

韩岩说，公司上市是一个漫长而艰难的过程，有太多需要规范的方向，无论对中镁还是对我个人来讲，同样充满考验。

中镁从最初的2013年股份制改革，到2015年公司在新三板挂牌上市，经历了很多很多。2018年公司筹划在主板上市，因此我有机会加入了中镁控股。在领导的带领下，逐步规范上市工作。证券部是一个内外衔接的部门，常常是由我牵头组织三方机构（招商证券、君致律所、大华会计师事务所）会议，研讨要解决的问题并布置后期的工作内容。证券部会按着会议内容形成会议纪要，再将各个事项进行分配，向各个部门要材料，提要求，催促整改。除了需要各部门配合之外，还要有好的点子和方案，并进行反复打磨及研讨。

这是个当时只有三个人的证券部，配合相关部门，迅速对中镁开展尽调，内容涉及出口业务、募投项目、房产土地、关联关系、三会资料、建设项目、股东核查、员工情况核查、董监高人员流水核查等方方面面的工作；要理解券商的各项要求，也要精准传达给各个部门执行，材料收上来之后要进行反复核查，提新的要求，逐项逐步完善。工作是烦琐的，也是应接不暇的。

由于早期管理较为分散，加之中镁人员庞大，社保、公积金、工资部分都是专人管理，且专职岗位人员也有调动，整合一个大的表格实属不易，还要分情况收集参保人员、退休返聘人员、在其他单位社保人员等证据链。表格汇总的过程反反复复，不断发现错误，不断修改，工作很麻烦，内心一度到崩溃边缘。

机构股东核查的过程蛮有意思也蛮费心思。有些机构很配合，很了解这个核查阶段的内容，他们可能同时持有很多家公司的股份，有相同的经历，沟通就很容易。在接到中镁去电讲明的诉求后，会跟工作人员聊有关中镁上市的事项、进展等，同时会很快整理好材料邮寄给公司。也有机构不相信我们，认为去电索要材料是骗取他的信息，会果断挂掉电话，不予理睬。这时候证券部就得想各种办法联系到对方，给对方发信息，说明情况（短信、邮件、加微信等）。还有个机构法人年龄快到九十岁了，跟她讲也听不明白，然后只能通过她朋友的联系方式，收集了材料。

有关中镁供应商与客户的走访是最费时费力的一项任务。先是由财务部选出前20家的名单，证券部协调采购、销售将客户情况进行分门别类，按路线分组，与券商、律师协调好走访时间，同时要求采购部、销售部的同事按照计划提前与被访人员进行联络，光是前期工作就需要大量的时间精力。客户的走访还算顺利，大都比较配合。供应商都较强势，能够配合完成走访相当不容易。

在走访的过程中，对方因为对本公司文化、材料的保护，让其提供盖章材料是很难的，有的要求与中镁签订保密协议，有的需要中镁出具介绍信或是沟通函等。证券部一直是有力的后方，前方需要什么文件或是做哪方面的沟通，马上就草拟文件或采取行动，全力支持前方的工作。

在筹备上市前后的一段时间里，因为工作需要，证券部员工基本是24小时开机，随时答复券商问题或组织相关人员进行回复，那是一段艰难的过往。但无论面对什么样的工作状态，证券部始终保有热情，对各项工作反复斟酌，用尽全力，最后在大家全力配合下，完成预期目标。

中镁最初想在主板上市，招商证券认为镁制品行业太传统，特别是耐火材料，属于高耗能、高污染，在审核上把控严，很难过关，上主板没有太大的把握。后来随着新的分层管理办法及转板上市指导意见的出台，券商建议公司选择精选层挂牌一年后可申请转板的上市方案。中镁分析后，也认同了精选层挂牌的方式。在证券部、财务部及大华会计师事务所的努力下，中镁极早地完成了2019年年度审计报告，在2020年4月28日进行了披露，2020年5月22日中镁正式调入创新层名单，离精选层更近一步。就在当月，中镁召开董事会议通过了关于中镁申请向不特定合格投资者公开发行股票并在全国中小企业股份转让系统精选层挂牌的议案。在此期间，君致律所为中镁拟制了精选层挂牌后适用的各项规章制度。2020年6月29日，中镁向全国中小企业股份转让系统有限责任公司提交了精选层挂牌的申报文件。这番折腾，中镁还是没有赶上第一批精选层，但没有懈怠。

2020年9月21日，中镁收到全国股转公司的审查问询函，要求发行人与保荐机构在20个交易日内对问询函逐项落实。招商证券马上对25个问题进行了分解，转化成116个小问题。证券部组织财务人员、律所、会计师参与了会议，对问题进行拆解分配。时间紧、任务重，好在有个国庆节的假期还能利用，在中介机构及各部门加班加点的配合下，中镁按时完成了一轮、二轮的反馈回复。这一批精选层相比没有第一批中镁的市盈率好，处于破发状态。股转公司与他们沟通，如果破发，能不能回购。后来中镁用可比公司的市盈率去参考他们的发行价，净利率过低，发行价每股不足5块

辽宁中镁控股2013年董事、监事和高级管理人员合影

中镁股份上市项目启动仪式合影

2015年，中镁控股、博安达、马龙国华、纽米科技等隆重挂牌

2022年，辽宁中镁控股董事、监事和高级管理人员合影

钱。董事长比较当时定向增发的发行价 10.75 元，觉得不划算，除去给中介机构的费用，中镁所剩无几，便决定不上精选层。中镁于 2020 年 12 月撤回了在精选层挂牌的申请，准备上主板，招商证券撤出了对中镁的辅导。

2021 年年初，中天国富证券进驻公司，对中镁主板上市工作进行辅导，开始上市前的各项筹备。在此期间中镁也做了很多上市前的准备工作，包括对募投项目的研讨分析、上百名股东的穿透核查工作、流水核查等。后来随着新的《监管规则适用指引——关于申请首发上市企业股东信息披露》发布，对于首发上市股东穿透核查力度加大，也增大了信息披露内容，上市进度放缓，随之而来的是一些股权纠纷，有些小股东到股转公司举报，主张中镁信息披露违约，要求中镁回购其股份。股转公司接收到信息后对中镁进行了各种核查，证监局也联合股转公司到中镁进行了现场核查，在此期间证券部也做了大量的收集反馈回复工作。最后股转公司对中镁、中镁法人采取出具警示函的自律监管措施。

对于回购股份事宜，之前有很多小股东不明真相，打电话来跟中镁讨说法。在中镁收到股转公司的处罚决定时，便将 2017 年中镁就定向发行事宜与投资顾问辽宁富江投资股份有限公司合作，及让其帮助寻找合格投资者的来龙去脉进行了披露。了解了情况的小股东大多选择了仲裁，诉求基本都是要求撤销认购合同或让中镁回购其手里股份，诉求对象是辽宁富江投资管理有限公司。现已有营口仲裁委员会做出的仲裁裁决，内容显示小股东是自行购买成为公司投资人，不属于投资服务协议的授权范围，属于富江投资以自身名义实施的法律行为。接着是国际、国内、政治、经济形势的变化，以及钢铁、水泥市场的不景气，还有其他原因，导致上市暂缓。

中镁始终坚守主业，在持续做好经营管理的情况下，积极关注资本市场形势及走向，待中镁业绩好转，条件具备时，还会筹划进入资本市场。

中镁集团的法律意识是极强的，他们不仅有自己的法律顾问，还配备了自己的专职法务人员。

法务人员是在企业、事业单位、政府机关等法人和非法人组织内部专门

周云芳

负责法律事务的工作人员。法务工作的价值是将风险防控融入企业商业模式运行之中，从前端的开始识别、防控、化解风险到后端的纠纷解决都离不开法务工作。但风险防控要做的不是简单地防，而是要综合考量商业利益，权衡利弊，做出风险化解方案，促进交易。法务工作如果只需要做风险识别，那并不难，难的是要兼顾各方意见，既要合规，又要促进商业运行。

周云芳是从 2019 年 11 月 25 日起，经过两轮面试后受聘于中镁集团的，属于地地道道的社会招聘人员。2018 年 6 月，周云芳毕业于渤海大学金融学专业，毕业时就有了证券从业资格证、基金从业资格证、期货从业资格证、初级会计职称。曾在北京工作了一年，始终没有找到理想的专业对口的工作，正赶上中镁集团在网上招证券事务专员，也就来了，配合企业上市的前期工作。当时她才23岁。她是个年龄虽小，但在证券、基金、期货、会计方面都有丰富知识储备的姑娘，她表面柔弱，但工作上讲究方法，语言表达能力不凡。

周云芳到中镁后，主要工作就是协助当时的董事会秘书周广阔和证券事务代表韩岩筹备企业的上市前期工作。经历一年多忙忙碌碌的上市筹备，她从中学到了很多。在忙碌的工作中，她没有忘记丰富自己，勇于进取，不断努力，仍然刻苦学习，在2021年底还通过了法律职业资格考试。于2022年9月工作重心从证券事务转到了法务。接手公司法务工作，处理公司的日常法律事务。

周云芳说，我的日常工作是负责公司相关的诉讼事宜，需要和法院、律师进行工作对接，负责公司的合同协议起草、审核、修改，以及应对一些突发状况。刚接手法务工作的时候，我的心理压力比较大，虽然在法律的理论上懂得很多，但实际经验还是欠缺的，有些事情一旦操作起来也不像课本中说的那么简单。董事长付常浩怕我有心理负担，让我放手去做、去锻炼。并说，工作经验和胆量是在实际工作中锤炼出来的。有了董事长的信任和鼓励，我的信心增加了很多。

开始我不知道该怎么快速上手处理好职责范围内的事情。后来我遇到不懂的法律事项多次咨询外聘的法律顾问，遇到拿不准的事项勤请示领导，多和其他业务部门沟通，跟他们学了很多东西，也就渐渐地熟悉了法务这项工作，处理工作也游刃有余起来。

她说，2023年12月，中镁控股持股65%的新疆中镁金源矿业有限公司被新疆维吾尔自治区地质矿产勘查开发局第一地质大队起诉支付勘察费，中镁控股作为第二被告当时未足额缴纳对新疆中镁金源的出资，被新疆维吾尔自治区鄯善县人民法院连带冻结了银行账户，冻结金额近300万元（其原因是合资公司各方的出资节奏和中镁现金流的问题，中镁控股当时对新疆中镁金源还差一小部分的出资款没到位），使企业双方产生了误解，影响了双方合作的正常进行。我前后多次和鄯善县法院的法官沟通解除公司银行账户冻结的办法，其间也和律师沟通考虑用对新疆中镁金源债权转股权的方法补足出资，但后来没被采用，最后还是由中镁控股向新疆中镁金源补足出资加借款的形式，保证新疆中镁金源的银行账户金额被足额冻结，而只需承担补充赔偿责任的中镁控股顺利解除了银行账户的冻结，原告撤诉案件也顺利解决。

2020年—2023年，中镁的客户回款情况不是很好，有的客户应收账款的账龄比较长，几年都不给钱。公司多次催款也不见成效，逼得我们没办法，要么发催款函、律师函，要么直接起诉。中镁的诉讼多为原告，大多是因买卖合同纠纷追讨欠款。我在前期准备起诉材料的时候和财务部门的沟通较为频繁，需要财务提供明细账、凭证、合同之类的材料，不但要看得懂合同，还要会看账。为了提高自己的业务水平，在法律不断完善的情况下，我也会买些新的法律书籍，带着问题去学习，希望能在书里找到处理工作中不懂的问题的方法，学习和工作二者相辅相成，互相促进。

客户回款关乎企业的现金流，董事长付常浩对诉讼回款、案件进展都很关注。经各方共同协作，各项法律工作有序开展，回款问题基本得到了有效解决。

39. 富电热能

在经济一体化进程中，商业竞争的加剧和信息技术的发展，使企业只有加大新产品研发投入，在创新中形成核心技术提高市场竞争力才能在行业内获得一席之地。时代变迁，企业的价值不再是账面上简单的资产负债数字总和，而是更多呈现在商标、品牌、商誉等无形资产的质量以及企业技术创新的能力上。研发投入水平高低已然成为一个企业未来获利能力和发展潜力的重要标志。中镁在这方面可以说是认识得很明白，中镁的蓄热储能砖的研发及投产就是个很好的例证。

杨洪茂，1981年生于辽宁大石桥，毕业于河北承德石油高等专科学院。时下是中镁集团分公司营口富电热能技术有限公司（下文简称"富电热能"）的经理，也是中镁子公司当中最年轻的经理。曾在嘉盛矿业工作6年。2016年中镁需要研发储能砖人才，聘请杨洪茂到中镁集团，负责技术方向和市场开发。主要研发固体储热产品。

杨洪茂说，他是2017年发明固体储热砖的。在研发当中，得到了中镁技术部给予的大力支持。中镁储热砖生产出来后，新的储热砖的体积储热量比当时市场上的同类产品的储热量提高25%，价格下降了20%。无论是从质量上，还是价格上，都是市场急需产品。由于中镁的储热砖质量好，成本低，产品投放市场后，2017年营业额超2000万。随着市场需求的不断增加，业务量的不断攀升，2018年下半年，中镁储热砖研发的成果转化超过1.2亿元。当时，在全国正处于蓄热设备应用终端储热量不足，造成一些生产上或生活上难以解决的问题，急需一款储热量高的产品，是中镁储热砖为清洁取暖用户解决的一大难题。

目前，中镁的储热砖系列产品服务于全国超过60万户家庭。由于此专利产品技术过硬，属绿色节能环保、价位低、性价比高的高档品质，2018年该产品通过了欧盟环保认证。这是我们国家唯一一个被欧盟认证的储热砖制品产品。杨洪茂说，我刚到中镁的时候，董事长付常浩对我们的这款产品非常重视。起初，我只管他要300万元经费，老板陆陆续续给了我们500万元，大力支持我对项目的开发。

　　基于现状，他们又在储能砖的基础上，研发了储能成套装备（储能机组）。储能机组的应用领域是很广泛的，主要是商业、农业、工业三大领域板块的需求。商业上是和后代相关的建筑物的供暖应用，主要用于北方或秦岭淮河以北。这些地方由于环境和季节的问题，需要这些储能的产品；另外，国家一再强调环境保护，原料煤基本不让用，只能用其他能源来替代。目前只有电和天然气是环保的最佳能源。如果用天然气，需要企业必须装备一个储气罐，但出于安全考虑是不被允许的。国家相关部门有规定，天然气储气罐附近方圆两公里不能有人居住，这一点一般企业做不到。除非使用天然气管道气，可大多想采用的企业都在乡下，或偏远的地方，安装天然气管道工程量大，费用也很高。出于多、快、好、省的考虑只有电能可以应用。而且，大多企业都喜欢用晚上的"谷"电。"平"电和"峰"电的价位都不算经济。更重要的原因是，相对来讲，电在世界上是一种公认的清洁能源。只有电是可以发、输、送、配、用为一体的清洁能源。弊病是电不可以储存，用户需要多少就配多少，给多了也是浪费。但发电厂没有办法知道你的准确用量，也不可能提前知道千家万户一天一共需要多少电。人们的生活习惯决定了白天为用电的高峰期，即"峰"期，夜间为低谷时间，即"谷"期，民用生活大多用的是平价电，即"平"期，不算最低，但也不算最便宜。发电厂为了节约用电，在设备不停运转发电的情况下，只好实行配送制。原因是发电厂的发电设备不能随意停也不能随意启动。发电厂的设备启动将冷水加热到适合发电的温度需

富电热能原总经理杨洪茂

要24小时，从热水到冷水也得24小时，每启动一次需要60万元人民币。只能采取调功的办法，根据"峰""谷""平"的需要，对电实行配送。在晚上少发电的基础上，还得把这些电耗费掉，不浪费。中镁的储能砖就能吃掉这些剩余的电。把它们存起来，第二天用作生产和生活，而且价格实惠。

成套的固体蓄热机组的特性是充分利用低谷电价，运行费用低；固体蓄能供热机组无燃烧，不排出有害气体，零污染，无噪声，无须担心由于要求气体污染排放指标降低而造成的配套环保设备方面的持续投入；自动化程度高，运行安全稳定，可以根据需要分时分段使用，能做到人走机关，灵活可控，减少热源费用浪费；锅炉本体体积小，锅炉房结构简单、紧凑，非常适用于一些寸土寸金的城市；不需要烟囱和燃料堆放地，使得锅炉房像普通房间一样干净，易于清理；不需要司炉工。

储热砖发明出来后，首先是应用于中镁本企业，替代了传统耐材，而且跟传统耐材是同生产工艺、同生产线的。在他们本身的产业链中往前迈了一大步。基于这个条件和产品的发展前景，中镁集团成立了营口富电热能有限公司。之后，产品正式进入国家高科技领域，属于新能源行业。

由于产品的独创性和高性价比，先是有安徽的亳州、中国能源公司签了合同，然后是河南洛阳烟草、格力电器、长虹电器、国网等公司与我们签了合同。

杨洪茂说，储能和储热是两个概念，储热砖是储能砖的核心零部件。储能是把电变成热，把电能转为热能的过程。镁碳砖属于单一的镁碳产品，无论是镁碳砖、镁钙砖、镁铬砖使用的都是它们的特性。钢包的镁碳砖需要的是低碳量，为的是不污染钢水；精炼炉需要的是镁铬砖的特性，一是耐火，二是抗冲刷性非常好。中镁的蓄能砖利用的是材料的绝缘性指标和蓄铬性。每一种砖有每一种砖的特性，不可能每一种砖都满足所有要求，只能开发不同的砖种，来满足不同的应用场景。中镁争取发展到不是以砖为主，而是发展到以砖为辅。储能砖的研制，将来完全可以替代他们富电自己用的高温砖。现在的镁碳砖市场越来越大，镁碳砖的产量也越来越多，价格也越来越便宜。将来，可以把他们的高科技储能砖技术应用到镁碳砖里，使越来越接近成本的镁碳砖价位变得更为合理、更利于企业发展。

　　杨洪茂的口才表述和他的理论及行动是一致的，这是个讲实际的年轻人。他说，我们的储热装备是经过市场调研的，而且是经过实践检验的。我们的技术体系、供暖体系已经非常成熟。目前，中镁的民用供暖面积已有 240000 平方米；工业厂房供暖面积为 70000 平方米；我们提供的设备在安徽亳州每年烘干中药材 5000 吨，业务开展得非常顺利。

　　他说，中镁的蓄热装备未来业务的拓展也是十分可喜的：我们将跟河南洛阳嵩县烟业合作，一年烘干量 120000 斤；还要给沈铁传媒有限公司做集团办公楼供暖改造。我们的商务模式有两种：一是设备供货；另一种是自己投资营运收费。将来我们还要和国家电网合作，参与到他们的投资当中去。他们十分愿意和我们共同开发烘干市场。

　　现在中镁储能装备生产的初创阶段已经结束，已进入铺路阶段。我们要进入烟草系统需要有准入证，需要进入国家烟草专卖局的采购目录，然后才能合作；之后还要通过设备的验证，好用后，这个证明才能办下来。

　　杨洪茂说，眼下我们急需这方面的人才。现在搞蓄能装备的企业比较少，全国一共才不到 10 家，做这方面工作的人也很缺少。蓄能装备需要懂计算、承重力学、流体力学、暖通、传热、机械结构等方面知识的人才，我们准备高薪聘请。

　　他说，中镁的经营板块基础非常好，别人家搞储能装备需要买零部件，大多是买我们的砖，回去组装，然后卖产品，赚的是产品的附加值。中镁不用，原材料是现成的，零部件是我们自己生产的，而且成本很低，有更广阔的发展前景。预计 3 年内，我们的业绩可以大大提高，在企业内部我们的营业额将超 5000 万元。如果势头起来了，国内的同行业是无法阻挡的。因为中镁有好多比同行业坚实的基础。国网和烟草局已经到我们这儿考察过了，他们对我们中镁的印象非常好，对我们的产品也非常满意。

　　中镁富电是比较年轻的新型企业。初创期刚过，他们还有成长期、成熟期等好多路要走。储能装备的市场规模是非常庞大的。发展好的话，市场容量大约超过 5000 个亿。

40. 同甘共苦

2023年2月10日，星期五，这一天的天气不错，是个难得的暖阳天，这是3年来不多见的，人们更是有了3年来不多见的好心情。

我再次来到中镁，乘电梯到了三楼。楼道里很静，很明亮，也很干净，处处都散发着大公司的雅静肃严之气。进了会议室，董事长付常浩在跟事先约好的并早早到来的梁卫军、李华杰、杨栢刚、徐殿开闲聊。见我进来，董事长——做了介绍。4个人都是20世纪50年代生人，也都是为中镁做过贡献的。董事长简单地说明了大家见面的意图，就退了出去，让我们自己聊。

几个人都在抽烟，室内烟雾袅袅，有一股呛人的味道。这也是3年（2020年—2023年）来不多见的，难得他们这么放松地坐在一起抽烟、闲聊，气氛是和谐的，大家谈笑风生。

几个人相互望着，像是在等着谁能先开口接受采访。可他们谁都没先开口，还是我先说了话，随便聊什么都行。董事长说了，要写一部企业发展史，不是董事长个人发展史，更不是他的传记，让我好好写写各位，你们都是中镁的功臣，一定有很多话要说，不要拘束，这里（中镁）可是你们的家，我才是外人。听罢，他们4个人都笑了。

梁卫军

李华杰道，说中镁是咱的家一点都不假。虽说我们年龄大了，退休了，但我们还在工作，有客户照样往这里拉。还经常来坐坐，和老板聊当年的事，是怎么喝酒的，怎么下棋的，怎么打扑克的。那个时候忙是忙，并不觉得累，是一团和气的。

梁卫军说，咱们几个当中我的年龄不算小，我是1956年8月出生，本地人，曾经和老板（付常浩）一起在百寨食品站工作过，当时我是开车的。1996年食品站解体后，跟老板来的当时叫富城特耐。先是给老板开车8年，然后跑销售。在哈一重做维护、拓展业务15年，接触的客户有北满特钢、老抚钢、新抚钢、通钢等。我一直没有离开中镁集团，在这儿干了近30年。我的体会是销售行业是好人不爱干，赖人干不了。回想起来，当初跑各大钢厂的时候，也受了不少气。有的国企的领导一身的傲气，那派头儿，抗不了。有一次，是哪家企业我忘了，漏钢了，明明是他们操作造成的，属于他们的责任，可他们硬说是我们的责任。为了稳定客户关系，你还不能不承认，只好硬着头皮先承担下来，把责任揽到自己身上，说是自己家的产品问题。个别客户根本就不讲理。

我负责的客户，大多是同事们辛辛苦苦拉来的，咱得维护好关系，不能在咱的手里把客户给弄丢了，更不能把关系弄砸了。做强、做大、做稳属于销售员的责任，不仅要把货卖出去，还得把钱要回来。

李华杰道，他说得一点都不假。

我说，听口音你不是本地人。

李华杰说，我原籍是辽宁凤城，也是1956年出生，下过乡，在大耐厂（附属公司）任过大集体的副厂长、食品饮料厂厂

李华杰

长和包装厂党总支书记。后来下海，开了几天出租车，也没怎么挣钱。再后来又干铝合金加工，做些铝合金门窗什么的，可铝合金属于季节活儿，冬天是淡季，没活儿了就干些别的"打快锤"。我是2001年12月份，经齐作尧的介绍来富城销售部做业务员的。当时富城的薪水不是很高，一个月工资600元，我在家做铝合金运气好的话一周就能挣600元，不过冬天在他们这里"打个快锤"也行。本想"打快锤"干几天就走，等天暖了再去干铝合金的活儿。没承想老板（付常浩）对我挺好，几个月后就给我分了一个客户让我跑（当时跑销售的只有七八个人）。我就有些发愁，不知道是继

续在这里干，还是自己继续做铝合金。当时铝合金是挺挣钱，但毕竟是个体行为，有些让人瞧不起。我是从大企业出来的，愿意过集体的日子，在集体中有规矩，有约束，一起上班，一起下班，对集体生活有一种情怀。中镁虽说是私企，但他们管理得好，氛围也好，集体的味道很浓。加上时间长了，对人和企业都有感情，就不舍得走。当时我很纠结，不知道应该放弃哪边，真的上火了。这种心态整整折磨了我两年。后来还是一狠心决定放弃铝合金，留下来在这里干。说实话，我不后悔，老板信任我，对我始终挺好，企业发展了，给的钱也不少。

刚来的时候我是做销售员。那时候年轻，愿意出差，能出去可高兴了。

他说，2005年，老板看我挺能干，业绩不错，让我当销售部副部长。当时很有干劲，给企业干事，比给自己干还积极、上心，不怕吃苦，从来不知道累，什么下班上班，起早贪黑无所谓，一心扑在工作上，对企业有一种敬业精神。咱是从困难时期过来的，讲的是勤俭节约，能省则省，从来不铺张浪费。

李华杰说，付常浩很厉害，几乎是干一件事，成一件事。有的时候，有的项目咱都不看好，但他看好了，人家就干，干就成了。要我说这就是命，人家就是有眼光。中镁能有今天，就是老板有先见之明，有胆、有识、有命，老天爷就是眷顾他。他从来不亏待给他干活的人，宁可自己少挣，也不亏待他人。对我们员工也非常和善、关心，谁家有个大事小情他都到场。在业内付常浩的口碑是最好的。我们是有比较的。当时在周边私企小厂不少，小老板也不少，能像咱们公司老板这样对待员工的真是太少了。

在企业决策方面，有的时候虽说有些小闪失，但人家大方向是对的，使企业始终处于良性循环状态。拿破仑说过这样一句话："战场上的双方都在不断犯错，但是胜利最终属于错误犯得较少的那一方。"付常浩跟周边的一些私企老板比，就属于经营失误少的那一方，所以他发展到了今天。

他说，回头想一想，我们都是普通的人，谁都没有任何社会背景，想当初，同处在改革开放起跑线的年代。付常浩跑起来了，不仅跑起来了，而且跑得很稳，很踏实。他不但有头脑、有胆识、敢想敢干，还有一般人不具备的用人能力和管理能力，能让很多有识之士到中镁这里来，和企业共同发展，把企业鼓捣得越来越大，真是佩服哇！

李华杰说，我在中镁干了17年，是2016年退休的。退休之后老板又留用我在公司审计部门干了8个月，之后我被调到公司项目部建厂又干了一段时间。后来因为我的腿得了滑膜炎，腿疼，行走不方便，怕给老板误事，就主动退了下来。想起来，在工程部工作的那些年，带队砌炉是很辛苦的，我深有感触。砌炉十来个人，一个班两个管理人员，当时砌炉的时候人手不够，还得请几个民工，两班倒。砌小炉需要两三天时间，砌120吨大炉需要四五天。每个客户的场地条件不同，下砖的方式也不同，对方配合的程度也不一样。这些因素决定砌炉的进度，每个班要工作12个小时，施工现场烟尘缭绕，环境恶劣，责任重大。尤其是夏天到南方（湘潭一带）砌炉的时候，炉里的温度40多度，工人在一旁站着都汗流浃背，一瓶矿泉水喝完都用不上两分钟，就变成了汗水顺着安全帽往下淌，挺遭罪，跟蒸桑拿浴一般，挺难受的。

他说，有的时候还受委屈。2006年—2008年，正是钢材销售的最好年份。有一次去承德建龙砌炉，他们把20吨的小炉扩容到35吨，由于两旁齿轮机机座是固定的，不可能变粗，只能加高加长。没承想炉体砌筑完成后，因为高度不够，上炉底的车进不去，钢厂当时就傻了，我们也傻了。谁都没想到，但这事不怨我们，属于钢厂自己的责任。钢厂的领导和技术人员研究了两三天，也没有好的解决办法。时间就是金钱，当时钢材市场的行情特好，影响生产就是影响效益。厂长是新来的，都火了，转炉不能按时砌筑完成投入生产，完不成任务，那还了得。他们的工人说，这两天厂长见谁骂谁，开会的时候火冒三丈，直瞪眼，拍桌子。我们也跟着着急，毕竟是我们的客户，我们是要维护关系的，同样也没日没夜地跟着想解决的办法，也跟着吃不好睡不好的。通过观察现场情况和实地测量，我想出了解决办法，就和我们厂的业务员一起去找对方的车间主任，说我想出办法了，应该可行。主任听我说了一遍施工方案，高兴道，咱们一起去找领导说说。来到会议室，敲门进去。房间里烟气弥漫，坐着很多领导和技术人员，都在愁眉苦脸地想办法。新来的厂长不认识我，问我，你是谁？我说我是富城砌炉的。还没等我把话说完，他立刻大声道，富什么城，出去！我吓了一跳，瞅着对方，心说我是好心来给你出主意的。厂长说，看什么看？我让你出去！当时我感到挺憋屈的，没有再说什么。后来，还是领我去的那个主任说明了我们来的目的，我的合理化建议被他们采纳了，证明切实可行，也给他们解决了大问题。但我的心里却始终不是滋味儿。

还有一次，在什么地方忘了，我和老魏（魏凤学）两个人，在砌炉之前，坐着升降车进炉里进行检查，看看是否有残渣等问题。我们就坐着升降车往上提升。在升到2米多高的时候，卷扬机4条钢丝绳突然不同步，造成我们坐的升降机突然倾斜。升降机继续往上运行，倾斜度越来越厉害，而且在不断旋转着。由于倾斜的角度越来越大，我们两个人的腿和钢丝绳绞缠在了一起，挣脱不了，我们就要被绞伤了，十分危险，后果不堪设想。可这时卷扬机的按钮也出了故障，想停根本就停不下来。当时厂方管设备的段长在现场，听到我们在里面的叫喊，当即命令操作人员拉电闸，升降机才停了下来，我们算是捡了一条命。现在想起来脊梁骨还发凉。

李华杰说，说实话，危险有过，气也受过，但都挺过来了。中镁之所以能发展到今天，而且客户这么多，主要原因还是咱们企业综合实力的不断上升，产品质量过关，销售人员、售后服务等方面做得到位。说真的，这些年来中镁集团对国家的炼钢事业和地方的经济贡献真不小哇！

徐殿开

徐殿开说，2003年7月份，我也是通过齐作尧介绍来的。当时大耐厂有几个分厂，在铧子峪、青山怀等地方，我是铧子峪镁矿大集体镁砂厂厂长。后来辽镁公司倒闭、破产，我来到富城特耐。我当时家住在铧子峪，到富城后在南楼镇租的房子。

第一次见老板，付常浩说，你是当过厂长的人，也不用教你什么。外交的事，销售的事你比我明白，自己看着弄。我就跟齐作尧去了湖北武汉、广西柳州等地进行工作交接。后来又负责武汉鄂钢，还有广西柳州的销售业务。一个月在外最少20天。要说辛苦，也确实辛苦。记得在南昌一家钢厂，搞转炉大面料试验的时候，白天晚上就我一个人在那儿连滚带爬地盯着，挺不容易的。老板关心，问我怎么样。我说一个人不能睡觉，没人倒班，有点坚持不住了。老板说，现在客户越来越多，缺少人手，你再坚持坚持。实在累了困了，你可以喝咖啡，我给你报销……

听罢，大伙就笑。

徐殿开又说，炼钢的污染很严重，特别是搞试验。后来我给老板写一个搞试验的经过，还有跟客户订的协议等等，写了7页稿纸。老板见我一个人在外时间太长，太辛苦，挺心疼我，就把王总（王利）和李俊清派来了，替我一段时间。我才回家歇了歇。当时试验的是钢包，后来试验成功，老板又给配了个材料员刘向阳，我负责销售，他负责现场。鄂钢的资金比较好要，也很正规。他们是国企，各个方面都规范，老板愿意和国企打交道。我们中镁也规范，不讲信誉的事老板不做。老板对我的工作很认可，也很放心，我从来不用老板操心。

他说，有一次，弄出点误会。那是2012年，湖北鄂钢大转炉和钢包招标，我和王总（王利）去了。临行前，我问董事长，这次招标我是听你的跟你汇报，还是听王总的跟他汇报？董事长说，你听王总的就行。我心里就有数了。王利很厉害，大转炉我们很正常地中了标，但钢包的招标价格有点不相当，我就请示王总。王总说，价格不合适，不做。我也就没跟董事长请示。只做了大转炉，钢包没做。回来后董事长跟我说，钢包咱干就好了。我说，这事不怪我，你说的，让我听王总的，他说不做就不做呗。董事长就不吱声了。后来一年之内，董事长看见我一次，嘟囔一次，钢包应该做，咱那次做钢包好了。我就有些不耐烦了说，那还不怪你呀，你不是告诉我听王总的?! 董事长又不吱声了，可他的心里肯定还在合计。有一次董事长又碰见我，又说，钢包那活儿干就好了，再怎么便宜，也能挣点，毕竟是个客户，挣不挣钱在其次，主要是维护好客户的关系，扩大影响面，少挣也是挣啊。我又说，你怎么又提这事，左一遍又一遍的。当时我临走的时候特意跟你请示的，这事不怪我。王总当时不做也对，不挣钱咱做啥？我就有些不高兴了，好像他在埋怨我，是我造成的，看见我就说，看见我就说，我的心里就有点烦，说话嗓门就高了一些。董事长是有涵养的人，他的最大优点就是态度好，不发火，声音不大，也不跟你吵吵。这次我说完了，他再也不提了。我知道，他是后悔了，还说不出口。王总也没错，不挣钱就不干呗，都是为了公司着想。

徐殿开说，在我临退休之前，老板看我们这几个人的业绩都挺好，说，等你们退休之后，我给你们按月开点生活费。李华杰先退的，下来是大梁（梁卫军），再下来是我，都退了每月还多给开1320元。付常浩的口碑在我们本地的私企老板中是一流的，说话算话，从来不亏待给他干活的人。当时大耐厂的工人下岗买断，我们大集体的人什么待遇都没有，连破产钱都没有。我还领着铧子峪和青山怀的工人去鞍山总部找过，也没结果。国企解体是刻骨铭心的，现在晚上做梦还能梦着。说实话，中镁成全了一些从大耐厂出来的人，如果当时没有中镁留用我们，真的不知道日子该怎么过。

杨栢刚始终坐在那里听着，最后说，咱哥儿四个，我是1959年生人，排老三。1978年毕业后，在大耐厂服务公司工作，后来做了销售和17年的

杨栢刚

采购。1998年，国企的效益开始下滑，开不出工资。为了生存，去大石桥永安一家私企打过工，也干了一年销售，感觉不适合自己，就想找个像样的"明主"，始终没有找到。我是在2001年通过别人的介绍来的富城特耐。说实话，

当时没有心思在富城特耐久留。给我的最大触动是来了之后，在我负责管理抚顺新抚钢业务的时候，发货时出了一些小插曲，对方突然想涨价。涉及钱的事我必须跟老板请示汇报，征得老板的同意。那一天已经半夜了，我突然发高烧，在给老板打电话请示的时候，老板听出来我感冒了，就说，事情不是马上就能办成的，你不要急，慢慢办，赶紧去医院看病，你一个人在外要注意身体。直言让我回去休息，我当时心里热乎乎的。我在其他私企待过，他们只知道挣钱，根本不管你的死活。付常浩这里也是私企，却能这么关心人，不能不让人感动。后来在我把工作解决完后，第二天挂的点滴，病也就好了。从这一点小事就能看出来老板关心咱，不单单为了他自己挣钱，我们老板是很暖心的。从那以后，我就下决心不走了，一干就是22年。也算是把我的小半辈子献给了中镁。

我在中镁工作22年，车也买了，房子也有了，很知足。我总能回忆起自己在刚下岗的时候，像无头苍蝇般瞎飞乱撞，到处找活儿干，养家糊口，挺惨的。遇见了这么个好企业，我们不仅知足，也安心。

"行车万里无忧。"这是董事长付常浩对自己司机王建军的评价。

　　路　你走过了

　　才知道有短有长

　　事　你经过了

　　才知道喜和伤

　　酒　你喝过了

　　才知道有浓有淡

　　这话　你说过了

　　才知道暖与凉

　　林　你穿过了

　　才知有松有杨

　　花　要开过了

才知道有红有黄

泪　你流过了

才知有苦有涩

这人　你要是爱过了

才知道善与良

米要用斗称啊

布要用尺量

是好是赖都有本账

迟早记你头上

人情有远近啊

世态有炎凉

有些事不必挂心上

看懂就不迷茫

…………

（歌曲：《知道》）

我上了王建军开的商务车，车载音乐的歌声，优美动听，道尽了世态炎凉，与人世间的辛酸甘苦。我说，这首歌很好听，董事长喜欢吗？王建军说，他没拒绝。

王建军，山东莱阳人，1972年12月10日出生，1991年12月起在营口军分区当兵10年，给政委开车。这是个谨慎且干练、军人风范十足的人。复员后，先是被分配到交通局客运公司，后来买断工龄，2007年到的中镁。

在两年多的采访时间里（2021—2023年），每一次都是董事长让他的司机王建军接送我，到公司或是到别的什么地方，最远的是沈阳，最近的是营口。我跟王建军见面的次数算是比较多的。这是个不轻易说话，一心开车，心无旁骛的人。开始的几次接我去公司见董事长的时候，在车上我们很少攀谈，相互问一声好也就罢了。应该是在第三次见面的时候，我觉得不说话有些尴尬，便忍不住地说，车开得不错，驾龄多少年啦？他说，在中镁17年（截至2023年），在部队10年。我说，我正在写中镁的企业发展史，董事长还让采访你呢。谈谈你们的老板吧，他是个怎样的人？王建军看了我一眼，轻轻地笑道，我也不会说什么，就是个司机，为领导服务，把车开好就行了。我说，随便说什么都行，你跟董事长在一起的时间，应该比跟他家里的人时间都长，应该有不少故事吧。他说，老板挺好的。再没有话可说了。我想他是戒备我，就说，我已经采访30多人了，你不说，我也什么都知道。我们相互笑了笑。让我这么一说，王建军似乎有些放下心来。

王建军

他说，你说得对，我跟老板在一起的时间比他的家属跟他在一起的时间都长。我是2007年来的中镁，能在中镁干这么长时间，是因为我们的老板和别的私企老板不一样。他没什么毛病，好待候。只要车开得稳，有眼力见就行。我是在部队服务过领导的人，有些规矩我都懂，话不能多说，事不能多问，心里和眼睛里都要有活儿。我干不了别的，就会开车。要说40年前开车还算个手艺，现在就不算什么了。老板能用我这么多年，也是没把我当外人。我挺感激老板的，客运公司买断工龄后我真的不知道干什么好了，是老板接纳了我，是中镁接纳了我。我的命还算不错。开车其实没什么，除了保证安全，老板有什么工作，咱别给耽误了就行。偶尔一些小事跑跑腿儿，不能说替老板分忧，也不能给老板找麻烦。

我说，我录下音，你慢慢说。我就打开手机的录音键，把他的话录了下来。

王建军说，还录音哪，挺吓人的。

我说，你放心，我采访中镁的任何人都要录音。

王建军说，老板白手起家，创业艰难，知道节俭，从来不浪费。我给他开车这么多年，除非来客人在外面吃饭，自己从来不下饭店。我到中镁的时候他已经50多岁了，转眼他都70多了，还这么干，精神头十足，而且兢兢业业的。

他说，付家的家风特别好，老的少的都十分团结。他的企业是从小作坊发展到集团公司的，如果没有点好的家风，没有点过人的能力，是走不到今天的。特别是私企，大石桥有很多家私企，开始弄得也不错，可弄着弄着就完了，现在连影儿都没了。咱的老板是命运、机遇、天时、地利、人和都把握得非常好的人。这么多年，总是有贵人在帮衬他，几次金融危机中镁都扛过去了，不但不赔钱，还挣了一些钱。一是因为老板有头脑，有很好的判断力；二是因为公司有很多能人，这些能人在中镁需要的时候能及时到来。远的不说，就说2004年以后，王利、刘方巨、金耀东、张君、张海、苏广深、孙中龚等，这些人来得都非常是时候，正是中镁处在发展期，需要人的阶段。而且他们很有能力。崔学正、关华、齐永昌、丁德煜都是我到公司后接触和听说的，能力也都非常强。"良鸟择木而栖"，正是因为老板的德行好，这些有能力的人才能到这里来。前年潘总（潘波）又来了，是个不可多得的耐火方面的人才。咱不说别的，中镁有这些人就有发展。

王建军说，我们老板有一种超前的经商意识。他考虑的事情非常长远，做事也大气，跟其他私企老板想的和做的不一样。有的私企老板过河拆桥，卸磨杀驴。咱老板从来不干那事，高管退休了还给生活费（直到去世）；普通业务员退了还多开两年工资。你想啊，哪家的老板也不会这么做。就算是个公务员，退休的时候国家顶多给你个退休金，别的还有啥？想多干一天都不行。咱老板在你有退休金的基础上还多给开生活费，这一点就说明他是个仁爱之人。有的时候他做的事咱都不理解。老板从来不让给他干活的人吃亏，他特别讲究这一点。离开中镁的人，好多都后悔了。也有的人在外面转了一圈，感觉不行，又回来了，老板照样接纳。

他说，老板在生活方面特别简朴，不仅穿得简单，吃、住都非常简单，不像有的私企大老板讲究吃好的、喝好的、住好的、穿好的，摆谱、摆阔、铺张浪费，他从来不。我跟他出差，如果到地方太晚了就是一人一碗方便面，有的时候顶多加一个鸡蛋，我还能吃一根香肠，他连香肠都不吃。他出门不是为了享受，纯属为了业务，到了地儿，干完事，立马就回来，从来不游游逛逛。还是2007年左右的时候，中镁业务非常火，全国各地业务像开花了一样，总招标，中标。有的时候客户招标特别急，晚上接到的消息，第二天早上就得到，无论多远，无论白天晚上，我们都得往那儿赶。当时火车少，飞机票又贵，为了节省开支，只能是自己开车。每次远途10多个小时是正常的。老板坐车也是10多个小时，五六十岁的人了，不容易。我开车还能动弹动弹，他就那么干坐着，能不累吗？有那么一段时间，老板、刘方巨、王利，我们4个总出差，哈尔滨、山东日照、安徽芜湖我们经常跑，一跑就是几天，十天半月的，挣钱真不容易。特别是安徽芜湖，太远了，从大石桥到芜湖，开车需要17个小时，你说累不累?! 咱老板从来没有节假日，都不知道什么叫休息。2023年大年初四，我和老板去山西太原。路上没有多少人，都在家过年呢，我们俩两天一个来回。春节期间我们走了两个地方，还有河南济源，都是急去急回……全国除了西藏和云南我没去过，剩下的钢厂我们都走遍了。

王建军说，在中镁我开了17年的车，从来没刮过，没碰过，保险公司从来没报过。有的时候开车外出，车本身也会出现点小故障，小毛病什么的。2009年，去河南汤阴，突然车坏了。老板怕误事，就和刘方巨坐公共汽车去参加招标。我是在河南郑州4S店修的车，修完了再去接他们。还有一次去山东淄博，半路上车突然抛锚了。老板和刘方巨急着招标，也是坐的公共汽车到的目的地。老板特别能付出辛苦，这些年大多是我和老板一起出差，平均每周一次，一年四五十次，只要航班不延误，我们就风雨不误。

他说，刚开始，还是零几年的时候，坐火车不方便，出去办理业务只能是自己开车跑远途。当时车里还没有导航，后来有导航了，但早期也不是很准，全靠地图。老板负责看地图，我就负责开车，一点都不差。老板的方向感特强，看地图非常仔细，哪儿有红绿灯，从哪儿拐，从哪儿出，都能记住。我的车里有很多地图，大致分两种：一种旅游图，一种市区图，全国每个城市，只要我们去过的地方都有地图，随时随地可以查看。后来有导航了，而且很准确，减少了不少麻烦。

王建军说，我们老板的车，绝对有使用价值，可不是为了摆样子给人看的，车的使用率都赶上商务车了，甚至比商务车跑的路还多。

我问，你都开过什么车？

王建军说，在部队开的是军用吉普，刚到这里来的时候开的是奔驰600、奥迪A8，还有商务塞纳。后来嫌塞纳车上下车的台阶太高，上下不方便，有点费劲，才换了现在这辆商务车——雷克萨斯。买的时候，老板的本意是买一个一般的将就用就行了。我对老板说，你自己怎么想都行，但外人看了不舒服。你当老板的买一般的车，你手下的那些副总、高管就不敢买好车了。老板寻思再三，才买了这辆车。

王建军说，老板是讲感情、讲缘分的。他总说，在中镁干一天的人就有一天的缘分，干十年的人就有十年的缘分；一天的缘分和十年的缘分是一样的，没有什么长短之分，也没有感情的薄厚之别。有的人虽说离开了中镁，那是因为生活需要，或是他们个人的需要，但缘分没尽。山不转水转，说不定什么时候又转到了一起。老板总说，人一辈子不容易，无非是想挣几个钱活着呗。我没有能力讲不了了，在有能力的前提下，能帮一个是一个。中镁虽说不是慈善机构，但有一颗慈善的心。

他说，老板对我帮助特别大。家里有什么困难都不用吱声，老板都看在眼里，都帮助我解决，特别体恤下属。我是大石桥给私企老板开车时间最长的人。

第十章

41. 铁三角

中镁有"铁三角"之说。"铁三角"是一种开发市场的销售方式。中镁"铁三角"是一个由3人组成的客户攻关团队，可以说，他们为企业的发展

中镁"铁三角"。左起：刘方巨、王利、付常浩

和转型起到了促进和决定性作用。特别是在中镁刚刚起步的时候，在只有生产能力缺少外销能力的状态下，中镁"铁三角"的作用是巨大的，而且是超前的。也可以说中镁"铁三角"是在他们零客户的基础上诞生的，后来在全国发展到几十家客户。从只卖耐火砖，发展到"吨钢水"承包的收益，使企业的效益剧增。中镁"铁三角"的出现打破了全国耐材市场在销售方面的传统模式，他们从单一的销售方式，转为多元化的服务，为耐火材料的销售开辟了新的天地。

中镁的"铁三角"由刘方巨、王利和付常浩3个人组成。刘方巨在中镁算是一个有名的活动家，他有一种天生的外联手段和办法，说他是个在销售方面的外交家也不为过。王利更是一个典型的不可多得的技术型人才，他的才智是超凡的，属于那种一看就懂，一说就明白的创造型人才。付常浩是看市场、拿主意、掌握动向和掌握资本的人。三个人的强强联合是相互弥补的，而且在合作上是密切的，天衣无缝的。

三人的分工，刘方巨负责信息收集，也负责搞情报、打前站、找客户、提供客户信息；然后由王利做技术服务，为中镁的产品做技术支撑（技术攻关）；最后由老板付常浩负责拍板，进行合同的签署。3个人都有着广泛人脉而且注重实际操作，是了解和掌控人际关系的三角合力。特别是做技术支撑的王利，在技术方面起到了很大的作用。付常浩说，没有王利，我跟刘方巨都是白忙活。他的技术支撑是至关重要的。三者虽说缺一不可，但王利的重要性不可小觑。当然，没有客户就谈不上技术，没有技术就没有合作，更没有中镁今天的发展。"铁三角"的确立和贡献，为中镁的可持续发展奠定了基础，更是为服务全国的钢铁耐材方面的客户开辟了新的篇章。

"铁三角"的鼎盛时期是在2004—2010年。这一时期，特别是2004—2008年，全国的经济环境表现得很繁荣。《激荡三十年》说得好，是个"做得好，一步登天；做不好，打入地狱"的时期。其实，宏观调控的警笛是在2003年12月鸣响的，实施则在2004年4月正式开始。中镁的富城特耐就是这一时期的产物，而且属于"做好了，一步登天"的类型。

这一时期的"铁三角"是风风火火的，活动、运作是空前的。他们的频繁操作，使很多钢厂成了他们的客户。他们的出奇制胜，就像《三国演义》中的刘、关、张，三点确定了一个平面，在同行业中是让人佩服的。付常浩说，在耐火行业，当时只要他们的触角碰到谁，谁就是他们的客户，基本上没有失败的时候。

中镁"铁三角"不仅分工明确，而且配合默契，他们的合作关系是自然的，快乐的，相辅相成的。

付常浩说，刘方巨是个闲不住的人，他的双脚就像踩着风火轮，在不断地前行，而且速度很快。他把企业当作自己的家，兢兢业业，不计报酬，无怨无悔。可以说，为了寻找客户，他跑遍了全国所有的设计院，托人、找关系，交流感情，通过设计院来找钢厂，发展中镁自己的客户，开发和保持着很好的供求关系。多年来，为中镁做过贡献的设计院有：北京中冶设备研究设计总院有限公司、南京中冶设备研究设计院、重庆中冶赛迪钢铁研究设计院、中冶南方武汉钢铁研究设计院、青岛中冶东方设备研究设计院、沈阳中冶北方设备研究设计院、北京中钢钢铁研究设计院、中钢石家庄钢铁研究设计院、中冶西安电炉设备研究所、长春电炉制造有限公司、无锡电炉制造有限公司等，都为中镁起初的发展起到了桥梁的作用。

他说，有一次，在中冶南方武汉钢铁研究设计院的引荐下，富城特耐到衡阳投标，和世界知名企业奥镁碰到了一起，想共同开发一个比较大的客户，相互PK。招标方和两个投标方见了面，由两个投标方向招标方介绍各自的资质及对招标方招标的意向做了自己投标的说明，按照招投标的程序都谈完了，开始背靠背分别报价，结果是奥镁的报价比中镁高，中镁的报价便宜。搞得衡阳方面的两个负责人当场没法表态。原因是当时奥镁在中国的耐火行业属于顶级企业，是世界最大耐火材料公司，无论从耐火材料的品质上还是名气上，是不可以反驳的，更不能讨价还价，无论是实力和能力都导致了他们的任性，客户能否认可无所谓，没有商量余地。中镁虽说当时的名气没有奥镁大，但中镁技术层面并不比奥镁差，且报价合理，对方厂家也是难以拒绝，不用中镁也说不过去。后来在厂方的权衡下，一家给一个电炉试试看，看谁家服务更好一些。结果在PK一段时间之后，因为中镁技术的完美、价格的公道和服务的优良，使奥镁主动撤出……

商海里的角斗，同行间的竞争，使中镁逐渐成熟。

在拥有大量客户之后，付常浩并不满足。他灵机一动，觉得只卖砖还是不够，于是提出了"承包炉"的想法。付常浩的想法一提出，得到了中镁"铁三角"另两位的赞同。王利说，技术没问题，我保证，只要咱们多派些人手就行。刘方巨说，这样的话，炉的质量和寿命问题不用厂方担心了，炉的质量有了保证，炼钢的速度也快了，他们的效率也就提高了，我们还多了一笔进项，挣他们的服务费，厂家也省了不少心，属于双赢，客户应该能同意。于是，先从山东日照钢铁公司入手，由时任厂长付常浩亲自出面，跟对方厂家提出想法。山东日照方面欣然应允，感觉他们的办法不错，钢厂可以专心致志地炼钢，再没有什么关于转炉使用方面的后顾之忧。付常浩的这一提议被客户认可之后，不仅赚了钱，还杜绝了炼钢炉在耐材质量方面出现问题后同客户间的相互扯皮。合作的办法是，中镁负责炉的承包，收的不是承包费，而是按照炼出钢的"吨钢水"计算。钢炼得越多，他们的"吨钢水"费收入越多，既减轻了钢厂的负担，还保证了他们的收益。

付常浩说，从此，我们在全国开了转炉承包按"吨钢水"计价的先河。当然，我们不能忘记的是在"后方"支援"前线"的那些官兵，特别是那一时期，大后方以金耀东为首的团队，他们以无可争议的优质产品保证了"前线"的供给。中镁"铁三角"的成功与他们的通力合作是分不开的。也可以说当时金耀东是中镁"铁三角"的坚强后盾。当然中镁"铁三角"的做法只适用于那个年代。后来由于信息的透明化，中镁"铁三角"也就不起什么作用了。

42. 三豪四杰

中镁不仅有"铁三角""五虎上将"，还有"三豪四杰"。

王树山（中镁"三豪四杰"，三豪之一），1962年10月生于辽阳，他是个性格比较内敛且儒雅的人。1987年毕业于鞍山钢铁学院，高级工程师，CSTM中国材料与试验团体标准委员会建筑材料领域耐火材料技术委员会委员、沈阳化工大学材料科学与化工学院硕士研究生联培导师。自2012年进中镁以来，一直主持研发中心工作。

中镁集团副总工程师王树山

说起来，王树山和中镁还是有一定缘分的。那是在他没来中镁以前，2011年7月经过王总（王利）的介绍有幸参与中镁伊朗年产80万吨炼钢工程'耐火材料一体化总承包项目的前期工作，负责连铸中间包耐材的设计、填充等技术方案的制定及提供部分功能性耐材。合作时间虽说不长，但较愉快。2012年7月经王总和金总（金耀东）的介绍正式加入富城特耐，负责研发中心工作。王树山来中镁后，于2012年11月16日与王总、许威，还有中冶京城的彭飞一起赴伊朗对年产80万吨炼钢工程耐火材料总承包项目的耐材砌筑进行现场技术指导。大家共同努力，克服重重困难，圆满完成业主交给的任务，为以后公司钢厂耐材一体化总承包服务打下良好基础。

王树山回忆道，在伊朗工作是他第一次和中镁人在域外合作，一共两个多月。特别是初到伊朗的时候，他是怀着好奇走进伊朗，走进一个天方夜谭中的宗教国家的。当切身接触到这个国家民众的时候，感受到这个国家很安全，安全到你不需要有任何的戒备；这里的民众很热情，热情到在街上好多人和你打招呼，尤其是美丽又漂亮的大眼睛美女与你打招呼时，让人受宠若惊，那种热情在国内是不可想象的。在这里能感觉到他们对中国人是多么的友好。

他说，伊朗是个慢节奏的国家，很好奇看到伊朗人在工作现场也带着大茶炊，上班先烧水准备喝茶，然后再工作，一个小时左右再烧水喝茶，喝完茶再工作，一会儿就吃中午饭。下午也这样，3天的工作也顶不了国内一天的。这里信仰很虔诚，虔诚到午休时，还要祈祷礼拜。

他说，伊朗的各种节日很多，休息日特多，正赶上阿舒拉节，放假三天，参观了古老的伊斯法罕皇家广场、三十三孔桥、郝久古桥与清真寺，领略了设计上带有浓郁宗教气息的建筑，叹为观止。伊朗的特产除红茶外，最著名的是藏红花、Gaze（一种以奶蜜拌裹了干果的糖果）、精美的手工鼠标垫、波斯地毯、绿松石等。

到中镁后，2013年上半年和王总（王利）一起主持高新技术企业的申报工作，因是首次申报毫无经验借鉴，便和王总一起调研、查资料，确定申报方案，对原始资料进行分析收集和整理，中镁控股被成功认定为国家级高新技术企业，下半年辽宁中镁高温也被认定为国家级高新技术企业，同时制定出一套申报流程，为以后公司高新技术企业申报和复审，打下良好的基础。

为了提高中镁的技术创新能力，加强新产品新技术的开发和产品改良的管理，加快技术积累和产品升级，付常浩组织研发部门制定了《科技研发创新奖励办法》，提高全体员工科技创新和技术改革的积极性，据不完全统计，各种技术创新及专利奖励金额已达200多万元。另外，中镁每年还投入研发费1800多万元，研发项目结题10个以上。研发中心于2014年被认定为营口市工程技术研究中心；2015年被认定为辽宁省级企业技术中心；2016年通过了辽宁省级知识产权贯标评定；2017年与辽宁科技大学组建了镁质材料研发中心及研究生实验研发培训基地。并与东北大学、辽宁科技大学、沈阳化工大学签订了菱镁产业实质性产学研联盟协议，2021年还在沈阳化工大学组建了博士工作站。参与或主持了《回转窑用耐火砖热面标记（GB/T 18257-2021）》《镁钙砖（YB/T 4116-2018）》《耐火材料生产企业温室排放核算方法和报告（T/ACRI 0036-2021）》《蓄热砖标准（T/CBMF 180-2022）》和《玻璃窑用镁砖（JC/T 924-2022）》等标准的制定；获得"一种复合型镁碳砖及其制备方法，专利号：201710172465.9""白云石方镁石锆酸钙复合耐火材料及其制备方法，专利号：201310562313.1""一种晶须复合高性能镁砖及其制造方法，专利号：201710561077.X"等国家发明专利21项、实用新型专利42项，形成一系列高温工业窑炉内衬用耐材一体式"打包"业务的技术诀窍和多项自主知识产权，为企业持续发展提供有力支撑。

王树山说，中镁以科技创新为先导，不断追求卓越，集团旗下的企业先后取得以下荣誉：2013年通过高新技术企业认定；2016年获得中国耐材协会AAA企业信用等级的评定；2017年被认定为辽宁省级知识产权优势企业。随着企业技术创新的进步，2020年被认定为国家级知识产权优势企业，2019年荣登首批辽宁省瞪羚企业名单。2021年付常浩董事长被授予中国耐火材料行业30年"优秀企业家"荣誉称号，中镁集团旗下的一家公司由原来的中国耐火材料行业协会理事单位晋级为常务理事单位。同年这家公司还被授予省级"专、精、特、新中小企业"荣誉；2022年旗下企业被授予国家"专、精、特、新小巨人"企业荣誉。所有这些荣誉助力中镁形成品牌效应，提高了中镁的知名度，推动了中镁快速发展。中镁集团获得政府资金扶持及奖励也是很多的，我就不赘述了。

他说，10多年来，中镁集团的研发团队在各个部门的大力配合下，积极争取项目扶持资金及科技、环保奖励资金5000多万元，为推进企业项目建设，促进公司转型升级，加快公司发展做出了一定贡献。在董事长的主抓下，各部门通力协作大家共同努力，公司新产品研发及工艺技术不断提高，取得了突出的成绩。

王树山说，随着钢铁行业冶炼洁净钢、品种钢越来越多，精炼钢包耐材低碳无碳化是未来的发展趋势，公司钢包无碳化方面研发已取得实质性进展。以无碳刚玉尖晶石砖为主体，以浇注、涂抹、喷补刚玉尖晶石料，来达到使用需求。在RH炉无铬化方面，公司研发的镁铝尖晶石耐材完全可以替代镁铬砖，在柳钢、包钢RH炉上使用，完全达到了试验协议要求寿命，成功具备进入柳钢、包钢的技术资质。铝铬砖的研发及铝铬渣应用，已取得成功，铝铬砖的各项理化指标，达到或超越镁铬砖。现正在研究把将铝铬渣应用到无碳不烧砖、镁碳砖及铝镁碳砖中，提高无碳不烧砖、镁碳砖及铝镁碳砖的高温使用性能。铜炉炉顶浇注料的研制及使用，比原来炉顶寿命提高40%以上。低成本高钙（2%～5%）电熔镁砂应用到镁钙烧成砖、镁碳砖及不烧镁钙碳砖上，为公司增加了不错的经济效益。镁钙碳砖防水化浸液及浸液设备使用，转炉用防滑剂实现自己调配，可涂抹，可喷涂，已在镁钙碳砖上广泛使用。出钢口填充料（引流砂）和电炉水冷圈用铬钢玉胶泥的研制已在太钢试验成功并使用。另外在降低成本，再生料的利用上已取得很大成绩。

王树山发明专利：

专利号：ZL20171012465.9

专利名称：一种复合型镁碳砖及其制备方法

专利号：ZL202210997295.9

专利名称：一种利用高温液相增韧镁碳砖及其制备方法

专利号：ZL202211438358.3

专利名称：一种直流矿业炉用导电耐材的制备方法及其组合方式

专利号：ZL201710561077.X

专利名称：一种晶须复合高性能镁砖及其制造方法

专利号：LZ201811343210.5

专利名称：一种高性能铝铬质耐火材料及其制作方法和应用

专利号：ZL201310562313.1

专利名称：白云石–方镁石–锆酸钙复合耐火材料及其制备方法

专利号：ZL201510429492.0

专利名称：一种中间包工作衬制造方法及其组合方式

及实用新型专利若干

上官永强（中镁"三豪四杰"，三豪之一），河南三门峡渑池县人，生于1972年2月。1991年在鞍山钢铁学院读书，1995年毕业，分配到洛阳耐火材料厂。

采访的时候他说，我和吴井强的工作性质差不多，只是负责烧成制品和不烧制品的区别，具体工作性质都是技术服务方面的，和用户打交道的时候更多，所以出差是我们工作的主要内容，占用了我们大部分的工作时间。

说中镁之前，还是要先说说洛耐。洛耐是老牌的国有耐火材料企业，现归属中钢旗下，隶属于宝武集团，其产品覆盖面比较广，包括烧成的、不烧的、电熔的、定型的、不定型的、酸性的、中性的、碱性的等。其在1993年建成投产的第九分厂主要生产高档镁铬耐火材料制品，产品主要用在水泥窑、有色冶炼以及RH精炼（RH属于精炼炉，所用的耐火材料为镁铬砖）方面，有很强的技术实力和市场覆盖度。

中镁集团副总工程师上官永强

中镁烧成砖部分的隧道窑是从2009年9月1日开始动工建设的，我是建窑的第二天来的中镁，记得非常清楚。

我从洛耐出来以后，到东北去的第一家单位是大石桥的营口和平SH矿产有限公司，做技术质量部部长。不到两年，经金耀东介绍到的中镁。中镁正在建隧道窑。当时大石桥市场上的隧道窑是QH一家独大，虽然也有四五家耐火企业有隧道窑做烧成制品，但基本规模都不大，都是两条隧道窑的规模建制，只有QH是巨无霸般的存在。此时老板凭借自己敏锐的市场洞察眼光，发现了耐火材料烧成制品在市场上的巨大潜力。虽然我们的老板（付常浩）时年快60岁了，并没有选择小富即安的躺平模式，而是依然保持着锐意进取的姿态，投入巨资建设隧道窑，进入烧成耐火材料市场。同一时间段，大石桥进入烧成制品市场的耐火企业也是挺多的，三华矿产、宏宇、淮林、欣立、中建镁砖等，包括稍后几年建窑的宝隆、达丰等耐火材料企业，建的都是两条隧道窑。到目前为止都依然没有扩大规模，甚至有几家烧成制品订单都不能满足两条隧道窑产能的需要。只有中镁集团积极开拓市场、不断丰富产品种类、优化产品结构，一直做到目前的6条隧道窑，年烧成制品产量达到20余万吨，包括炼钢行业的RH炉、不锈钢行业的AOD炉、GOR炉、VOD炉（钢铁冶炼中一种真空吹氧脱碳精炼设备），也包括有色冶金、水泥、玻璃等行业，在国际和国内耐材市场上都具有非常重要的地位。

上官永强说，我在中镁主要从事RH炉、AOD炉、GOR炉方面的耐火材料设计和市场服务工作。我记得中镁做的第一个RH炉是江西新余钢铁公司的100吨RH炉。那时中镁的隧道窑还没有出产品，砖是在外厂加工生产的，然后我们自己组装、砌筑、浇筑成浸渍管。还记得当时我们的浸渍管刚运到新余钢厂的时候，一打开包装，看到浸渍管外面黑不溜秋的样子，我本来不错的心情立马变得拔凉拔凉的。因为别人家生产的浸渍管外观都是白色的，像刷了乳胶漆一样，而我们家的浸渍管外观却黑乎乎的，两相一比非常难看，甚至连钢厂都对我们的产品表示了怀疑。当时我也是一下子蒙了，但又没有可以替换的产品，只好不断给钢厂拍胸脯，硬着头皮上了。好在最后的使用结果还不错，顺利通过了钢厂的试验检测，钢厂也允许我们进一步做扩大试验，如此才算松了一口气。之所以会出现这样的结果，后来我才知道别人家的浸渍管是电干燥的，干燥过程没有烟气，所以出来的浸渍管都是亮堂堂的，再经过整形加工，都是光溜溜的很白。而我们家由于受当时生产条件的限制，还没有上专门干燥浸渍管的电干燥窑，当时浸渍管是利用烘烤镁碳砖的窑干燥的，所以就被熏得比较黑，想来当时也很有意思。

他说，中镁从决定进入烧成耐火制品市场开始，老板就积极网罗人才，苏总（苏广深）是在开始建窑没多久加入中镁的，负责整个烧成制品的生产、技术、运营等。苏总加入后，我们的业务发展很快，那几年和RH精炼炉相关的产品被销售给了不少客户。第一个是江西的新余钢铁，接下来有湖北新冶钢、鄂钢、武汉钢铁公司、河南安阳钢厂、新疆八一钢铁、广西的柳钢、河北燕钢等，也都陆续合作了。现在还不断有新客户产生。至于不锈钢冶炼的AOD炉、GOR炉方面，我们做的就更多了。当时国内使用

GOR炼钢的只有4家钢厂，分别是西南不锈钢、山东泰钢、宝钢德盛、连云港华乐合金，我们都合作了。AOD方面包括邢台钢厂、广州联众（被鞍钢收购，现在叫鞍钢联众）、张家港浦项、福建吴航、北海诚德镍业、山西太钢、甘肃酒钢，以及江苏泰兴地区的大部分小型不锈钢企业。镁钙砖出口方面也做得比较好，产品销往加拿大、美国、日本、印度、巴西、俄罗斯等国家，甚至包括在国际上赫赫有名的奥镁也从我们这儿购买镁钙砖。可以说我们的镁钙砖产品一路见证和伴随了国内外不锈钢行业的快速增长，是很值得骄傲的。我们在外面工作的人不仅工作好干，还十分牛气！无论是中镁的产品，还是中镁人的服务，都是一流的。

他说，RH精炼炉主要是用于钢水的脱气和调整钢水成分，使钢水里夹渣更少，气孔也少。只有钢水夹杂少气孔小了，才能使钢坯轧得更薄，减少缺陷和废品率，属于高品质钢的制造工艺。但后来我们RH精炼炉相关的业务做得逐渐少了，因为虽说当时在全国上RH精炼炉相关的项目的钢厂也不少，是市场发展的方向，但市场的需求量还是没有上来。原因很简单，钢的质量越高、市场的需求量就越少，所以大部分钢厂RH精炼炉的生产量都不是很大，都属于赔钱赚吆喝的阶段。自然我们也就逐渐进行了收缩，再加上当时国内不锈钢市场一片大好，镁钙砖需求量持续高速增长，我们的产能并不足以满足市场的需求，所以后来在RH精炼炉相关的业务方面只保留了广西柳钢、湖北武钢和新疆八一钢铁这几家的供货，其余的产销重点是在镁钙砖方面的。

付常浩的魄力是很大的，在上两条窑后，非常重视市场的开发。我来的时候，老板给我的定位是技术厂长，但真正我在现场做技术的时间并不多。当时为了协助市场开发人员做好客户的开发和维护工作，没有时间在家里的生产现场，只是全力配合销售做好售前的技术交流及产品的售后使用技术服务工作。产品试用通过后，还要保证使用效果。时间长了，基本上是专职干这个活儿了。虽然天天在外比较辛苦，可工作总是要有人干的，也是没办法的事，我只要把该干的活干好就行了。所以在中镁的十几年我大多是在外面的。算起来，每年我在公司大约一个月时间，回家（郑州）

的时间也就更少了，其余时间都是在外面。特别是在钢铁市场比较好的时候，因为不断有新客户，就得不断地跑。我记得刘方巨他们经常开户，然后就需要我们做技术支持，不断地有交流、设计、使用跟踪等工作。客户越来越多，我们的支持面也就越来越广。

上官永强说，现在国内生产不锈钢的企业，主要是两个炉型，GOR炉和AOD炉，AOD炉相对更灵活一些，对冶炼钢种的要求也不多，耐材单耗也相对较小，所以占多数。

起初，2010年的时候，GOR炉在全国只有四家在使用，我们陆续都合作了，现在也一直在合作，所以说我们目前是国内GOR炉第一供应商一点也不为过。我们合作的第一个GOR炉是山东泰山钢铁，第二个是西南不锈钢（后转为四川罡辰），然后是宝钢德胜，还有连云港华乐合金。从开始的供货，到现在的整体承包（按照吨钢水结算）。

AOD炉使用的是烧成镁钙砖。当时，大石桥只有QH集团在做，还有浙江的金磊也在做，但金磊也属于开发市场阶段。镁钙砖产品在耐材国产化的时候，QH集团他们做得比较早，也比较多。从2010年到2015年的市场开拓阶段，我们做的时候，每次都跟浙江金磊脚前脚后。当时金磊正在筹备上市，他们报的价位要比我们市场价低200块钱左右，完全靠低价的不正常竞争手段来占领市场，所以他们走出来了。由于当时的不锈钢企业还不像现在这么多，所以我们经常能碰上面，自然也就成了竞争对手。

我们在华乐合金刚开始做的时候，是QH集团给设计的炉型。我们去试验的时候，他们最高的炉龄是105炉，平均炉龄好像在85炉左右。在我们去谈的时候，对方的要求是，一价格便宜，二炉龄高。当时要求我们的考核炉龄为105炉，也就是他们的最高炉龄。虽然比较过分，但为了打开局面，我们也就不得不同意了，谁让市场就是残酷的呢！开始我们做了两套砖，第一套干了96炉，比要求少了9炉。我在使用跟踪时发现他们的砌筑方式不当，结合第一套炉子下线的残砖情况分析，就给他们提出了新的砌筑方式和改进意见。钢厂的领导也很开明，看我分析得有道理，也就同意了。但在砌筑的时候，砌筑工人发现我提的方法比较麻烦、费劲，有点抵触情绪，不愿意干。这种情况可以理解，出力的人嘛，谁不想少干点活儿？但因为当时的改进砌筑方案都是经过相关领导审批通过了的，所以虽然他们有情绪，但还是按要求去干了。这样一来，我们砌的第二个炉子炉龄一下子达到了120炉，有了明显的提高。正是如此，钢厂对我们的认可度也大大地提高。此后，该砌筑方式便一直在沿用。后来我又征询了砌筑人员对这样砌筑的看法，他们一点意见和情绪都没了。因为炉龄提高后，砌炉子少了，相应的他们的活儿也就减少了，砌炉工也就愿意干了。

上官永强说，在跟连云港华乐合金合作的时候，主要是QH集团、金磊，还有我们三家在干，一直是通过议标来延续合同。但是好像是2015年吧，华乐合金突然提出改议标为招标，并且由原来的三家供货变成一家，说是便于现场管理。作为乙方，只能是甲方要求怎么做我们就怎么做，所以我们也积极应标。头一年，因为要上市，金磊把价格压得很低，所以他们中标了，独家供应。我们和QH只好撤了出来。转眼到了2016年，他们再次招标（当时华乐是我们张君总负责的客户），当时张总（张君）和苏总（苏广深）通过对市场的精准研判和分析，反复模拟招标可能出现的结果，最终我们的报价为3740元/炉，而金磊的报价为3750元/炉。这一幕出现的时候，所有参标的人都惊呆了，因为报价都是现场递交、现场开标的，不存在任何幕后操作的可能。每炉少10块钱，每个炉至少炼钢7200吨，折合到每吨钢也就相差0.0014元，连1分钱都不到，我们中标了。每一次回想起来，我都感觉这一幕真是太神奇了。这在业内绝对是个比较经典的事。我们中标后，金磊非常后悔，向钢厂提出可否二次报价，但华乐还是比较讲规矩的，没有同意，说下回吧，按投标的价格算。但从这一点上来说，华乐的契约精神真是没的说。

2011年的时候，我们跟山东泰钢（私企，在山东莱芜）开始接触。当时在莱芜，大家都传言他们欠钱不愿意给，甚至随便一个出租车司机都能告诉你千万别做。我有个大学同学在莱钢，我打电话跟他说到莱芜配合领导研究泰钢的业务，他也告诉我说山东泰钢坚决不能做，不给钱。当时我就把这事跟我们负责开户的张英佳副总说了。张英佳副总是山东人。当时他说了一句话我现在还记得："那要看给谁钱了。"相当自信和霸气。所以通过几次沟通接触，钢厂也对我们给予认可，我们也就做了。

上官永强接着说，刚开始QH集团也在山东泰钢做业务，做着做着QH集团也不知怎么就退出了，可能也是不给钱的原因，只剩下我们一家，最后我们和山东泰钢成了战略合作伙伴。钢厂为此还专门在他们厂里边给我们划了一块地，让我们自己盖个库房，做仓储用。我们合作得非常好。其实，开始他们确实也是欠我们钱，最多欠我们有个几千万吧，具体数字我也不太知道，因为供货量比较大，包括在线的、现场库房的、路上运输的、家里库存的，等等，反正是货挺多。有一段时间，他们自身出了点新老更替、人事变动的问题，我们这边的心态也是有些波动，毕竟欠款量较大，对方还是私企，万一这钱拿不回来怎么办？心里没底。但后来经过双方深入沟通，董事长付常浩一锤定音，决定继续做下去。我们这几年做得还非常不错，合作算得上顺利、愉快。

他说，最近，大约有四五年左右吧，泰钢改变了冶炼钢种，原来以冶炼300系不锈钢为主，现在改为全部冶炼400系不锈钢，尤其是最近两年，泰钢从张家港浦项（韩资企业）请了个韩国专家，推出了个409不锈钢，冶炼条件更为苛刻，需要上VOD炉。我们和奥镁两家中标了，各占50%的份额。能和奥镁这样的国际型知名耐火材料公司共同PK而不落下风，这样的感觉也还是蛮不错的。

当然，任何事情都不是一帆风顺的，也有幸运之神离开的时候。那是2020年10月份的事，在韶钢做RH精炼炉相关的业务。当时我们是做试验。由于做过太多的RH精炼炉相关的业务了，我一点也不担心。定的是一套下部槽对应3个浸渍管的试验材料用量，当时我正在家休"十一"国庆假期呢，公司销售人员通知要开始砌炉试验，所以假期没有过完我就从家里出发了，好像是10月5号到的韶钢。头一个浸渍管上线是在3天后的一个晚上。原打算下半夜开始使用的，但他们晚上10点钟没通知我们就开干了，因此我当时也没有在场。说实话，从我内心深处来说，并不认为我一定有在现场的必要，因为我对我们的产品还是非常有信心的，但如果钢厂方面有要求，那就一定要做好配合。结果大约是10点45分吧，我公司销售人员就给我打电话，说浸渍管不行了，第一炉就下线了。我听了，特别不相信，觉得那是不可能的事，或者是不是他们搞错了，因为这样的现象在我的经历中从来没出现过。但正如上面所说的——现场有需要，咱就要做好配合，我就穿上工作服去了。当时因为时间太晚，路上车都不好打，耽误了不少时间。到现场后就和对方的技术人员进行原因分析。说实话，我对我们中镁的产品是十分自信的，但问题出现了，光靠自信就没有说服力了。一直讨论到凌晨3点30分左右，双方都没有想出个所以然来，决定等看看拆炉情况再进行分析查找原因。

拆炉是在3天后进行的。在这3天内，我们也对钢厂当时冶炼过程进行了全面的了解，通过对情况的了解和拆炉后结构的分析，发现是钢厂当时的抽真空系统出现了问题，真空没抽好造成的。这种情况毫不夸大地说是百年难遇的，因为当时所有参与该项目的人包括我在内都没遇到过，有时候造成事故的巧合只需要一个就够了。当时在结果没出来之前，钢厂的相关人员包括我和我们公司的有关领导和技术人员都跟同行和前辈讨论过这一问题，结果都是倾向于我们耐材出了问题，因为这是最容易得出的结论，也是厂方最容易推卸责任的结论。但同时并没有一个人能指出我们的耐材到底是哪里出了问题，这便是我最不能理解的地方，好在最后还是事实还了我们清白。接着经过小修，进行第二套浸渍管的试验。也是凌晨时分，有了第一次的教训，我晚上9点多就到现场了，一直等到凌晨2点左右才开始使用。炼了两炉以后，都挺好的，没有任何问题。钢厂负责跟踪的技术员就对我说，没事了，可以回去了。又是一个凌晨3点30分左右下班。由于累一天了，本想第二天上午多休息一会儿，下午再进场的，可在第二天早上，刚到9点多的时候吧，我又接到电话，说浸渍管外边的浇注料崩掉了。于是又赶忙去了现场。到现场后发现只是上升管端口的一部分浇注料掉了，内部的钢胆和砖都在。根据我的经验，这种情况基本上都是维护清渣时顶掉的，但由于当时维护是由钢厂指定的第三方操作的，他们不承认，我们也没有办法，因为后期的试验还需要他们的积极配合，他们要撂了挑子，后边的工作就没法做了。因为当时的炉子情况还可以通过喷补来补救，我们就让他们加强喷补，继续使用。我们试验的韶钢 RH 精炼炉只有一个工位，给我们喷补维护的时间很少，喷补料喷补后的效果相对就差一些。由于该浸渍管本身就是带病作业，到 40 炉的时候，又发生了更加严重的状况，不仅下部的浇注料没了，钢胆也烧化了，里边的砖也烧没了，只能被迫下线。所以第二套也是没有达到预期的效果。当时我就有点灰心了，一共 3 套，试验 2 套都没有弄好，不论什么原因，成绩毕竟还是太难看，第三套还有没有做的必要呢？心里在打鼓，在矛盾。心想即使第三套做好了，钢厂也不能说我们试验成功，可万一再做砸了，我都不敢想，并且要做的话还有后期的喷补料投入，为了一个不成功的结果再拿十几吨的喷补料投入是否值得？我不敢决定，就跟领导沟通这件事。当时我们部门的主管领导是王总（王利）。王总的意思是让我们坚持再做一次，无论效果怎样，都要做完，做到有始有终。另一方面，钢厂那边也在犹豫，连续两次出问题，也有些不想让我们继续了。但是王总对我们产品的信心更大，坚持要再试一试，一定要做完。因此我们的销售人员李永新就跟对方反复沟通了几回，申明了我们的观点，钢厂也就不再坚持了，试验继续。结果非常好，第三套浸渍管炼到 85 炉下线。当时技术协议要求是 80 炉，不仅符合要求，还多了 5 炉，我们双方都很满意。再后来的结果是钢厂经过综合研判，还是给予了我们通过试验的结论，有资格参加他们以后正常的相关招标工作。这是我到中镁 13 年做 RH 精炼炉相关的碰到的最棘手的一件事。这件事过程坎坷，但结果还不错，充分证明了中镁的产品是很值得信赖的。

上官永强说，要说困难，什么困难都能遇上。2018 年，我在包头钢铁服务的时候，他们的厂区是不允许外来的车辆进入的（只有个别大领导的特批车可以进，本厂职工的车也不能进）。包钢厂区太大，靠走是走不过来的，我们是协力单位，只能是在外面租借自行车。当时我们在那里参与了两个厂区的项目，我们住的地方离第一个厂区骑自行车需要一个多小时，从第一个厂区骑车到第二个厂区还需要一个多小时，所以我们和施工队（当时大约六七个人）每进厂一次，都尽量多干一些活儿，争取少跑一天，否则时间都浪费在路上了，实在太耗费精力和体力。特别是当时是冬天，不是刮风就是下雪的，这样干一天活儿是很累的，回来的时候蹬自行车的力气都没了。工作嘛，没办法，辛苦是辛苦一点，但也都不算什么事。类似的情况还有2011年我们在北海诚德镍业做AOD炉实验的时候，当时是我和我们张总（张海）一块去的，因为地方太偏僻，厂里给提供了宿舍，但床上只有一张薄薄的草席，完全相当于硬板床。我和张海在这种条件下坚持了两个月时间，一直到实验结束。现在想想张总那么瘦的身体，睡硬板床一定会硌得慌的。还有一次是2014年我们在山东盛阳金汇实验AOD炉的时候，凌晨2点砌完的炉子，半夜打电话都叫不到车，结果我和业务人员2个人走了将近2个小时才走回宾馆。另外，像进出武钢，每次都需要来回步行80分钟，这种情况挺多的。

他说，心烦的事也有。鞍钢联众（原来的广州联众，台资企业），一直是台湾模式管理。他们管理非常严格，门岗人员的权力特别大，出入厂的手续也非常烦琐，可以说是我们所有客户中进厂手续最烦琐的单位。不仅要身份的验证，还要提前提交一份相关的申请材料，得到厂里审批后才能在门岗那里挂上号，也才有资格办理后续的进厂手续。他们的进厂手续是每天在进厂前先要申请表格进行填表（一式三联），一长串的信息要求，填好后拿到指定的进口处，等他们厂里的人上班后，相关的对口部门派一个专管人员（进厂人员需要对口管理），对我们所填写的表格进行签字，然后我们再把签过字的表和个人身份证拿到门岗处进行抵押，换一个入厂证出来，接着由专管人员把我们这些人（所有的外来人员都是这个程序）带进大门。进入大门后再走到二门（生产厂区的门），在二门口再等专管人员过来进行签字确认后，用在头一个门卫处换的证件，再换另一个证件进厂。如果上午的事情早早办完了但是下午还有事情，那么你还不能出去，一旦出去了，再想进就没人接你了，也就只有等到第二天才能进厂。第二天也是重复第一天的程序。日复一日呀，就连吃午饭也只能出了二门到大门口买，但不能出大门，这期间是不需要换证的。出厂时再把上述的程序倒着走一遍，不同的是不用专管人员带领了。确实严格得有些让人无语。

有一次，他们的人在二门处把我的证件弄错了，和一个洛耐的人搞颠倒了，当时谁也没发现。当天我的工作干完出厂换证的时候才发现，说什么也不给我换证，还说我们私自换证是违反规定的，要对我们进行处罚。最后我只好把洛耐的工作人员找来，互相说明了情况，才把这件事情了结。

上官永强笑道，当然了，有时候虽然感到很辛苦，但回头想想所有的辛苦都是值得的，也是一种经历。因为中镁给我提供了一个大平台，我在这个平台上也学到了很多，对我的技术成长帮助很大。我很庆幸自己赶上了中镁大步发展的好时候，感谢中镁，同时也感谢董事长付常浩先生，也感谢那些对我提供无私帮助的朋友和同事。

刘海军（中镁 "三豪四杰"，三豪之一），这个1974年出生在内蒙古自治区赤峰市敖汉旗的人，曾参加过2次中专考试，当时他的学习成绩在整个乡里属前三名。在中考报志愿的时候本想考高中，然后读大学，只是学校当时有一项要求，成绩在前20名的必须考中专（当地中学把每年考上中专的人数作为业绩考核指标），而且中专毕业后包分配。当时他的英语也特别好，可中专不考英语，只好放弃了这门学科，影响了考试成绩。初次考中专落榜后，他并没有气馁，第二年再次披挂上阵，参加中考，可仍然落榜。他发现班里一个学习成绩在后10名的同学却考上了内蒙古煤炭学院。严重的打击之后，他不想再继续读书，决定外出打工改变命运。也就随着1996年的民工进城潮出来打工，成了地地道道的农民工。先后辗转盘锦、鞍山、吉林、黑河等地打工，当过装卸工、架子工、普通红砖厂窑工。后来到QH集团，做过破碎、混料、机台等体力劳动，然后是机台长；2003年初到HX耐火材料有限公司任生产厂长，工作不到一年，由于公司效益不好，没有发展前景，于2003年末，在刘方巨副总的引荐下来到中镁的富城特耐。

这是个有些文化底蕴，又有吃苦耐劳精神的年轻人。到中镁后，一直从事车间生产一线管理工作。他说，刚来时，车间3台摩擦打砖机，只开了2台。由于刚建厂一年，富城特耐的技术及管理不是很成熟，企业对自己的产品也不太自信，为了保市场、保客户，重要的砖都得拿到外面加工，自己车间能生产五六百吨的一般的砖，就算完成任务。2004年春节以后，随着企业人才引进，招贤纳士，陆续招了王总（王利）、金总（金耀东），还有市场开发的刘总（刘方巨）。随着人才的不断加入，进行产品出口市场、国内市场的大开发，合同量大幅增加，靠委外加工已经不适应市场需求，我们必须要自己干！遂陆续安装大中小摩擦机，扩大招工，培训、培养生产一线技术能手。刘海军便招了一些能吃苦耐劳的老乡来这里工作。开始不会干的他手把手教，不懂的他耐心地指导。当时企业的管理人员少，车间内所有的计划、生产、质量、设备等都是刘海军一个人负责。他说，那时的工作很紧张，也很累，上下班都不换衣服，一套衣服说不定穿几天，冷了外面裹件军大衣，饿了就吃一口方便面，啃一口干面包什么的，从来没有正点下班的时候。一天三班倒，晚上虽有值夜班的，有什么事岗位工人还是得给他打电话，不管几点必须得来。那个时候他只想保生产、保质量、保交货！由于市场拓展快，加上生产设备、人员不足，大家根本不敢耽误。

两年后，企业发展迅速，由2005年的年产6000吨，到2006年就达到了30000吨，2007年35000吨，2008年40000吨，并有30%的产品出口。企业在金耀东的领导下，克服种种困难，最终从原料、成型、包装等各个环节，都达到了出口要求，并得到了出口商信任。

随着企业的扩展和人员的增多，管理也得跟上，刘海军利用两年时间，在公司的大力支持下，到培训班硬是学会了当时正处在普及高潮中的计算机，利用计算机对各类制度进行起草、修改、完善、更新。并自学了辽宁科技大学两门教科书《耐火材料工艺学》《炼钢学》（这两本书籍由时任副总兼生产厂长的丁德煜同志，从辽宁科技大学购买），还自学了《企业管理实务》，不断充实自己的

中镁控股镁碳砖厂副厂长刘海军

专业知识，提高管理水平，企业生产管理慢慢从粗放型管理改为制度化管理，逐步走向正轨。

一晃，他在中镁已经工作近20个年头了。他的体会是企业有温暖，有爱心，职工有困难，企业第一时间帮助解决。特别是他们厂外地工人多，公司为职工家属解决住宿问题。总部对面的回迁房，一共21户，统统廉价租给工人，解决了工人的后顾之忧。工人也就更安心努力地工作。中镁的职工待遇好，工资发放及时，收入稳定有保障，风气正，好留人，最多时中镁有他的老乡（敖汉旗人）160多人在这里工作。

刘海军说，我们家乡的人不怕累，能吃苦，但更重要的是中镁对我们很好，人家没把我们当外人，我们没有理由不把这里当家。中镁就是我们赖以生存的家。

刘海军说，车间主任属于一线管理岗位，干的是一手托两家的活儿。既要维护企业的利益，又要维护工人的利益；既要对得起老板，又不能亏了工人。这些工人大多是我的老乡，他们扑奔我来这里工作，我就得对得起他们。当然，这里也有一些其他地方的工人，我要一视同仁，不任人唯亲，不欺软怕硬，公平公正。只有上对得起老板，下对得起工人，才能赢得老板和职工的信任和好评。

他说，生产一线，不可能没有磕磕碰碰，今天碰手，明天碰脚，也是常有的事。轻伤的在本地医院处理一下就行了，重伤必须到省里的大医院去治疗，每次出现安全事故，需要多少钱（在来不及去总部取钱的情况下），都是我个人先垫上，然后老板给报销。最多的时候垫资5万。刘海军说，老板没少表扬我，说我以厂为家。我们的老板在处理因工负伤方面的事情都是以人为本，每次出现事故，别的先不谈，先抢救、先治疗，花多少钱、去多大的医院，不要顾忌。他还说，在处理工伤方面，我和刘主任（刘俊姿办公室主任）配合得很默契，能想到一块儿去，总是在既对得起工人，又不伤害企业利益的前提下处理事情，尽量多争取保险资金。特别是家属这方面，一定要处理得合情合理。有些家属想不到的事，我们都帮着想，根据伤势的轻重来选择医院，绝不会为了节省几个钱误了治疗。涉及手脚，骨科方面的伤情就去医疗条件好的沈阳八院；涉及眼睛的就去沈阳四院；伤害到重要器官，绝不在小地方的医院治疗，怕给误事。老板有话，我们要替工人着想，企业应该在保证安全的基础上要效益，对一切因工受伤的工人，我们都要出面代表企业妥善处理好。

董事长很关心我们这些外地人，每年春节都给我们放假，让我们回老家过团圆年。不是我们自己走，而是中镁为我们包两三辆大巴车，把我们100多人送回家，我们是很感动的。这里有爱，有温暖，有亲情。我们可以高高兴兴地在这里工作，还可以安安全全地回家过年。

刘海军说，在敖汉旗，我们是出了名的"包工队"。在这些职工家人的眼里，我不是车间主任，而是一个不是包工头的包工头了。我们在当地很有名，中镁在当地也有名，都知道在辽宁营口大石桥有个叫"中镁集团"的。当地政府很重视我们，给我们宣传，让我们上电视，还接受过报社记者的采访，为我们写的文章，题目是"打工路上创辉煌"，在《赤峰日报》上发表了。政府的领导也到过我的家，敖汉旗就业局也很重视。政府主导，鼓励劳务输出，属于双赢。

他说，中镁从一个名不见经传的小厂，发展壮大到今天的行业龙头企业，我是见证人，是有深刻感受的。付氏家族的人，特别接地气，和蔼可亲，宽容大度！他们能包容我们的不足之处。这么多年，无论是在质量和安全管理方面一定有不妥的地方，给企业造成或大或小的损失，我们心里都有数。董事长从来没有当面埋怨和指责过，还和我们经常在一起交流、沟通，了解生产难题，鼓励技术创新等。这种精神也影响了整个管理团队，上下一心，没有心理隔阂。

刘海军说，20年的风雨与共，我与公司一起成长！感谢公司对我的信任，给了我一个展示人生价值的平台。我要永远怀着一颗感恩的心，为中镁的明天而努力工作！

接下来采访的是吴井强（中镁"三豪四杰"，四杰之一），1979年6月出生于山东省枣庄市台儿庄。他说，我2003年毕业于辽宁科技大学无机非金属材料专业。毕业后在QH集团烧成砖厂技术部工作两年；2006年在海城后英集团研究所工作近一年。后经金耀东介绍，于2007年初来到中镁集团。入职后，被安排在镁碳砖生产部门，任技术员。当时企业处于发展的关键阶段，主要产品是不烧砖和散料，承包的转炉项目比较多。在经过一年多的生产历练后，也为了更好地培养我（和其他几个新人），老板（付常浩）安排我们学习窑炉的砌筑。当时，中镁承包的转炉特别多，每年七八十台炉，但真正明白的人少一些。老板有意培养一批懂生产、设计、现场砌筑、售后服务的技术型人才。

最开始砌炉的时候（2008年）比较难，当时在现场怎么砌，怎么配比我都不懂，窑炉设计在学校的时候没学过，也没经历过，只能跟着工人在一起干活，倒班，一个炉衬砌完需要四五天时间。

吴井强说，第一次砌炉是在山东的日照钢铁，当时我们家承包他家三台120吨转炉。砌两三个炉子之后我也就比较明白了，知道了怎么画图，包括怎么配比、设计砖型、用什么材质，等等。当时王总（王利）带队，有幸与他相识，往后的日子里我跟他学了很多东西，他是把我领进门的师傅。慢慢地，我对于砌筑的工作了解得比较透彻后，王总就安排我自己带队去砌筑。记得我第一次带队（10多个砌筑工人）去山东潍坊砌筑，领导并没有告诉我怎么去做，让我自己去体会怎么把这个工作做好。因为是第一次带队，很多事情不知道如何去做，只能一点点去摸索，从带工人坐车，安全地到钢厂，到钢厂后怎么安排工作流程，在砌筑的过程中如何保证砌筑质量和工人的安全。虽然在整个过程中，也出现了一些小的瑕疵，但最终也是比较完美地完成了砌筑工作。

2009年下半年老板给了我一次机会，先是让我去钢厂（通化钢铁和大连重工）做一段业务员，锻炼沟通交流能力。最开始的时候，比较蒙，不知道如何去做，找不到方向，幸好遇到了主管这两个钢厂的付春雨部长。在他的指导下，也渐渐掌握了一些基本的业务能力。让我感触最深的就是，钢厂的业务完全和生产部门的工作不同，不光要把基础的工作做好，更需要了解现场使用情况，和钢厂相关的部门处理好关系。有一次，因为现场更换出钢口砖不及时（钢厂的原因），我被现场的主任狠狠地说了一顿。我当时不理解，不是我们的责任，为什么要往我们身上赖？就顶了那位主任几句。回来后还被付部长（付春雨）批评了一顿。当天晚上赌气没有吃饭，甚至有了不想干了的想法。第二天，付部长找我谈心，告诉我，客户就是上帝，我们是来为钢厂服务的，即使有些时候他们做得不对，我们也不能当面去顶撞他们，要学会委婉地处理现场的事情；我们不仅要保证自己的利益，更要去维护同钢厂的关系。经过了大半年的现场学习，我不仅丰富了自己的现场经验，也学会了如何去处理人际关系，这些都是在课本中学不到的。后来，因为工作的需要，在经过一年的销售学习后，我回到了生产部，学习窑炉设计、售后服务、考察、技术交流、报价等。

吴井强说，我负责的是不烧砖，属于窑炉设计，主要是对转炉、电炉和钢包的内衬通过CAD软件进行配砖，之后再到现场砌炉。主要的工作是以设计为主，包括对客户方进行考察、技术交流、了解现场的使用情况，以及工程、工艺、设计、报价，中标后生产，还有把货发到现场后进行的砌炉、维护和售后跟踪服务。

还有一次，是在2010年初，北京的中冶精诚，在伊朗有个项目，当时中镁中标。那一次虽说没出国，但是前期的交流、设计、做方案都是我一个人弄，最难的是做标书。因为是大项目，涉及电炉、钢包、中间包，不仅要设计好，还要把每个项目的具体施工要求写明确了。确切地说就是你的方案要保证让对方能看明白，知道如何去做，而且图纸和表格都要用英语标注（需要中英文对照）。由于我的英语不是很强，在进行翻译的时候也就很吃力。虽说在大学的时候学了一些，可长时间不用，也都忘了。没办法只能网上查，字典里找，才把所有的图纸需要的中英文文字方面的东西弄出来。那是我第一次一个人干活，为了赶时间，白天晚上连轴转，周六周日不休息，奋战了整整两个月。

吴井强说，中镁有国外的业务，伊朗、日本、俄罗斯、尼日利亚都有合作，特别是韩国，是我们的主要客户。2013年4月份，老板让我去韩国，有一项电炉合作需要交流。那是我第一次出国，翻译是在韩国找的，他在

中镁集团副总工程师吴井强

韩国等我。在我入境的时候，还闹了个笑话。我是从沈阳起飞的，到韩国首尔，飞到那儿以后，在过安检时出了麻烦。他们说话我听不懂，我说话他们也听不懂，我跟翻译还联系不上。无奈，我只好用简单的英语同他们对了几句话，就算马马虎虎地把我放行了。回来后，我感觉自己应该多学一些东西，充实自己，对将来的工作有好处。

2015年，在广西北海，我们中镁新接了一个矿热炉项目，炉子不小，高八九米，周长十七八米。当时这个项目对我来说是个空白领域，我们外请了技术人员，老板有意让我介入跟着学习。从最初的窑炉设计，到现场的施工，我都一直亲力亲为，在现场待了整整两个月。我得到了锻炼，知识面也更加广了。这段经历在我的职业生涯中又画上了浓墨重彩的一笔。

吴井强说，我是负责不烧砖的，局限于镁砖和镁烙砖，跟上官永强相比除了施工方案设计不同，在考察、报价、生产计划、现场跟踪等方面都是一样的。我们长年在外工作，我2022年在外200多天，在四川罡宸期间通过和钢厂领导交流和现场的跟踪、了解，把电炉和钢包设计方案进行了优化。通过此次优化，提高了电炉和钢包的炉龄。

有的时候炉子大，从拆到砌得两个月。现场偶尔也有事故发生，刚开始见到钢水下漏也害怕，不敢上前，后来见得多了，胆子也大了。我们在现场待的时间多一些，危险性也就多一些。

我的工作就是在我的设计范围内把炉维护好，能达到理想的效果。耐火材料业务性很强，专业性也特别强。我负责设计，工作比较单一，交流的对象只限钢厂（客户）的技术人员、厂长、生产厂长，除了工作方面的事务以外，基本上接触不到别人。我跟上官永强都属于线条多（设计画图）、故事少的人。跟跑市场的不一样，他们更辛苦。

吴井强说，我是2007年到的公司，截至现在已经17年了。从老板到各级领导以至各部门的同事，相处得非常和谐。今年公司把营口市五一劳模荣誉给了我，这是对我工作的肯定。虽然工作比较辛苦，但是我非常开心，因为中镁这个大家庭非常温馨有凝聚力。我们老板（付常浩）无论对待哪个层面的人，都是一样的平易近人。我在外地工作，一年在家的时间不是很多，中镁对我家里的生活经常给予关心和照顾。说实话，我是应该感谢老板的，老板不仅给了我一份理想的工作，还给了我一个温暖的家。在这里工作感觉心情是愉快的。我感谢公司，感谢那些曾经帮助过我的人。

王亮（中镁"三豪四杰"，四杰之一），项目部长，这个1971年出生在大石桥虎庄西林的人，1990年毕业于辽镁技校，同年8月入职国营辽宁镁矿公司镁砖分厂检修段做破碎、混料及摩擦机、水压机大中修钳工工作。下岗后，他于1996年在SQ公司从事设备维修，从维修班长干到设备主任；10年后，2005年7月在原中镁集团金耀东副总引荐下，到中镁的富城特耐的镁碳砖厂任车间设备主任。

王亮到中镁后，一直从事车间生产一线设备管理工作，每天安排维护人员巡检各处的生产设备，发现问题及时解决，问题绝不留给下一班。他刚来时车间设备管理不规范，同型号摩擦机的模套、垫板不能互换，螺栓大小不统一，需要多做模套垫板，多采购不同

关山耐火厂厂长王亮

规格螺栓，机器利用率低，生产成本高。王亮对原有模套、垫板加以改造，经过一个月时间统一全车间模套、垫板、拉杆螺栓大小尺寸，提高了机器利用率，节约了生产成本。

王亮来后，原300吨高冲程摩擦机跟不上形势的发展被淘汰，换成800吨摩擦机，原计划得拆除原300吨设备的基础，再做800吨设备的基础得多花不少钱，时间还长。经他和副总（付长辉）协商，制定了利用在原有基础上再焊预埋件的改造方案，为公司节省10多万元，还节省改造时间30天左右。

王亮说，为了适应市场发展需求，2005年底公司新上年产2万吨镁碳砖自动化破混楼生产线项目，由于当时部分设备选型不当，造成生产线不能满足工艺要求，也不能满足生产需求（当年生产量超过3万吨）。公司领导决定让我牵头参加技术改造，我根据以往设备管理经验，将原有的机械控制阀门变成气动控制，并增大气缸型号，解决开关不准问题，使自动控制更流畅。原磨细粉工序产能不足，每天工作24小时，并且总在维修，还得到外厂加工原料，影响生产，增大生产成本。经和董事长协商同意，拆除原4500型振动磨，换成摆式5R4119型雷蒙磨机，每天只用3小时就能满足产量要求，只需每年更换一套胆子总成就可以，减少了维修工作量。原有破碎能力不足，在原有破碎厂房增加一套破碎生产线，经过一系列技术改造，现在的生产能满足年产5万吨镁碳砖的要求。

在车间工作，应该把安全放在首位。他说，2007年7月的一天早晨，7点多钟，因高温破混楼4楼铝粉料仓自燃起火，工人都害怕爆炸，吓得纷纷跑出厂房，只有管项目建设的一个同事在救火。但救火方式不对，用水浇火越救越大，火势吓人。我当时没有考虑个人安危，只考虑不能让火势扩大和蔓延。因在SQ公司工作时有过此类救火经验，我用隔仓耐火粉料在着火铝粉表面覆盖一层粉料，使火焰与空气隔绝，火势自然熄灭，消防队来人时已经没有着火迹象。我避免了公司重大经济损失，此事受到公司表扬。

几年来的基层管理工作上他成长很快，不仅使他增长了知识，还开阔了视野。在镁碳砖厂工作期间，他自学了CAD电脑画图，不断充实自己专业知识，提高管理水平，使企业生产管理慢慢走向正规化、制度化。

2009年8月，中镁集团成立由马永贵副总负责的项目部，参加管理工作，一期建设年产5万吨烧成镁制品生产线，生产烧成砖产品。当时，王亮负责车间生产一线设备管理工作，因没有项目管理工作经验，心里没底。董事长找他谈话，让他放心大胆工作，不要考虑太多，不破不立，错了算公司的，让他安心努力工作，发挥自己专业水平，缩短工程时间，保障工程质量。在董事长的支持和引导下，王亮对工程项目建设工作更有信心。从开山拓岭初建起步，到设备的引进，到8个月零5天生产工程的结束，于2010年5月5日完成建设调试正式投产。建设期间有困难也有欢乐，隧道窑砌筑期间正好赶上冬季，砌筑现场为了保温，盖起了塑料大棚，买了10个热风炉给窑体取暖。其间，董事长害怕冬天砌筑窑体质量无法保障，想开春再建设。王亮认为这样做耽误工期，就和马永贵商量，试验砌筑几天，看看效果咋样。结果试验阶段砌筑质量很好，只用40天窑体砌筑完成，开了行业冬天砌筑窑体先河，而且工程质量特别好，给工程早日完工创造了条件。

王亮说，从一片荒地到高大厂房拔地而起，再到生产调试成功，我感到很欣慰、自豪，有成长也有不足。在建高温窑的时候，有一天晚上，我在隧道窑窑体内（冬季施工时）发现两个焦炭中毒的值班工人，立刻把他们送到了医院，进行高压氧舱的救治，这也是平时养成的按照巡检制度进行检查时发现的。避免了一起重大人身伤亡事故的发生。

他说，2016年1月，由于工程项目减少，我被调到关山耐火重烧车间当生产厂长（重烧车间设备都是我组织建设的，有6个轻烧窑，1个煤气站、2套湿式压球系统、4座重烧窑、7000平方米厂房、库房），从车间管理、成本核算、工艺要求、配方管理、维修管理、备品备件管理、招工、抓安全等方面，我从门外汉到内行，不断充实自己。狠抓产品质量，从控制轻烧烧碱，到型号配比，到成球率成球体密，燃料消耗各工序控制无缝衔接，达标达产降耗奖励，反之罚款。生产产品满足下游工厂要求，协调发货、化验指标、校样工作等均能很好地完成。工作中既要维护企业的利益，又要维护工人的利益。

2017年2月，根据企业发展需要，我又被调到辽宁中镁高温当生产厂长，正好赶上集团公司推行5S管理（一种企业管理办法）。工作中发挥工人积极性，落实责任到班组到人，生产厂整改整顿，能自己动手改善的自己动手，尽量节约不多花钱；一边发现需整改一边清扫问题，建立整改工作群，做幻灯片讲解，提升员工的素质，提升企业形象。使员工安全保障有遵循，遵守规则成习惯。

2017年9月，王亮又被调回中镁项目部工作，负责中镁高温二期年产优质镁制品5万吨生产线建设项目。项目部由他和保管员2人组成，马总（马永贵）负责采购。由于人员少任务重，工程还得按时完工，从场地平整、土建、设备、电器招标，到2018年8月建成投产，经过11个月建设完成。当时隧道窑窑体外温度控制在本地区我们是最好的（控制在70℃以内），窑体保温工艺领先同行业3年。二期工艺图纸重新设计，使破碎混料楼厂房高度降低2.6米，取消1层平台，减少项目投资30余万元，加大破碎机功率，提高生产效率，增加除尘器数量，提高有组织排放效率，除尘效果同行业最好，粉尘排放量控制在20毫克以内。采购新型电动螺旋开关磁阻，淘汰带立轮摩擦机，不仅减少了1名操作工人（原3人变成2人），而且减少了设备维修工作量，不用再更换摩擦带（原摩擦机每年使用6套，每套2000元，每年可以节省12000元），实现了电机可以正反转，不打砖坯电机不转，每年电机用电量仅是原摩擦机的50%左右，再安装自动布料机，操作工可以减少到1名，提高产品质量等级，产品实际指标可以保证在合格指标之上，这样可以减少生产制造成本，提高企业产品市场竞争力。

2019年3月中镁集团开始建设高温三期年产10万吨无铬环保新材料生产线项目，先期建设镁碳砖工程，原控股公司总部生产设备转到三期生产。干燥窑设备采用了全世界最先进的自动化步进式滚动窑，窑体有转轮除湿设备，用燃烧方式去除异味。用冷冻方式降温，干燥砖坯合格率达98.5%以上，减少了产品生产成本。混料楼石墨、树脂生产实现自动化，减少人工投料降低劳动强度，除尘效果更好，没有无组织排放。新建两条电干燥窑，均能满足环保要求。新上耐火行业最大抽真空3600吨海源液压机一台，两台2500吨液压机，可以提高生产效率，实现自动化生产。省模具省电省人工，只用1人操作，1台液压设备顶摩擦机4台的效率。三期隧道窑项目窑体增加车位10个达到60台，这是同行业最长的窑体，增加窑体保温效果，窑体增长好处是减少燃料消耗10%左右，可以实现快推车、使产量增加，出窑温度控制在120度左右。砖坯没有急冷急热裂纹等现象，提高成品合格率，提高产品市场竞争力。工程于2021年7月全部完工，验收交付使用。其间发生一起关山耐火救火事件。当时王亮在高温三期新厂区发现关山耐火重烧窑除尘器烟筒冒黑烟，打电话询问车间主任，说是脱硫塔防腐层着火了，当时工人都被安排去安装新井水泵，没有工人救火，说一会儿就灭了。王亮不放心，因为关山重烧所有设备都是他安装调试的，在关山重烧车间管理一年，了解情况。他第一时间赶到关山耐火，发现火势已经从内部烧到外部上下水管了，有把脱硫塔烧塌砸倒厂房的危险，他马上安排车间主任拿潜水泵抽水灭火，安排电工停电，防止再次事故发生。然后又安排工人到厂房上面救火，找铲车拆护栏，没有水用石灰面子灭火，经过2小时的奋战终于灭火成功。这次救火没有人员受伤，王亮受到董事长表扬。此类事情发生时，王亮从来没有考虑个人安危，只考虑集团利益有没有损失，也算是习惯性操作。他说，我对公司是有感情的，是公司给了我发挥的平台，才能创造人生价值。企业从年产0.5万吨耐火材料的小厂，迅速发展壮大到今天年产各类耐材20余万吨的行业龙头企业。付氏家族的人，无论是对人，还是对事都是宽容大度的，能包容我们的不足之处，给我们改正机会。

在中镁发展需要的前提下，在众多人的配合中，王亮经历了轻烧、重烧、电熔、高温等项目的施工、设备引进、安装等工作阶段；完成了轻烧、重烧、电熔等一系列项目工程的施工管理。从开始他们只干高温耐材的生产，到后来的实行"大包"（交钥匙工程）等几期隧道窑的项目工程施工，做得都很出色。王亮是一个在项目管理方面很内行的领导人，属于项目管理组织的专家级人物。工作中他能很好地接受建设单位和监理单位对本工程实施的进度、质量、环境保护、职业健康安全、文明施工等工作的监督检查和指导。

王亮说，中镁的工艺在同行业中也是最好的。中镁的设备也是一流的，每一个工程项目的设备采购都进行招标，无论是土建工程，还是设备引进，都货比三家，原则是最便宜的不要，最贵的不要，看的是性价比。适合自己企业的就合作，不合适就找别人。中镁的工程多，被招标单位也多，电器、机械、土建方方面面也都不少。如隧道窑方面的鞍山瑞兴，湖北黄冈中博、中灿；设备方面的厂家有朝阳天正、广东恒力泰、福建海源、营口的星奈德等，都是我们的招标单位。

王亮说，2023年，我们在大石桥前百村，占地186亩，上年产20万吨优质白云石及10万吨优质固态蓄热砖生产线项目。计划投资2.7亿元，2年后投入生产。

他说，这些年，我们项目部在投资方面没少花钱。特别是在能源评估方面已经做了3年。这个项目属于省重点，省里做了方方面面的协调，终于把手续办完了，我们正着手建厂房、购设备。先期想做高淳、压球、悬壶炉等轻烧，初步计划投资6000万元。

王亮说，我们现在的工矿企业的内部环境要比外部环境好多了。现在是大环境不理想，内部环境没问题。

中镁集团办公室主任刘俊姿

刘俊姿（中镁 "三豪四杰"，四杰之一），在中镁的 "三豪四杰" 的 "四杰" 中，除了两位男性，还有两位女性，其中的一位就是刘俊姿。她是个在中镁干了20年的元老级女领导。出生于1972年，毕业于辽镁技校，曾在辽镁公司的试验厂工作过。2004年，她是在中镁聘用女销售员的时候来的，负责跑通化钢铁厂的销售、服务业务，和那些跑销售的大男人一样签过合同，跟过车，送过货，要过回款。20年前的她还是个小姑娘时，就已经展现出了她非凡的业务能力和外交能力。刘俊姿是个性子比较急、心比较细的人，不怕辛苦，做事踏实，热心且不失章法，严谨且不失大体，工作上有一种忘我的干劲。

刘俊姿说，刚来这里的时候，企业还没有现在这样大的规模，是个仅有百八十人，只有镁碳砖和散料两个生产车间的小厂。企业的办公机构也不健全，还没有设办公室，办公室的所有业务都由财务的人分管。那时刚入厂的时候，还去二耐厂（时任董事长付金永）参观学习过。学习二耐厂的企业管理，参观那里良好的办公环境。后来，在2004年下半年，才设了办公室。领导信任我，让我从销售一线撤回来，做办公室主任，一直干到现在。

她说，20年了，我目睹了中镁的发展，特别是从2009年建高温生产线之后，中镁就像雨后春笋般噌噌地拔高，发展得特别快。

办公室成立后，当时只有一个文员，方方面面还不是很规范，好多方面的工作只有我们两个人来做。后来，公司根据需要在2018年成立了人力资源部。我是人力资源部部长兼办公室主任。

刘俊姿说，办公室是负责"吃喝拉撒"方面的工作，活儿不少，就是看不出成绩。有人算过，办公室主任的工作量是老板工作量的10倍以上。可你问我一天都干些啥，回头一想都是些鸡毛蒜皮的事，每天上班就开始忙，电话不停，乱事不断，自己都说不明白在忙些什么。只觉得在工作上，公司的每一件事，领导的每一样事，都和我有关，和办公室有关。公司的方方面面和我们都有关系，摊儿大，面儿广，司机、食堂、保洁、门卫，权力不大，事不少，哪个部门有事都可以来找。办公室不仅给公司带不来效益，还经常花钱，但老板很理解我们，说，不可能所有的科室都是赚钱的，比如党务，比如共青团，比如工会，都属于意识形态范畴，属于思想领域的工作，都必须存在，没有还不行，有了就得活动，就得花钱。人不能总想着挣钱，还要会花钱。会花钱也是一种本事，是不是花在刀刃上了很重要。办公室不仅要待人接物，有的时候还要"灭火"，不给公司添麻烦就是贡献。

刘俊姿说，付家人团结、和睦，不歧视我们外来人，相反还给予我们方方面面的帮助、照顾和支持。我们工作起来就有干劲、有信心。至于一些辛辛苦苦的事都是正常的，工作嘛，哪那么容易？

她说，作为办公室主任，就是得多费点心，事事都得想着，时时刻刻都不敢疏忽大意。有一方面照顾不到都不行。今天干啥、明天干啥、后天干啥，甚至10天后的工作都得做到心里有数。车辆的安排，对客人的招待，人事的管理，绝不能误事，不能让相关部门的领导不高兴。办公室和别的业务部门不同，别的部门大多是业务方面的联系，有业务的就多一些联系，没业务的可以少一些联系。办公室不行，跟每个部门都有上挂下连的关系。在公司，办公室属于纽带和桥梁，谁也离不开我们：送水、开会、布置会场、打扫卫生，包括一些吃吃喝喝，迎来送往，及公司组织的各项活动，都是我们的活儿。只要公司有活动，只要有客户来，没有不涉及办公室的。我们干得要有条有理，绝不能杂乱无章。有的时候一个会议室在同一天要开好几个会，你就得把会议室给看住了，及时打扫，及时清理，水、电、空调包括一些开会需要的文案等，都得准备好，不敢马虎。董事长是心细的人，也是要样儿的人，即便有的时候我们没做好，他也不直接批评，给你留面子，让你自己领悟。说实话，这么多年，工作上有时肯定会疏忽，会大意，老板从没批评过。但咱得自觉，自己的工作尽量做好。做好自己，就是做好别人。做好别人，就是做好企业。一切要为公司负责和着想。在工作上尽量不让人挑出毛病。后勤就是干这个的。在企业，我们属于后方，其他部门都属于在前方"打仗"的，很辛苦。我们在后方要理解他们，要知道心疼他们，要尽量为他们服好务。

她说，办公室主任，要有个好的记性，要勤快，要有眼力，时时刻刻心里都要装着工作，考虑工作，尽量不要有纰漏。特别是人力资源方面，处理劳动关系是很重要的，既涉及企业的得失和声望，又涉及个人的安危和幸福。现在是法治社会，每个人都懂法，在劳动关系方面，我们需要一个一个找人谈，在合理合法的前提下解决问题，处理劳动纠纷。中镁对工伤的解决是人性化的，是有法律依据的，按照法律办事的，绝不苛刻。在合理的情况下老板都能理解，他常说，处理这类事情，无非是几个钱的事，能用钱解决的事，就用钱解决，都不是大事。每个人都是为了生活，没必要斤斤计较，更没必要对簿公堂。有打官司的时间，损失的那些钱都挣回来了。

刘俊姿说，企业生产不可能没有磕磕碰碰，每次有工伤的出现，公司第一时间就是主动地、快速地给患者治疗。不用工人自己操心，我们都会根据伤势的轻重去最好的医院，基本上都是按照工人的要求合理合法地去处理。这么多年，公司和职工基本上没有什么太大的冲突。我们负责协调解决，基本能达到伤者满意，企业也能接受的处理效果。

有一年，出现一起工伤事故，当时是工人伤到了手。有一个机台操作工，因不小心大拇指被机器切断。当时可以在本地治疗，费用还不高，两三万也就下来了，但大拇指保不住，会留下残疾。当时我们考虑的是患者还年轻，如果不接上手指我们于心不忍。马上就转院到海城正骨，经过会诊拇指还是保不住，后来我们就拿着掉下来的这大拇指，又马上去了沈阳八院，是辽宁省最好的手外科医院，经过会诊可以治疗还原。我们毫不犹豫，花了10多万元进行了手术，人才算没有落下残疾。

还有一次，也是一个工伤。如果在本地医院治疗效果不会很好，但在非指定医院保险公司又不能报销。我们抱着为伤者负责的态度，为了有个好的治疗效果，经研究，老板还是决定，宁可企业自己花钱，还是去了保险公司不能报销的，但治疗效果好的医院进行治疗。虽说企业多花了一些钱，但治疗效果让我们都非常满意。

好多这类事，不胜枚举。

43. 一只俊鸟

付常浩始终想找一个合适的人做总经理，以便让企业能有更好的发展。只是既懂管理，又懂技术的人才比较难找。那是在2020年，一个在镁行业响当当的业内人士潘波来到了中镁。他如俊鸟高飞，舞姿非凡地落到了中镁这棵梧桐树的高枝上。

最"镁"时代 记辽宁中镁集团

国务院政府特殊津贴获得者、中镁集团总经理潘波

潘波，1989年毕业于鞍山钢铁学院（现更名为辽宁科技大学）耐火材料专业，被分配到冶金工业部辽宁镁矿公司大石桥耐火材料厂镁碳砖分厂工作。该分厂拥有一条参照日本品川镁碳砖生产工艺设计、筹建的镁碳砖生产线，主要是为上海宝山钢铁公司配套生产300吨转炉用镁碳砖。潘波在该分厂先后担任技术员、生产厂长、厂长等职务，并在此期间被公司选派到日本的品川、九州等著名的耐火材料公司考察、学习。

1995年，潘波被聘任到QH集团金山耐火材料厂担任生产厂长。主要负责生产含碳系列的耐火材料制品。工作期间，潘波撰写了论文《UHP电炉用长寿MgO—C砖》，论文中提出了"全碳基质"的理论，为含碳制品提档升级，在传统工艺的基础上提出了新的思路，得到了业内人士的好评，并为QH集团日后推出"高级含碳制品"的省级科技成果奠定了良好的基础。

1999年，潘波被提升为QH集团生产经理。在本人的刻苦努力下，2000年考入北京科技大学无机非金属材料专业，在职攻读硕士学位，并于2003年7月硕士毕业；2004年潘波又考入北京科技大学无机非金属材料专业，在职攻读博士学位，并于2009年6月博士毕业。同时，在2009年度，潘波晋级为硅酸盐工程专业教授研究员级高级工程师。

潘波担任生产经理以来，先后与公司有关技术人员研制、开发了烧成浸渍镁白云石砖和优质镁铬砖。这两项产品在QH集团将其推向市场以前，国内的钢铁行业、有色行业等工业窑炉，使用上述产品还都是依赖于进口。潘波等工程技术人员通过对国外耐火材料的剖析、反复的大型工业试验，终于形成并推出了拥有QH品牌的烧成浸渍镁白云石砖和优质镁铬砖。产品经过在冶炼不锈钢的AOD炉、冶炼品种钢的RH精炼炉、冶炼粗铜的PS转炉（一种冶炼粗铜的卧式侧吹转炉）等工业窑炉上试用，达到或超过了进口耐火材料水平，替代了进口产品。

在建材生产领域中，尽管直接结合镁铬砖在水泥窑烧成带上使用，耐火性能优异。但六价铬 Cr6+ 对环境的污染引起了人们越来越多的重视，水泥窑用耐火材料无铬化的环保呼声日益高涨。基于此，潘波凭借自己渊博的专业知识和丰富的实践经验，提出在"方镁石—镁铝尖晶石"体系中，引入富铁方镁石，研制出含铁的镁铝尖晶石砖，这种镁铁铝复合尖晶石砖，不仅保留了原有镁铝尖晶石砖优异的抗剥落性能，同时还赋予了制品极佳的挂窑皮性能，产品在新型干法水泥窑烧成带上使用一举成功，从而实现了水泥窑用碱性耐火材料的无铬化。

潘波等人经与国内高校合作，试生产出水分含量 <0.5% 的有机结合剂无水树脂。从而将 MgO—CaO 体系和 MgO—C 体系结合起来，开发出不烧 MgO—CaO—C 砖。目前，该产品主要用于冶炼不锈钢的 GOR 转炉、LF 钢包精炼炉（一种有电弧加热功能的钢包精炼设备）和 VOD 真空吹氧精炼炉。2014 年，由潘波主导研发的"炉外精炼用优质不烧 MgO—CaO—C 砖"，荣获由中国钢铁工业协会、中国金属学会颁发的冶金科学技术奖三等奖。

多年来，潘波在科技创新领域中所做出的贡献不仅得到了企业的肯定，也得到了社会的认可。基于此，潘波被评为 2009 年度享受国务院政府津贴的科技人员，同年又被营口市委、营口市人民政府命名为"营口市第三届自然科学学科带头人"。2014 年，荣获由中华全国总工会颁发的全国五一劳动奖章。

2020 年，潘波被聘任到中镁集团，担任集团公司总经理。2021 年度，国家耐火材料行业协会将中镁集团升级为常务理事单位，并授予中镁集团董事长付常浩"中国耐火材料行业发展 30 年历程中 33 位优秀企业家之一"的称号。为建设和完善低碳管理体系，践行耐火材料行业的社会责任，国家耐火材料行业协会在中镁集团等几家大型耐火材料企业的参与起草下，于 2021 年 12 月份发布了《耐火材料生产企业温室气体排放核算方法和报告》的团体标准。

镁质系列耐火材料制品主要应用于钢铁、有色、水泥和玻璃等高温工业领域。潘波到中镁集团后，发现水泥窑领域用耐火材料对中镁集团来说尚未开发。在潘波的提议和率领下，在中镁集团组建水泥事业部，大力开发水泥窑市场。迄今为止，中镁集团已拥有水泥窑客户30余家，累计生产水泥窑用镁铝尖晶石砖和镁铝铁复合尖晶石砖5000余吨，也填补了中镁集团在水泥窑领域用镁质系列耐火材料制品的空白。

中镁集团目前拥有年产各种镁质耐火制品24万吨、年产各种镁质不定形耐火材料4万吨、年产各种镁质耐火原料8万吨的产能。在这种产能背景下，每年有大量的新模具待制作、大量的旧模具待修复、大量的备品备件待更换，采购资金超千万。基于此，建设属于自己的模具和备品备件机械加工厂势在必行。2021年度，在潘波的率领下，投入基本建设资金400余万元、投入设备购置资金700余万元，并广揽人才，建成了中镁集团的机械加工厂。目前，该机械加工厂每年为中镁集团生产新模具350余吨；修复旧模具500余吨；制作大台车、钢胆、模套、雷蒙弹子等大小备件4000余件。中镁集团自己制作、修复模具，加工备品备件，不仅节省了采购成本，而且质量稳定、供货及时，为各生产车间的日常运行，提供了极好的便利条件。

直流电弧炉、矿热炉主要有三种类型，即Clecim型（水冷钢棒式底阳极的直流电弧炉）、GHH型（多钢针式底阳极的直流电弧炉）和ABB型（导电炉底式的直流电弧炉），其中ABB型直流电弧炉，炉底主要砌筑镁碳砖。这里用的镁碳砖，不仅需要有优异的耐火性能，同时还要具备导电功能，该类型镁碳砖属于功能型高附加值产品，而能够生产这种导电型镁碳砖的企业，全球仅有国外某知名耐火材料公司一家。2021年10月份，中镁集团与云南龙佰武定钛业有限公司签订了冶炼高钛渣的直流矿热电炉炉底用导电型镁碳砖供货合同。接到攻关任务后，在潘波的率领下，组建了导电型镁碳砖攻关小组，他们历经半年左右的时间，查阅大量技术资料，在实验室小型试验的基础上，先后进行了5次大型工业试验，不断总结、不断改进，于2022年2月份，成功开发出导电型镁碳砖，并交付云南龙佰武定钛业有限公司。目前，产品在直流矿热电炉上使用稳定。客户的评价是"使用效果非常好，与国外进口产品相当"。

潘波的到来，不仅开发了市场，也带来了新的客户，对中镁的业务进行了拓展，同时也加大了出口业务，弥补了中镁的短板，预计在不久的将来会有更大的收益。

潘波个人履历

教育背景：

1985年9月—1989年7月，毕业于鞍山钢铁学院耐火材料专业，荣获学士学位；

2000年9月—2003年7月，毕业于北京科技大学无机非金属材料专业，荣获硕士学位；

2004年9月—2009年6月，毕业于北京科技大学无机非金属材料专业，荣获博士学位。

工作经历：

1989年7月—1995年10月，就职于冶金工业部辽宁镁矿公司大石桥耐火材料厂镁碳砖分厂。工作期间晋升为助理工程师、工程师，先后担任工艺技术员、生产厂长、厂长等职务；

1995年10月—2020年9月，就职于营口QH集团，工作期间晋升为高级工程师、教授研究员级高级工程师，先后担任生产厂长、生产副总经理等职务；

2020年12月至今（采访时间截至2024年），就职于辽宁中镁控股股份有限公司，教授研究员级高级工程师，任职为集团公司总经理。

获奖情况：

《超高功率电炉EBT部位用MgO—C砖》项目，1998年10月荣获辽宁省科学技术委员会授予的省级科学技术研究成果奖；

《优质镁铬砖》项目，2001年12月荣获辽宁省科学技术厅授予的省级科学技术研究成果奖；2002年11月荣获辽宁省科学技术奖励委员会授予的辽宁省科学技术三等奖；

《烧成浸渍镁白云石砖》项目，2001年12月荣获辽宁省科学技术厅授予的省级科学技术研究成果奖；2006年1月荣获辽宁省人民政府授予的第六届辽宁省优秀新产品三等奖；

《高级含碳制品》项目，2001年12月荣获辽宁省科学技术厅授予的省级科学技术研究成果奖；2007年10月荣获辽宁省人民政府授予的辽宁省优秀新产品三等奖；

《大型干法水泥窑用镁尖晶石砖》项目，2006年12月荣获辽宁省科学技术奖励委员会授予的辽宁省科学技术三等奖；2007年2月荣获辽宁省人民政府授予的辽宁省科技成果转化三等奖；

《轻质镁橄榄石砖》项目，2009年10月荣获辽宁省科学技术厅授予的省级科学技术研究成果奖；

《炉外精炼用优质不烧 $MgO-CaO-C$ 砖》项目，2012年7月荣获辽宁省科学技术奖励委员会授予的辽宁省科学技术三等奖；2012年7月荣获辽宁省人民政府授予的辽宁省优秀新产品二等奖；2014年8月荣获中国钢铁工业协会、中国金属学会冶金科学技术奖奖励委员会授予的冶金科学技术三等奖；

2009年3月，潘波荣获中华人民共和国国务院授予的政府特殊津贴；

2009年12月，潘波荣获中共营口市委、营口市人民政府授予的"营口市第三届自然科学学科带头人"称号；

2014年4月，潘波荣获中华全国总工会授予的全国五一劳动奖章。

44. 科技研发

中镁集团成立后，它下辖有营口关山耐火材料有限公司、大石桥市富城特种耐火材料厂、营口中耐装备技术有限公司、营口富电热能技术有限公司、辽宁中镁高温材料有限公司、新疆中镁高温材料有限公司、吐鲁番富电热力有限公司、辽宁中镁进出口贸易有限公司、新疆中镁金源矿业有限公司，共9个子公司（厂）。集团总部的地点没变，仍然坐落于素有"中国镁都"之称的大石桥市，是集耐火材料、储能蓄热材料的装备研发、制造、营销及施工服务于一体的大型企业。集团有员工1300多人，资产12亿元，占地68万平方米（包括新疆占地）。集团主要产品有镁质原料、烧成及不烧制品、不定型材料、铁基蓄热砖、镁基蓄热砖，高、低压电储能成套装备。年产耐火材料30万吨，产品广泛地应用于冶金、建材、有色、化工、特种金属冶炼、清洁能源电储能技术等领域。

中镁集团成立后，科技人才和科技团队发挥了很大的作用。他们不仅在技改方面取得了成效，在专利获取方面也有了大的突破。

2012年以前，中镁集团就针对镁制品进行专利研究。他们在20多年的发展和工作经验基础上，建立了以镁制品为核心的研究团队。为了适应市场需求和发展，为了使自己的企业立于不败之地，赶超那些同行业的领先者，开始对镁制品进行深加工的研制，并报请专利。

搞科研、搞专利是需要人才的，特别是需要那些专业对口，又有实践经验的人，他们是最有发展和潜力的。付常浩在招聘企业领导者的同时，也没有忘记对镁制品研究感兴趣的人。招聘要求是，不仅要有实践经验，更要有学历和对镁制品发展的深入研究。他们从众多的有识之士中选拔更优秀的管理人才和科研人才，为企业的后续发展奠定了基础。

"以人为本，科技兴企，诚信至上，质量第一"是中镁集团经营发展的理念。付常浩说，我们一定要爱才、护才、招才、用才，把这方面的工作做好了，企业不愁发展不起来，也不愁延续不下去。

市场的竞争，就是人才的竞争。企业的竞争力是具有创新能力人才的数量和质量。缺少高科技人才，研发不出高科技产品，企业就很难持续发展。付常浩说，别看咱们的地方小，名声没有北京、上海、广州、深圳那么大，但咱的地方好，叫"中国镁都"；咱的品行好，"水远诚为岸，山高德为巅"，咱有好的信誉、品行、道德、理念，不可能发展不起来。

付常浩深有感触地说，我永远也忘不了刚开始创业时缺少人才的苦恼，那真是"叫天天不应，叫地地不语"。手里拿着贷款都不知道怎么花。能把一个木匠弄来设计镁砂窑，干铁匠和瓦匠的活儿，你想想是个什么状态。现在想起来都是笑话。当时我就是个门外汉，又找了几个门外汉在一起鼓捣，竟然把事干成了，真是老天助我。我最喜欢的一句话是"三个臭皮匠顶个诸葛亮"。但那是没有办法的办法，靠的也许是运气，但现在不能那么做了。

付常浩说，不做没把握的事，不做不懂的事，我是深有体会的，也是吃过亏的。在齐大山帮咱建厂后，第一次烧窑，大伙都很高兴。在第二天产品出窑的时候，我们正准备庆贺，这时雇来几个选矿的女工，她们问齐永昌，镁砂怎么选？齐永昌说，我也不知道怎么选，得问问老板。齐永昌就领着她们找我，问镁砂怎么选。我说，该怎么选就怎么选呗。几个女工面面相觑，说，我们怎么选，得听你们的，是一到零的，还是五到十的，有规格，有标准，你们让我们怎么选我们就怎么选。我就瞅着齐永昌，齐永昌也看着我，不知道如何是好。一个女工见我们不懂，便重复道，你们是不是不明白呀？选镁砂分大块小块，分别摆放，如果卖的时候客户要大块的，就拉大块的，要小块的就拉小块的，不能乱选，也不能乱堆乱放。齐永昌说，这是第一炉，还不知道卖谁呢，没法说要大要小。你们就把细粉筛出来，就那么大小掺和着放吧。过了一个多月，我们的产品堆成了山，有客户闻讯来买，咱问买什么样的，对方说买3到8的。我们的女工没办法，只好按照人家买方的要求又重选了一遍，不仅费时，还费事，弄了第二遍，让这些女工又挣了二遍钱。你说外行人整这事，说出来都让人笑话。后来我问别人家是怎么选的？女工说，别人家是卖什么样的，就选什么样的，先定货，后选大小……付常浩说，这都是小事，还有买设备让人骗了，等等，亏都没少吃……

付常浩是个深谋远虑，能抓住机会的人。在20世纪90年代初，冶金、建材工业迅速发展，给镁资源的开发带来了发展良机。镁制品行业，是个点石成金的行业，竞争是十分激烈的。付常浩经过不懈努力，投入大量的资金，在人才竞争中成了胜者。

有了人才，还要有科技研发创新的奖励办法，来促进企业科技进步，提升自主创新能力，充分调动全体员工的创造性和积极性，加快科技成果的转化和应用。

中镁根据国家科技奖励政策并结合本公司的实际情况，制定了公司科技研发创新奖励办法。他们设立了技术进步奖、专利发明奖、合理化建议奖、科技研发创新奖，将物质奖励与精神奖励相结合，由公司授予奖励证书和奖金。

中镁的科技研发创新奖项每年评定一次，由各部门负责推荐，公司评审委员会评审，董事长办公会议批准；对在科研、新产品研发和产业化中做出贡献或有重大突破者授予技术进步奖。技术进步奖分为一等奖、二等奖、三等奖；专利发明奖，获得中国或其他国家的发明专利、实用新型专利、外观设计专利并取得证书者，授予专利发明奖。

技术进步奖一等奖，凡符合以下条件之一者，择优可得奖金50000元：省级以上（含省级）科技进步一、二等奖获得者；在本行业中技术水平达到国内领先，并拥有自主知识产权，为企业新增销售额1000万元以上获新增利润100万元以上的技术研发项目；为企业有重大技术的改进、重大技术难题的攻克并产生100万元以上经济效益的项目。二等奖，凡符合以下条件之一者择优可得奖金10000～20000元：凡在当年被评上省级科技进步三等奖，营口市科技进步一、二等奖，营口市优秀新产品新技术一、二等奖以上的项目；取得经济效益在30万元以上的技术创新项目。三等奖，凡符合以下条件之一者择优可得奖金1000～10000元：凡在当年被评上营口市科技进步三等奖、营口市优秀新产品新技术三等奖以上的项目；取得经济效益在50000元以上的技术创新项目。

专利发明奖：获得中国发明专利或其他国家专利的，每项奖金50000元；获得实用新型专利和外观设计专利的，奖金为20000元。

合理化建议奖：被采纳的合理化建议，按其经济效益、社会效益、作用意义和技术难度的大小分为三等，一等奖1000～5000元，二等奖500～1000元，三等奖200～500元，鼓励奖100～200元。

奖金分配原则：由项目组研发的项目，主研人员应得奖金不低于60%；分配后余额奖金，按在项目中的贡献大小分配给项目组成员。同一项目，同一年度中获得多个奖项以最高奖为准。

有了人才，有了奖励机制，企业也就有了积极向上你追我赶争上游的活力和动力，科技人员对设备的改进、新产品的专利发明、产品的升级换代也就有了奔头，有了积极性和创造性。由于设备的改进，新产品的研发，使他们生产出的镁砖质量更加上乘，更加持久耐用。

同行业的人都知道，耐火材料企业拼的是炉龄。就是用户砌一次高炉能炼多少炉钢，炉龄越高，用的时间越久，耐材的需求量就越少，成本就越低。厂家就愿意同你合作，愿意使用你的产品。中镁集团的"实用新型专利"具备新颖性、创造性和实用性，产品的形状、结构完全适用于实用的新的技术方案。他们在创造性原则的基础上，不仅在实用、新型上有提升，在外观设计上也有了更好的提升，集新颖、创造、实用、美观于一身。与现有技术相比，具有突出的实质性特点和进步，为提高产量起到了积极的作用。结构调整，改变技术方案使生产炉的寿命延长；发明专利提高了产品使用性能，达到了耐用、节约、减少事故的目的。

2013年，在中镁集团成立的第二年，他们的专利发明陆续开花结果。

一系列的专利申请成功，说明了中镁集团技术研发的雄厚实力。同时也表明了他们企业未来发展的无极限。没有高科技和懂高科技的人才，就开发不出高科技的产品，企业想持续发展就是一句空话。

付常浩说，"人定胜天"这句话我信。

中镁集团秉承"水远诚为岸，山高德为巅"的经营理念，在高温耐材领域不断开拓创新。截至2022年底荣获国家专利65项，享有自主知识产权新产品多项。其中"节能型—低热导率复合镁钙砖""电熔再结合镁钙砖""固体相变储能材料""铁基蓄热材料""储能装备"等具有独特性的技术优势，更达到国际先进水平。

集团具有完善的质量保证体系，通过了质量体系认证、ISO14001环境管理体系认证、OHSAS18000职业健康安全管理体系认证，获得"全国耐火材料一级优秀承包商""辽宁省诚信示范企业""辽宁省现代企业制度首批示范企业"等一系列资格证书和荣誉称号。

真正做企业的人，总是想着如何把企业做强做大。只有把企业做强，企业才能壮大，做强是前提，不强的企业难以生存，更谈不上做大。

特别是近些年，他们在科研方面加大力度，不仅加强了团队建设，还进行大量的投资，安排科研人员外出学习、培训，开展对国外需求产品的技术研发，力争开拓更广泛的国外市场。经过科研人员的学习、研制，中镁集团的镁砖、镁铬砖、镁锆砖、方镁石尖晶石砖、镁橄榄石砖、镁钙砖、镁碳砖、镁铁尖晶石砖、蓄热砖、整体钢包浇注料、刚玉浇注料、永久层浇注料、造渣球、不定型耐火材料；镁砂有优质菱镁矿石、优质镁白云石、电熔镁砂、中档镁砂、高纯镁砂、电熔镁铬砂、电熔大结晶镁砂、重烧镁砂、轻烧镁球及电厂脱硫剂，等等，均以上好的品质、优质的服务畅销国内外。

他们紧跟形势，充分利用新疆的资源、地理、市场等方面的地域优势，建立新疆镁质耐材产业基地及储能装备产业基地，形成以菱镁矿为主的资源开发，从矿山→原料→产品"全产业链"的经营模式，完善了集团菱镁产业结构，成为公司新的经济增长点，并形成了"区域化"发展特色，带动了地方经济的发展。

中镁集团下属子公司辽宁中镁高温材料有限公司是国家创新型企业、高新技术企业，拥有省级企业技术中心、大学生培训研发培训基地，与中科院金属研究所、华北电力大学、东北大学、辽宁科技大学等大学和研究机构保持长期良好合作关系；还与辽宁科技大学共建镁质高温耐材研发中心，形成以博士、硕士等高级技术人才为核心的创新研发队伍，协同创新，共同发展。

采访时，我问付常浩，是什么原因让你这么孜孜不倦？他笑道，我对做生意有一种快感，甚至疯狂的想法。有人说过"历史就是疯狂想法的长期发展""世界就是因为有疯狂想法构成的"。我感觉这些话说得很好。他还说，做生意就像在运动场上的椭圆形跑道上赛跑，其实是没有目的地的。

我喜欢这种没有目的地的生活。没有目的地的生活可以让你奋进，让你拼搏，让你永远也歇不下来。你停下来了，就相当于还在起点上，当然也可能是你的终点，那就是生命的终点。有谁愿意过早地到达生命的终点呢？所以我不能停，只能往前跑……

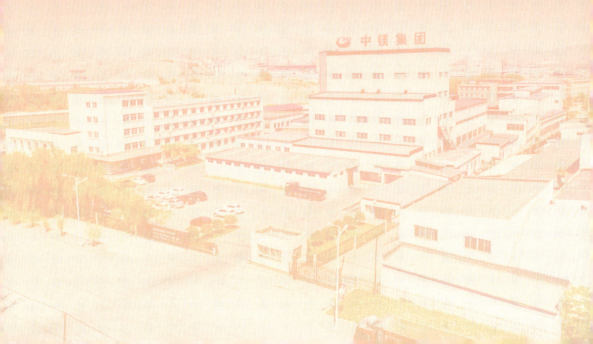

人和篇

第十一章

45. 付家人

2021年7月1日，是举国同庆中国共产党建党100周年的日子。这一天，天气晴朗，阳光普照。中镁集团总部和所有子公司都飘扬着鲜艳的彩旗，和全国人民一道迎接这一美好节日的到来。

节日的第二天，我来到中镁集团，采访了董事长付常浩的两个女儿，他的两颗掌上明珠付宇和付丽。这是两个只差两岁的姐妹花，刚到不惑之年的中镁集团领导。她们分别毕业于计算机专业和财会专业，毕业后就在自己家的企业工作，先是学记账、做会计，从基层一点点做起，渐渐地走上了领导岗位。大姐付宇时任中镁集团副董事长、副总经理，是大石桥市人民代表大会代表，营口市耐火材料行业协会副会长，营口市优秀共产党员。小妹付丽时任辽宁中镁

中镁集团副董事长付宇

中镁控股董事付丽

控股股份有限公司董事，曾任大石桥市富城大酒店财务经理，辽宁中镁高温材料有限公司财务会计，辽宁中镁控股股份有限公司董事会秘书，辽宁中镁控股股份有限公司审计部部长。这是两个说话和气的姐妹。她们都有一双儿女，且学习优秀。姐姐付宇的儿子在英国伦敦大学读研，女儿读小学；小妹付丽的女儿在读高中，儿子在读小学。她们对孩子的未来充满期望。

姐妹俩对我的到来很是热情，还略略有些紧张，有些不知说什么好。我说，谈谈你们的父亲和母亲。

室内清静，一间不是很大的办公室明亮整洁，窗台上摆放着两盆正在盛开着的颜色鲜艳的花朵，似乎有一种微微的清香。我们是在姐姐付宇的副董事长办公室谈的话。她的办公桌上放着电脑、电话，还有一些文件、报表什么的。在电脑的后面，桌子的一角放着一盆文竹。文竹的枝叶并不张扬，看上去清新、醒目、雅致。

小妹付丽先是看了眼姐姐付宇，说，父母，都挺好的，说啥呀？

我说，是挺好，谈谈你们小时候对他们的印象。

姐姐付宇说，小时候，那时我们太小了，总觉得爸每天都在忙，也不知道他在忙些什么。

小妹说，妈对我们很严格，爸能好一些。

姐姐说，小时候我们的学习只有妈管，爸管得不是太多。他对我们总是那么和颜悦色。每次在学习方面，妈管得过严的时候，爸就说，尽力就行了。现在想起来，如果当时爸对我们要是严格一些，多督促督促我们的学习，那就更好了。但这也不能全怨爸。

小妹说，爸很少说我们，在咱家属于典型的"慈父严母"。

　　姐姐说，爸从来不逼我们做什么事。我们有些什么事做错了，他总是说，以后注意就是了，但同样的错误绝不能犯第二次。他是个特别宽容的父亲。

　　小妹说，我和姐不是淘气的孩子，爸基本上没批评过我们。

　　姐姐又说，记得在我十来岁的时候，爸早已经自己做生意了。他每天走得都很早，回来得也很晚。那时咱们住在乡下的鞭杆村，爸每天上下班都是骑自行车。由于路途远，骑车得一个多小时才能到厂子。我们很少能见到他的面。

　　小妹说，那时生活困难，跟现在没法比。

　　姐姐说，记得有一天爸在家带我，给我做饭，弄的是高粱米饭拌的荤油和酱油，我吃得特别香，到现在还不能忘，不像现在吃什么都不香。那个时候只有过年了能吃到荤腥。

　　小妹说，小的时候，记得爸每年都给我们姐儿俩买大红灯笼。到大年三十的晚上，早早地吃完了饭，我们就提着灯笼和村里的小伙伴们到处乱跑。那时候的冬天比现在冷，好像我们不知道冷似的，在冰天雪地里奔跑着，嬉闹着，还挨家串，可好玩儿了。当时在全村孩子们拿的灯笼中，我们姐儿俩的灯笼是最大、最亮、最好看的。

　　姐姐说，每年的大年三十咱家人最全，爸妈都在家。这一天我们起得都很早，妈准备年夜饭，爸就开始贴春联。爸的毛笔字写得好。他从不在街上买春联，只买几张大红纸。爸自己有墨，有毛笔，自己编词儿，自己写。屋门的门框上，院门的门框上，猪圈的墙上，贴的都是对子。记得，每一年猪圈的墙上写的都是"肥猪满圈"，其实那里根本就没猪，但还是要写。其他门上写的什么就记不清了。爸写的春联每年都不一样，年年新气象，年年有新词儿。红彤彤的对联贴在那里耀眼、好看，本来很旧的房子，一下子新鲜喜庆了不少。我和小妹也跟着忙活，帮爸贴春联。

　　有一年，其中的一副春联还是我跟小妹写的呢，字写得当然没有爸写得好。爸却说，行行行，挺好，就贴在内屋的门框上吧。爸边贴边说，这是咱家的两个小书法家写的，一定得贴上。妈边干活边说，你就惯着她们吧，那写的叫啥，猫抓似的。爸说，你不懂，真正的书法就是不好看，或者谁都不认识。你以为你们老师的字写得就好哇，充其量是个板书，让学生们认识罢了，绝不能叫书法。这一年春节，我和小妹看得最多的就是我们俩写的那副春联儿，只要留意到了，每次都边看边念，现在还记得。上联是：我家闺女有花儿戴；下联是：爸爸有钱能买来。横批是：锦上添花。这是爸根据《白毛女》编的词儿。咱家来客人拜年的时候，小妹还显摆，说是我们姐儿俩写的。

姐姐继续说，大年三十、初一、初三、初五，还有正月十五吃饭前，爸总是要放好多的鞭炮，满院子白白的雪地上落着红红的鞭炮屑，像冬天里盛开的一朵朵小红花，鲜艳、靓丽、好看。

姐姐又说，听妈讲，爸在学校当老师时还给学生上过音乐课呢。我记得，那时候，爸喜欢唱歌，咱家还有麦克风呢。爸喜欢唱《沧海一声笑》那首歌。我们都会了：沧海笑，滔滔两岸潮，浮沉随浪记今朝。苍天笑，纷纷世上潮，谁负谁胜除天知晓……爸唱，我们也跟着唱。我们还唱《万水千山总是情》《乡间的小路》《外婆的澎湖湾》……

小妹抢着说，还唱过《清晨》《同桌的你》《九月九的酒》《爱江山更爱美人》什么的，很多歌我们都会唱，其乐融融的。后来我们家的条件更好了，买了电视机、录音机和录像机，我和姐都特别喜欢。只要一放假，我俩就在家鼓捣着玩儿，唱歌、跳舞、录音……小时候真好！

姐姐说，爸是个追求时尚、进步的人，赶时髦，能跟上社会发展的形势。他现在都70多了，在计算机方面也很明白，搜索信息、编辑文档、存放资料、打字、微信、短信、QQ、制表什么的都会，还经常在网上办公。我真是挺佩服他的，这么大年龄了还那么好学。只要他想学，肯定能学会，头脑也好使。但他也挺固执，只要他认准的事儿，很少有人能推翻。他有自己的主见，想好了就一定去做，而且一定做得不错。他的固执可能也是他的优点，造就了他的事业，走到了今天。

小妹说，我们家是全村第一个买的电视，而且是彩色的日本东芝牌。那时城里有电视的人家也很少，即便有也是黑白的，电视还没有普及。在乡下就更少了，属于新鲜玩意儿。

姐姐说，我记得还要在院子里竖一根天线，老高老高了。有的时候效果不好，我们还得出去到院子里转转天线。我家有电视后，每天晚上都招引好多村里的大人、孩子到咱家看电视。夏天在院子里看，冬天就在屋里看，满屋子、满院子挤挤擦擦的都是人。还经常有人踩进咱家厨房的煤槽子里，弄得满脚都是煤。当时看的是电视连续剧《渴望》，还有《西游记》《红楼梦》《射雕英雄传》什么的……

姐妹俩越聊话越多，我们之间的气氛也越来越轻松。

小妹接着说，妈和爸的性格不一样。妈的性格有些外向，性子比较急，属于心直口快，有什么话说完就完了，刀子嘴豆腐心，从不放在心里。可能是当老师的职业病，有什么事非要说说明白不可，愿意敲真叫响。她不怎么爱做细活，但教书特别认真。小时候为了念书，我们经常挨她的批评。妈经常在家考我们生字和算术题，只要哪个字不会写了，她就罚我们写10遍、20遍，直到会写为止。还经常让我们背课文，凡是应该背的课文，都要求我们背下来。吓唬我们说，背不下来，甭想吃饭！还说，你们学习不好，我怎么在学校当老师教别人家的孩子？为了检查我们的学习情况，妈还特意把小学生的一些作业拿到家里来，让我和姐帮着批改作业。不仅锻炼了我们学习的兴趣，还提高了我们的学习热情。只要知道作业中的哪道题对了，哪道题错了，就证明我们会了。当时我们不愿意写自己的作业，却很愿意用红色笔批改学生的作业。妈说，不写作业可不行，一定要先写自己的作业，然后再批改别人的作业。记住了，以后不管做什么，一定要自己先懂，然后再指导别人。你自己都不写作业，怎么有脸批改别人的作业，又怎么能知道人家做得对不对？

姐姐说，那时候真是，我跟小妹像老师似的，批改作业特别认真。然后妈再检查，怕我们给批改错了。还行，基本上没有批错的。

姐姐又说，有一次过新年，妈包饺子，我们批改作业。妈说，你俩认真点，别批改错了。谁批错一道题，谁就少吃一个饺子。

小妹说，那时我也想当老师。老师多好哇，往台上一站，那么多的学生听你讲课，还可以用红色的笔给他们批改作业。当时觉着妈是世界上最了不起的人了。

这时有人敲门。姐姐说，请进。进来一个工作人员。姐姐说，稍等一会儿吧。那人便退了出去。

室内静了一会儿，一缕阳光照了进来，照到了姐姐和小妹的头上，像戴了一束光环。

小妹又说，爸干家务不是很多，大多是妈带领我和姐干家里的活儿。记得那时经常停电，特别是在过年之前，总是要停那么几次电。我们只好用手电或者是蜡烛照明来做饭、吃饭、洗衣服、写作业什么的。特别是冬天，又冷又没电，屋里屋外漆黑一片，摸哪儿哪儿凉……不知道那日子是怎么过来的。那个时候妈特辛苦，除了在学校教书，还得照顾我们姐儿俩，干那么多的家务。

姐姐说，爸也挺理解妈。记得有一次他对我说，你们也不小了，尽量帮你妈干点家务活。我是没空。

姐姐又说，特别是在买下大耐厂招待所之后，开了酒店，爸更是忙。那时我已经上班了，跟一个叫罗宏国的大爷学会计。开始爸管理了一段酒店，后来他实在忙不过来，就把酒店交给了大姑付艳华，我是会计。大姑很会经营，没到两年酒店渐渐好起来。记得那一段日子，大家真是干劲十足。付家有了自己的酒店，自己的企业，不可能不兴奋，有一种脱胎换骨的感觉。付家人也出奇地团结，不管谁家有什么事，所有的兄弟姐妹齐上阵。有钱的出钱，有力的出力，很少计较得失。后来小妹也做了一段时间的富城酒店财务经理。

姐姐又说，有了酒店，无论是长辈们谁过生日，逢年过节都是在酒店聚会。大姑管理酒店很严格，家里人，无论是谁，只要在酒店吃饭，都正常消费，绝不铺张浪费。

小妹说，我爸对我姥姥这边的人也很好，吃的用的，从不亏欠。有的时候比妈关心照顾得都多。爸总说一句话，都不容易，能帮一把就帮一把，不要把钱看得太重，更不要把姥姥家的人当成外姓人，都是一家人，不要分得那么清楚。那时我姥姥家的家境不是那么好。我姥姥也生了8个孩子，在乡下，日子过得挺困难。现在想想，还真得感谢改革开放。后来姥姥家的日子也都好了起来。

姐姐说，我妈是个很大度的人，对爸这边的亲人也特别有样儿，无论是钱还是物，缺什么用什么也都特别大方。

姐姐又说，我们怕妈，但也怕爸，虽说爸对我们态度一直很好，可还是有些怕，有一种敬畏感。也说不出什么原因，就是怕说错话，做错事，直到现在在一起工作，更是这样。

姐姐又说，我们付家在村里的日子过得都很祥和、平静，没有什么大吵大闹和大是大非的事情发生。我的三个姑姑对她们的几个哥哥也很尊敬，这些哥哥对几个妹妹也特别关心。无论是大嫂还是弟妹、妯娌之间都能和谐相处。我不知道别人家怎么样儿，我们付家人真是一团和气。大爷活着的时候就是这样。大爷走了之后，二大爷（付常明）在外地当兵，三大爷（付常辉）在锅底山铁矿工作，家里只有爸和五叔（付常武），谁家有什么难办的事都来找爸。爸做得特别好，跟大爷一样，全心全意为这个大家服务，任劳任怨的。爸对家人和对员工都是一个样子，很少批评，很少说谁的不是。总是用鼓励的语言和态度跟我们或员工说话，教我们做人、做事。即便有什么事我们不理解，他也能说服你，给你解释，帮你分析和解决问题。你听了他的话，就非常明白了，而且觉得合情合理，你的心里就像打开了一扇门，特别敞亮，不再纠结。在工作上也是，我们一旦遇到什么问题，他总是一语中的，说出你的要害和问题所

母女合影左起：长女付宇、母亲张玉琴、次女付丽

在，你不可能不接受，而且会无条件地去服从……

这时又有人敲门，还没等里面的人应答回话，门开了，进来一位60多岁中等身材的妇女。付宇和付丽立马站起来，异口同声地叫了一声，妈，你怎么来啦？

我也站起身，看着她，说，应该是张玉琴张老师吧！她看着我，不认识。大女儿付宇介绍说，这位是冯老师，是来采访我和小妹的。

张老师的眼睛一亮，也叫了我一声老师。

我说，我可不敢当老师，您才是真正的老师，我是您的学生。其实我应该称您为校长。

张老师说，什么校长，都退休了。又说，还真是，退休了，管我叫老师的少了。你这么一叫老师心里舒坦。说完她笑了起来。

两个女儿扶着母亲坐下来，我们一起聊。

我说，张老师，原本想过些日子找您聊聊，今天遇见了，择日不如撞日，就在一起谈谈吧。

张玉琴（付常浩妻子），人民教师。退休前任百寨乡工农小学校长，高级职称；任教35年，曾任班主任和学校的会计，53岁提前退休。时年68岁，从容貌和气质上看，说她50岁并不为过，精、气、神处处都显示了她身体的健康和不俗的修养。

张老师笑了笑说，我听她爸说了，要写一部中镁企业发展史，我可支持了。我早就跟她爸说过，你这一辈子辛辛苦苦地创业，都能写一本书。她说话的声音铿锵有力，而且十分开朗。

小妹付丽问，妈，你怎么来啦？你可很少到公司来。

姐姐付宇为母亲倒了杯热水，放在了眼前的茶几上。

张老师说，你爸早上没怎么吃饭，我给熬了点小米粥，炒了点羊肉山药让他中午吃。

我听了感动地说道，张老师，您还亲自为丈夫做饭、送饭哪。

张老师说，这是第一次，让你给碰上了，不是天天送饭。一般情况下，没有客人他都是回家吃。明天我准备出去旅游，去呼伦贝尔大草原，就给做了点饭送来了。早上她爸没怎么吃东西就上班了。

我说，大热的天儿，不是有司机吗？可以让他们去取嘛。

张老师说，不用司机，我自己开车来的。

我有些惊讶地问，您还会开车呀？

张老师笑道，这算啥，我53岁退休前就开始学开车，驾校属我的年龄大，还是个老太太，驾龄已经15年了。我还开车到处旅游呢。说完她爽朗地笑了。

我说，我们真应该向您学习呀！

张老师笑道，学啥，自己找乐呗。反正我一天挺开心的。现在国家的政策好，也不缺钱，趁身体还行，祖国的大好河山都走走、看看，挺好的。

我问，董事长支持您旅游哇？

张老师说，支持，他不管，去哪儿都行，只要安全。

我问，您一定走过很多地方吧？

张老师笑道，这几年，我真没少走，国内的华东五市、桂林、张家界、厦门、贡格尔草原、大西南、长白山、西双版纳、海南、台湾很多地方；还有国外的日本、韩国、泰国、朝鲜、丹麦、芬兰、瑞典、挪威，去过不少呢。说完，她又笑道，我可爱旅游了，看看异国风情，品尝他们的美食，目睹他们的文化……就像歌里唱的"我真想再活五百年"，也想重返学校给那些孩子讲讲国外到底是什么样子……

我问，您走了这么多地方，有什么感触？

张老师说，感触嘛……当然有，特别是去国外，有比我们强的地方，也有赶不上我们的地方，唯一最大的感触就是在国外心里不踏实，还是在国内心里踏实。只要飞机一离开本土，我的心就有些发慌。回来的时候一进入我们的领空，感觉就是到家了，有亲切感。细想想，哪个国家也没有中国好，在哪儿住也没有在家住舒坦。以后国外我不想去了，把咱们中国走遍了就行。说罢，她又自豪地笑了。

两个女儿一左一右坐在母亲的身旁。她们分别抚摸着母亲的手，很是亲切，渗透着母女情怀。这时的阳光已经充满了房间，屋子里更加明亮了，气氛也更是温馨。我看着她们母女三人，很有一种幸福感。

张老师始终是微笑着的，那是一种带着亲切感的笑、幸福感的笑和成就感的笑。她的笑容，她的语言表达，她的开朗，让我想起了她的丈夫，这是多么和谐的一个家。

小妹付丽给母亲鬓角处的发丝往耳后撩了撩，说，妈，你哪儿都去过，我哪儿都没去过。

母亲说，你们这么小，着什么急。你们现在是工作，干事业，以后的日子长着呢。

我说，正好您来了，谈谈您跟董事长是怎么认识的吧，还有他的企业是怎么发展起来的。

张老师说，哎呀，谈他，我都能掉眼泪。当时，要是弄不好，我都有跟他出去要饭的打算。她呷了一口水，又说，开始办厂的时候，那个苦哇，别提了。当时那样，我都不敢想咱家还能有今天。咱家她爸一根筋，想做的事一定得做。我刚认识他（付常浩）的时候，我才20岁，刚到村小学当老师。我是1972年高中毕业的，后来因为家里困难就没有再念书。在家没待上3个月就去村里的小学当老师（民办教师）。当时是"文化大革命"，我在我们那里我的水平就算挺高了，只是老师这个职业当时不是很吃香，她爸比我大3岁，我认识她爸的时候他都大学毕业了。付艳华（小姑子）跟我是同学，当时我总去她家玩儿，不知道付常浩是她哥，也不知道他是老师，后来到学校上班后才知道的。当时他是咱们学校的团支部书记，还兼职班主任。那会儿我可要求进步了，就写了一份入团申请书，交给他，等着入团。那时候我们当老师可累了，除了白天上课教学生，每天晚上都有政治学习，一学就到夜里10点多钟。我跟咱家付常浩是一个堡子的，都在百寨公社的鞭杆沟村住。鞭杆沟一共有3个自然屯，付常浩家在后屯，我家在腰屯，还有一个前屯。每天晚上学习完后我自己一个女的不敢回家，都是付常浩送我。那时村里哪有像现在这样的柏油马路和路灯，那时啥都没有，都是土路，坑坑洼洼的不好走，要是赶上雨天，那个泥泞劲就别提了。特别是到深夜，狼嚎狗叫的什么声音都有，真吓人哪！付常浩每天都送我，还有一句没一句地跟我说说话。不知道他当时害不害怕，把我送到家，他再回自己的家。

张老师喝了一口水，继续道，现在想起来以前的事挺有意思。当时我积极要求进步，总想早些入团。他（付常浩）总让我接受考验，还总找我谈话。其实那些话咱俩在晚上回家的路上都谈100遍了。那他也谈，可认真了，有的时候还做记录，还让我写思想汇报，每半月一次，说是要放到我的档案里。我当时可紧张了，怕他把我的话和写的思想汇报都放进档案里，影响我的前程。我就非常认真地和他谈，谈理想，谈志向，谈为共产主义奋斗终生。我记得每次在谈话之前我都要看毛主席语录，背上那么几句，用毛泽东思想武装自己的头脑，去对付他找我谈话。

付宇问，妈，真的？都背啥呀？

张老师说，那可多了，有"多少事，从来急；天地转，光阴迫。一万年太久，只争朝夕""天若有情天亦老，人间正道是沧桑"；还有"踏遍青山人未老，风景这边独好""饭可以一日不吃，觉可以一日不睡，书不可以一日不读""星星之火，可以燎原""人不犯我，我不犯人；人若犯我，我必犯人！"……老多了，当时还得抢着说呢，谁先说就显得谁有水平。

付丽道，还那样？

张老师说，那还有假？当时就那形势。有一段时间吃饭前还要跳忠字舞呢。

张老师又说，我的思想汇报写了好多，都交给了她爸，但始终是团外积极分子，没让我入团。直到咱俩确定恋爱关系，他才让我入的团。结婚后我问他，我为什么当了那么多年的团外积极分子，比我上班晚的都入团了，你干吗不让我早些入团？付常浩笑着说，我是想入团证和结婚证一起给你。两个女儿笑了。付丽说，我爸还挺有心眼儿的。

张老师说，你爸可狡猾了，当时我硬是没看出来。他总说我的思想还需要更大的进步。还说，团组织的大门是敞开的，要不断学习，努力工作，只要够条件了，随时都可以进入组织的大门。可他对别人的大门是敞开的，对我却关得挺严。

我们都笑了。

付宇抚摸着母亲的手，揉搓着说，我还是第一次听你谈过去的事呢。

母亲说，谁家大人跟孩子谈这些事，多难为情。又对我说，你把这些都给他写书里，让他回忆回忆。我要是早些入了团，然后再入党，我早就当上校长了。说罢，她又笑道，他要是不承认，我亲自跟他对质。接着，她又笑了起来。

我笑道，真情实感，一定要写。我又问，当时她爸是怎么从学校出来的？

张老师说，提这事，和我还真有关。咱俩确定恋爱关系后，是我让他离开学校的。当时老师不吃香，一个大小伙子，那么有文化，在学校当孩子王能有什么出息？他的头脑好使，聪明能干，出去闯荡闯荡呗。但当时他家有点不同意，一是付常浩当时在学校挺吃香，领导得意，老师和学生都喜欢他，工作干得还好；二是他家挺喜欢有文化的人，更重视老师这个行当，有些不想让他走。付常浩也没听他家的，就出去了。其实我当时让他出去也是有考虑的，咱家付常浩的办事能力特别强。在学校的时候，当时国家对学生进行多样化技能培训，搞"三学"（学工、学农、学军）。咱们是农村的学校，只能是学农：养猪、养羊、养兔子、栽树什么的，村里还给学校划了一块地，让学生们学种田。当时的校长姓林，林校长看好了付常浩，让他管"三学"。他管理得可好了，学生干什么活儿，老师干什么活儿，都分配得非常有条理。老师、学生都听他的，校长可满意了。他离开学校的时候，校长都不愿意放。当时，我就看好了他这一点，比较欣赏他，办事能力强，还不夸夸其谈，心里可有数了。他在学校的人际关系搞得也特别好，说话从来不伤人。现在也是，有什么不愉快他就不说话了，他心里想的什么谁也不知道，他也不说。很少跟人争讲是和非，谁对谁错从来不说。再是他们老付家在村里的人品特别好，名望也高。他家一共5个儿子，3个闺女。5个儿子其中有3个儿子的媳妇是鞭杆沟的，3个屯，一个屯一个。如果人品不好，谁家的闺女能嫁给他家？当时他家还那么困难。我跟他搞对象的时候我家里人不同意，嫌他家太穷，怕我将来跟他受累。

特别是我爸，极力反对，说你要是跟他谈恋爱，就别上班了。我妈还行，还算支持我，说老付家是个本分人家，人品肯定没问题。后来我跟爸都急了，说，我的事我自己做主，吃苦受累，享福遭罪我认了！谁也没想到咱俩结婚后过得还真挺好。付常浩对我可有大哥的样儿了。他不仅对我好，对咱娘家门所有人都好。那时他家穷，也没什么孝敬我父母的，后来他有了钱，就总往咱家送东西。我爸也就没啥想法了。说着，她又开心地笑了起来。

我说，好女人是养男人的，好老婆是男人的上乘"风水"。

张老师笑道，都这么说。结婚后，我发现他挺知道心疼人的，在工作上他经常帮助我，冷了热了，都挺关心的。那时我家也8个孩子，生活虽说比他家强，也强不到哪儿去。就那么点土地，能供上十来张嘴就不错了。按照当时的状况很难脱贫。我也理解我爸当时的想法，想让自己的闺女找个条件好一点的人家。现在想，要不是他老付家的人品好，我真就不能嫁给他。他家8个孩子，5个大小伙子，付常浩排老四，小的时候都没穿过新衣服，他的衣服全是捡上面3个哥哥穿剩下的。你想想，我嫁给他的时候他能有啥？说实话，他家哥儿五个，这哥儿几个都好，跟别人家的男孩儿就是不一样，都和和气气地说话，可温和了。咱家付常浩还有一个不服输的劲头儿，这一点我特佩服，在乡下的青年人中真是不多。说罢，她又笑了，而且笑得那么自信。

张老师又喝了一口水，对付宇说，把饭给你爸送去，别忘了让他趁热吃。

付宇出去给爸送饭。

我问，张老师，您跟董事长属于自由恋爱呗！

张老师说，那时候哪敢。后来有个叫王桂革的老师给我介绍的，说这个孩子（付常浩）挺好的，人品好，有办事能力，老付家在村里的人品、名声都不错，嫁给这样的男人放心，不吃亏。我虽然当时没说啥，心里却默许了。当时有很多给我介绍对象的人，哪家的生活条件都比他家强。可我衡量来衡量去，还是觉着付常浩可靠。再说，她爸年轻时白净净的长得挺帅！

付宇给父亲送饭回来，给我拿了一瓶矿泉水，然后给小妹一瓶，又坐到了母亲身边。

我问，张老师，他老付家的人对你怎么样？

张老师说，他父母非常好，为人和气，是全村有名的。只是还没等我们结婚，老太太（婆婆）就没了。记得老五（付常武）刚订婚一个来月老太太就走了。1976年10月1日，他在食品站上班的时候我们结的婚。

张老师又说，咱家付常浩的最大优点是他想办什么事必须办成，天天琢磨，不怕人，不窝囊，无论多大的领导，跟谁都敢说话，不打怵。我跟他说，我最佩服他这一点。他说，跟领导说话怕什么？他能把你吃啦？你记着，越大的领导越好说话，他不敢把你怎么样，怕有失身份。最不好说话的是那些小领导，你就更不用怕他们了。其实，别人是最不可怕的，最可怕的是你自己，没有想法，没有胆量，就没有作为。

付常浩在学校时就特别有工作能力，属于干实事的那种人。他说干啥，想好了，马上就干，从不拖拖拉拉。他去公社上班之后，咱家还在鞭杆沟住，他嫌上班太远，又考虑到将来孩子念中学不方便，就打算在南楼镇的附近弄个房。记得是大哥付常贵在李屯给弄的地号，盖了个小二楼。那是1986年的事。房子盖完了，饥荒（债务）也出来了，还向小姑子付艳华和五弟付常武借过钱呢。

当时盖房花不到2万块钱。家里承受不了，有饥荒，我就上火了。付常浩也有些着急。这咋整，那时2万块钱不是小数目。在咱们这儿，谁家要是能有1万块钱，就属于万元户，就是最有钱的了。盖房子，拉那么多饥荒，他就有了压力。那时，他在食品站工作，有一些方便条件，开始搞副业，弄牛皮纸袋子。自己买纸，雇人缝纸袋子，一个纸袋子给人家手工费8分钱，然后他卖3毛钱（包括成本）。还做过马鞍垫什么的。那时我在学校上班，没有时间，就找我妹妹和个别的邻居帮着干活。挣得也不是很多，一年左右，记得当时手里能攒七八千块钱，已经很不错了。

后来，他又从食品站转到商业公司。由于工作表现好，先是入了党，然后当了支部书记。当领导之后，纸袋子就不弄了，怕影响不好。但只挣那么一点死工资，一个月的薪水才几十块钱，想还饥荒是很难的。付常浩就跟大哥付常贵弄了个玻璃丝厂。那时候真是太辛苦了，只干了4个月，赚了

16000块钱，后来不知道什么原因就不干了。再后来，他就开始弄镁砂。

开始弄镁砂的时候，家里的人都不同意。他有个一家子的二叔付久恩，比付常浩大2岁，当时在公社工作，属于干部，两个人的关系不错。小时候，在鞭杆沟他们住的是东西屋，付常浩总跟他学拉二胡。他有什么事就愿意跟这个叔伯二叔商量。当他说自己想烧镁砂的时候，付久恩不同意，说，你的胆子真大，要是赔了怎么办？付常浩笑道，没干怎么知道会赔？

当时家里实在是需要钱还债。这么多年我知道，他是一个欠不得别人钱的人。他总教导孩子，在生活上别人欠咱的行，咱不能欠人家的。我记得房子刚刚盖完，付常浩经常站在院子里，总看咱家新盖的房子，说，我总觉得这个房子不是我的。住新房，欠人家的钱，睡不着觉。后来没办法，实在被饥荒压得难受，为了还债，一狠心就把鞭杆沟的老宅卖了，一共5间平房，东边付久恩家，两间半；另两间半房是我们家的，才卖了2000块钱。如果现在卖能值七八万。那时为了还饥荒，他有些不顾一切了。烧镁砂其实我也很担心，一是他不懂怎么烧镁砂，再是哪有那么多的钱。他只是跟我说了一句，就自己开始干了。当时他在哪儿弄的钱我都不知道。可能是怕我知道了上火。

刚烧镁砂的时候，我还记得二叔付久恩找过我，说你家付常浩胆子晒干了有倭瓜大，什么都不明白，想干就干哪？你怎么就让他干呢？这要是赔了咋整？可不是小钱儿。我说，他想干，你不让他干也不行啊。他那么固执，你又不是不知道。后来，没过几天，家里的被子、枕头、锄头、镐、铁锹什么的都拿工地去了。我问他干啥？他说干革命！

再后来，他在大耐厂请了一个叫齐永昌的，他俩挺好，咱家付常浩也信得着他，两个人一起跑销售，跑了不到半年就开始赚钱了。3年后，还清银行贷款，他大哥付常贵才松了一口气。

开始的时候都困难，谁家也没有钱。他大哥付常贵担着一定的风险给企业贷的款。虽说都有股份，可谁也不知道最终的结果能咋样。谢天谢地，后来厂子办起来了。赚了钱，付常浩就把大妹付艳华、三哥付常辉和五弟付常武都找来帮忙，后来大妹夫马永贵也来了。全家人挺努力的，三哥付常辉负责生产，五弟付常武负责后勤，付艳华负责会计，马永贵先是采购，然后负责基建，都挺尽心尽力的，没少受累。我记得付常浩在咱家给他们开会，说咱老付家的人多，孩子们不能没有工作，为了好好生活，为了发展，咱们在一起干，自己家有人，可以少雇一些外人。眼下咱们占的是天时、地利，还需要人和，家族企业只要团结起来，一心一意，不怕吃苦，就有发展，就有前途……就这样一点点地把他们都带了起来。好在他家哥们儿都挺实干，都挺支持付常浩，很少有什么矛盾。后来日子好过了，每年还有分红什么的。他们也高兴，我们也高兴。大家的干劲也就更足了。咱家付常浩总说，"独乐，不如众乐"。钱是人民币，是大家的，不是哪个人的。钱只有大家挣，大家花才有价值。他对家人也是一样，在他二妹、三妹没有工作的时候，他总是给予帮助，体现了一种浓厚的亲情。他挣钱也不忘家乡，这么多年，每次村里修路他都要赞助，一拿就不少，一共拿多少钱也算不过来了。

张老师继续说，刚贷款的时候，他大哥付常贵可担心了。我听他家大嫂说，怕老四赔了，大哥一宿一宿地睡不着觉啊，贷那么多的钱，负担能有多重。有时晚上睡睡觉猛地就坐起来了，东张西望的都吓人，都有些发神经了。咱家付常浩也不轻松，有压力，三更半夜的说去厂子就往厂子跑。我可担心了。他大哥也担心，怕他把身体累垮了。

当时，老五（付常武）家的大人孩子都在乡下，也没什么可干的，生活只能是维持。三哥（付常辉）家还算行，两口子都有工作，属于城里人（后来企业黄了，工人大批下岗）。我的工作算是好的，当老师，虽说挣钱不多，维持温饱没问题。只有他大哥（付常贵）和他二哥（付常明）家的日子过得殷实一些……

张老师说着说着，把手摸向了二女儿付丽，说，我最对不起的是老闺女了，那时困难，她书没念完我就让她辍学上班了。说着，老人家的眼圈有点红……

室内很静。

付丽摸着母亲的手，说，妈，你看你，又提这事，现在我跟姐不都挺好嘛!

为了缓解气氛,我问,"富城大酒店"的名字是谁给起的?

张老师说,是齐作尧起的。原来的名字是大耐厂招待所,不能再用。变成酒店以后,想起个好名儿。起了几个名,她爸都没看好。是齐作尧提了"富城"两个字,意思是老付家的人在城里有所发展的意思。咱家付常浩说,就这么定了。

咱家付常浩不忘旧情。谁给做过什么贡献他总是不忘,一定给人补上,从来不欠人情。属于抠自己,不抠别人的那种人。张老师又说,他可有意思了,2019年我过生日,他没在家,通过手机给我发200元红包,给我高兴坏了。他回来的时候,我提起这事儿,他说不成敬意,手机里没那么多钱了。我说,连你都是我的,我要那么多钱干啥,你能想起我过生日就很知足了。真是,当时我高兴了好几天。还有一次,他出差回来,给我买了一套衣服,应该是10月份了。打开一看,衣服是半截袖的。我说都10月份了,夏天的衣服,我现在怎么穿,"美丽冻人"哪?他说,是送给你留着明年穿的。我听了,要把我乐死了。后来他说了实话,这衣服看着不错,面料、做工、颜色都挺好,挺适合你的,就给你买了一套。你不是总教导我们艰苦朴素嘛,就买了个打折的。你说他气人不,本来是他省了钱,还说是我教导的艰苦朴素。后来我在网上搜了,那也不便宜,原来的价钱是3000多元,打完折还1600多元呢。

付常浩在生活上可节俭了,该请人吃饭就吃饭,花多少钱都行,不该请的绝对不请。他说真正的生意人,真正的朋友绝不在一顿饭上。所以,他给我买多少钱的东西我都能理解。别看他给员工发奖金,发专利奖、搞慈善、赈灾捐款那么大方,几十万、上百万地往外拿,他对自己却很苛刻,从来不买太贵的衣服。他穿衣服有个特点,只可一件衣服或一条裤子穿,什么时候穿破了,实在不能穿了,才能换新的穿;他喜欢穿白色的衬衣,干净利索,他说穿白色的衣服显得精神、自信,也是对别人的尊重;在吃的方面他从来不计较,也是平平常常。但跟别人的吃法不一样,吃菜很少是混着吃的,比如,土豆和茄子不能在一起拌着吃,吃茄子就是吃茄子,吃土豆就是吃土豆，在一起混着吃不行；他的饮食有点奇怪，只要他爱吃的东西，上顿下顿只吃这个东西，什么时候吃腻了，吃烦了再换。他从来不吃生的食物，不吃葱，不吃腌制的咸菜。吃饭的时候或是先吃饭，后吃菜，或是先吃菜，后吃饭，很少饭菜一替一口地吃。我问他是哪个民族的吃法，他说是 "毛病族的吃法"。他吃饭特快，在家吃饭只捧着个饭碗，坐在沙发上，边吃边看电视，饭吃完了再吃几口菜就行了。陪客人的时候，他吃得也快，不管陪什么客人。他吃完了，然后坐在那里陪着，等你。

过这么多年咱俩从来没吵过架。他不仅对我的态度好，对这俩闺女和两个姑爷也都和颜悦色。大姑爷张海峰在公司负责销售，二姑爷苏德华在公司负责采购，他们的关系处理得都不错。付常浩还有个特点，没考虑好的事情不说话。从来不乱说，不乱许愿，说了就一定做到，不说大话。他睡眠极好，心也宽。这么多年公司的一些烂事能少吗？但他回家从来都不说。

⋯⋯⋯⋯⋯⋯

付宇对母亲说，妈，你说说那次你放生的事呗！

张老师说，对，还有一次我放生，可奇怪了。那是她爸的一个朋友送给他的一只甲鱼，老大老大的一只甲鱼，想给她爸熬汤喝补身子的。她爸回家看了，说，放生吧，咱不能杀生。我就亲自开车去了鲅鱼圈的北海，还特意找了个临海的寺院，跟那里的工作人员说明了我的来意。他们很是高兴，非常同意我在他们寺院的海边放生。我是想在寺院处的海边放生能安全一些，最起码寺院里的人不会杀生。我就来到海边，把那只甲鱼放到了岸边的海水里。我边放边说，你回家吧，别再让人给抓了，把你吃了咋整。甲鱼见了海水可欢实了，猛地扑腾几下就没影了。我当时放下心来，以为它游走了，挺高兴，我救了一条性命。正在我看着海水想的时候，突然它又游回来了，抻着脖子，瞪着两只圆溜溜的眼睛看着我。妈呀！太神奇了！我吃惊地看着它说，你怎么还不走，回来干啥？赶紧走吧！那只甲鱼就那么看着我，不动。我当时想，它是回来感谢我的吧。把我感动坏了。我就用手往海水里推它，说，走吧！赶紧走吧！我推了它好几次，它才游走，再没回来。我在海边坐了好长时间，想这事，这是我第一次放生，心里有说不出的宽慰。我当时的心里可舒服了……后来我常常做梦，梦到那只甲鱼，就那么在海岸边上趴着，看着我。一想起这事，我就觉着挺奇怪的。那只甲鱼那么大，可能是成精了……

这时，又有人敲门。张老师突然说，我得走了，我都忘了，车里还有人等我呢，要去大合唱。

我也顺便告辞说，有机会咱们再聊。

我和张老师一起下的电梯。在行走的过程中，我看着她精神抖擞的样子，感觉出她对生活的满足。在电梯里，她对我说，写书是很辛苦的，你的年龄虽说比我小一些，但也小不了多少，要注意身体。我听了她的话很感激。我们一起走出电梯的轿厢，出了楼门。我把她送到她的车旁，目送她开车离去。

采访虽然结束了，但我的思绪、思考并没有结束。我在中镁集团的门前站了一会儿，信步进了一个正在生产的车间。车间里生产秩序井然，设备在转动，装车的、卸车的、运货的、打包装的，都忙得不亦乐乎。我转了一圈，又走了出来。

太阳毫不吝惜地散发着它独有的热量，天地间仿佛成了蒸笼。皮肤被阳光晒得有些微微的刺痛。外面很静，生产车间的外墙上书写着"安全生产，人人有责，遵章守纪，警钟长鸣""净化环境治污染，保护生态讲文明"等大幅标语。办公楼前停满了各式各样的小汽车。

我来到院子里的一棵树下，站在那里乘凉。望着中镁集团的办公大楼，回想着采访付宇和付丽还有她们母亲的情景。在她们的言谈中，我想到了一个人事业的成功和一个企业的发展是要占"天时、地利、人和"的。付常浩占的是什么，不仅仅是"天时"，也不仅仅是"地利"，他的"人和"是很重要的。当初在周边有多少私营企业就是因为缺少"人和"而倒闭、破产的。付家的企业为什么这么多年能这么持续发展，最大原因就是家族的力量——团结、和睦。他的企业管理是别具一格的，他有自己管企业的办法和特质。他们是在自己独有的办法和特质的基础上成就的这番事业。

俄国大作家列夫·托尔斯泰说得好："幸福的家庭都是相似的，不幸的家庭各有各的不幸。”付家是幸福的，也是积极向上的。“积善之家必有余庆”，付家的幸福来自他们祖祖辈辈的勤俭、好学和严于律己，来自家族的凝聚力及和睦，来自他们祖祖辈辈的老实厚道和言传身教，来自他们的百折不挠和进取向上的精神。他们不忘初心，始终朝着一个目标迈进……

在中镁集团，他们付家是不搞夫人“参政”的，也就是夫人不干涉企业“内政”。在公司工作的几个兄弟的妻子不准参与公司的任何事务。大女儿付宇说，她的母亲从不打听公司的事，也很少到公司来。包括他的大妈、二大妈、三大妈和五婶都不参与集团的任何事务。董事长付常浩说，有能力她们可以去别处发展，绝不能到自家的公司里来。这是他们起初办企业时立的家规。付常浩还说过，夫人进自己家的企业是大忌。子女可以来，哥兄妹可以来，他们可以根据自己的能力和贡献在公司工作或是任职，但绝不可以搞特殊。在中镁，他们从不搞任人唯亲，只注重任人唯贤。他的子公司已经开始让外聘的有识之士做一把经理，自己家族的人在有能力的情况下顶多是个副手。付常浩在尝试着“去家族化”的管理模式。

想当初，付常浩的大嫂和五弟妹都在乡下务农，却没有一个参与企业当中来的。后来据付宇说，她母亲从教师的岗位上退下来后，想要到自家的公司干些什么，被爸婉言谢绝了。并给妈讲了不让妈来公司的道理。妈很理解，很快就打消了念头。付常浩对妻子的理解甚是欣慰，笑着说：“‘军功章有我的一半，也有你的一半’，咱家的军功章全是你的！我就是个干活的，属于给你打工。”又说，你是个光荣的人民教师，是个有素质有才华的人，怎么能抢我这个打工仔的饭碗呢。一句让人温暖又幽默的话，道出了付常浩处理家务事的智慧。

付常浩总是要提起这么多年爱人对自己工作的支持。闲聊时他说，我老伴儿不仅书教得好，而且通情达理。我这一辈子最庆幸的是老婆对我的信任和理解，我干工作没有后顾之忧。他说：“信誉是一次性的，一旦摧毁很难重建。”无论是对家人还是对外人，还是对客户都是一个道理。

付常浩说，作为一个企业，客户对你不信任有两种可能：一种是企业没有信誉，那就是你老板的责任；再一种是质量问题，质量有问题是可以弥补和解决的。经营是经营理念，理念不出问题就行。家庭也一样，要是老婆对你不信任，你是没法解决的。他说，我见过很多企业家的老婆不相信丈夫，于是老婆开始干预公司的事务，一个说东、一个说西，夫妻俩对同一件事有不同的看法和解决办法，搞得企业很乱，老板心里很烦，最终企业弄得一团糟。当然不是所有的女人都是那样，但也不是所有的女人都不是那样。

46. 梧桐树下

在中镁，家族的力量是不可小觑的。起初他们虽没有强大的行业专业技能和文化底蕴，却有着强大的自信力。他们的团结，他们的拼搏和他们的奋斗精神，使这个企业从幼稚走向成熟，从软弱走向强悍。他们是中镁这棵梧桐树的栽种人、浇水人、培土人和守护神。付常贵、付常明、付常辉、付常武、付艳华、马永贵、付艳芝、付艳多、黄立、付宇、付丽、付刚、张海峰、苏德华、付昱、付伟、付晋勇、付金永、付雪梅、陈德伟、付军、付红、付春雨、付巍，等等，他们都是这棵树的守护人。他们给这棵大树以营养与水分，他们以虔诚之心供奉并仰望着落在树上的凤凰。可以说他们用了很多的精力和热情，全力以赴地支撑着这棵树，使它立于不败之地。

从建厂开始，付家的人就默默地为企业劳作，添砖加瓦。他们搞基建、跑采购、跑销售、建工程，从一点一滴做起，让企业从无到有，从小到大，从弱到强，历尽了千辛万苦。起初的他们都不是搞镁砂行业的，他们当中有电视台的播音员，有国税局的工作人员，有开电器修理部的，还有在家生豆芽到市场上卖豆芽的，等等。无论是体制内的、体制外的、公有制的、个体的，在企业需要他们的时候，在不同的时期，不同的阶段，从不同的岗位上，渐渐地围拢过来，聚到这棵以付常浩为主干的梧桐树下，为这棵大树供氧、施肥、培土、浇水，让它枝繁叶茂。

毋庸置疑，在付家的亲属当中，要说比较早的来为这棵梧桐树培土、浇水的人就是马永贵。这个无论从容貌上、形体上和性格上无不渗透着北方大汉特质的男人，着实为付氏集团做了很大的贡献。

马永贵，1956年出生，改革开放后养过车，跑过运输，开过电器修理部，后来到了关马山中档镁砂厂。起初，厂子只有一个中档窑，两台湿碾机、两台压球机，用的原料不多。1992年又建成一座重烧窑，购置了一套破碎系统。马永贵来的时候，付常贵的大石桥第二耐火材料厂已经建厂，两个厂子是邻居，离得很近，马永贵同时负责两家的采购业务。他目睹了付常浩的企业从小到大，像滚雪团一样越滚越大。据马永贵回忆，在他来中档镁砂厂前，他做过一些小营生，弄过车，卖过豆芽，搞过电器维修什么的，还算赚钱，日子还过得去。突然有一天，四哥付常浩到市场来找他和付艳华，说你跟艳华别卖豆芽了，我们那边缺人手，到我们那边去干吧，我给你们股份，咱们一起干，卖豆芽才能挣几个钱？马永贵回家就和爱人付艳华商量。付艳华说，干也行，去就去吧，但有一点，你要是到他们那里干活，不要有任何私心，必须让我两个哥哥满意。于是，付艳华先去了，做了会计。马永贵是在处理完以前做生意的一些家底后才去的中镁。

马永贵说，开始，我有些不情愿放弃自己辛苦多年经营起来的营生，

中镁集团副总经理马永贵

更不愿意扔掉自己积攒的那些家底，尽管不值多少钱，还是舍不得，毕竟是自己亲手鼓捣起来的，有感情；还有一个内心想法，我对当时他们只有一个窑缺少信心。一个窑才能挣几个钱？我和付艳华在市场卖豆芽，搞电器修理一个月也不少挣。可碍于面子，她四哥也是好心，也就去了。

马永贵来了之后，不仅工作方面压力很大，他家里的压力也不小。特别是在企业发展到一定程度

以后，许多麻烦也随之而来了。

在中镁，在付家，马永贵属于元老级亲属人物。自然是有话语权的，可他并没感到有什么特别。

马永贵是家族观念极强的人，并有很强的事业心和责任感。他不仅答应了老婆的告诫，同时也是一心一意那么做的。他从来不安排自己家族的人（马姓或马姓内外的亲属）到中镁工作，怕他们干不好，给他丢脸。这也是他至今无法释怀的心结。他说，我都60多了，到现在逢年过节都没有晚辈亲属来给我拜年的，哪怕什么都不拿，见个面也好。没有，来的都是外姓人，一个我马家的人都没有。他说，这也是一种悲哀。我在这方面得罪很多马家人和一些亲属，还有一些朋友，说我不讲究，没有亲情。

我们老马家的人没有在中镁这里工作的，原因是怕他们干不好，不好领导。马永贵说，他们有困难，我可以出钱支持他们，想到中镁工作绝对不行！自然把他们都得罪了。有那么几次，他的侄子和外甥找到了他的办公室，想弄些东西往中镁卖。当场被马永贵回绝，说，你们有企业吗？你们有资源吗？什么都没有来干吗？就是来捡便宜的。对方自然是不理解的，更不高兴，难免说些口外话，对马永贵的态度就有些不太友好，说卖点货还能咋的，又不是你自己的企业……马永贵受不了他们这样说话，当时就火了，说，你们要是姓马就别来找我的麻烦。我宁可没有你们这些侄子外甥，也不能没有这个企业。当时在场的有付军，觉得我说的话有些过，说能办就办吧。马永贵说，这个口子不能开，一旦开了以后就没完没了。

马永贵把侄子和外甥数落出去。于是不高兴的侄子和外甥再也不跟马永贵往来了，和马永贵也就断了亲情关系。马永贵每每提起这事，心里都不是滋味儿。他说，其实在中镁，我跟真正的付家人还是有区别的，说白了，我只是个跟他们走近一点的亲属，没什么更特殊的地方，从根本上讲我不属于付家人。人摆正位置是很重要的。董事长及家人是拿我当家人看待的，信任我，我就得好好干，不能有一点私利。他说，我在这里处的位置比较尴尬，付家以外的人，把我当成付家人；在付家人的眼里，在中国的血脉传统中我并不姓"付"。

在中镁，基建方面我是总负责。不仅管工程，还负责过机械设备的购买。工程款给不给，给多少，我说了不算，需要跟董事长汇报。但让谁干活，不让谁干活，我说了算。说实话，董事长从来不问我花钱的多少。自己的亲属来找他，明显是来占便宜的，无论哪方面都不好分配。"是亲三分向，是火就热炕"，在我这里不好使！给他们多了，对不起公司，给他们少了，他们肯定不高兴。即便给少了，外人也可能认为给多了。我不想让外人、让付家人对我有一丁点的想法。我怎么做都为难。他们无非是想通过我的关系卖些货，在基建方面干些活，或在购买设备方面挣点钱，我都拒绝了。我说，如果你们有企业可以跟外面进行公平竞争交易，你们想通过我对缝挣外快，绝对不行……

马永贵刚来的时候，公司的人手很少。企业的工作量却很大，也很杂，很多地方他都伸过手。特别是当时没有运输车，总雇车，很费钱的。他就自己弄了几辆车拉脚，既节省运费，还方便。"肥水不流外人田"，自己还能挣几个钱。后来董事长找他，让他把七台车让给付家二妹付艳芝（马永贵的小姨子），说她家挺困难，并重申公司有股份。当时他心里真是舍不得，可最终还是忍痛割爱了。现在看来，董事长当时是有想法的，既亏不了他，也扶持了二妹付艳芝。

马永贵说，刚刚改革开放，我不明白什么叫股份，朦朦胧胧觉得是些虚无缥缈的东西，哪有挣现钱实在。我永远也忘不了把车让出去时我上的火，满嘴的泡。现在想起来，当时挺可笑的，人家给你股份，你那几辆车有什么舍不得。

来到中档镁砂厂，马永贵先是做了一段采购。当时的企业不像现在这么有钱，在资金不是很充足的情况下，还得把供应商的关系搞好，在不乱花钱的基础上，保证低价格和高质量，也是费了一番心思的。马永贵干工作的原则是，货比三家，把握好质量和价格，争取用最少的钱，买最好的原材料。无论是在家自己干，还是给公司干，节约、节省、认真、审慎，一贯是他的风格。

中镁每年都有大量的工程、设备购进及维修项目，这些都是马永贵负责，他从不损公肥私。他对自己分管的一切工作都是任劳任怨，尽职尽责的。

有那么一段时间（2008—2015年），随着企业的发展，采购量越来越大，业务也越来越多，马永贵有点忙不过来了。也是因为工作的需要，董事长把他的二姑爷苏德华调到中镁。为了培养家族力量，苏德华在马永贵手下干了4年（搞工程建设），各个方面学了不少东西。苏德华是个聪明的小伙子，接受新事物挺快，后来接了马永贵的班，做了采购部经理。

公司的发展、扩大，少不了工程建设。从采购部出来之后，董事长把最重要的也是最难的工程任务交给马永贵去做。

搞工程，马永贵并不专业。开始有很多地方也弄不明白，他就买一些专业方面的书学习、琢磨，从理论上先掌握一些，然后再去实践，尽量不说外行话，防止被骗。

工程项目是很复杂的，涉及专业性、社会性、人际关系等等。马永贵全凭学习、自悟、摸索，积攒一些经验。他说，搞工程是很辛苦的，他必须和那些工程队的人一样，在一起摸爬滚打。特别是夏天的时候，工程队干活很早，天一亮就开工了，为的是抢时间，抢进度。他就得跟着工程队起早贪黑，人家几点来，他就几点来，人家几点结束，他就几点回家。这么多年，他从来没歇过大礼拜。

他干过的大工程有：富城特耐的改造和扩建，关山厂改造电炉、改造厂房、扩建场地以及厂区水泥地面的铺设，还有辽宁中镁高温的建厂及隧道窑的建设，等等。

特别是辽宁中镁高温的工程建设，他是从奠基仪式开始工作的，到工程结束，历时8个月零10天。当时工程的任务量很大，把整个一面山都给推平了，平山的面积大约240亩地，全是用爆破的方法进行的，总投资近两个亿。动用了钩机、铲车、推土机，和大大小小的运输车辆等很多设备，全力以赴地抢工程进度。从2008年8月12日正式奠基开工，到第二年的5月5日交工，正式投产。整整越过一个冬天。当时的环境条件很差，天冷，砌隧道窑必须保温，他们就在空地上支大棚，安上炉子进行取暖。那种气候的恶劣、环境的艰苦和施工的困难是难以想象的。

接下来就是建二期、三期高温隧道窑。由于建一期有了很多经验，在做二期、三期的时候能好做一些，但质量的要求也更高了。

马永贵说，一晃搞工程好多年了。建了这么多工程没出现一起事故，还是比较欣慰的。我非常注重工程安全。安全第一，生产第二，是我工作的准则。安全起见，我每天早上必开例会，把当时给我干活的8个工程队找到一起，开安全会议，告诉他们今天怎么干，今天要干到什么程度，都是有计划的。建高温厂区是我搞工程接手最大的项目，不仅锻炼了我的业务水平，更主要是锻炼了我的能力和耐力。

除了搞工程，中镁的设备维修，车辆维修也是马永贵负责。他们不仅有项目部，还有车辆维修厂（外雇定点维修厂）。眼下他们工程车辆和办公车辆接近100台，全是他们自己维修。马永贵喜欢车，在修车方面还是比较专业的，包括他们买零部件，网上多少钱，实体店多少钱，他都能说个八九不离十。那些维修工都称他是"神仙"。

2022年他的任务是，控股公司和辽宁中镁高温合并在一起，由于生产线的扩大，人员的增多，后勤方面必须跟上去，需要建个二楼，把原来的食堂和浴池扩大再装修，以提高职工的福利待遇。准备2022年11月25号交工并投入使用。

马永贵说，按照需要，中镁集团自己应该有矿山，就不用去别的地方买原材料了。我跑了很多地方，品质好的矿需要两个多亿，又因外面压资太多，和市场的萎靡，暂时还不能买。再是当下市场等方方面面都不是很景气。董事长想稳固发展，原则上不盲目扩大投资。

他说，做采购的时候要跑市场，可以说跑外交是我的强项。省内有海城、岫岩、宽甸、丹东，省外有山西、河南、山东、黑龙江、吉林、四川等地；东北三省是跑遍了。刚开始的时候资金链很紧，需要搞关系，我必须动之以情，晓之以理，在暂时不花钱的基础上，把原料先赊到家，然后再给钱。为了做好采购，我订了很多耐火材料方面的杂志，用心学习。他们内行人都说，我现在变得也很内行。

马永贵的工作态度是每一天都有工作计划。今天的事，今天必须干完。从不拖泥带水。工作上不欠账，事务上不推诿。我的工作我做主，我负责，用不着领导催促。董事长对我的工作很放心。

他和董事长的关系是妹夫和大舅哥的关系。马永贵说，在家董事长是我的大舅哥，在单位他就是我的领导。他让我干啥我就干啥，我对董事长的态度是多干事，少说话。他说，董事长的敬业精神很值得我们学习。我们之间是很和谐的，家里是家里，单位是单位，有里有外，换位思考。我们之间配合得也很默契，有的时候董事长说些什么，我就得听着。他说，领导就是领导，对的地方总比错的地方多。领导要的是结果，我们干的是过程。过程怎么辛苦，怎么困难领导不管，结果一定要符合领导的意图，符合需要，否则你就不称职，你的工作就没干好。

马永贵说，开始有那么一段时间，因为业务关系我总出去喝酒，或是我招待客人，或是客人请我，酒喝得比较频繁。董事长就有些意见，对我说，喝酒可以，最好是放在晚上，嫌中午喝酒耽误下午的工作。马永贵说，其实什么时候喝酒，我说话根本就不算，有的时候客户办完事，想早些走，必须中午喝酒。尽管如此，后来还是渐渐改正了。

在处理业务时，无论是在工程方面还是在采购方面，马永贵的经验是跟客户不能走得太近，也不能处得太疏远。太近了在业务上不好说话，在谈价格上容易尴尬；太远了容易把客户弄丢了。要做到"远而不疏，近而不入"。

由于我们的企业坐落在乡下，难免跟当地的村民发生冲突和口角。马永贵说，2008年8月12日，辽宁中镁高温公司开工的时候，由于当地行政管理方面原因，我们购置土地的资金没有及时处理到位，开工的那一天，遭到了陈家村村民的围攻。那天是上午10点58分剪彩，满山遍野围了很多村民，就是不让开工，质问我们买地的事村民为啥不知道？村民为什么没得到补偿？后来我出头，找到村主任才解决了问题。

搞工程难度很大，困难也很多，但都自己解决了，很少给老板找麻烦。民营企业跟村民的关系要处理好也不容易。他的做法是逢年过节都要给村里拿一些东西，米、面、油、钱什么的，让村委会负责给村民。特别是在建厂初期污染比较严重的情况下，村民总是告他们，他们就得想办法解决。他们的办法是，不跟村民直接打交道，有事就找村委会，跟村民很少冲突。现在好多了，环保了，不污染了，村民也没有理由告他们了。

中镁现在的环保工作搞得非常好，经得起在线检测。政府从2017年开始抓环保。为了响应政府的号召，安抚百姓，有个青山绿水的生活环境，中镁投入了很大的人力、物力和财力。

马永贵说，刚开始上环保设备的时候我们花了很多钱，也花了很多精力。当时谁也不明白怎么才能把环保搞好，连上什么样的设备都不懂。为了达到零污染的指标，我们更换了好几套设备。山东的，北京的，到处找人咨询。由于我们不懂，让人骗了好几回，设备换了好几套，就是不能达标。从2017年就开始环保改造，到2019年才达标。这一过程是很复杂和闹心的，钱没少花，见效不大，只粉尘一项设备改造就花了3000多万。

后来，在环保工程中他们有了经验，再买设备的时候，实行分期付款方式，测试效果好了再给对方结尾款。

马永贵说，中镁在财务方面，财务总监贾琳琳为我们做了很多工作。我们非常尊重在中镁工作的每一个人。人家是来为咱挣钱的，咱不能打击人家，更不能诋毁人家或挑三拣四，他们都是非常有能力的人。中镁有个不成文的规定，对聘请来的高管，来的欢迎，走的欢送。我们很多高管在退休或离职的时候我们都摆酒欢送。不论什么原因，跳槽的或是自己单干的，凡是为我们中镁做过贡献的，我们都以诚相待。董事长说，绝不能为了钱，做让人心寒的事。从中镁出去的每一个高管和高工，都是来得高兴，走得温暖。董事长非常重视人才。我的总结是，中镁走到今天，一是有好学的精神；二是尊重人才；三是不忘恩。

马永贵是个很和气的人，他在中镁没跟谁红过脸。工人之间有什么不和，有什么矛盾，还都要来找他帮着调解、说和。他们都很给他面子。有什么"疑难杂症"他基本都能解决，很少找办公室，找工会。也无论是厂外的，还是厂内的，在维护企业利益的前提下，他都能把事情弄清楚，处理明白。他笑道，我属于没挂牌的"民事调解员"。

他说，中镁从不辜负有贡献的人。中镁的元老齐永昌去世的时候是在咱们自己家酒店（中镁大酒店）操办的，所有前来奔丧的人的一切迎来送往，吃、住、用、行都是我们公司出资。董事长说，齐永昌对中镁是有贡献的人，理应我们负责发送。可他们家人没有同意，事后派齐作尧来公司，把他父亲的丧葬费用如数送了过来。

他们从起初的观马山中档镁砂厂，到现在的中镁集团，正式建厂已经30多年了。可以说公司经过了几代人。每一代人，马永贵跟他们相处得都不错，无论是在业务上，还是在私人的感情上，他们都相处得十分默契和愉快。

马永贵说，董事长是明白人，从不负人。我这个做妹夫的深深体会到了这一点。

在中镁，付家人原来曾在体制内工作的有两个人，一个是在大石桥市电视台工作的大姑爷张海峰，一个是在国税局工作的二姑爷苏德华。

张海峰是2006年10月到的中镁。来中镁之前，在大石桥电视台做播音员。这个出生于黑龙江北安的小伙子，是通过考试被大石桥电视台录用的，在当时来讲这应该是个比较耀眼的工作。当中镁需要的时候（也是家庭的需要），他已经在电视台工作10年了。职业的安逸、环境的舒适、名声的显赫以及工作的稳定，使打算去私企的他不可能不担心些什么，顾虑和纠结是必然的，因为这意味着走出去了，一切将从零开始。可他还是毅然决然地走了出来，时年29岁。

回想起来，在电视台工作的时候，他还算是个不错的角色。播音员嘛，有几个能做播音员的，有几个能西装革履、干干净净、天天出镜在电视中跟全市人民见面

中镁集团副总经理张海峰

的，可以说是凤毛麟角。到中镁后完全不同了，他就是公司的普通一员。在付家是大姑爷，属于家属，董事长是他的老丈人；在单位他就是一名普普通通的员工。脱掉西装，换上工作服就是个和车间的员工在一起摸爬滚打的干活人。他从不把家族关系带到企业，更没有给人高人一等的感觉，他尊重公司的每一个人。

在私企，每个员工都一样，都是在为企业创效益，争得荣誉，赚钱了才能体现出你的价值，需要脚踏实地地去工作。每个员工，都要有一种为企业创造价值的思想。当然最好是为企业、为老板创造出比老板预期更多的价值。

张海峰说，中镁创业30多年，作为民营企业来说，能坚持这么多年不容易，在中国也是为数不多。虽说改革开放初期民营企业发展迅猛，但大部分的私企坚持的时间很短，很多私企三五年就关掉了。原因很多，有经营理念的问题，更多的是家族内部问题，这是中国民企的最大问题，也就导致了中国的"百年老店"不是很多。

他说，中镁主要是钢厂炼钢炉用耐材的供应商，属服务于对方的企业，受形势的变化，行业的竞争等方方面面因素的制约，导致了业务拓展困难。好在我们生产的产品是多元化的，从2010年开始，不仅仅靠的是钢厂，还靠在玻璃炉方面的合作。中镁和玻璃厂的合作，属于另辟蹊径，而且做得很好。这些年，我们在玻璃窑耐材方面的销量已经做到了全国第一，处于行业领军位置。中镁的烧成砖很有市场，而且前景广阔。由于我们有基础，有积累，产品的质量有保证，跟同行业比抗风险的能力更强一些。董事长总说"做实业不能站这个山望那个山高，更不要寻求刺激，要把握稳妥，要踏踏实实，一步一个脚印地往前走"。偶尔可能受限于市场的变幻莫测，导致发展受阻而临时踏步，但对中镁来讲，踏步也是一种发展。就像一个运动员，临时的踏步，是为了更好地奔跑。

张海峰说，我刚来中镁的时候，除了付家人，跟其他人都是陌生的。工作方面的担心也就更多一些。2006年中镁正在成熟期，我是新来的，只好在这个暖床中跟着渐渐发酵。

转眼 16 年过去了（2006—2022 年），回头看，不仅国家变化很大，中镁的变化也很大。我们从王家堡子的一个小铁皮窑，发展到现在的大集团公司（九个子公司及厂），都说明了我们的发展是很好的。从家族来说，无论是在家里，还是在公司，老板的口碑还是相当不错的。我们家族的整体口碑和企业在外面的形象、影响力也都很好。董事长在家里对我们和在公司对员工都是一样的，没有差别。他经常对我们说，企业的每一个员工都是我们家里的成员，不能有亲疏远近之分。有的时候在管理和要求上对我们比对员工还严格。

他说，到中镁后，我走的部门比较多，工作也比较杂。开始董事长也是有意想锻炼我，把我放到了车间，从零做起，从当工人做起。我先是来到了大石桥市第二耐火材料厂学了两个月镁碳砖的生产。然后回来跑销售，到出口部当副部长、部长。干了不到两年，又被派到关山耐火电熔厂当厂长。当时关山耐火规模不大，地方也很小，只有 4 个小电炉，我一干就是 8 年。为了更好地熟悉方方面面的企业管理，8 年后调回总部，开始做行政副总，负责办公室等后勤方面的事务。还做了小半年的项目工程和一部分采购工作。最后走上了销售副总的岗位。可以说，在中镁除了财务，其他每一项业务我都比较熟悉。

张海峰说，值得回顾的是 2010 年关山耐火扩建。当时供电是个大问题，想建个两万容量的变电所。董事长把这项任务交给了我，每天都忙得不可开交。从策划，到手续的办理，到设备的采购，忙了一年多时间，经历了千辛万苦。建变电所的一系列工作，使我更加成熟，明白了人情世故，明白了社会的复杂性和在社会上办一件事情的难度，明白了现在的工作并不像在电视台的播音室里读稿件那么轻松和妙语连珠。但最终我还是办了下来。

他说，想建变电所是要花很多钱的，不仅仅是设备方面的费用，跑申请办手续的费用也不少，说法是很多的。经过努力和方方面面的关照，能为公司节约了近 50% 的资金。

张海峰说，付家有个不成文的规定，家族里的人，无论是高管还是中层，不允许和聘来的人有矛盾，如果有，董事长就视为你有问题。总的看来，付家人大多数还是很低调的。在我刚来的时候，很难避免跟有些高管或员工在工作上的冲突或矛盾，无论别人怎么说，我都不吱声。我深知，在中镁能真正为企业创造价值的不是付家的人，而是那些从外面请来的人才。中镁是很尊重人才的，企业能发展到今天，要感谢那些在关键时刻，源源不断到我们这里来，为中镁助力，出谋划策，添砖加瓦，给企业创造了价值的人才。他说，做企业最重要的是要有人才，和国家一样，有了人才才能做大做强。一个企业无论你有多大的规模，多少厂房，多少机器设备，没有人才的支撑，一切都是废品。人才是企业兴旺发达的根本。缺少人才就意味着企业停滞或消亡。中镁的发展理念始终是把人才放在第一位的。

他说，中镁的"水远诚为岸，山高德为巅"，是我总结概括出来的。这是句实话，是我多年对中镁的体会，更是我们中镁能走到今天的品行所在。

他说，在中镁，在付家，除了董事长，家族的任何人的能力跟外来人比都不算能力，好多地方我们是应该向人家学习的。在董事长的影响下，付家人的做法是，我们的贡献不一定很大，但绝不能搅浑水。这一点是非常可贵的。我们每个付家人都十分珍惜这个平台，都感恩这个企业，感恩董事长，感恩那些曾经为中镁做出突出贡献的人。对于付家人来说，在中镁，我们就是小小的螺丝钉，哪里需要就把你拧在哪里，而且无怨无悔。

张海峰说，中镁能做这么大，证明董事长是很有修为的。能稳住这么大个关系错综复杂的家族企业不容易。我虽是付家人，但在公司，我始终把自己看作外人，不敢有半点的家族炫耀成分。特别是在工作中，我考虑的是企业的得失，企业的利益永远高于亲情。

他说，我从心里敬佩董事长。他的企业理念和敬业精神很值得我学习。中镁的老板不是今年挣了500万，明年想挣600万的那种老板，他有一种超越金钱价值以上的价值，他的前瞻性不是一般人可以想象的。董事长现在已经把工作变成了生活中的一种必不可少的需求，工作对他来讲是快乐的，已经成了他的生活必需。他没有任何不良嗜好，不抽烟，不喝酒，不打麻将，甚至都不去公共浴池洗澡，唯一的爱好就是工作。赚了钱自己还不舍得花，给别人花。他养活的不仅仅是付家的一个家族，而是成千上万员工的家庭人口。为社会、为政府减轻了很大负担，解决了很多人的就业问题。

张海峰说，回头看看，中镁的发展脚步始终走在正轨上。董事长有一种极强的矫正力，而且目光长远。像中镁这样几十年如一日地在做自己，稳稳当当地发展的企业不是很多。如果中国的民营企业家都能像咱们老板这样，中国的市场经济就能更加繁荣。

他说，企业的始创者和我们这些后来的建设者是不同的。董事长是始创者，对企业的责任感、理念不可能跟咱们一样。特别是董事长对企业的情怀，和我们这些人对企业的情怀更是不同。他骨子里流的血有一种始创者的颜色和精神，他对企业的一草一木、一砖一瓦都是有感情的。

中镁的管理是规范的，比同行业的大多数企业都规范。中镁有好的理念和制度，源于我们是上市公司，也是上市公司对我们的严格要求。几十年过去了，中镁已经不是从前那个小打小闹的小作坊了，已经发展成了不可小觑的成熟的中型企业了……

"傲不可长，欲不可纵，乐不可极，志不可满，情不可移……"这不仅是《礼记·曲礼》的一段话，同时也是中镁集团副总苏德华的个性写照。

人的一生是很难琢磨的，谁能想到一个能够读本科的学生为了有个国家包分配的工作，放弃了本科读了专科。人生就是这么富有戏剧性，就是这么会开玩笑。苏德华（付家二姑爷）在放弃了本科，攻读了辽宁税务高等专科学校之后被分配到国税局。当然这也算是个不错的结果。没想到的是在他努力工作了8年后，于2008年10月份，在辽宁中镁高温建一期项目的时候，他放弃了公务员这个当时敲起来让人震耳欲聋的"铁饭碗"，来到了中镁。截至2022年，他已经在中镁干了14个年头。

苏德华说，我刚来的时候被分配到采购部（和项目部在一起），赶上关

中镁集团副总经理苏德华

山耐火建厂。陈家堡子只是一片山，没什么东西，中镁就在那里拓荒建的高温隧道窑。

2012年—2013年，在项目部，我只负责项目立项和国家资金的申报（项目部总体归大姑父马永贵负责）。特别是在申报16万吨项目的时候，当时在我看来这是个国家补贴比较多的大项目。我们从立项、环保、环评、能评，从大石桥市发改委，到营口市发改委，到辽宁省发改委，最终到国家的工业和信息化部，一路走下来，可以说是非常坎坷。

当时，大石桥市政府对中镁的申报非常支持，营口市也很配合，到省里就难办了。因为到省里申报的家数非常多，不只是中镁一家。虽说我们提前一年做了准备，可到了省里，材料方面还是缺东少西的，他们反反复复地要一些数据。我们不得不反反复复地准备，然后再反馈回去。经过专家评审后，再回来根据中镁的实际情况进行整改。来来回回折腾、交涉，手续烦琐，弄了足有大半年，然后再去北京申报。

到了北京，进了专家评审委员会，才发现全国各种工程的项目都报到那里。中镁的项目在全国来讲是最小的。我们投资7400万元，对于国家来讲，投资几十亿、上百亿的项目太多了。由于项目小，人家对我们就不是那么在意，难免有些慢待。我们从北京回来的时候，很灰心，都想放弃了。苏德华说，还记得当时我是跟崔总（崔学正）去的。在走到北戴河的时候，下了火车。我就给老板打电话，说明了事情的难办程度。老板明白我是想打退堂鼓，说，不管怎么困难，一定要争取。无奈，我只好跟崔总马不停蹄地再次返回北京。经过近一个月的磨合、努力，最终项目补贴被批了下来，得到了国家740万元的资金支持。这一项目补贴的争取成功，不仅仅是获得国家资金的支持，还增加了企业的信誉度和知名度。从国家层面来讲，给我们的钱虽不多，但对于当时的中镁来说，是不小的一笔资金。记得当时大石桥一共申请下来两家，另一家获得300多万元，中镁比他们多一倍。资金申请下来后，就等于我们的企业得到了国家的认可，中镁的知名度在业内得到了很大的提升。无论是在同行业的心目中，还是在本地政府的眼中都看到了中镁集团的亮点，他们不得不承认中镁的规模和实力。对于中镁后来的上市起到了支撑和推动作用。

苏德华说，后来关山耐火还申报了一个电力项目，政府补贴了100万元。再后来，中镁控股又申报了一个废物利用项目，政府补贴了50万元。一晃十几年过去了，这些事情依然是历历在目的。

他说，2015年我在项目部的时候，当时的市场不是很景气，欠的账要不回来，债务方只能以物顶账。当时，中镁准备建钢结构厂房，因缺少资金，不得不接受债务方给的钢材。为了节省资金，能把顶账的钢材用上，我跑遍了能做钢结构的地方，看谁家做钢结构更便宜。最终找到了铁岭，发现那边的钢结构加工费比其他地方能低一些。于是我们便把顶账来的钢材运到铁岭，进行带料加工钢结构，对方只收加工费，然后再运回来，也为企业建厂节省了不少资金。

苏德华说，中镁是从2014年开工建设关山耐火烧结车间的。2016年3月份，我到关山耐火厂当的厂长，负责抓生产。当年实现扭亏为盈。2017年—2018年就开始利润翻倍。特别是2019年赶上耐火材料市场的好形势，利润增长得也就更高。除了赶上好形势，我到任后还改变了生产原料，降低了生产成本。

关山耐火属于福利企业，当时的将近200名职工中，有40多名残疾人。残疾人到我们这里来，有了生活保障。关山耐火厂同时也为政府排忧解难，解决了这部分人的就业问题。这些残疾人是很能吃苦耐劳的。他们感谢中镁，感谢政府给了他们很好的就业平台。他们在中镁干一些力所能及的工作：机修工、电工、叉车工、除尘工。他们和健全人挣一样的薪水，得一样的补助和劳动保护用品。中镁一贯关心关爱残疾人，对国家的民政政策落实得非常好。

在关山耐火的时候，我每个季度都能拿到公司给的两三千块钱安全奖，基本上都拿出来买猪买羊，在食堂请全厂人喝羊汤、炖排骨，员工们很高兴，一吃就是两三天，目的是要鼓励他们搞好安全生产。

苏德华说，回想起来，2019年在关山，我们是参照4S模式进行管理的：整理、整顿、清扫、清洁。说白了就是对厂容厂貌和规章制度方面的管理。当时中镁在同行业中是唯一一家实行4S管理的。

他说，2018年（也是在关山耐火的时候），根据国家"绿水青山"的要求，也就是政府的"青山工程"的指导，中镁进行了大规模的整体的设备更新，和省专家对接，请他们现场指导，对设备进行全方位的改造，以应对国家环保检查和环保检查升级，打造"绿水蓝天"企业。由于当时中镁属于老式的工业企业，环保设备和生产设备都十分落后，一切都要根据国家的要求进行整改。一年中，中镁投入了近千万元的资金，对生产设备、除尘设备进行了一系列的改造和更换。拆除老旧设备，换先进设备。改造完的数据必须进行现场监测，除尘要求达标后才可以正常生产。当时，中镁周边有几十家小企业，因没钱改造，只能是退出"江湖"。最终我们通过省环保厅的认可，被评为"辽宁省清洁生产示范企业"，为后来上市打下了基础。

苏德华说，2020年4月，我回集团任采购部部长。2021年任集团副总，分管采购。在我全权负责后，工作的最大亮点是跟海城中昊镁业有限公司巩固了合作关系。他说，在此之前，中镁和中昊镁业已经有业务往来，只是没有长期合作的意向。我到采购部后，经过努力，确立了长期的合作关系。直到现在，合作得非常愉快。

中昊镁业是自有矿山，对中镁在原料方面支持非常大。因为中镁有信誉，采购可以不用立刻付款，可以利用这部分资金进行企业的扩大和再发展。这也是中昊镁业对我们企业发展的支持。中镁原材料的用量很大，每年从中昊镁业进高纯、电熔、大结晶等货近亿吨，属于大客户。他们供货也很及时，保证了中镁的需求。

苏德华说，分管采购后，我们也为企业节省了很多资金。采购的先决条件是让对方信任你，对你放心。我们在增加客户的同时，也增加了很多客户的账款。他说，在我接手的时候，我们原来的合同没有账，现在不仅有合同账，还可以延长账期，充分说明了咱们中镁是有信誉的。我采购的宗旨是，用最低的价格，去买品质最好的货。中镁的原料来源主要是以海城为主，他们是原料基地。大石桥本地资源的品位不行，含镁量不够。海城的原料含镁量高。中镁主要的原料来自海城、岫岩、鲅鱼圈，也有通过南非、巴基斯坦等地的代理商进口的原料。

47. 家族力量

付家建厂之初是艰辛的也是曲折的，这是有原因的。由于生活的窘困，导致了穷则思变。"穷则思变，变则通，通则久"这是《易经》的哲学道理，付常浩是深知其中内涵的，并带头践行。在这方面，也可以说付家是私企的典型代表。

要说付家和镁结缘最早的除了付常浩，还有他的五弟付常武。付常武是兄弟5个中最小的一个，同时也是最让父母疼爱的一个。母亲走的时候，他还没有成家立业，生活的唯一来源就是那么一点并不肥沃的几亩薄田。"老儿子，大孙子，老太太命根子"，母亲离去的瞬间是怎样的心情，是可以想象的。

付常浩开始办企业的时候，总是没有忘记还有一个朴实、憨厚的小弟弟（付常武）。办玻璃拔丝厂的时候就带着这个弟弟一起干，同甘共苦，同舟共济。拔丝厂的成立不仅是付常浩真正涉足企业经营的开始，同时也是付常武真正接触企业的开始。当时，付常武负责生产，付常浩负责销售。尽管仅有4个月时间，还是历练了付常武在生产和经营方面的行动和思维。付常武是个不辞辛苦、不善言辞、性情温和，且任劳任怨的人。付常浩说，刚办企业的时候是没有什么外人参与的，都是自己的家里人在做，兄弟姐妹齐上阵，赔赚都得认。可谓"打仗亲兄弟，上阵父子兵"，既不知道能不能挣钱，更不知道能干多久，前景是否光明只能靠想象。如果说付家拔玻

付家兄妹8人合影，前排左起：付常武、付常辉、付常明、付常浩；后排左起：付常贵、付艳华、付艳芝、付艳多

付家五妯娌合影，左起：大嫂罗桂坤、二嫂刘桂琴、三嫂侯锡梅、四嫂张玉琴、五嫂王秀兰

璃丝厂的开工是个行为，倒不如说是个思变的过程。这个过程就像他们拔的丝一样，细细的、长长的，一扯就断的。付常浩总结道，回想起来，中镁的企业发展过程，就是一个拔丝过程。

付常武在孩童时期书读得也不错。读完小学后，考初中，刚考上初中，就赶上"文化大革命"，学校基本停课了。十几岁的他只能辍学在家务农。转眼又是十几年，年龄大了，娶妻生子。为了生活，也为了自己的

观马山中档镁砂厂原厂长付常武

小家能过得殷实一些，他在大石桥铁路石山线、百寨站台等地做装卸工，来维持生计。在付家他属于受过大累的人。那时乡下人到城里来做力工的人不少，他们挥汗如雨，装车卸车，赚的都是血汗钱。每天都是煤灰罩身，土头土脸，渴了喝口凉水，饿了啃口窝头。衣袋里揣的不是钱，而是玉米饼子和咸菜疙瘩。有那么一段时间，由于身体的疲惫和思想上的消沉，他失去了对生活的憧憬和希望，同时也使他对生活有了进一步的认识：人活着很难。

付家开始建厂不是出于一己私利，他们有个大的原则，就是共同富裕，不丢下家中每一个人。他们兄妹8个（后来二哥当兵，二嫂在银行工作，不用他们管）其余兄妹7个是需要相互帮衬的。在大哥的主导下，自己家有企业了，也就都被带了起来。

付常武是个少言寡语的人，也是个踏实肯干的人。来到企业后，他换了一片天地，但并没有那种自己家的企业就可以马马虎虎混日子的感觉。他对工作的认真态度，是胜过千言万语的。付常浩说，把常武放在哪里我都放心。

付常武来到观马山镁砂厂之后，先是管后勤，还做一些维修和采买的

工作。厂里缺什么，他就负责采购，一来二去就有了一些关系和客户。厂子正式启动生产后，他又负责了一段时间砸矿石（原始的人工破碎矿石方法，当时还没有颚式破碎机，属于生产的第一道工序）的记工和质检工作。他在极其认真、负责的基础上，从来不亏待那些为付家打工的人，但也不能马马虎虎，缺斤少两。那一段时间，他起早贪黑爬半夜，有的时候晚上厂里需要人看管，他可以不回家。赶上逢年过节厂里没人了，便主动请缨，值班看管工厂。

后来，1998 年收购大耐厂招待所后，付常浩就让付常武负责观马山中档镁砂厂的生产。付家的大多数人都去酒店忙活，酒店装修，需要人手。厂子的事基本上都交给了付常武一个人在管，包括怎么做散装料、大面料等等，他从不会到会，从不懂到懂。付常武的工作态度是少说话，多干活，不误事。那一时期，散装料和大面料是紧缺的，也是客户急需的，生产出来的产品全能卖出去，你不想卖都不行，基本上到了什么价位客户都能接受的状态。2000 年前，钢厂对耐材质量的要求不是很严格，尤其是大面补助料，用量特别多，要求得不是很高。当时他们是跟鞍钢的一家化工厂合作，买对方的一种叫蒽油的化工产品，将之和镁砂搅拌在一起制成颗粒状，往外卖，赚了不少钱。付常浩说，可以说那一阶段老五（付常武）干得相当不错。后来三哥付常辉来了，他才能轻松一些。再后来（2000 年）崔学正来了，人家在大企业工作过，是真正的内行，付家人才撤了下来。由崔学正任厂长，付常武任副厂长，配合崔学正，不再负责生产，继续做他的后勤、维修和采购。

付常武做后勤工作并不轻松，活儿很多，厂里需要的一切东西都由他负责。时间久了，他不仅对后勤方面的工作非常熟悉，对外采购方面也是轻车熟路。在哪里买，哪里便宜，哪儿的东西好，都了如指掌。付常浩说，在当时的状态下，别人还真不行，只有他做得来。

在付家的兄弟当中，最后一个和中镁接触的应该是三哥付常辉。这个农民出身，后来在企业也待过几年的汉子，不仅聪明，还心灵手巧。去锅底山铁矿之前，在小队做过一段保管员、现金会计和小队长，平时还自学一些木匠和瓦匠的手艺，也算是为去锅底山铁矿工作和后来在自家企业的工作打下了一定的基础。

中镁集团原副总经理付常辉

原本就是农民的付常辉，命运还是不错的。20出头的他，赶上了1970年5月锅底山铁矿招工（营口市属企业），他一跃从农民变成了城里人（户口属于营口市的）。在当时对于一个乡下人来讲是质的飞跃，就像一只麻雀，变成了金凤凰。付常辉在锅底山铁矿一共干了13年，先是做了3年瓦匠，然后是采矿，算是见过一些世面的人。13年后，企业倒闭，付常辉于1983年到营口市第三机械厂（原大石桥中小农机厂）做钳工。两年后，自谋职业，以供销社名义（当时的政策是个体户必须挂靠一个单位）做皮革手提兜生意（小作坊），通过供销社往外卖。直到1990年供销社转制，他退了出来。这时，大哥付常贵和四弟付常浩的镁砂厂已经做起来了，而且形成了一定的规模。在大哥主导的"家里人一个都不能落"主张的支持下，付常辉去了观马山中档镁砂厂，和五弟付常武共同管理生产。当时的分工是：付常武负责原料采购和发货，付常辉管生产，付常浩负责销售，付艳华管财务。一家人就这么和和气气、开开心心地开始了他们的私企经营。

1998年，付家收购了大耐厂招待所，付常辉到酒店负责装修。第二年，在他们收购大耐厂办公楼后，付常辉又负责办公楼的装修。

一切都是顺理成章，企业正常运营。这时的付常浩信心满满，开始拓展自己的业务，在办公楼的前后左右，利用每一寸土地，开始建厂房。由于付常辉对瓦匠、木匠和钳工方面的工作有一定的基础和见识，付常浩开始让他负责基建方面的事宜。几年后，开始立项，建厂房，准备扩大生产，付常辉继续负责基建方面的管理工作。2009年，基建完成后回集团任集团副总，分管后勤。

2023年2月2日，星期三，我再次来到中镁，进了二楼的销售部长办公室。推开门，屋里坐着4个人，有集团董事付刚、销售部长付春雨、物流部长付晋勇、中镁大酒店副经理付昱。4个付家人聊得正酣。我同他们互相自我介绍之后，他们很是热情给我倒了杯茶。我坐下来，说明来意。

付刚问，采访多少人啦？

我说，算你们4个刚好58人。

他说，我们是最后一拨呗。

我说，看需要。

付刚，1978年出生，2002年毕业于鞍山钢铁学院耐火材料无机非金属专业，毕业后到中镁的富城特耐工作，在基层干了5年，做过生产车间主任、厂长，后来做销售部部长4年，2009年后做销售副总、董事，2018—2020年任集团总经理。

中镁集团董事付刚

我说，谈谈你们的情况。

付春雨对付刚（叔侄关系）说，领导先讲。

付刚说，你是长辈，应该长辈先讲。

付春雨说，在单位没有长辈，只有领导和员工。还是你先讲，你进厂时间长，工作比我有经验。

我把目光看向付刚。这是个比较持重的年轻人。

那我就抛砖引玉了。付刚说，我跟付春雨都是跑销售的，回想起来，酸甜苦辣都有，特别是长年在外跑销售的，还有跑采购的，都不容易。他们不仅仅要拉客户，还要保持好客户的关系，为客户服务好。其实拉客户不容易，要保持客户的长期合作就更难了，不仅需要他们在外的辛苦工作，还需要家里生产方面的配合，要有产品做支撑，要有企业的形象和信誉做支撑，还要有我们业务员的人格魅力，方方面面需要的是企业的综合素质，从产品质量到企业的声誉，还有我们业务员的能力等等。如今市场竞争激烈，客户也有客户自己的考虑和需求，选择谁，不选择谁，主动权

中镁控股监事付春雨

不在我们手里，我们左右不了。这种情况下，产品就是话语权，可靠的质量就是话语权。说白了，得有"打人"的东西，让人家对你有好感，对你信任。我们中镁生产的耐材质量还是不错的。在全国需要耐材的行业，特别是我们的客户对我们的产品都挺看好。

付春雨说，我在中镁已经干26年了。刚做销售的时候，服务过几家客户，大多在东北，黑龙江双鸭山、阿城、建龙、大连大重，他们都看好了咱们的耐材。在跟大连大重合作的时候，大连机车就是跟进来的客户。开始我们没有业务联系，他们跟大重有业务往来，是看好了我们的货，包装、品质、服务都让他们满意，才跟我们建立的合作关系。完完全全是人家看好了咱们的产品，没费任何麻烦就得到了这个客户。还有哈尔滨电机厂（央企）也是后开发的，他们跟大重有风电方面的合作，去大重的铸件车间，在那里偶然间见到了我们的耐材，感觉产品质量不错，就把我还有王总（王利）带到哈尔滨谈了两次，我们报了价，参与竞标，然后成了合作的客户。我是从2004年开始接手通化通钢的销售业务，销售业绩逐年增长。

2019年开户山西太钢（国企，上市公司），当时山西太钢在亚洲是最大的不锈钢生产企业，由于我们的产品质量、炉龄、售后服务，都好于其他厂家，销售额最高年度做到了8000多万元。

付刚说，应该从两方面考虑：一是产品的质量，二是我们的信誉，就是企业的信誉。中镁有信誉，老板有信誉，我们也跟着有信誉，工作也就能好干一些。中镁能发展到今天，不单单是挣钱那么简单。翻开"世界五百强企业"的历史看看，就知道了人家是怎么挣的钱。和客户交流很重要，换位思考很重要，这一点我始终是坚持的，绝不能客户到手，革命到头，要有做长线的想法和打算，要居安思危。特别是新的客户，有的炼钢厂的炼钢工人是新手，还把握不好炼钢的技术和操作方法，会经常出现一些炼钢的事故及一些小问题，导致了炉龄的减少。他们是不想承担责任的，原因是涉及他们的个人利益，责任和工资、奖金等都是关联的。他们就把责任往我们的产品上推，说是我们的责任。如果我们不接受，关系就搞僵了，就会影响客户之间的长期合作关系。如果我们晓之以理，动之以情，谁对谁错先不要说，在对方心平气和的时候，给他们提一些合理的解释和建议，跟他们讲道理、摆事实，从技术层面和情感层面去讲解、沟通、引导，让他们接受事实，然后改正，效果就能好一些。绝不能顶着硬干，伤感情，有损合作。要多做互惠互利的事情，才能保持长期合作。

付春雨说，在销售的过程中，首先要把产品质量和客户利益放在第一位，对客户的生产情况也要有预判预知，出现事故要做到损失最小化，最好是将事故隐患消灭在萌芽中。

付刚说，这么多年，中镁的业务员也都有经验了，也了解客户的心态，其实客户遇到问题他们也不想把事情搞大，有些事情一旦上升到领导层面就不好解决了。

付春雨说，在底下解决是两方面的问题，反映到领导层就是三方面的问题，就是把问题复杂化、扩大化了。

付刚说，领导也不想把事情搞大。特别是一些大的钢厂，他们的要求是很严格的，不仅有严格的规章制度，还有严格的奖惩制度。底下出问题，领导也要受连带，轻则罚款，重则降职。其实有些问题不是单方面的，双方都有问题。对我们而言，他是我们的客户；对他们而言，我们也是他们的客户。只有相互辅助，相互理解，才能达到目标的一致。

付春雨说，炼钢的操作是有预期的，如果没有达到合理的预期，就会直接影响炼钢炉的使用寿命。我们常说的是耐材的使用效果有三分在耐材自身，七分在现场的使用。所以，我们销售人员跟现场的操作人员和现场管理人员处理好关系很重要。这些年和钢厂的一线人员也处成了哥们儿和朋友，也相互学习了很多，炼钢的操作我在现场和他们都学会了；同时也要和他们沟通好让一线工人养成正确的、切实可行的操作习惯，让客户能够意识到他们自己操作不规范对耐火材料是有影响的，让他们随着时间，随着炼钢手法、技术的成熟，逐渐向规范化发展。这是个长期的、需要耐心的、不间断的工作，不是一次两次就能解决的。在加深情感的基础上，同时也要加深业务上的交流。关系搞好了，什么事都可以解决，他们也就成了我们的长期客户，这是个坚持和持续的过程。我们要加深服务意识，人是感情动物，我坚信只要你方方面面都做到位了，对他们好，他们不可能对你不好。

付刚说，我们不单单要处理好和客户方领导层面的关系，和工人的关系处理不好同样不行，也会影响双方的合作。方法、策略都得讲。"建立感情，低调处理"是维护客户长期合作关系的八字方针。

我问，你们的工作有危险吗？

付刚说，我们的危险一般不来自我们方面，大多是客户造成的。当然受害的可能是我们。2008年，在河北的一家厂，他们建的是120吨转炉，由于操作不当出现了炉底烧穿事故，对方要求我们给他们换炉底。正在我们检查炉况的时候，由于对方没有按照我们的要求去做，悬挂在炉壁上的钢渣没有清理干净，在我们作业的时候一块10多公斤的钢渣掉落下来，从我的安全帽边上擦帽而过。我当时没发现，是干活的工人发现的，现在想起来还后怕，如果砸在脑袋上，我就没命了，非常危险。这些事情也是时有发生的。还有操作的时候也容易发生问题，比如钢水喷溅，高空坠物，不

中镁大酒店副总经理付昱

中镁集团物流部部长付晋勇

小心都会出现事故，或是被烫伤，或是出现人身伤亡。

付昱说，我跟他们不同，在中镁，他们属于工作在前方，我属于在后方，是为他们服务的。我现在除了负责中镁大酒店，还兼管集团包装厂，为产品做托盘。酒店方面的业务原来还可以，做得相当不错。特别是在大姑付艳华做总经理的这些年，经营得确实很好，不仅有效益，还很有声望。

付昱说，集团是从2021年10月份开始自己生产托盘，这是为节约成本。包装厂有员工18人，一个月能生产托盘大约15000个，一年就是180000个，集团自己每年总用量近160000个，规格多种。托盘分出口和国内使用两种标准，包装厂总投资近300万元。

付晋勇说，我是负责物流的，给公司发货，已经3年了。中镁的物流有汽运、海运、铁路（现在不是很多）。按照吨公里算，海运比汽运能便宜三分之一。发货用海运的有信义玻璃、安徽芜湖、张家港等十几家，都需要走船；用陆路运输的有内蒙古的乌海等七八十家……

48. 团队精神

心向"镁"好　不负青山金山

希望在前　不辞山高水远

风正扬帆　同行四海相连

志在云天　同看风光无限

德生福运　常伴浩荡江山

诚结善缘　相爱真情人间

登峰远望　放怀山外青天

江海遥望　明月万里共圆

水远诚为岸

诚信就是安心港湾

山高德为巅

正气就是浩然长天

水远诚为岸

诚心诚意善爱家园

山高德为巅

真情真义同心梦圆

中镁之歌《山高水远》歌词

作词：韩瑞祥　付常浩

作曲：陈奕铭

2024年

　　一个企业，应该讲求团队运作。驰名中外的沃尔沃、丰田等公司就是把团队精神引进了他们的企业，从而得到了快速发展。付常浩说，一个人缺少团队精神很难成大事；一个企业没有团队精神将成为一盘散沙；一个国家没有团队精神是不可能强大的。现代企业的竞争从某些方面讲也是团队的竞争。一个精诚合作的团队就是企业成功的保证。团队精神，首先要具备凝聚力，中镁集团很重视这一点。

付常浩总结道，企业不分大小，都要有凝聚力和战斗力。凝聚力是什么，就是老板做人要正，就是做事要公。老板做事不公，手下的人就没法跟你干。老板不公道会对员工积极性产生最大的挫伤，也使一个团队中蕴含最不稳定的因素。他说，做事要明，就是领导者要善于明察，要看得清楚。人的能力是不同的，要知道张三的能力就是比李四强。明的含义有两个，高明与精明。要人见其粗，我见其细，要见微知著；要人见其表，我见其里。领导者还要做到勤，不仅自己勤，还要和员工们一起摸爬滚打。特别是在企业创业初期，一定要亲临一线，如 "母鸡孵卵，道士守丹炉"，时刻不能离开，不走形式，和员工共同提高，和企业共同发展。老板还要学会 "啃骨头"，"临阵当先，士卒乃可效命"。不汲汲于名利，要有全局观念，有集体观念。不搞英雄主义，不能个人的算盘打得太精，否则为你工作的人就容易有怨气，稍不如意人家就有可能撂挑子，或讨价还价。还要耐受辛苦，有一定的身体条件和心理条件。要能承压，要有极好的心理素质。要有一种站得高，一览众山小的领导意识。

"每一个组织存在的本质，是一群人为了完成一个共同的目标走到了一起。每一个成功的人心底都必须坚守着一种信念、目标和精神支柱。"企业是由不同的个体组成的。每个个体如同一根线，只有把无数根线放在一起拧成一股绳才结实，才有力量。付常浩把这一点看得非常重要。为了加强企业的凝聚力，他从小事做起，从细微处入手。他对员工的体贴是有目共睹的。在他的心目中没有小事情，大到集团发展，小到员工家事，婚丧嫁娶，生老病死，处处都体现了他对员工的关爱。员工谁家孩子结婚，他一定到场；哪家有丧事，他必须出现。不仅随礼，还要陪同走完全部程序（特别是丧事）。一件件小事，就能体现出一个公司的凝聚力和团队精神。这一点是特别感人的。付常浩常说，有的时候钱不重要，你作为领导到场是最重要的。人要换位思考，人家有事了，赶礼的人不到场，偷摸摸把钱给人家了，谁也不知道；只有你这个人到场了，人家才能看得见。捧场是以人为主，不是以钱为主……人要讲情分，古今成大事者，没有不讲情分的。

付常浩回忆道，他们在观马山刚刚建厂不久，在一个初冬的晚上，有名员工在马路上看到一个酒喝多了的醉汉，倒在冰天雪地的路上（是陈家堡子的一个村民），已经冻得不省人事了。他们的员工发现后，告知付常浩。付常浩立马用车把醉酒人送回了家，保住了性命。付常浩说，按理说这不是什么大事，谁都可以这么做。但作为一个企业应该对做这种事情的员工给予支持和鼓励，绝不让"雷锋"吃亏。那一年我就奖励了这个人，不仅口头表扬，还给了奖金。这是新风、是正气需要树立。企业的凝聚力就是由小到大渐渐树立起来的，有了人心，才能有团队精神。聚人曰财，把人聚起来了，你的财富才能滚滚而来。一个有发展的企业要有正仕，有正义感，那些内心方正的高级知识分子才能发挥大的作用。华为是这么做的，中镁集团也是这么做的。都是按劳分配，按贡献分配，从不亏待有贡献的人。

尽管在中镁这里工作的人素质不同、岗位不同，有管理者、工程师，有在生产一线的普通员工，但没有高低之分，没有贵贱之别，只有贡献大小。贡献的大小凭什么，凭他的才智和能力。"人分两种：一种是效率高的，一种是效率低的"。人的才智和能力是有差异的，有靠脑力的智慧型人才，有靠体力的技能型人才，对一个企业来讲都是缺一不可的。"有发明创造者，还要有发明创造的生产者"，这话是对的。比尔·盖茨的企业还有干体力活的工人呢。只有贡献大小之分，付出多少之别，但都是劳动者。你是智慧型人才，你设计了摩天大厦，但你不可能去亲自盖楼，盖楼需要那些民工，需要挥汗如雨的木匠、铁匠和瓦匠，需要钢筋工、电工和钳工等等，只有他们团结起来，有一种团队精神才能筑起摩天大厦。

在中镁，员工的工作分工是明晰的：保管、安全员、检斤、质检、选品、煤气站主烧、副烧、压球工、卷扬工、烧结工、除尘管理员、炮头、上料、维修、地磅员，等等，分工明确，互不干涉，又相互配合。员工们所在的车间，随着他们自身能力的发展而发展，随着时间的推移、工作的进步在不断地发生变化。员工们有很大的弹性，有的人在这里可能是普通员工，但到另一处，因为他们自身的特殊能力，可能是车间主任。

付常浩说，管理是一门艺术，合理地安排人员，合理地配备领导，在一个团队中是至关重要的。而且关系到团队精神和企业的凝聚力。有的人很有能力，在中镁干了十几年，甚至二十几年，始终在一个岗位做领导，没有到别的岗位去工作，原因有两个：一是这一行当非他莫属，离不开他，他有可能在这一行当中有所作为和创新；二是他不懂别的行当，很难进入到一个新的角色。"人尽其才"是付常浩用人的唯一准则。无论干什么，都是因才而定的。他说，在中镁这里的各个岗位，不管干什么，只要他们尽职尽责就是人才。如何发挥好团队精神，挖掘出他们各自的潜能，让他们努力工作，是企业领导者的事。

中镁管理企业的办法是，子公司只有生产权、人员管理权、业务分配权、研发权及负责安全生产权，没有采购权、销售权和财务权。采购、销售和财务权在总部的采购部、销售部和财务部，由公司统一支配和管理。有什么生产任务，根据客户需要和市场行情统一调配。杜绝了内部相互拆台，各行其是，对客户的争抢和资金的不合理运用。更重要的是防止人员外流，带走客户的事情发生。重大决策由公司总部和董事长决定。子公司的经理都是总部的副总，他们参与研究总公司的业务和重大决策，并配有股份。董事长不参与子公司的业务管理和人员调配，除了财务、销售和采购之外，一切权力均下放。总公司要的是在确保安全生产的基础上生产任务的按时完成和产品质量的保证。总公司极大地加强了人、财、劳的管理，以确保生产任务的准时完成。

中镁集团总部设有15个管理部门：人力资源部、销售部、采购部、财务部、项目部、审计部、工程部、生产部、网络信息部、证券部、外贸部、计划部、研发中心、劳动争议调解委员会和办公室，每个部门都有其相应的管理制度和总部副总经理对他们分工所辖部门的沟通和管理规程。

付常浩在人才的聘用上也是别具一格的。他喜欢用一些比自己更年轻、更聪明、更有经验和能力的人。他说，谁都想展示自己，要一个发展空间，那你就给他。你给了他舞台，他才能尽情地舞蹈。不要害怕能人超过你或取代你，不敢用能人的人永远不能发展。比尔·盖茨有这么一句话说得非常好："先为成功的人工作，再与成功的人合作，然后让成功的人为你工作。"聪明人是分得清领导者与管理者之间的区别的。

付常浩在任用人员的选择上从来不"凑合"，知人善任，总是在寻找那种能弥补自己管理弱点的人，用那些不仅懂技术还能团结人，有凝聚力的人。他喜欢听那些和自己意见不相同的意见。他说，不同的意见没什么不好，它是一种心声，是来自肺腑的。它就像你的影子，这个影子是由光带来的。人不能没有光，万物都要有光，有光就有影子，这个影子有时候在你的脚下，有时候伴你的左右。不要一看到影子的存在你就不高兴，没有影子的光是不存在的。一定要学会听实话。柏拉图说："如果尖锐的批评完全消失，温和的批评将会变得刺耳；如果温和的批评也不被允许，沉默将被认为居心叵测；如果沉默也不再允许，赞扬不够卖力将是一种罪行；如果只允许一种声音存在，那么唯一存在的那个声音就是谎言。"不愿意听实话的人，不愿意接受批评的人掌舵，这样的团队是很难有凝聚力的。

随着企业的发展，在中镁这里没有学徒，他们要的是成手、高手和业务熟练的得力干将。无论是领导还是员工，宁可花高价钱聘请，也绝不培养学徒。你可以在我这里搞研究，搞发明创造，搞实验都行。我可以给你拿钱，但学手艺不行。学手艺那是技校的事。中镁这里不是技校，而是让最优秀的人才，在最适合的岗位上施展拳脚的地方。

到2022年止，在中镁的分公司经理当中，任职时间最长的干了22年，员工有的干的时间更长，刚建厂就在这儿干，一直干到退休。一个老员工说，多少年前，我曾在国有企业工作过。那时在国企干活并不累，一天游游逛逛的，干多干少，挣的是一样的钱；现在不行，私企是不可以糊弄的，更不能马马虎虎。他们要的是质量，要的是效益，跟你算的是计件和任务完成的好坏。活儿干好了，钱赚得也多。

成熟的中镁是有各种规章管理制度的：《财务管理制度》《安全生产管

理制度》《固定资产管理制度》《无形资产管理制度》《行政管理制度》《销售管理制度》《研发管理制度》《业务外包管理制度》《合同管理制度》《存货管理制度》《人力资源管理制度》《信息系统管理制度》《采购管理制度》《工程管理制度》等。

中镁不仅团结，有凝聚力，更是有保障的。他们在各种规章制度健全的情况下，除了按月给员工正常发放工资外，还给员工上各种保险：养老保险、医疗保险、失业保险、工伤保险、生育保险及住房公积金，也就是"五险一金"。这一点是其他小企业很难做到的。尤其是住房公积金，其他企业基本没有。中镁有，而且很早就实行了。付常浩说，中镁就是员工的家，作为家长，家人们该有什么，你就得给他什么。不能辜负家里人，不能辜负他们的贡献。辜负了他们，就是辜负了自己。

中镁的子公司是不设副总经理的，更不设生产副总和技术副总。子公司的总经理（厂长）就是一个人说了算。从根本上杜绝了领导多、分管人多、科室多、层次多、制度多的推诿、扯皮现象。虽说这样做对生产管理有一些弊病，比如总经理可能对生产技术方面不是十分专业或精通，或造成总经理的工作负担过重，但也解决了人员多、人浮于事的现象。也就是说，对子公司总经理的要求是更高、更严格的。无论是生产方面、技术方面、管理方面都要求是一流的。

中镁的元老，关山耐火的总经理崔学正说，中镁的计划性和控制性做得非常好。他们把原来国企好的东西拿来用，比如说，员工管理的规章制度、安全生产管理制度及奖励制度，都是非常完善的。一些在原来国企没有实行好的，没有得到贯彻落实的字面上的东西，在中镁都得到了落实和应用。中镁奖惩分明，不负每个员工的付出和汗水。只要员工把企业当家，他们就把员工当作家里的人。

中镁还把一些外企的管理模式有选择性地拿来用，对员工的要求是，要有严谨细致的工作作风，对企业讲忠诚、讲奉献。

中镁以"中镁产品、中镁制造"作为品质的代名词，形成工艺精致、价格合理、产品外观精美、品质上乘、环保节能等产品特色，为国内外的客户服务。他们有非常完善的管理制度和流程体系，有非常强的执行意识和尊重意识。他们的工作计划性非常强，每一项工作的前期准备、设计方案、贯彻执行、数据统计、分析总结都是有条不紊地按照计划进行的。中镁不仅对产品的质量负责，对回复客户并对保证交期同样负责。这一点在绝大多数的私企看来都是很难做到的。

他们在细节管理上也是非常严格的，对产生的废品垃圾严格按照分类进行堆放，就连文件夹的摆放顺序都用胶纸贴上明确标志。中镁对员工灌输的是敬业精神和奉献精神，只有爱护这个家他们才能工作和生活得更好。中镁人和中镁精神是他们企业的标志。

中镁不仅仅抓生产，他们还十分注重党务工作和工会工作。他们经常对机关的党员、党的积极分子进行党务方面的宣传和教育；他们的工会经常搞劳动竞赛、生产竞赛、摄影比赛、演讲大赛等，还经常参加市里组织的各项比赛活动。同时对家庭特殊困难的员工还要给予关怀和照顾。充分体现了工会就是"工人之家"。

他们有党支部委员会（全称：中镁控股股份有限公司党支部委员会），有党员35人（截至2022年）。有党代表、人大代表、政协委员10余人次。

历届党代表、人大代表、政协委员：

付常浩：1999年大石桥市政协委员

2001年大石桥市政协委员；

2003年营口市政协委员；

2011年大石桥市党代表；

2012年大石桥市人大代表。

付艳华：2003年大石桥市政协委员；

2007大石桥市人大代表。

付　宇：2018年大石桥市人大代表。

付　钢：2007年大石桥市政协委员。

王树山：2018年大石桥市政协委员。

历彦平：2021年营口市人大代表。

崔学正：2022年大石桥市人大代表。

"参政、议政""权利、义务"不仅是他们个人地位的体现，更是能为民说话的体现。在他们中间，无论是以个人名义，还是依法联名提出议案，献言献策，都得到了政协和人大的高度重视，为整个社会的发展贡献了力量。

第十二章

49. 开疆拓土

中镁的发展是稳步而踏实的，付常浩的经营理念是切实可行的。他走了他的祖辈们没有走过的路，做了他的祖辈们没有做过的事情，对他们付氏家族而言是难能可贵的。中镁在本地区、本行业不是独树一帜，也是花开独秀、厥功甚伟。以后的路怎么走，他们的思路是清晰的，目光是独到的，前途是明朗的。

根据中国有色金属工业协会的数据：2020年10种有色金属产量首次突破6000万吨，中国镁产量为85.83万吨，较2019年同比增长0.5%。智研咨询发布的《2021—2027年中国镁制品行业市场全景调查及投资前景分析报告》说，镁制品行业在未来的几年中将呈现产业竞争、技术竞争、成本竞争的趋势。根据国际和国内的发展需求，随着人们对能源和环境的日益重视，镁及镁合金的应用正在受到前所未有的关注。镁是我国少有的几种优势金属资源之一，在过去的十几年里，我国的镁工业从弱小到壮大，目前已经成为世界上原镁生产的绝对大国。从市场规模上看，镁合金电磁屏蔽强、尺寸稳定、强度、刚度高，在航空工业、汽车行业、电子产品等领域都得到了广泛的应用，被称为"21世纪的绿色工程材料"。

　　近几十年来，我国的镁产品出口贸易迅速发展，我国一跃成为镁制品生产大国和出口大国，这给中国经济带来了巨大的发展和无限的生机。特别是辽宁镁产品占国内市场份额近九成。辽宁是全国菱镁矿储量最集中地区，具有品位高、埋藏浅、易开采等特点，矿产主要分布在海城、大石桥、凤城、抚顺等地，储量20多亿吨，占全国储量的八成，占世界储量近两成。镁产品在钢铁、水泥、有色冶炼、玻璃等行业得到了广泛的应用。基于市场的看好，在全省近千家镁质材料企业中，必将导致产业、技术、成本和原材料的激烈竞争。特别是前些年，在无序开采和过度出口中，使我们的高品位矿石日趋减少、产品加工度不高，造成结构性产能过剩，使镁产业发展陷入瓶颈状态。

　　为了更好地发展，中镁在这种环境和竞争中，不得不目光前移，心有所想。付常浩远见卓识，在加强核心技术研发、降低污染排放，生产中、高端产品的基础上，继续开疆拓土，把视觉瞄向远方——新疆。

　　新疆鄯善县位于天山东部南麓的吐鲁番盆地东侧，全县总面积3.98万平方公里，辖3乡7镇，1个国有农场，2个省级工业园区，70个行政村，29个社区，总人口26.6万人。

　　近年来，新疆在中央的战略部署中，在19个省的大力支持下，在各个地区的努力下，发展得越来越快，越来越安全，人口也越来越多。特别是鄯善县先后获得国家级荣誉称号12项、自治区级荣誉称号8项，已成为人们生活、创业、经商、旅游的一块热土。

　　鄯善县西距吐鲁番90公里、乌鲁木齐280公里，东距哈密340公里。兰新铁路、兰新高铁、连霍高速、亚欧光缆、西气东输管线贯穿全境，有鄯善火车站、高铁鄯善北站、高铁吐哈站3座火车站，距离吐鲁番机场100公里，区位优越、交通便利，是乌鲁木齐一小时经济圈的重要构成部分。

　　鄯善县是属典型的温带大陆干旱性气候，有着独特的光热条件和气候，夏季炎热，冬季寒冷，昼夜温差大，日照充足。气候条件的特殊化，为葡萄、哈密瓜、反季节蔬菜等农副产品加工、太阳能发电和热能利用提供了极为有利的发展条件。

那里有着丰富的矿产资源。目前已发现40多个矿种，已探明储量的矿产资源主要有：石油、天然气、煤炭、铁、铜、铅、锌、黄金、钠硝石、花岗岩、菱镁、石英石等，矿产储量大、品位高，极具开发价值。页岩气、油砂岩等资源具有潜在远景。

特别是硅基新材料、镁基耐材、清洁能源等一批新兴产业从无到有，填补了历史空白。

鄯善县现有两家省级工业园区，分别是鄯善工业园区和鄯善石材工业园区。已入驻中国万象集团、新疆广汇、吐哈油田公司、合盛硅业、天顺股份、华能集团、中电投、中节能、大唐风电、三峡新能源、辽宁中镁集团、北京洁镁能源等30余家企业。

园区初步形成和相继确立了涵盖石油天然气化工、无机盐化工、煤电煤化工、新材料、先进装备制造产业及仓储物流服务等六大产业体系。

这里已形成以石材开采加工、金属铸造冶炼、硅基镁基新材料、煤电硅一体化、新能源为主导的综合性产业园区。

付常浩早在2016年就把企业的触角伸向新疆，并建了新疆中镁高温材料有限公司、吐鲁番富电热力有限公司和新疆中镁金源矿业有限公司（合资）。这是一个高瞻远瞩的发展走向。

吐鲁番富电热力有限公司，是2018年9月成立的，做的是蓄热锅炉供暖业务，做属于中镁自己的产品。当年在新疆做试点，建锅炉，给当时新疆的创业园和石材园的两所学校供暖。

新疆中镁高温材料有限公司（以下简称"新疆中镁高温"），也是2018年注册的公司。当时，他们想筹建一座和集团总部一样的生产线：重烧、电熔、镁碳砖和隧道窑。但需要矿山资源，首先要买下当地的菱镁矿。经过工作，于2020年12月份，取得了两个矿山的探矿权，现正在努力争取采矿权，然后再进行建厂、采矿和加工。

新疆中镁金源矿业有限公司属于合资公司，是2020年11月份成立的，是中镁和新疆地矿投资有限责任公司下属的地质一大队合作的一个合资企业。中镁占65%的股份，对方占35%的股份。

新疆地矿投资有限责任公司下属的地质一大队，属于国资委监管的一个国有企业。他们是专业探矿单位，很有行业优势。中镁同他们的合作是取利于他们的自然环境优势和对矿产资源管理的优势；对方同中镁合作取利的是中镁的技术、人力和资金的优势，优势互补，是个非常好的各取所需的合作项目。现在新疆中镁高温已经变更为他们联合成立的中镁金源子公司，已经把股权（股东）转到联合公司名下。最早新疆中镁高温是中镁控股的全资公司，现已转到他们两家合伙的子公司。合作的状态还属于初级阶段，正在加速完善各种手续。

为了使中镁的几家新疆公司尽早进入稳定经营状态，付常浩派了中镁的得力干将，原总公司的采购部部长付伟统管新疆的三个子公司的所有业务。

付伟，1978年出生，毕业于辽宁科技大学，钻研本职工作，业务能力极强。2018年9月，董事长付常浩亲自点名让他挂帅新疆，时任新疆中镁高温材料有限公司总经理、吐鲁番富电热力有限公司总经理、新疆中镁金源矿业有限公司（合资）总经理。

付伟是一个从基层、基础工作做起的年轻人，有素质、稳重、有干劲，有超强的办事能力。在中镁除了销售没做过，其他业务基本都涉足过。特别是对发货、物流有着丰富的管理经验。一转眼，他已经在新疆工作4年了（截至2022年）。

中镁金源矿业有限公司总经理付伟

付伟说，在新疆生产耐火材料的企业只有我们中镁一家，现在仍然属于筹备阶段，原定三期投资，每期两年，随着市场的需求和发展形势逐步注入资金，预计总投资2.5亿～3亿元。现已经购买土地400亩，围墙和场地已经砌筑、平整完毕，正在抓紧建设，待开采权获批后，立刻投入生产。

他说，新疆有特殊性，它不仅是少数民族居多的地区，而且矿藏丰富。浙江、河南、河北、江苏等地方的人去投资的比较多。我们东北这里的人到那里投资的比较少，主要是距离太远，资金投入也不小，对那里的环境和人文都不熟悉。但董事长付常浩不那么想。他说，都在中国，都在一个国土上，不应该讲什么地域和地方保护主义，谁有能力谁干。资源是国家的，人民是可以共享的。我们要利用好国家的矿产资源，为国家多做贡献。他在很早以前就已经把目光投向了新疆，并着手准备。中镁先是对新疆进行了实地考察，涵盖自然地理环境和人文地理环境等方方面面，和我们现在的市场客户及未来的需求，进行了各个方面的比对，评估了它的发展前景。经过一阶段的考、评、比，还有对国际、国内镁制品发展的形势和辽宁本地区同行业的经营势态研究，及对新疆的人文与自然环境分析，付常浩决定在新疆进行投资。

付伟说，现在的新疆是发展的新疆、安全的新疆，更是鼓励经济建设的新疆，而且经营环境越来越好。中央对西部开发十分支持和鼓励，首先是落实和完善西部大开发的政策，大力发展特色优势产业，积极开展生态文明建设，稳步提高社会事业水平，和提高对外开放水平。对于从事国家鼓励类产业的内资企业，经省级人民政府批准，可以享受定期减征或免征地方所得税的待遇。对外商投资企业也可以定期减征或免征地方所得税。而且那里国家重点鼓励发展的产业、产品和技术，也就是国家鼓励类的主营业务，占他们企业总收入70%以上的，对在西部地区新办的交通、电力、水利、邮政、广播电视企业都将享有一定的所得税优惠政策。

中央加大扶持西部发展的力度，有一个大的政治背景，大的发展战略，是给中镁进入新疆发展的一次千载难逢的大好机会。付常浩深谋远虑，审时度势，作为一个民营企业家来讲是难能可贵的，说明他是个很有理性的大手笔企业家。为了企业更加快速的发展，中镁逐鹿西北，在资金、技术、人才等方方面面有着总体的战略和部署。在大好的政策支持下，利用当地的丰富自然资源，可以放手大干一场。

付伟说，除了新疆的矿产资源外，当地还有一个最大的优势就是能源。那里有煤、电、风电、天然气和太阳能。在能源方面要比东北有更高的利用价值。新疆的电能过剩，政府鼓励用电。能源资源不仅价格便宜，而且是用之不尽，取之不绝的。特别是他们的天然气是最便宜的，每立方米天然气要比我们老家（辽宁）这边便宜1块钱人民币。对于大量用电的企业中镁来讲，是个不可估量的利好。

在那里建设发展，可以降低中镁向西部企业提供服务的生产成本、运输成本，特别是对拓宽企业的发展道路有着广阔的前景。中镁也可以为西部的发展、就业、维稳做出一点点贡献。

对于中镁的企业性质来讲，矿山资源是万万不可缺少的。矿山就是他们的命根子，没有资源何谈未来，更不要谈什么发展。付常浩主要是看好新疆的矿山资源。现在辽宁的矿山资源太贵，而且竞争激烈。新疆的矿山资源暂时比较便宜，价格合理。新疆还有个最大优势，土地很便宜。付常浩说，新疆是我们开疆拓土的最好地方，现在也是最佳时机！

付伟说，但那里也有不尽如人意的方面，就是镁制品企业的行业基础不行，特别是对镁产品的认识非常缺少。那里的人都不知道镁是什么东西，更不知道镁的重要性。所有镁产品生产的设备、零部件、配置、人工、技术都极其缺乏。中镁想在那里发展，有很多的不适应，很多东西（人力、物力、设备、技术）必须从老家（辽宁）这边引进，包括一些简单的基础设备、零部件等。

中镁现在在新疆是分三步走：一是办手续，二是打基础，三是进行生产。首先在各个方面手续完备的基础上，要把原材料生产搞起来，重烧、散装料和镁碳砖，必须先行一步。将省时、速度快、简单、建设方便的基础设施，把在短时间内能见成效的生产设备先建起来。基础打好了，有了配套设施，再上隧道窑。这是很重要的几步。

在那里生产镁制品，对于中镁来讲还可以节省很多的运费。早在十几年前新疆就有中镁的客户：乌鲁木齐的八钢、伊利钢厂，还有甘肃的酒钢，都是中镁的客户。当时，付常浩也考虑去新疆建厂，只苦于时机不成熟。

单就八钢来讲，现在需要中镁的月供货散料3000吨左右，4000公里的路程，不仅路途遥远，运费很贵，人力、物力、时间也浪费极大。如果将来在新疆当地生产散料，就可以节省一大块运费和时间。中镁在新疆的公司位置设在新疆的鄯善县，离八钢才300公里，300公里和4000公里是不成比例的，可以节省许多运费和时间。

他说，中镁的几家新疆公司设在鄯善县，这是个比较好的位置，不仅离矿产资源近，景色也十分美丽。它的北边是天山山脉，10月份后可以看到雪山；南边是沙漠，属于非流动沙漠。鄯善的城市是建在沙漠边上的。当然还有闻名于世的葡萄和哈密瓜，还有那些多姿多彩的，风俗民情各异的少数民族……

甘肃、宁夏、新疆西北范围内的钢厂很多，特别是新疆周围的玻璃厂也发展迅速，而且对镁制品用量很大。中镁在那里生产不仅可以更好地维持老客户，还可以开发新的客源。应该说是前景无量的。

两年来，中镁已经投资3000多万元，2023年准备加大投资，争取早日投入生产……

正在付伟谈得很尽兴的时候，董事长付常浩走进来，对我和付伟说，马上动身，咱们去新疆。

我有些惊喜地看着董事长。

付常浩说，请你去那边看看实际情况，好好书写一下咱们的企业发展史。这个季节正是葡萄和哈密瓜最好吃的时候，顺便去尝尝。

就这样，我们踏上了去新疆的行程。

在上飞机舷梯的时候，我问董事长付常浩，你动不动就飞来飞去的累不累？

付常浩说，累怎么办，脚下的路都是自己走的。

飞机已经启程，以风驰电掣的速度离开跑道。

我透过飞机的舷窗，看到一片薄白的祥云飘在空中。

付常浩看着我问，你一定经常出差坐飞机吧？

我说，旅游、作家协会搞活动的时候坐过几次。但跟你不能比，你坐飞机就像坐公共汽车。

付常浩笑道，我第一次坐飞机的时候，有一种井底之蛙蹦出来看到了世界的感觉。

我说，你们现在已经不是井底之蛙了，中镁已经成为一架大飞机，高高地翱翔在蓝天之上了。

付常浩说，其实也没什么，当初谁能想到会走到今天。

我看着他又问，你现在是真正的有钱人了，此时此刻，除了你的事业，你最想做的是什么？

付常浩看着我，想了想说，我想亲手给妈做顿鱼吃……他没有把话说完，双眸就湿润了，声音也变得沙哑。他控制着自己的情绪，把目光投向飞机舷窗外面的空中。此时，飞机已穿破云层。云端之上全是阳光……

2021年11月02日一稿

2023年07月01日二稿

2023年07月28日三稿

2024年01月18日再审

2024年02月16日定稿

中镁集团大事记
（1988年—2021年）

1988年3月22日，营口县（现大石桥市）南楼玻璃纤维厂成立；

1988年4月3日，齐永昌受聘于企业创始阶段；

1988年5月6日，营口县观马山中档镁砂厂成立；

1989年4月15日，同鞍钢齐大山选矿厂合资建厂；

1990年7月27日，与湖南湘潭钢铁公司合作；

1991年1月7日，同北满特殊钢股份有限公司建立合作关系；

1993年7月19日，大石桥第二耐火材料厂成立（创始人付常贵）；

1998年4月24日，收购辽镁公司大耐厂招待所；

1998年9月13日，与湖南湘钢耐火公司关华合作；

1998年9月19日，富城大酒店试营业；

1998年11月8日，丁德煜到观马山中档镁砂厂任职；

1999年4月22日，收购辽镁公司大耐厂办公楼；

2000年6月7日，崔学正到观马山中档镁砂厂任职；

2000年，开始建不定型耐材生产厂，产品以转炉、电炉、钢包、中间包为主；品种有修补料、喷补料、捣打料、涂抹料、干式料、浇注料、火泥、可塑料、改质剂、轻烧镁球、脱氧剂、覆盖剂等。为扩大产业链、筹建原料基地，在王家村原有两座重烧窑生产高铁高钙砂的基础上，在营口县关山耐火材料有限公司增加4座重烧镁砂窑、6座轻烧反射窑；

2003年6月9日，大石桥市富城特种耐火材料厂成立；

2004年11月1日，王利到富城特耐任职；

2005年，中镁正式开始对外进行技术交流，让用户了解中镁，信任中镁的技术实力。特别是在技术方案及图纸设计方面，采用让用户感受到耳目一新的更加完善的设计模式；组建施工队伍，精细化施工，为公司整体承包销售模式打下基础；组建设计售后服务部，提升产品信誉度，使得销售产品的价值利用达到最大化。

2005年1月4日，金耀东到富城特耐任职；

2005年3月28日，刘方巨到富城特耐任职，中镁开始真正意义上的客户开发工作，确立了以刘方巨、王利、付常浩为主导的"铁三角"市场开发协作模式，后开创整体承包；

2005年，中镁第一单出口业务，北京国际贸易公司将中镁生产的铝镁碳砖出口美国。后开发日本、韩国、俄罗斯、土耳其、印度、乌克兰等国际市场；

2005年—2007年，中镁设备全面升级，由年产能2万吨发展到年产能4.5万吨耐火制品的生产和销售；

2005年—2010年，在国内实行转炉总承包，实现了生产工艺的布局和生产规模的扩大，在国内开创了"整体承包"的先河；

2005年5月10日，辽宁富城耐火材料集团成立；

2005年10月18日，收购大石桥新兴菱镁粉厂；

2006年3月，新疆八一钢铁股份有限公司90吨直流电炉的合作及新疆八一所有转炉、包括炉前备件及耐材的整体承包合作长达18年之久，不烧制品业绩突出；

2006年8月1日，张君到富城特耐任职；

2006年10月，承包湖南衡阳钢管（集团）有限公司第1台电炉工程，并从第4年开始独家承包衡阳大电炉工程（延续至今），创造了目前国内电炉最高炉龄1000炉的记录，相继开发了韶钢、韶铸、广重等电炉用户，走在了同行业整体承包电炉施工的前列；

2007 年 12 月 17 日，成立营口关山耐火材料有限公司；

2009 年 12 月 10 日，张海到富城特耐任职；

2010 年 4 月 12 日，苏广深到中镁集团任职；

2010 年 5 月 5 日，中镁一期高温隧道窑第一条点火投产；

2010 年 10 月 10 日，中镁一期高温隧道窑第二条点火投产，两条隧道窑的点火投产，标志着中镁集团新建烧成砖项目的生产、技术、管理、经营步入正轨，并加强了烧成砖销售团队，对人才进行了大胆的任用，壮大并充实了销售队伍、建立麦克温、德福高、FRC、普乐美等国外销售客户网，麦克温在 2015 年销售额超过 1 万吨，在 2015 年成为中镁烧成砖最大客户；

2010 年 12 月 10 日，孙中奠到中镁集团任职；

2011 年开发玻璃窑市场，同信义玻璃、中国建材、秦皇岛设计院等 50 余家建立合作关系，占全国玻璃窑市场份额前列，达 8.3% 以上，而且保持长期合作，同时开发玻璃窑市场的耐材出口业务；

2011 年 9 月，同广东清远市青山不锈钢有限公司建立合作关系；

2012 年，开发了伊朗年产 80 万吨的 140 吨电炉及钢包、中间包的整套设备用耐材总承包及技术指导项目，该项目建设的是当时在伊朗最大的炼钢厂，开工时由伊朗总理亲自剪彩；

2012 年 7 月，同福建吴航不锈钢有限公司建立合作关系；

2013 年 12 月 12 日，辽宁中镁控股股份有限公司创立大会暨第一次股东大会召开；

2013 年 12 月 30 日，完成股份制改革，辽宁中镁控股股份有限公司在营口市工商局注册登记；

2015 年 1 月 13 日，辽宁中镁控股股份有限公司，在全国中小企业股份转让系统挂牌并公开转让，股票代码"831621"，股票简称"中镁控股"；

2015 年 10 月，同江苏联峰钢铁有限公司建立合作关系；

2018 年 7 月 28 日，新疆中镁高温材料有限公司成立；

2020 年 6 月 24 日，同四川罡宸不锈钢有限公司建立合作关系；

2020年12月1日，潘波到辽宁中镁集团，任总经理；

2020年12月7日，新疆中镁金源矿业有限公司成立；

2021年，中镁集团晋级为国家耐火材料行业协会常务理事单位；

2021年，中镁集团组建模具加工厂，实现了成型模具、备品备件的自给自足；

2021年，中镁集团成功开发水泥行业市场，填补了集团镁质耐火材料下游市场的空白；

2021年，由总经理潘波带领中镁集团技术人员，成功开发出用于直流电弧炉的"导电型镁碳砖"，该产品属国内耐火材料企业首创，并申请到国家发明专利；

2021年，中镁集团与宝钢德盛不锈钢有限公司签署长期战略合作伙伴。

中镁之歌《山高水远》

作词：韩瑞祥　付常浩
作曲：陈奕铭

347

后 记

2020年至2023年是极不平凡的3年，站在世界角度上看，无论是经济还是国际格局都在发生着悄然的变化，也使我们平静的生活泛起不可小觑的微微的涟漪。

2021年是我从工作岗位上退下来的第三个年头。

这一年的正月初八，我接到了中镁集团董事长付常浩先生的电话，邀我到他那里去一趟，有事面谈。我带着对这位兄长久违的思念和拜年的心愿来到辽宁中镁集团。

企业还是那个企业，厂址还是那个厂址——营口南楼经济开发区。已经有段时间没来这里了，周围的环境既熟悉又陌生。企业更多了，马路也更宽了，新铺的柏油路可以嗅出沥青的味道；空中已不像从前那么烟气弥漫，分不清是雾是霾还是粉尘。现在的这里就像广播里说的那样，环境应该是达标的。我在门卫的严格把控下签字后才走了进来，中镁集团整洁的厂容、厂貌随着我脚步的不断迈进映入眼帘。当时我的感觉是，中镁集团的运营一切都在有条不紊地进行着。

走进付常浩董事长办公室，我们没有多日不见的陌生感，自然也就不需要太多的客套。这一年我62岁，他比我大9岁，71岁。他的腰板儿还是那么挺直，肤色还是那么白净，穿戴依旧是那么朴实、干净、利落，只有浓重的眉毛比几年前略长了一些，还微微有些发白。看上去他精神矍铄，是个长寿之人。

落座后，他很是谦和地给我倒了杯茶，没有废话，直截了当地说，想请你写写中镁企业发展史，总结一下我们企业30多年的发展历程，不知你有没有时间？我当时的心中暗想3年之内不能写小说了，嘴上却笑道，大哥信任我，责无旁贷！于是，他说了写企业发展史的构想。总体概括为三点：一是反复强调不要写他本人，以写企业的发展为主，要按照时间进展的顺序去写。社会背景，营商环境，市场与客户，企业发展与淘汰，产品与技术研发，股东变化与对外合作；二是要把对中镁有贡献的人，无论是企业高管、技术人员还是普通工人，尽量要写全面一些，包括中镁的前身"富城集团"的创业阶段，不要有遗漏；三是要写出政府对中镁发展的支持和鼓励，以及国家对民营企业的扶持和一个小企业是如何发展到大集团，成为在全国有影响力的行业龙头企业并不断增加产品出口量，提升国际贸易额的，等等。说实话，我是没有心理准备的，能欣然接受任务完全是基于付常浩本人的良好声誉。可以说我对他们的企业初始，发展过程和该行业在国内、国际的影响、地位、贡献知之甚少。我只提了一个要求，需要采访。

初识付常浩是好多年前的事了。由于工作，和他对文学艺术的喜好以及曾经给予过的支持，我有幸结识了这位在耐火材料行业赫赫有名的企业家，有缘走近了一个商业王国的开创者。他的极佳人品和超人的创业精神，让我有了为他写本书的愿望。

接到任务后，我第一次进行的是集体采访，那是在2021年3月8日，在中镁集团的会议室，主持人付常浩。到场的都是付家人，有二哥付常明、三哥付常辉、五哥付常武、大妹付艳华。他们共同回顾了中镁企业发展的脉络，把企业发展过程中的一些重大事件进行了梳理和总结，包括时代背景、投资情况、主要贡献人，及企业初创时的艰辛历程……同时他们对出这本书表示一致的赞成。

随后，我相继单独采访了付常明、付常辉、付常武、付艳华、张玉琴、付宇、付丽、张海峰、苏德华、马永贵、陈德伟、崔学正、苏广深、王利、杨永刚、杨洪茂、金耀东、王树山、孙中龑、张君、刘方巨、关华、付伟、张海、刘小文、丁德煜、刘永兴、付金永、付雪梅、潘波、贾琳琳、韩岩、周云芳、侯锡梅、王秀兰、李胜新、张宪宏、刘世忠、付昱、付晋勇、付刚、王亮、付春雨、王岩、付久恩、梁卫军、李华杰、徐殿开、杨柏刚、刘俊姿、刘海军、王英举、于增光、王建军、何伟、张晓玲、王君、彭勇、上官永强、马宝田、吴井强等60余人。历时8个月采访、参观、走访了中镁集团的9个子公司，也采访了子公司的总经理、技术人员及相关员工，若干次实地考察王家村、鞭杆沟、观马山工业园、南楼经济开发区、鞍山、湖南湘潭等地，于2021年11月12日完成初稿整理，并交付董事长付常浩进行初审、认定。

在采访、汇集、整理、书写的过程中，曾无数次打电话给采访过的每一个人，材料的完整性和真实性都是经过被采访者认同和修改过的，达到了百分之百的真实。初稿主要是整合采访素材、确立主题、谋篇布局、完成通体架构和主人公核对事实，只有所写事件真实无误才能做书稿的进一步细化和修改。

初稿完成后，付常浩进行了4个月的初审并提出修改意见，又经过半年时间的再次修改，付常浩的再次审阅、确认，才得以脱稿。

企业发展史就是人的发展史、企业领导者的发展史。传记文学、报告文学和小说是不同的。真实是传记文学的生命，故事是小说的生命。创作前，付常浩还有一个要求，就是这部书要有故事而且可读性要强。根据当时采访的资料，在我对该集团知之不多的情况下，想要写出一个带有故事性、可读性，而且真实的中镁来，这似乎有点难。

非虚构文学是舶来品，产生于20世纪六七十年代的美国，以"非虚构小说"和"新新闻主义"为代表。基于我掌握的材料和现状，我只能是以真实性为主，以艺术性为辅的原则去进行书写。我不仅要"关注现实""开阔文体""呈现生活原生态"，还要与现存的报告文学样式有所区别，本着以采访的"事实"和"诚实"的原则为基础开始我的写作。我通过采访、解析、构思、叙述、描写、刻画等，按照非虚构的文学形式，用记叙、插叙、倒叙、蒙太奇、意识流等创作手法，去铺陈、讲述中镁故事，为主人公服务，为作品服务。

企业的灵魂，就是企业家的灵魂。企业的发展、兴衰，不仅是企业的足迹，更是企业家的足迹。按照付常浩的要求，不要以他为主来写，所以在正文中提及主人公的地方并不是很多，也没有更多的赞誉之词，但通过他人的述说，处处都体现了一个大企业的领导者的睿智和胆识。

我很幸运能结识付常浩这样一位创业者、企业家，他不仅为家乡做出了贡献，而且为全国乃至世界的耐火材料生产做出了贡献。感谢他给了我一次"非虚构"写作的实践机会。

认识一个人容易，认清一个人就很难了。认清一个人，你不要看他说什么，或是做什么，只要看看他周围的朋友，听听他身边人对他的评价，就基本知道他是一个怎样的人。优秀的人的心胸、智慧总是有一道看不见的光环，在感染、照耀着他身边熟知他的每一个人和他周围的环境。付常浩不仅影响了他的家人、员工，还影响了他的整个企业。"水远诚为岸，山高德为巅"的理念，使他的企业越走越远，而且越来越辉煌！

我的采访是无序的，没有任何成见的，却是有意识的，有目的性的。就像写小说，在故事中，我平等地对待他们每一个人，同时他们也是故事中不可缺少的组成部分。

遗憾的是，由于付常贵、齐永昌、齐作尧等人的故去，他们没有能够被采访，这或许是这部书的缺陷。"山河依旧在，故人不复来。只因在风中，聚散不由你。"但他们为中镁的贡献已留在史册中，愿他们在天上也可以感受到这本书的气息。

采访是轻松愉快的，同时也是严肃认真的。被采访者没有隐瞒，也没有虚夸，他们都是带着一种对企业的情感和对付常浩的敬畏及感激之情，娓娓道来，去讲述从前在他们当中所发生的每个真实的故事及事件。这里有喜怒哀乐，有悲欢离合。这里所讲述的每个故事，每个情节，每个事件是让我动容的。他们讲出了36年的艰苦创业，风雨同舟和无怨无悔；讲出了一个人的成功是需要天时、地利、人和的。原中镁的高级工程师、国务院政府特殊津贴享受者关华是这样评价董事长的："付常浩是个很合格的企业家!"

在这里我要感谢付常辉、付艳华、张玉琴，在采访中给他们添了不少麻烦；也要感谢潘波、崔学正、王利、苏广深、孙中龔、张海、王建军、王亮、张君、王树山、刘俊姿、韩岩等人不厌其烦地接受我一而再、再而三的打扰；感谢原辽宁文学院常务副院长、省作协副巡视员，国家一级作家肖世庆先生，曾为这部作品指点迷津和付出的辛苦；感谢付常浩先生对我的信任；感谢所有为这部书做出努力的人。

书写完了，压在我心头的那块石头挪开了，心情却依然沉重。在我离开中镁集团的那一刻，再一次想起已经进入随心所欲之年，仍在为企业呕心沥血的付常浩先生，心有痛感。我猛然想起了泰戈尔的一首诗《用生命影响生命》："把自己活成一道光，因为你不知道，谁会借着你的光，走出了黑暗。请保持心中的善良，因为你不知道，谁会借着你的善良，走出了绝望。请保持你心中的信仰，因为你不知道，谁会借着你的信仰，走出了迷茫。请相信自己的力量，因为你不知道，谁会因为相信你，开始相信了自己。愿我们每个人都能活成一束光，绽放着所有的美好。"

2024年2月16日